犹大开花

杜禅◎著

华夏出版社

在岁月的青春期，

基督这只虎来了。

在堕落的五月，

山茱萸，栗树，

开花的犹大树，

被吃掉，被宰割，被饮下，

在窃窃私语中……

——［英］艾略特

目　录

序一　反讽的凯旋 ·· 陈晓明(1)
序二　悖论中的警策 ·· 白　烨(1)
序三　这是一个没有痛感的群体 ······································ 孟繁华(1)

第一部　十字架

第 1 章　暧昧 ·· (3)
第 2 章　逻辑的力量 ·· (12)
第 3 章　抱树哭着伤心 ·· (20)
第 4 章　阴暗心理的询问 ·· (27)
第 5 章　黄帝故里漂移说 ·· (37)
第 6 章　挖掘"第一人" ·· (51)
第 7 章　给一个洗清自己的机会 ·· (57)
第 8 章　十字架 ·· (62)
第 9 章　美女推翻公理 ·· (73)
第 10 章　给情人"做媒" ·· (81)
第 11 章　作家陆丁九的艺术视野 ······································ (88)
第 12 章　我以我血荐轩辕 ·· (94)
第 13 章　伏羲巨雕 ·· (99)

第二部　太极图

第 1 章　春夏之交的感觉 ·· (111)
第 2 章　后知识分子 ·· (116)
第 3 章　梦里的水妖 ·· (123)
第 4 章　我们是剪断翅膀的飞行物 ···································· (132)

第 5 章　太极图 ·· （140）
第 6 章　知识即装饰 ·· （145）
第 7 章　将狮子变成人的学说 ································· （154）
第 8 章　两个封面打擂 ··· （161）
第 9 章　树上的夏娃 ·· （168）
第 10 章　一个孤独者的范本 ··································· （175）
第 11 章　哈姆雷特的命题 ······································ （181）
第 12 章　制造中国男妓 ·· （188）
第 13 章　围歼老鼠事件 ·· （197）

第三部　山海经

第 1 章　骗子总是很热情 ······································· （205）
第 2 章　答案就是没答案 ······································· （213）
第 3 章　电梯里的"温度计效应" ······························ （221）
第 4 章　夜总会 ·· （230）
第 5 章　我做梦时还知道在做梦 ······························ （238）
第 6 章　到时候你管我叫什么？······························· （245）
第 7 章　三个"舍利子" ·· （250）
第 8 章　山海经 ·· （260）
第 9 章　灵魂是个什么东西 ···································· （268）
第 10 章　新神话时代 ··· （279）
第 11 章　论证会 ·· （286）
第 12 章　幻灭者的耳光 ·· （291）
第 13 章　第二现实 ·· （303）

代后记　悖论时代与底线下移 ·································· （315）

序一

反讽的凯旋

陈晓明

《犹大开花》显然是一部与时下长篇小说颇为不同的作品。

当今主流的小说,还是以历史叙事为主导,在庞大的历史框架中来展现生活的广阔画面和流变过程。不少成熟的作家也意识到这种历史叙事的模式化问题,不断以小说叙述艺术的内在裂变,来抵制历史叙事的限定作用。总体来说,中国当代小说写历史相当成熟,积累了不少成功的经验。陈忠实的《白鹿原》、阿来的《尘埃落定》、莫言的《丰乳肥臀》、苏童新近的《河岸》等,都是相当成功的作品。但相比较而言,写中国当下的作品,就少有成功的经验。写九十年代以来的中国现实的作品,大多是表现价值观改变、新的生活方式、人们经受的心理冲击等方面,王朔的作品是这方面成功代表。王朔正是依靠他的语言和人物,抓住时代变异的特征而获得广泛的共鸣。邱华栋的作品也对当下的城市生活有鲜明的表现,充满了活力;邱华栋还是依靠现代主义的观念,来赋予他的小说思想深度,但有时会觉得那些思考显得外在。韩东也对九十年代以后的现实给予了直接的表现,而其叛逆性和对平庸化生活的解构,似乎还未达成协调的叙事。至于大量的美女作家也好,青春写作也好,对当下中国社会的表现,还没有出现特别锐利的作品。

很显然,长期以来,中国小说描写现实是在乌托邦的观念下展开的,乌托邦意识形态解体之后,作家们一直未能找到表现现实的有力方式。

在这一意义上,杜禅的新作《犹大开花》对九十年代以来中国现实的表现,显示出了巨大的面向现实的勇气和艺术的力量。

作为一部长篇小说,《犹大开花》在艺术表现手法上有着显著的特点,这就是它鲜明的反讽的风格。小说叙事的发展,不是靠情节戏剧性和人物之间的性格冲突,而是靠叙述的反讽趣味,靠语言自身的修辞性。当然,这部小说也有很清晰且具体的故事,我是说,小说的结构不是靠矛盾冲突,也并不期待冲突的高潮来解决矛盾——而是靠修辞来展开,来建立小说所有的美学趣味。

这部小说由三个部分构成:第一部,《十字架》,讲述二十世纪九十年代初,某地兴建黄帝巨型塑像,某名曰《黄河论坛》的杂志也想借机扩大刊物影响,策划搞一期《黄帝巨塑》特刊。编辑部七八个编辑,都是冠冕堂皇的文化精英,却又各怀名利企图,道貌岸然者有之,装腔做势者有之,浑水摸鱼者有之;另有搞婚外情,诱骗妇女者……等等。第二部《太极图》,讲述"南巡讲话"开启了商业化热潮的时代,文人下海正是那个时期的奇怪现象。一伙下海的文人也在追赶时代浪潮,创办了"冲击波文化中心"搞畅销书,做着发财梦,结果,文人所有的恶习都暴露无遗。各种人物均陷入难堪、辛酸与无奈。第三部《山海经》更显文化人的荒诞不经。一伙已经无所顾忌的文化人,策划了一个"二十世纪文化名山"的宏大项目,学者和官员们都被吸引进来,各显神通,各露丑态。这是对"文化搭台,经济唱戏"的强烈批判。

这部作品中的三个段落各自独立,但贯穿一体的是对九十年代以来的文化人所做的一次全面揭示。这是一场盛大的文化假面舞会,再也没有内在性,没有精神实质,却到处有宏大而泡沫四溢的"文化"现场。这确实是九十年代中国最奇特的景观。我们从中可以看到,旧有的价值体系动摇了,新的却还看不到端倪,一切只有陷入暂时的混乱。

确实,九十年代中国社会的转型如此剧烈、深刻,而文化的转型可能是最为复杂含混的。因为,社会转型依据"以经济建设为中心"方向变化,方向基本明确,但文化的转型却始终暧昧不清,既要走向市场,又要保持原有的体制结构。九十年代的文化左右无法逢源,只能逢场作戏,知识分子突然间找不着方向,不知道坚守什么价值,也不知道追逐什么利益。而欲望这个魔鬼确是被呼唤出来了,就像从所罗门的瓶子里放出来一样。九十年代初,贾平凹的《废都》曾经表现过文化溃败和知识分子的命运,庄之蝶只能从性欲想象中去实现自我,他最终还是失败了。《犹大开花》也试图以另一种方式来重现九十年代的文化颓败,贯穿始终的人物祝贺,也患了阳痿症,所不同的是,他无法获得慰藉,也不可能重振雄风——这个时代会让人们事与愿违。

在这部作品里,祝贺是一个比之其他人物相对更多些正面品性的人物,他了解时代的变化,看得清他人及事物的面目,也了解自身的弱点。但这样的时代,他被裹胁进各种尴尬的场景,他无力自拔。他总是处于自我悖谬中,文化人的本性和残存的文化记忆,使他总想走上正道,对自身的处境充满了怀疑和反抗;但他并没有真正站立起来的力量,因为他被欲望所推动。根源就是欲望,欲望就成为这个时代最强大的集体无意识。人们总是以不同方式体现着这个在深层涌动不息的浪潮。在这一点上,可以说《犹大开花》是如此生动地揭示了欲望崛起的现实以及人们突然被欲望支配所展现出来的那种内在的分裂和变异。那欲望是如此强烈,再堂皇的文化外表,都掩饰不住欲望的涌动了。

很显然,这部小说在艺术上最鲜明的特点就是它的反讽性叙述。

所谓反讽,又称"反话",最基本的含义即是指那种带有讽刺意味的语气或写作技巧,单纯从字面上不能了解其真正要表达的事物,而实际上,其原本的意义正好是字面上所能被理解的意涵的反面,通常需要从上下文及语境来了解其真实用意。这部小说总是在人物的"事与愿违"的情境中展开故事。"黄帝巨塑"表面上看是一个宏扬传统文化,认祖归宗的文化象征,实际则是各怀动机的一群人借机图谋利益的代码。《黄河论坛》不正经做论坛,也试图参与其中去分享影响力,结果弄巧成拙,不过是加强了这场戏剧的荒诞感。《黄河论坛》的编辑们,都是一些有知识有文化的知识分子,也标榜自己的立场和价值观,但他们却在按照一己私利说话行事,文化的冠冕堂皇下掩盖的总是卑微的利益真相。同样,"冲击波文化中心"与"二十世纪文化名山"如出一辙……因为反讽,这部小说写得如此生动有趣,俏皮幽默,人物一个个都活灵活现,一个个自以为是地登场,然后现形,成为这个时代的"文化"丑角。叙述的语言总是妙趣横生,因为它横扫了一切丑角,穿行在那些欲望化的场景,与欲望同歌共舞,然后将其撕碎。一边是文化的巡礼,另一边是反讽的凯旋。

本书最初取名"开花的犹大树"。作者解说,此名取自艾略特《枯叟》一诗。"犹大树",因出卖耶稣的犹大而得名,而在基督教著作中,十字架常被称为"树"。在这里作为小说题目,有引申为"出卖知识"、"背叛良知"的意思。此后,改题为"犹大开花",颇有对犹大行径方兴未艾烂漫四野的揶揄。很显然,作者写作此书是铆足劲儿要批判九十年代以来的中国文化及当代知识分子。我们当然难以用某种概念去归纳九十年代以来的中国文化,或者用某种定语涵盖九十年代以来的中国知识分子本质走向。九十年代以来的文化无疑有多种形态,它被称之为"转型期"或"文化走向多元化的时期",就表明它有多个侧面,多种状态。这部小说选取某种形态,某种状态,写出那个时期文化与知识分子转型最困难与最混乱的特征,在迄今为止的中国文学表现中,还是很少见的。作者有意夸张和漫画化,是为了放大那个时代的场景;其采用的反讽手法,也颇为犀利,绘出了这个时代喜剧般的而又生机勃勃的时代画面。

当然,反讽是双刃剑,反讽是否真的可以进入深刻的批判,还是颇有疑虑的。美国的实用主义哲学家理查·罗谛对"反讽"也进行了反思,他认为反讽主义并不太可能与真实本质建立关系,只能与过去建立关系。尽管如此,他还是以比较肯定的口吻谈到了普鲁斯特的那种反讽,他认为这种反讽主义理论与过去所关联到的,并非作者独特的过去,而一个更大的过去,是整个人类、整个种族、整个文化的过去。"它所关联到的不是偶然现实的杂荟凑合,而是一个由种种可能性所构成的领域。那个大于个人生命的主角,走过这个领域,并在这过程中逐渐穷尽他的种种可能性。由于美妙的巧合,大约就在叙述者诞生的同时,文化走到了这个可能性领域的尽头。"(理查·罗谛:《偶然、反讽与团结》,商务印书馆,2003年版第144页。)当然,我也不能贸然说,《犹大开花》的反讽也属于普鲁斯特的那种类型,但也可以在肯定性的意义上去思考这种反讽。也许"美好的巧合"并非外在的,也是反讽本身给予的一种"巧合"情境:反讽的批判性表明当代文化难以有肯定性的正面批判,它一半是逃离,一半是观赏。如此悖谬的情境既是走到尽头,也未尝不可能再生,未尝不可能是暗自庆幸另一个文化的时代的开启。

这是《犹大开花》留给我们的思考。

序二

悖论中的警策

白　烨

说实话,读完杜禅的描写当代文化人众生相的长篇新作《犹大开花》,心里一直很不是滋味。我们所置身的文化圈或文人圈,竟是如此地群体浮躁,如此地急功近利,如此地没有操守,真是叫人震惊、汗颜和羞愧。

近年来的小说汗牛充栋,但如此痛陈文化现状病症,如此针砭文人自身病灶的,可说是凤毛麟角。于此,《犹大开花》的出现,就具有了一种颇不寻常的意义。

作品以上个世纪九十年代的经济变革和社会转型为背景,以中原某市的文化领域和文人圈子为场景,分别以《黄河论坛》杂志社围绕着"黄帝巨塑"特刊的策划,不同人怀着不同的目的介入后的相互掣肘,聚集于"冲击波文化中心"的一帮文人附庸于书商运作畅销书刊,人人处心积虑结果却一事无成,一帮文人与掮客联手制造"二十世纪文化名山"的骗局,用以欺世盗名和骗人钱财等等,真实又细切地描写了面对市场大潮的冲击和社会形态的转型,一些不甘寂寞的文人的闻风而起、蠢蠢欲动,揭示了他们在方寸大乱背后的心绪不宁,从而浮雕般地为那些以文经商或弃文经商的人的种种行径留其声、描其形、画其神。

近十多年以来,市场作为一种必然因素进入经济生活并成为社会定势之后,所有的人都不同程度地要受到冲击和影响,并经受着应有的考验。这既是现实,也属正常,但在这样的社会转型的历史关口,不同的人交上的答卷是截然不同的。以祝贺等人为代表的中原某地区文化圈的文人们,其所思所想、所作所为,就既让人为之瞠目,更让人为之惊心。首先,他们顶不住市场冲击的压力,经不住金钱魔力的诱惑,心绪普遍浮动了,心态群体浮躁了,都出于追名逐利的实用主义和实惠主义目的,放弃了知识分子应有的本位立场,去介入种种文化商业和商业文化活动的策划、造势与炒作,其间,他们又钩心斗角、相互倾轧,结果不但没有办成什么有用、有益和有利的事情,反而给社会经济生活和文化生活平添了许多乱象,也使得他们自己遍体鳞伤,丑态百出。其次,他们以知识分子的名义做贩卖知识的勾当,并肆意亵渎知识本身。在他们中的一些人看来,"知识即装饰",知识既是他们攫取名利的敲门砖,又是他们用以偷情乱性的遮羞布。因此,吾颖达套用"黄帝巨塑"的模式大搞"伏羲巨雕",以获取更大的名利;邓相如硬要把无人知晓的处女山打造成"二十世纪文化名山",用以招徕生意,骗取钱财;祝贺以解梦和玩暧昧的把戏俘获了女同事春秋,又征服了女诗人,而谷主任与许娜英则用拓扑学来为他们的暗中偷情化解罪感并壮其色胆……

够了,这样的知识文人,实在是徒有知识、亵渎文人。知识分子向来以创造文化,传播知识,传承文明和守望精神为己任和本位,而从祝贺、吾颖达到万主任、冯经理这一干知识文人,在追名逐利的过程中,不仅把知识分子的责任与本位渐渐放弃了,而且把知识分子的良知与操守也几乎忘光;可以说,他们是心甘情愿地和相互鼓噪着走向了正派和正直的知识分子的对面。他们,与其说是知识文人,不如说是披着知识分子外衣的商人,或者是身在文场、心在商场的俗人。

看得出来,作者杜禅对于不断发生在当下文坛和文人之中的"文化悖论"现象,是确有所感,真有所思,甚至是绕梦萦怀的,这从作品里有关悖论的话题呼之欲出即可窥见。但作者并没有因此而走向概念化和理念化,支撑作品的大量生动又鲜活的情节与细节,以及各有秉性的人物和颇见个性的话语,都使人们有如置身于活生生的文坛现实中,让你感到既熟悉又真实,既可笑又可信。

实际上,这些悖论,有些是复杂的人在复杂的现实中所难以避免的,也有一些是能够减敛或避免,而因为人自身的失察、失控和失节而有意无意地生成和造就的。生活总是复杂的,现实总是冷酷的,面对不期而来的这一切,人们如何调整心态,调理自身,以自信又自强的姿态去把握现状和迎接挑战,实在是值得我们认真对待和思考的重要课题。

作品中的"悖论"的含义是相当丰富的,它含有愿望与现实的悖论,目标与结果的悖论,也含有知识与伪知识、文人与非文人的悖论。在这个意义上,故事真切而又文字淋漓的《犹大开花》,不失为一面惊人又启人的反光镜。人们从这部现代版的《儒林外史》中,能分明见出作者用心之良苦,手腕之强劲。

从作者的角度说,他感到的这一切不能不写,恰如骨鲠在喉;从读者的角度说,看了这一切也难以言说,犹若芒刺在背。这样的作品,无论对于作者,还是对于读者,都自会有所撞击,因而有所裨益。

序三

这是一个没有痛感的群体

孟繁华

在当代中国前三十年的文学中,知识分子题材是一个敏感的区域,凡是与知识分子题材相关的作品大都没有"好下场",因而这个题材的小说不多。1958 年《青春之歌》的出版,最初建立了知识分子形象书写的规范和模型,其影响一直延续到二十世纪八十年代初期。我们在"反思文学"中看到的"右派知识分子"凯旋后所表达的"九死未悔"的信仰,事实上是林道静身份重建、思想再生的某种写照。他们经历了苦难,但苦难不能改变他们的思想信仰,或者说,恰恰是苦难更加坚定了他们的信仰。这种"知识分子写作"的问题,在当代文学史著作中已经得到了部分的清理。

有趣的是,自九十年代初《废都》出版后,或者说自庄之蝶出走之后,长篇小说中知识分子的"背叛"或出走的现象前仆后继,蔚为大观,他们成了新的"零余者"或"多余人"。这一现象我们在阎真的《沧浪之水》、张炜的《能不忆蜀葵》、张抗抗的《作女》、张者的《桃李》、阎连科的《风雅颂》等大量作品中都可以看到。一个值得思考的问题是:在现代中国,鲁郭茅巴老曹以及钱钟书、郁达夫、叶圣陶、丁玲、柔石、路翎等都写过知识分子题材,但他们笔下的知识分子都充满了痛苦、迷惘和选择的矛盾,他们内心的巨大冲突给人留下了难以磨灭的印象。在那个时代,作家对这个阶层内心的考问是严厉而不留情面的,那是有疼痛感的文学,他们的那些作品真实地反映或表达了知识分子阶层的真问题。至今我们想起子君、涓生、萧涧秋、高觉新、祁瑞轩、方鸿渐、方达生、蒋纯祖等形象,仍能想见他们在变动时代的无为、无助和无奈。他们有良知,也有激情甚至理想抱负或决意拯众生于水火……这个阶层一事无成的整体形象,就这样被现代文学的经典作家们塑造出来了。

但是,九十年代以来的知识分子形象塑造,既没有表现出现代文学揭示了的这个阶层内心的矛盾冲突,也没有《青春之歌》式的表达知识分子的思想改造和身份转换。而在现实中,这个时代为数并不少的某些知识分子,不仅卑微、委琐、心无大志,更重要的是,这是一个没有疼痛感、没有耻辱心,甚至没有道德底线的群体。过去所说的"民族的灵魂"、"民族的脊梁"等等,与这个群体再也没有什么关系了。

现在,《犹大开花》让我们的期待有了着落,它笔锋锐利、痛快淋漓地展现了这一群落的精神生态,从而为我们塑造了一组生动的雕像。

这是又一个《编辑部的故事》。不同的是,九十年代的电视连续剧《编辑部的故事》是一部文化空场时代的娱乐剧,是一个无关宏旨的滑稽小品,但《犹大开花》里集中在《黄河论坛》的"知识分子"却大不一样。他们在编辑部里的表面生活与我们常见的文化人没有区别,但他们对社会生活介入之深是我们难以想见的。这个介入,不是知识分子阶层领导舆论、批评时政或是社会良知监护人的介入,而是千方百计蒙骗社会、欺诈朋友,为了利益无孔不入的介入。不同的是,因为他们是文化人,他们自以为有智慧、有谋略,有滔滔不绝、言不由衷的空洞话语,但他们的这些"智慧"、"谋略"只不过是小聪明、小机灵而已。因此,《犹大开花》生动地刻画和嘲讽了这个群体的众生相,深刻地批判了这个群体在变革时代庸俗无比的灵魂和苍白的内心世界。

小说的表层故事缘起于有人要搞"黄帝巨塑",《黄河论坛》要为此出一期"巨塑特刊"。但编辑部没有人真为这件事情操心,他们真正关心的是男女之间的事情:祝贺与春秋难以遂愿的婚外情、万主任对秦之娅的想入非非等,编辑部里文化人的内心生活是可以想象的。更有趣的是,当祝贺和春秋因送醉酒的老田有机会行苟且之事时,祝贺却没有能力了;万主任也只能在编辑部偷看秦之娅的照片或浅尝辄止地以话语试探。这些细节构成的反讽是,作为文化人的祝贺们实在是百无一用;而对外面发生的社会变革,这些文化人并不真正关心,但他们也并非不了解自己扮演的角色。比如,祝贺曾和"作家"陆丁九有一段对话:

"请教一个问题,为什么大脑最聪明?"祝贺看他答不上来,又说,"因为这是大脑对自己的评价。"

陆丁九刚反应过来,祝贺又问了第二个问题:"为什么作家了不起?"祝贺看他又答不上来,说,"因为这是作家对自己的评价。"

陆丁九刚反应过来,祝贺又问了第三个问题,其实这第三个问题已经含了答案:"大多数作家都是生活的失败者,可是当他把失败的东西写出来,头上便罩上了光环。于是这些可怜虫就以为自己是什么高级人物了。"

祝贺有根有据地与陆丁九辩论,他并不想把话说得恶毒,只是看到陆丁九总是一副自以为是的样子,忍不住想叫他难堪。

"抛开其他的不说,单挑一点,过于咒骂那些官员和出他们的洋相我就很看不惯。天地良心,凡是人家做的你们哪一项没做?喏,"祝贺摊开双手好像中间有个公平秤,"你们恐怕做得更过火。骂人家新思路叫瞎胡来,你们却可以标新立异,一会儿这派一会儿那流;骂人家拍马屁,你们却相互写文章吹捧,盛赞文友,把一个面对墙壁的孤独者,说成什么是与世界对话;笑人家利用职权,你们又何尝不是压制新人,厚着脸皮把光环往自己头上猛戴?你们放任自己那叫文人无行,睡朋友老婆叫体验生活,却狠骂人家装腔作势、道貌岸然、灵魂肮脏;随意骂人家政治流氓,人家还没自卫发火你们就急着呐喊什么大发淫威,搞一言堂。还有,"他越说越来劲,在心里及时地作出了评价,"你们胆小如鼠,见一个毛毛虫子也会绕道而行。就是你们这种可怜人把自己标榜为社会良知、人文卫士,还以这个谁也没公证过的假定当尺度,凡是不如你们的意都是坏的。其实人家也是人,你们却非要把与人家对立为己任,无非是你们忌妒人家拥有的权力和权力背后的利益。感天谢地,幸好印把子不在你们手上,否则真想象不了闹出什么乱子。"

祝贺应该是个明白人,起码还算坦率,他几乎剥了这些文化人的皮;但祝贺也只是说说别人而已,他虽然不像吾颖达那样言行不一地虚伪、不像邓相如那样明目张胆地为非作歹,但也不是明辨是非坚持原则的人。

范例是一个典型人物。这个人几乎无所不能,他每天招摇过市出入楼堂馆所风光无比,他还经常带祝贺出入这种场合。但是:

>人们请范例吃喝,无非找他帮忙办事,作为谋略家,范例依据人们办事的性质和难度,不停地变更祝贺的身份——在本人完全不知晓的情况下,"祝贺先生"已经先后在不同场合当过副市长的"女婿"、公安局长及银行行长的"内弟",当过教育局长的"好朋友"。祝贺成了范例向那些求他办事的人提条件的幌子,魔术箱里的大变活人。这些人会把重礼和现金交给范例由他代转给祝贺,祝贺当然什么都没得到,他所得到的是下一个酒店的山吃海喝,以及再一次荣任某某要人的"外甥"。范例有玩任何人于股掌之上的胆略,尽情品尝着智术上"不着一字尽得风流"的快感。

与范例这种无耻行径殊途同归的是吾颖达。这个貌似"文化斗士",痛斥"黄帝故里"虚假考证为学术腐败的"学者",当发现利益的机会再现时,却走得更远。他要搞一个比"黄帝巨雕"更高的"伏羲巨塑"。在这些人眼里,"不怕做不到只有想不到"。第二部《太极图》中,美编与诗人"对决"时,开始处于劣势的他转败为胜之后,成功的快感让他言之凿凿而振振有词:

>"朋友们,请翻翻身边的报刊吧。你会吃惊地看到,中国男妓几乎成了一个产业!事实上,远不是那么一回事。这我比谁都清楚。仅我的一稿十五投就百发百中。不少中国人有喜欢起哄的毛病,我的成功给许多像我这样的人树立了榜样,他们纷纷效仿,步我之后尘,一抄十十抄百,伟大的九月份就这么成了'男妓月'。可以负责任地说,中国的男妓现象完全是我一手制造出来的。我没有丝毫提倡男妓和同性恋的意思,我既不是出于信仰更不是因为生理上有奇怪的冲动,我只是为了挣

点儿稿费。报刊也想扩大发行。大家都是为了挣钱,这有什么不好的呢?"

这就是美编的理论。

学者也是文化人,国教授一派高深和斯文,但他不仅利欲熏心而且欲望无边。国教授看上了名曰"高蛋白"的女人:

> 看上了女人高蛋白的饱满鼓胀的肉体有种野性的力量。他打算实施计划好的诱骗。他是知识分子,所以方式完全是知识分子式的。以往,当他阐述自己的"温度计效应",总是以腐败举例——距离决定态度。当你在报上看到腐败,你会愤怒;当腐败者是你的朋友,你会惊讶;当你的兄弟因腐败而被绳之以法,你会遗憾或同情;当你本人收受贿赂,你则会高兴和庆幸。

这是国教授的理论。

更肆无忌惮、为所欲为的是邓相如,他不仅莫须有地制造了"二十世纪文化名山"事件,而且屡屡得手。在他看来:

> "对于文化名山,整个活动简直是天助。"邓相如说,"我有了策划,就有了公司;我有了公司,就有了和西阳县的协议;我有了协议,就有了……论证会;我有了论证会,就拉出了月兔酒厂的合作,就有了去北京活动的一切费用。看看吧,我只要往前走,就会有这样那样的事情出现,这正是我所希望和努力追求的。我做事情越多,问题也就像山一样越堆越高。我一直往最难的高度走。总有一天,我的合作者发现深陷其中,暗暗叫苦连天,盘算着是不是该退缩,这时候我还要拉出一副百折不挠的架式,继续……干。他们退缩、悲观,我还要去指责他们,拉他们,推他们。到了这种地步,我就达到自己的目的了。我的效益就一宗一宗到了手。"

这正是邓相如的诈骗术的有效逻辑和他的处事哲学。

小说塑造的当然不止这些人物,这里还有急功近利以求一逞的官员、有红尘滚滚中的妖冶女郎、有文化人中的各种范本,但就是缺少有骨头的知识分子!

《犹大开花》有《围城》之风,写得幽默而不油滑,但它更有大悲愤、大忧愤和大悲伤。作家杜禅不仅看到了这些文化人身上的丑陋和庸俗,更重要的是他发现了这个群体的精神疾患;这是一个没有耻辱心没有疼痛感的群体,是一个没有责任感的群体,是一个见利忘义、浅薄无聊的群体。看到他们,你会对这个群体深感窒息乃至绝望。

犹大曾为三十块钱出卖了荣耀的主而意属撒旦,《犹大开花》展现出来的这个文化群体,正是这个时代的犹大,是开花的犹大树。作家杜禅在本质上对这个群众众生相的揭示,令人触目惊心,这是因为:我们距离这些人并不遥远。

第一部

十字架

如果你长期凝视深渊,那么,深渊也会凝视你。

——[德国] 一个哭泣的哲人

第*1*章 暧　昧

> 春秋严肃地制止他胡说,态度里却含了
> 对某种关系的默认和撒娇。

祝贺遇到疑难问题通常由梦境来解决。

这种奇怪的精神现象,诱使他认为自己隐秘性很强。他三十岁了,从没听说别的什么人具有这种巫术特色的东西。

"看看,昨晚它又来了。"每当白天烦心,找不到答案的某件事情在夜晚的梦里揭晓,祝贺就会由衷感慨,那沾满梦痕的脸,也会浮现自我赞赏的神色。他多次讲给老婆听,可是那位理性健全、对神奇没有兴趣的女人却从来没当回事。

如果春秋和老婆有区别就好了,就可以听他讲述并在讨论中分享一下。

有次去外地出差,他把这一现象讲给了春秋。

"我没必要骗你。"祝贺讲述之后说,"如果没有这种现象,我凭什么能想出这种事情来呢?你说是不是?当然啦,我也没说梦境万能,我没这个意思。就我的经历而言,确实多次在梦里得到过答案。"

他俩是在宾馆的客房打内线电话,中间隔着一条幽暗的走廊。祝贺屋里还有田稼安,他这会儿在卫生间冲澡,花洒的细密冲刷,使他听不到外面的声音。他听不到外面的声音,也就无法料到身边潜伏的一场偷情。

春秋问:"你是说,白天犯糊涂的事,到了梦中就能搞清楚?"

"是的,用潜意识。你琢磨琢磨,多神奇啊!"

她没有琢磨,也没有什么惊讶和怀疑的意思,而是借机说起自己的梦。"知道吗?"她说,"先是在一个梦里,然后很清醒地滑入另一个梦。"

"梦套梦。"

"是的，梦套梦。"

他问："你通常都梦些什么？"

"这，可不能告诉你。"

他用猜测的口气，故意压低问："是不是见不得人的那种？"

"你才见不得人呢！"春秋严肃地制止他胡说，态度里却含了对某种关系的默认和撒娇，"你说在梦里能找到答案，那你给我举个例子听听。"

祝贺捧着电话就讲了一个。看看没有预料的反应，便又讲了一个，还是没有什么反应。祝贺想象着春秋的嘴唇往中间收成壶口，正在琢磨的样子。他灵机一动，编个谎言，说是昨晚梦见他俩中的一个，悄悄开门溜到了对方的床上。

"是吗？"

"你猜猜这个人是我还是你？"

停了几秒钟，另一个房间里传来声音："大概是条狼。"

祝贺高兴地挺了挺身，他不仅以说梦的方式将他们的关系往深处推一推，同时还有着重要暗示，希望这个晚上梦就可以实现。为了让她消除顾虑，他夸大了田稼安的睡眠程度："他就像一根树桩，什么都不会听到。"

"狐狸尾巴，"她鼻子里哼哼，把"露出来"的几个字也给哼了进去。

"好吧，"祝贺承认，"我是觉得坐失良机怪可惜。你不觉得吗？"

"这就是男人和女人的差别，懂不懂？"春秋很在行地告诉对方。

卫生间的淋浴声停了，田稼安裹着一身雾气热腾腾推门而出。靠在床头的祝贺放下电话，谴责地甩过去一眼，再次觉得这个人很碍事。如果没有他，电话可以继续打下去，直到俩人其中的一个真的开门横过走廊进入对面的房间。然而，那又是不大现实的。没有这个第三者，狡猾的万主任也不会批准这对男女离开城市，跑到一百多里外的无法知道的地方来，干出同样无法知道的好事。对于某些事物，万主任具备足够用的猜测天赋。

祝贺眼里的田稼安是个可敬又可怜的人。"如果精神可以做成标本，田稼安一准要进入博物馆，放在某一个展厅的玻璃柜里。"在和春秋单独探讨问题时，他说过这个话题。"他那强烈的道德感依然完好如初地保存着，并不是什么思想、性格以及品质方面的原因，而是取决于生物基因。"

春秋请他解释这话怎么讲。他说，时代被少数人改变着，反过来又改变着大部分人。大家都顺应社会潮流，田稼安却停留在过去的岁月里。换句话说，他抱着十多年前的东西沉重地跟在人们后面。他被淘汰了，是他身上有种决定道德的生物元素，至于什么是"道德的生物元素"，祝贺并不明白，这是他为了表达便利凭空杜撰的一个词。

田稼安也知道自己是个被淘汰、被人耻笑的可怜虫。所以,平时很少听到他的声音。生活中他多次成为人们的笑料。有的知道,有的到头来他也不明了。这次和祝贺、春秋去S县采访就惹出了一系列笑话。

习惯于以貌取人的局长开始总是看着他讲话,一顿饭的工夫,局长发现貌似年龄大,块头也大,鬓角还杂些灰白毛发的这个人,很不怎么样。于是及时调整了方向,把主要视线转向祝贺,间或春秋。第三天下午四点采访结束,局长和办公室主任嘀咕一会儿,备下三份土特产,吩咐司机把他们送回中州。结果,忠厚善良的田稼安闹出了更大的笑话。

汽车把他们送进城,司机找个很像样的酒店,从后备箱里拿了瓶好酒,点了四凉四热和一份酸辣汤。田稼安估摸着得花一百来块钱,便私下从裤兜里掏出大大小小面值不等的钞票,总共才六十多元,他歪过去悄悄向祝贺借五十,又琢磨着万一还不够,就又向春秋求助。他觉得四个人,点的菜太多,又因想象中是自己请客也不好阻止。再说这几天县里每顿安排都很丰盛。司机张罗之后,便到柜台"偷偷"把账给结了,转过身来告别式地跟他们一一握手。

田稼安没防着突然伸过来的手,以为要和他划拳猜枚,一脸歉意地拉着司机的手请他先坐下:"先坐下,坐下,我真的不大会,这两天我们吃饭你都看到了。"

司机屁股在椅子边沾了一下又站起,声音大到喊叫的程度:"领导还有啥吩咐?有啥批评只管提。"

两天的接触中司机看这人像一个傻子,便不再同他废话,依旧笑着跟祝贺握手,又跟春秋碰了碰,侧身退步摆着手,走出酒店。司机上了车,打转方向。车身一摇一摇颠晃着,过马路沿儿的时候还礼节性地扭扭肥大的屁股,接着轰地一纵上了路。"再见!"车里传出一声喊,便一溜烟消失在黄昏落霞残照的街道上。田稼安站在酒店的门前还没醒悟过来。

"他这是去哪里?"

"他回去了。"祝贺拍了拍他的肩头。

这一切来得突然,又似乎事前商定好的那样不容置疑,田稼安就搞不清怎么回事了。司机刚花一个半小时的路程从S县那里来,现在还得再花同样的时间返回去。田稼安站在酒店前呆望轿车消失的方向,想到那个精瘦的,脸形有点扁的司机正饿着肚子握着方向盘赶往S县的路上。他的心情就沉重起来了,像办了一件悔怅的需要道歉的错事。

祝贺知道他的船弯到哪里,只好再次拍着他的肩膀哄骗说,人家司机有事急着回去办,便扯着他的袖头拉回到桌前。祝贺边说边劝酒。如此这般,几杯酒下到田稼安的肚里,就一焰一焰地把话烧了起来。他觉得刚才发生的事情太奇怪。

"太奇怪了。怎么能这样？我们到县里，人家请客；人家来我们城里，是不是得我们请客？怎么让人家县里的人送我们百里的路程，掏钱人却走了呢？"

"听你那意思，好像是我让走的喽？"

"你没拉着他嘛。"

"你怎么没有拉？"

"我不知道他要走，我要知道当然会拉着。你看看我钱都备好了。"

"他们公款。"祝贺向春秋挤了下眼，"我们私人掏腰包。"

"这不是理由，我们三人吃了两天，能不能请别人一顿？我看能，很能的。他们的局长知道我们这样，该笑话我们太短了。"

春秋帮起腔，她要让田稼安明白："局长才不说我们呢，这是他的安排。"

"局长跟你说是他安排了？"

"有些事用不着明说，看也能看出来。"

田稼安有点反感了："就算我们不请他那个司机，这饭也得我们自己掏钱。哪有这等事，到了我们这里，掏钱请客的人没一个在场。"

祝贺不想和他饶舌，又接二连三地劝他喝酒。过了一会儿，看他还吊在这个问题上不松手，只得叹声气，像教不懂事的孩子似的对他开导起来："老田，我得说你几句，其实你说的问题并不是问题。这顿饭本来就该他们请。你看，我们采访结束才四点，不到吃饭时间，要是等到六点，中间还有两个小时，这是一；要在县里的某个酒店，他们起码得由副局长和主任陪酒，那一顿下来又得两个小时，这是二；就算八点走吧，我们乘夜车又得比白天慢，回到家就得十点多，而现在呢才七点，这是三。一件事有一条理由就可以做，这件事有三条理由。"

田稼安摇晃着那颗有点空心白菜似的大脑袋，鼻子像悬着半根苦瓜。见他依旧执迷不悟，祝贺又换种说法，其实什么都没变，只是时间和环境发生了换位。

田稼安将杯中物抽进嘴里，那液体在胸膛里烧，烧得他话都硬棒了。"你再说，那是你的理。采访结束几点就是几点。四点就是四点，六点就是六点。要是四点就不该请。"

祝贺决定不答理，他看得明白，是道德和道理组成的一道屏风挡着田稼安的视线，这远远超过他能力所达的范围。因为困惑，田稼安喝了不少酒，又由于喝了不少酒更加困惑。

到了八点，田稼安突然歪歪扭扭起了身，步子踉跄，转出门外，他的步子既像在夏天暴雨中蹚水，又像囚牢里套着重脚镣的犯人。他转一下，又转一下，画着曲线，最后脚步一刹，抱着身边的一棵柳树，呜呜哭了起来。

祝贺从没见过喝醉酒的人要找棵树抱上一抱，春秋更没见过五十岁的男人泪流得那么痛心。他们将田稼安拖到路边,推进出租车,告诉了司机一个模糊地址。出租车驶进春天的夜里,似是而非地绕过几条街,探头缩脑地拐到了一幢楼前。还没停稳,春秋斜身跳下车,一副遇上麻烦事很会处理的样子,没打招呼直奔到三楼。

当她拍了一阵门,猛然想起田稼安的老婆病死了,孩子远在外地,这才又慌乱地从三楼重返一楼。祝贺已经架起醉汉,像个受伤的救火队员艰难困苦地一步一步,错着台阶往上挪。春秋发挥了重要作用。每当两个男人在仄窄的楼梯台阶上摇摇晃晃,她根据重心的需要,及时调整角度猛地往某个平衡点推一推,避免两人歪倒而从楼梯上可悲地滚落下来。她知道自己的功绩所在,以至于磕磕绊绊进了家门,没有坡度,不再需要平衡点,她又尽责地推了一把,结果把祝贺和架在身上的田稼安"咕咚"一声推倒在地上。

祝贺的半条身子斜压在下面,眼前摆着一张糊着油污而浑浊的大脸,稍远一点的地方还能看到露出的一颗又黑又深的丑陋肚脐,边缘长着几根杂毛。他的喉咙顿时涌上酒饭的浓郁气味,差点呕吐出来。他们重新积聚残剩的力量,像在河滩上拉着装满泥沙的袋子,一人提一条胳膊,把田稼安拖到沙发旁边。东西太沉重了,刚翻上一半又滚落下来,再次发出这天晚上多次发出的肉质的钝响。

他们决定放弃,没什么大不了的,躺在地上就让他躺在地上好了。

田稼安躺在地上,祝贺半跪在他的身边,唯一的女人侧身站立扶着沙发背。这幅怪异的构图引领他们穿越某种空间降到了犯罪现场。

春秋跑到卫生间洗把脸,又拧条毛巾递给祝贺。这当口,两人目光带着寻找的意味就那么碰一碰,屋子里"轰"地燃起一股气焰,一种促人犯罪的邪恶气焰。于是,一场充盈着彩色液体的事件爆发了,他俩像一对分不开的畸形连体人,带着急躁的劲头磕磕绊绊旋转进了卧室,随之用背顶着把门锁上。他以为剩下的事都好办了,他的手抄进毛衣往上摸到胸罩边缘,也就是摸到被挤出的一溜温软滑润的乳房之际,亢奋的情景急转直下。她突然防卫似的用力缩成一团,要把那只手憋出去。当这一招宣告失效之后,她就压低声音说,"别别,看见了看见了"来强调两人所在的环境。也就是说她抗拒了。祝贺只得鼓励、宽慰和苦口婆心地劝说,直到暗示再拒绝的话就愤然放弃,她这才渐渐将扭动的身子老实下来。接着,她跨出一步悄悄开门,探头看看外面。等确认田稼安像祝贺保证的不会造成丝毫威胁而依然令人放心地瘫在沙发旁边的地板上之后,她用一副无奈、听之任之的迁就口气说:"好吧,交给你了。"

然而,她的问题刚解决,祝贺的问题却出现了。正要启动的生命杠杆,却一反常态软塌塌得不成样子。这是从未发生过的惨剧!起初他没当回事,可是经过一而再,再而三的努力,竟然把荒唐证明为事实本身了。

"我太累了。"他说。

"我喝酒了。"他说。

"人就在那边。"他说。

她在下面躺着,听着他找的一个个理由。等她好奇地勾起头,看着空处,便像逃过了一场莫大的劫难,舒心甚至开怀似的笑起来。

桃色案情之后,春秋的身份和心境发生了变化。作为女人,她感受着奇特而又微妙的暧昧,这种暧昧像飘浮在天空中的流云,煨着一种焰焰的火气,化作春雨淋落下来,温柔而又甘甜。她很想再干点什么,寻找点什么出来。既然祝贺言之凿凿可以在梦里破译白天困惑的事情,她就决定给他出道难题,看看他白天遇到的困惑能不能真像他说的那样,在晚上的梦中得到答案。

于是,三天之后的工间操时,她撕掉三分之一的稿纸,用宋体字这样写着:

同事间禁止暧昧。

十几分钟后,祝贺回来发现了这张字条,随手用刚出版的《黄河论坛》杂志盖上去,不动声色四下观察。大家都在各自的桌前做着自己的事。毫无疑问,这是一张有所指的字条,一个发现了秘密的人写的字条。于是,这场刚刚降临之际的暧昧就糟糕地罩上了乌云。

真是出鬼了啊,他和春秋这种在没有形态的栅栏中深藏不露的私情,怎么被人发现的呢?祝贺的惊诧不仅在于被发现,更在于这么隐藏的,刚刚发生的,连自己暂时还搞不清真伪的事件是被谁发现的?更让他奇怪并急于知道的是,那人凭借什么漏洞发现的?那家伙是谁,藏在哪里?

按说,他俩在有第三者面前的交往够谨慎了,比故意保持距离还要谨慎,就连他俩偶尔单独在一起也是如此。祝贺相信,没有什么因防范和戒备而失态的眼神或口气供别人参考。那种小说和电视剧被发现的一对情人所表现的惊慌、掩饰、辩驳,也绝不会在他们身上上演。

还是被人发现了!被别人观察并抓住了把柄,这在祝贺的人生态度里堪称一件失败的事情。那张由隐藏的手递到桌上的字条,既可以理解为警示,也可以理解为戏弄。在激起他好奇心的同时,又揭开了极少触及的耻辱感。祝贺太想揪出这个人了。这个人就在身边!因为找不到,他那双本来挺平凡的眼睛就变得像幽暗长廊尽头的一面镜子,神秘而奥妙。他焦躁地设想过无数次,一旦发现那个贼,就猛地扑过去,攥紧他的领子狠劲地摇、摇!然后鼻子抵着鼻子,阴沉而又威严地发问这家伙究竟从哪里看出破绽的?!

春秋写这张字条只有一个意思,拿他开心,好延伸一下情人间的暧昧感觉。她知道他的梦帮不上他的忙。她没有料到这张字条使祝贺扮演了寻找贼眼的反侦角色。打那天开始,祝贺开始留意周围的一切动静,甚至力图从打扫卫生、提水倒茶、翻得报纸浪花乱飞及七嘴八舌等日常工作中,捕捉到可供分析甄别的细节。一切东西都被动地纳入了他的视野。

一天下午,他茫然地坐在桌前,看着窗外的另一幢相距十几米更高一点的大楼,居然疑惑问题出在那里。他悄悄地下了楼,溜到对面楼梯上上下下好几次,从窗口进行模拟观察,结果什么也没有发现。倒是发现编辑部在无声的情况下,人们的手势和动作像早期的无声电影那样滑稽可笑。

他排除了楼外的可能。那双暗藏的抓了暧昧的眼睛还是在屋内!

于是,他的依靠梦境解决问题的神奇现象又显灵了。有天晚上,他在梦中找到了答案。在梦里,枕头一鼓一鼓冒着气泡,诉说着谜底,他兴奋异常赶快把自己弄醒。问题坏在他醒得似乎早了点,梦里的那个人还没来得及显现,就掩映在一大片若隐若现的残雾里了。连着几个晚上,临睡之前,他祈祷新的梦境,好把梦中的那个人追忆出来,结果闹得又迟迟难以入睡。

有一点可以肯定,祝贺曾经在梦里找到过那个人,只因梦的虚幻性,找到的人又遗失了。他和田稼安面对面坐着,相隔两张桌子。若用物理学原理去衡量,田稼安更像一堵活动的肉质的石墙。他打算先在他身上试一试。

这天午饭后,田稼安正靠在椅子上闭目养神,祝贺掏根烟像喂鸽子似的把烟摆过去。田稼安抬了抬眼皮,眼珠滞了一下又低下头,祝贺接着又摆去一根,那根烟投到田稼安胸部顺着身子滚动,落到脚背上。田稼安给弄醒了。

"我问个问题,你睡觉会不会梦到,桌上有张字条?"

田稼安抹了把脸,这是一张厚厚的憨实淳朴的脸:"字条,梦见什么字条?"

"你是不是在我桌上放过一张字条?"

"我在你桌上放张字条干吗?"

"你没听明白,我是问你桌上有没有放过一张字条?不用管为什么。"祝贺观察他的表情。

田稼安想了想:"我很少做这种梦。字条上有字吗?"

祝贺深知这是个极为诚实的人。通过测试基本上能断定字条与他无关。这个近五十岁的人有双直线形的儿童般的眼光,总以己为镜去照别人,在自己身上不可能出现的坏事,在他心目里别人也同样不可能出现。像那天晚上,他喝醉所创造的条件使一对男女节省诸多环节一步登天的事,更是无法想象的。尽管桃花运在他那张大床上盛开。

祝贺和春秋的两张桌子并排摆放,祝贺所坐的藤椅后面有一溜靠墙的报架,中间只隔半米的空隙,每当春秋忙完了事要进里面自己的位置,祝贺得先将藤椅的后腿翘起来,给她腾宽一点。春秋仿佛被一段文字中的某个问号绊住了,不经意地滞在藤椅后面,祝贺只好配合继续弓紧身子。若她乐意的话,还会轻中有重推一推椅背,让你感觉那拓宽之意渗有几丝女性阴柔。暧昧往往就在这方寸里滋润一下。春秋的眼睛有点褐色,睫毛像假的那样长,给人一种别处难以找到的忧郁神色。这是她本人所知道的自备的主要优势之一。在他们创办《黄河论坛》杂志的半年里,祝贺一直吃不大准春秋属于哪种类型的女人。温婉、聪慧、内在美、小聪明、富有心计,好像都有那么一点。从外形上看,她是介于一种亭亭玉立的清秀和丰满艳丽之间的女人。

字条出现后的某一天,祝贺查了词典,更明确地知道"暧昧"专指不公开的行为。他依据自己的感觉认为解释得很精确。如果只是同事,春秋应该将话说完或者到自己的位置上继续说,而不能站在藤椅背后待那么长时间,让他一直努力坚持直到整个胸部贴到了桌上,她的这种行为就算作"不公开"。还有些行为也不能算公开。春秋不吃早餐,像其他女士那样包里爱装点儿小食品。她在桌子后面剥开悄悄吃的时候,脸前总要挡一张展开的报纸。田稼安的嗅觉有点迟钝,当某种气味绕到鼻孔,便像墙边散步的母鸡听到什么动静似的,偏偏头,简单愣那么一下,继续埋头看稿子。吾颖达的嗅觉显然比正常人优秀得多,只是搞不清淡淡的香味一袭一袭从何袭来,他低头四下寻找,再抬起头,那张充满文化积淀的面孔便糊上一层迷惘、疑惑和莫名其妙。他这人喜欢追问一些解释不清的事情。那股淡淡的香味自然要让他在质疑和探索中激动一番。偶尔,他还能被不可知的力量推动着离开位置企图弄个究竟。有好几次快绕了过来,也就是即将从报纸后发现春秋的秘密之际,祝贺及时给个明示,结果吾颖达还是什么也没发现,怀着一肚子纳闷侧身回到位置上。

"喏。"等探谜的人回到位置上,她把火腿肠切下一截杵在刀尖儿上,犹如某种象征赤裸着暗渡祝贺这边。祝贺听到那个"喏"字,便一发不可收拾地跌进了暧昧的乐园。

虽然询问田稼安未果,类似的方法却可以扩大用在另外几个人身上。

"你说发现什么?"陆丁九碰点好事总急着沾沾自喜,现在有人主动问他发现了什么,是他最乐意说的了。"我天天都有发现,你指什么?"

"桌上的字条。"

"我没见过桌上的什么字条。谁桌上的字条?"陆丁九露出一半的虎牙又隐了进去。

祝贺用直接导入的方式分别问了吾颖达、范例,还有秦之娅。这是个很好的逻辑游戏和推理试验,如果有人好奇并反问那是张什么字条;就说明他们不知道真正要问的事情。相反,他们之间一旦有个什么人写了字条,不仅会流露出被反侦的窘相,还能从中感到一种传出绯闻将要后果自负的震撼。

祝贺最后问的是万主任。当时两人走在楼梯口,祝贺搞了个突然袭击。万主任停下步声明,他从来没在自己桌上看见过什么字条:"我的桌上堆的尽是稿件。"

"我说是你留在我桌上的字条。"祝贺用一种不容对方辩白的肯定口气。

万主任的态度动摇了:"我什么时候给你写过字条?写的什么嘛?"

祝贺松了一口气,从万主任的一脸无辜来看,字条同样不会是他所为,祝贺又要把戏演下去,编了谎:"同事间禁止爱护。"

"禁止爱护?禁止爱护是什么意思?"

经过一系列毫无结果的测试,祝贺觉得字条事件变得更加荒唐了。

关于这张字条,他曾打算找春秋说一说。他把这事告诉她的理由是,也许这个女人在某些事上有了疏漏却未自知,八成问题出在她那边了。他要提醒她以后要慎之又慎,连从椅背后故意滞留的暧昧也要杜绝。经过一番矛盾后,他决定还是缄口为妙,因为,她会被吓着,恐慌起来;她会防范,而一旦防范反而欲盖弥彰,说不定还因承担不起名誉的风险打道回府,那么一来,可什么故事都没有了。

在暧昧的幽径上做适度的意味深长的漫步,不管怎么说,三十岁的祝贺是头一次领略,它就是和初恋的感觉大不一样。两个婚后男女的暧昧凭空营造一扇虚幻大门,一扇关着的看不见摸不着的大门。他们可以进去,又能在外面徘徊,东张西望,估摸着弄出些什么值得称颂的东西。

既然搞不清哪个人写了这张字条,就证明没找到最好的方法,所谓最好的方法就是解决问题的方法。祝贺认为,世界上任何一个问题都有答案,只是他没找到而已。

没找到,就得继续努力找。

第2章 逻辑的力量

> 这一次的清白,能证明过去的清白,而过去的清白,又似乎能折射还没有来得及发生的、未来的清白。

和大多数人一样,万主任热衷于将自己的优点放大后欣赏。他经常不由自主地发现,自己的优点不仅比缺点多,还比别人的优点多。即使自己有缺点,也能在某种情况下转化成为优点。

万主任这个人,身上有种复杂的美。在同一时间里,别人只有一个动作,他的身上却有三个至六个动作;别人只有一个念头,他的脑袋却能闪出六个以上的念头。前几个是表层的,后面几个就完全称得上深层。所谓"深层",无外乎富有隐私的成分和别人不大触及的东西了。比如说,一连几天,万主任的脑子里盘绕着两大问题。其一是,为什么田稼安喝醉了抱树,还哭一哭?其二是,一对男女把醉汉送到了家,有没有发生艳事?他通常能从别人不留意的事情里看出名堂,然后再做一番符合自己愿望的主观性极强的阐释。就像秦之娅每次接听电话,总会让他暗中费很大的工夫,猜测对方究竟是前天的男人呢还是上星期那个男人。秦之娅长得漂亮,性格里又有一股略带风骚的劲儿,相当能招惹异性朋友。有些女人的风骚是学的,有些女人的风骚是做的,秦之娅的风骚之树则根植于肥沃的天性,也就是说与生俱来。

他曾见秦之娅上过一辆黑色轿车,搞不清那家伙要把她带到什么阴暗的角落,在她身上干点啥。几个月来,为了秦之娅,他尽了一个男人应有的种种努力,尽管眼下还没成效。其实,他知道以后也不会有什么成效。他之所以努力而不放弃,是相信生活遵循一条逻辑:普天之下,女人喜欢和她的上司发生交叉运动。社会生活一再向人们昭示,你的官当得越高,似乎肉体就离女人越近。他是领导,她是属下。尽管这个官小,但有了和单位女人建立友好关系的资格。自己本来是好的或者比较好的,只因当上部门头头,思想有点自由化倾向了。这是个逻辑问题。这个逻辑给了他力量,每当在她那里碰一鼻子灰,这个逻辑就跳出来帮他打气,像黑衣侠客从模糊不清的什么地方跳出来一样。

自从田稼安抱树哭的事情传出之后,万主任审时度势,抓着了这个话题,这是个有利于他和秦之娅拉扯一下的话题。一次工间操,大家去楼顶上活动,万主任和秦之娅边谈工作边向一隅走去,好和散乱的人们拉开距离。

田稼安伏在女儿墙看下面忙忙碌碌的街道,很难想象他的脑袋里想些什么。他也不可能猜到别人在背后谈论自己。和大多数人相反,他几乎没有说话交流的渴望,甘愿守候着沉默这个外壳。

"如果他永远这样也就算了,问题怪在只要碰上酒,一准能让他破壳而出。"万主任说着,拱嘴吐出个大烟圈,从滚滚烟圈里偷窥空中发情的太阳。"当他喝二两酒,便有了正常人说话的意思;三两,他的舌头在嘴里乱跑;四两就更妙了,跟别人抢话说,这时进入了更高的境界。只是有一点,我很纳闷,人喝醉了可以忘掉一切,独独忘不了女人。这时的女人放大变形,成了充满欲望诱惑的东西。而老田却去抱树。"万主任以请教的口气问,"这树就那么好抱吗?你帮我分析分析。"

秦之娅看着树,好像寻找一只飞鸟。

"这是个很现实的问题嘛。我是单位领导,除了工作,关于生活作风上的事,也应该注意指导。老田今天抱树,谁知以后抱什么呢。"

秦之娅依旧没有答理。她看不起这种男人,并不是看不起他的行为,而是他的行为方式。总是小男人似的躲躲闪闪,遮遮掩掩。一只脚像探测仪似的在禁区的边缘探来探去,就是不敢大步往里蹚。

"噢,对了。"万主任又像刚想起来似的,"我正看一本书,里面有句话很有玄机之妙,我琢磨几次也不大懂。这句话是这样说的:女人其实更多的是被喜欢,而不是被爱。这是什么意思?我不明白。我是个男人,也许有着性别上的局限。你能不能告诉我什么意思?"

"为什么问我呢?"

"因为,"万主任笑道,"因为你是女人嘛。"

"你回家问你老婆,你老婆好像也是女人。"秦之娅以讥讽的口气回应。

万主任说:"真搞不懂你们年轻人,一张嘴总是那么尖刻。好像是敌人似的。哎,我问你一个问题:在你眼里我是朋友,还是敌人?"

"敌人吧?"秦之娅想了一下回答,"应该是敌人。"秦之娅转身慢慢地走了,万主任跟在旁边:"你说我是敌人,可我这个敌人比你那些朋友更有价值。说到朋友,这是一

　凡是看清自己毛病并指出来的大多是敌人,而天天来往的堪称朋友的人,对你的缺点却看不见,或者看见了碍于关系也不指出……到底看不清或看清故意不说自己缺点的朋友,为什么成了朋友呢?

个很有意思的悖论。凡是看清自己毛病并指出来的大多是敌人,而天天来往的堪称朋友的人,对你的缺点却看不见,或者看见了碍于关系也不指出。如此而言,就有了对现实的考问意义。到底看不清或看清故意不说自己缺点的朋友,为什么成了朋友呢?"万主任的身子不由得向前倾斜一个夹角,好像有人倾听他的教诲。其实秦之娅已经加快步子走到楼梯口了。

万主任被孤零零地晾在一边,他为此很苦恼。他也想战胜自己。明知有些话不能说,说了也没用,结果还是管不住自己的嘴。认识到自己的缺点是一回事,能否改正就是另一回事了,这两者之间有很大距离。凡是缺点和毛病,认识到了又改变不了,不仅痛苦,还对自尊有相当程度的伤害。如此说来,认识不到其实比认识到更好——反正自己也无法改变。

人们陆续地回到编辑部,万主任的脸上也恢复了通常的办公室面孔。几十分钟后电话铃叫了起来,埋头审稿的万主任捞起话筒附到耳边:不出所料,又是一个兴嘟嘟的男人铆足了劲儿直奔秦之娅。万主任眉目间挤出一团讨厌,头也不抬将话筒横扫过去。邻桌的秦之娅探身接过,扯着线将电话机座拉到自己桌上。秦之娅每说两句话就把话筒换到另一个手里,同时甩下头发。她想象力一般,却认定对方正在看不见的远处欣赏自己。"好吧,这件事应该有报道价值,现在走,晚上能回来不能?"

她放下电话,将桌上的东西收拾到包里。她知道,低头编稿的人都留意她的一举一动。最留意和难过的要数身边的万主任了,别看他装模作样沉醉在自己的文稿里。她冲他一个微笑,很有把握地相信无声的笑他准能感觉到。

万主任的自尊心受到双重伤害,这个狐狸脸的女人明明看见自己埋头编稿,却自信地以为正在操她的心。他原本要坚持一会儿,然而,只过两秒钟就不由自主地抬起了屈辱的头,拉直平板的声音问她:"怎么回事?"

"去黄帝故里看看。这些天媒体总在报道那里要搞个黄帝巨塑,我过去看看,有什么东西没有。"

"这件事并没有上我们的工作选题,你也事先没有给我打招呼。"万主任把稿子拿起举到头上,晃了几晃,仰脸对里面的祝贺唤了一声。祝贺应声走来绕过秦之娅,趴在桌上听万主任提意见。

"你的稿子要删掉三分之一,关于苏联解体,关于东欧剧变,有其内部原因和外部原因。这些文章满天飞,从中央到地方,从杂志到报纸,到处都是。你只把这一章节保留就行了,保留哪一部分呢?你看这,'他们以为新自由主义能够救东欧,其实近一年来的事实是,人们对未来感到绝望,经济衰退,社会动荡'就保留这一章节……"

万主任认为这样处理可以掩盖一下自己,说明秦之娅请假时,正是自己全神贯注之际,没心在意她的一个什么微笑。等祝贺离开,他才点棵烟,拍拍扶手,看着桌面问她想采访什么。

"我没有采访怎么知道采访什么？"

万主任靠在藤椅背上，貌似凝神的样子。他也注意到这件事情了，《黄河论坛》是学术理论性刊物，有关黄帝的文化还是应该关注的。问题不在这里。问题在秦之娅身上，她八成以此为由随一个男人到一个搞不清楚的地方玩去了。为此派生了另一个苦恼，他无法搞清她说的是不是真话。万主任还想再批评几句，又意识到可能对方不耐烦，口气换温和了："好吧，你去看看。记住，一定把资料带回来，说不定我们还可以弄点东西。"

秦之娅听出话里垫了层怀疑，不大高兴了。她知道做些什么能气气万主任。她先去范例桌边俯下身和他头碰头嘀咕几句，又转身给田稼安交代无关紧要的工作。田稼安反应慢，怕理会错了总要重复一遍，秦之娅故意用胳膊抱怨而亲昵地蹭撞几下。等她觉得有人气得差不多了这才哼哼地离开。她走到楼梯口，一道下午的阳光从平台的出口斜照过来，她觉得自己的身子抹了一层金边儿，一下子变虚了。

第二天，秦之娅带回一袋关于"黄帝巨塑"的资料。看样子没有说谎。于是，万主任的逻辑学又派上了用场。照此推算，头一天还不知去的什么地方，通过资料，足以有效地证明是去了黄帝故里。这件事还有着代表性的普遍意义：这一次的清白，能证明过去的清白，而过去的清白，又似乎能折射还没有来得及发生的、未来的清白。显然，结论是万主任帮助自己下的，这样好给人一种欣慰和希望。

万主任让秦之娅带回资料，只是为了看看她到底去了哪里，现在关于黄帝巨塑的资料就放在他的桌上，他只得装模作样地拿到手里看起来。可是看着看着，不知怎么回事，竟然从中抓着了事物之间的共同点。"咦，都姓黄，两个都姓黄。它黄帝巨塑姓黄，我《黄河论坛》也姓黄，两个都黄到一块了，我看可以做做文章。"万主任双手搓了几把脸，站起来去添水，他喜欢在屋里边踱步边发表高见。

"黄帝巨塑，要建一百二十米高的黄帝巨塑。这么好的事是谁想起来的？很高明，很有眼光。关于历史，关于文化，关于民族，关于经济，都一揽子装了进去，它还将海外华人也装了进去。"万主任在屋里转了几个来回，然后拐出门外，又在无意识的情况下走到走廊尽头的卫生间。当时他还没什么明确的想法，只是隐隐觉得，有什么东西在脑中动了动。什么东西呢？还看不清，反正是动了动。直到晚上，刚上床关了灯，脑袋里某个点位突然"哧拉"一热，闪出了一道电光，"特刊！"万主任模糊的天空被照亮了。是啊，特刊！如果黄帝巨塑轰动全球，围绕巨塑办的特刊搭上一班跟风快车，同样会引起海内外倾情关注！

万主任狂喜起来，一再期待着还不知是什么的大事从天而降。他的脑子里奔腾、拥挤着各种各样非常重要的念头，甚至在别人看来无所谓的细节也铿亮摆在眼前。他重新拉开灯,溜到阳台上,一棵烟抽完接着一棵烟。月亮皎洁,一会儿隐入云彩,又不知何时从云彩中渡了出来。约摸两个小时后,思路基本上理清了。首先,这个创意是他头一个想到的;第二,这个创意在他主持的杂志社容易落实完成;第三,搞黄帝巨塑的人会马上赞同,超大的文化工程应有一个权威性的特刊;第四,总编听了汇报准会大加赞赏,对提升杂志的知名度很有好处,还能够彰显总编的政绩。站在月光沐浴的阳台上,万主任听到了总编的笑声,甚至瞭望到总编奖励的手势了。

策划会那天狂风大作,整个城市简直闹了一场声势浩大的匪患。魔幻世界能发生的在这座城市里都一一呈现了,高耸的烟囱犹如灌满劣质酒的酒瓶,直通通拍落下来,蘑菇状的尘烟还没来得及腾起便四处弥散了。不可一世的广告牌也像中了邪,扯裂,扭断,自绝其命地呼啦啦从高处跳下。街道上,行人猎猎,不是像被绑架就是像奔赴刑场。钳入石缝,踌躇在小巷角落,沾满肮脏泥迹的花花绿绿的塑料袋,这会儿被风沙唤起,列队集合,起伏攀升,像一簇簇硕大的痴迷萦绕的野蝴蝶。傍晚时分,隔着玻璃看那无数蝴蝶绽放枝头,招招摇摇把城市装扮得分外妖娆而淫荡。

春天的空气弥漫着呛人的沙尘,下了班就有人用唆使的目光哀求秦之娅。她明白是什么意思,转过高耸的胸部寻找万主任并堵着他的去路。这是她对付男人的两大法宝之一。另一个是,当高耸的诱惑让男人色迷迷妄想得到犒赏,冷不防一双白眼珠像闷雷似的在你的头上滚过。

这边的祝贺把东西放到抽屉里,上好锁,竖起一张报纸,向春秋扫了一眼:"刚才说到哪了?"好像半个小时之前他们说过什么话似的,"噢,说到我有个新发现。"

春秋将身子俯下,像从地上拾掉的东西,同时小声问:"什么?"

"同属婚外恋,家庭幸福的和婚姻失败的婚外恋,性质有很大区别。"

"噢?是吗,你说说看。"桌面依旧挡着她的头。

"婚姻失败的情人重感情。"

"这也算发现?"

"家庭幸福的情人重肉欲。"

"你属哪一类?"她站起身来,没有看他。

"现在不告诉你,我会在适当的时间适当的地点告诉你的。"

春秋一脸正经地转过来,看着收拾东西即将离开的大家。她不愿在这种话题上留下自己的印迹,作为女人,一个偷情的女人,最好不要在已触犯的事上发表观点。

祝贺提着包像没人事似的向门口走,秦之娅一个高声把他叫住。接着的是责备的口气:"我请客也就算了,你可以不赏脸;领导请客你还溜号,这就涉嫌把工作意见摆到了桌面上。"

万主任在桌面上磕文件,一时没理解这话是冲自己的,过了几秒,发现大家的目光纷纷往自己身上集中,搞不懂怎么回事。祝贺明白了,对万主任说:"秦之娅的意思是,我们不顾外部环境恶劣,顶着大风开了一天的会……"

万主任认为两者没有逻辑关系:"风大怎么了? 风大与我们坐在屋里有什么关系?"

陆丁九插到两人中间说:"大风就是大风,不能因为人在屋里就不是大风了。电视上经常报道,某某领导冒着毛毛细雨到工地视察……据气象专家测算,毛毛雨,也是雨。"

"你们什么企图吧?"万主任反问大家。

"怎么成我们的企图了? 你万主任既然说了就要兑现嘛。"

"我说什么了?"

"开了会就请大家下馆子。"秦之娅敲诈地看着他。

万主任申辩他从来没有说过这话。他询问地看看大家,最后把目光落到范例身上,希望得到帮忙:"我说了吗?"

"你说了,开会以前你在倒水时说的。"范例用证实的态度肯定地回答。

万主任皱了下领导式的眉头,知道被众人冤枉是躲不过去了,便一副冤枉躲不过去的样子拿起话筒,拨了总编的号码,又因为没把握总编什么态度,就把话筒递给秦之娅好让她哆上一哆。

身兼数职,痴迷于戏剧的总编,在几里外的另一个办公大楼上班,《黄河论坛》只是他数职中的一个。他不在所管辖的任何一个部门办公。除了见过他的人,其他的人都没有见过他。近似丑陋的相貌,对他的人生和仕途恐怕有着难以估量的好处。因为丑,所以能够让人被迫丢掉种种不切实际的幻想而显得刚正不阿。比如秦之娅高耸的法宝对总编就无效。

这当口,秦之娅听到电话里生硬的口气就把话筒递给凑在身边的陆丁九,他忙对几里之外的总编连点头带哈腰附和了两句,那边突然没了声音。显然这是一个必要的回想过程,总编在回想这是编辑部八个人中的哪一位。直到现在,陆丁九同样也没见过这个神秘的、遥控指挥他们干这干那的总编。电话里空空的,得不到什么答复,他又塞给了打身边路过的吾颖达。这是一个非同寻常的人物。人们的眼睛只要稍加凝视,就能模糊地辨认出,他的手里不是握着灵蛇之珠,就是怀里抱着一块荆山之玉。他一声不吭将电话甩给了范例。范例并不在乎去吃什么,中州市的各大酒家早在多年前就浏览遍了。他倒乐意帮大家一个忙,以示自己在总编那里的特殊身份和重量。他接过话筒,以解释的口气告诉总编,请不要误解,关于吃饭之事不是万主任个人说的,更不是万主任指使大家的意思,对此他可以证明。因为开了一天会,大家还有很多重要的话没说完,需要加个工作餐。

总编看在神通广大的范例的面子上,尤其前天又推辞不掉收了他的一对龙凤玉雕,这才支吾了一会儿痛快地答应下来。

　　范例沾沾自喜地放下电话,期待人们投来赞赏感谢的目光,万主任的脸色气得灰白。他刚才已经被几个人合谋算计了,只因这种冤枉含有戏闹成分,还是能够原谅或曲解为"与群众打成一片",但是对总编说吃饭不是他的意思,就有了故意栽赃陷害的企图。

　　"你为什么说吃饭不是我的意思?"

　　"吃饭就不是你的意思嘛。"范例脸上带着捉弄人后初见成效的笑容。

　　"可你话里有话,好像故意为我开脱似的。"万主任转脸问祝贺,"你说是不是?"

　　祝贺说:"不是好像,他就是为你开脱的。"

　　"事实上,吃饭不是我的提议。"

　　"正是怕总编误会,所以要替你开脱。"

　　"这下可好了,"万主任搓着双手苦笑道,"你这一开脱把我给开脱到黄帝故里去了。"吃了这么大的亏他还念念不忘他的逻辑,"从逻辑上讲,他肯定要误会是我指使大家去下馆子的。"

第3章　抱树哭着伤心

> 他抬起头近于顽皮地咧开大嘴笑起来，这个表情出现在一向淳朴忠厚人的脸上，很像一个修女在背街上解开衣扣向男人露出半个乳房。

田稼安忐忑惶然地走在去酒家的路上，上次醉酒抱树哭的事暴露之后，他害怕再在人多的场合下喝酒了。他深知自己内向得即使到了五十岁依然羞怯的性格，很难对别人进攻式的劝酒有所作为。由于缺乏社交方面的经验，没有周旋自卫的能力，人家那双难以抗拒的目光，总会把他弄得木讷、惭愧和不知所措。那天晚上，一如既往，等大家依次坐定，田稼安这才默默落座在靠门的空当位置上。因为太巴望别人忘掉他酒后抱树哭的丑态，他紧张得一言不发，哪里有声音眼睛就马上转向哪里。他最提防的要数万主任，总害怕他突然想起什么似的，嘲讽的笑会一下子闪现在那张成熟老练的脸上。这就进入了滑稽有趣的人生错位——

万主任这会儿整个忘了田稼安，不可避免地将注意力转向了漂亮女人。他像许多和自己同等身份的领导那样，在工作之外的其他场合，很在意展示一下自己可能存在又没多大把握的魅力。尽管万主任曾多次想观赏田稼安抱树而哭的情景，好回家学给老婆听听。这个女人以大跃进的速度提前进入更年期，一天到晚苦歪着脸，没有她顺眼的，连那些桌子腿都看着别扭。这会儿万主任心有旁骛，田稼安其实设了一个假想敌来恐吓自己。

酒菜摆得有模有样了，万主任像阿姨一个个问人们跟前的碟儿少不少，筷子怎么样了？接着又啰唆了几句开场白，只是见秦之娅不耐烦地伸手将筷子捅进五香牛肉里，这才不得不收着话头，站起来给大家敬酒。他的敬酒词排列着一个个"关于"，像红头文件的标题。

第一杯,关于缘分,这个保留节目散发着他的逻辑美学:很难说是《黄河论坛》使他们走在一起呢,还是因为他们的缘分创办《黄河论坛》?大家都端了杯,他见田稼安迟疑为难的样子,就用眼珠有力地盯了他一下。

第二杯,关于策划《巨塑特刊》,这一点本来要多说几句,但世故告诉他,《巨塑特刊》是自己成功策划的,从通常的习惯上看,自己的好处多说几句不如点到为止来得更妙一些。

第三杯,关于春天,更为两位漂亮的女士。两个女士都以各自的方式笑了。春秋鼓了嘴,还适宜地带出表达迎合的声音,秦之娅眯了眼更像狐狸了。万主任为这三个祝酒词着实暗自喜欢了一番,他以为,并不是哪个人都能在不经意间说出集人情味、务实精神以及浪漫情调三位一体的话来。然而,大家并没有他所预期的反应,万主任的身子失望地僵了一下,转念想想这正是自己和别人的差别所在,便宽容地笑笑坐回椅子上。

三个"关于"就是三杯酒,田稼安渐渐像风中的松柏在沉稳中活跃起来,那黑胖的脸透着铁锈般的暗红,再过一会儿变成了固体酱油融化似的,身子里的另一个自己一寸寸地孵化而出。"今天我格外高兴。"他格外高兴地告诉别人。

万主任接过话问:"噢?你是今天格外高兴,还是这一会儿格外高兴?"

"今天格外高兴。"

"这话我就费解了,你一天都高兴,策划会上怎么没表现出来?大家都发言,叫你两次你都不说?"

"不是我不说。"田稼安停下筷子,"我有个不成熟的想法,一直搞不清对还是不对,我怕说得不对,耽误大家时间。"

"你不说怎么知道对不对?"

田稼安看看这个又望望那个,目光落到祝贺脸上,算是拉一个知情者:"我的这个想法,跟祝贺提过。黄帝是我们人文始祖,为他立巨塑的意义我就不重复了。我要说的是,建巨塑,打造一个海内外炎黄子孙都认可的圣地。建造下来要有五六千万,问题是,这几千万还得海外华侨投资,就太不像话了。这一点,我很有意见。我们十几亿人就拿不出这些钱?我们在办自己的事情,怎么动不动就打海外侨胞的主意?来观光旅游的是他们,祭奠圣地的是他们,出钱的也是他们。我们干什么呢?搞个世界第一巨塑就是为了让他们来?我的问题是,如果他们不来我们还搞不搞了?"

"当然不搞了。"陆丁九下了结论似的说。

万主任扭过头,脸上一副政治上靠得住的样子:"陆,这可是你一家之言,不能代表我们《黄河论坛》。但尽管是一家之言,我也希望不要再出现了。"

陆丁九不大服气地笑笑,晃了晃脑袋对田稼安:"老田,你说的这个问题我也曾经纳闷儿过,偌大一个巨塑圣地,区区几千万元,却在国内搞不到,可这就是现实。现实往往又是我们想象之外的。"

万主任说:"老田,你接着说。"

"我说哪儿了?"田稼安的思路乱了,这是他沉默寡言的最深层的原因——只要他看到两人争执,思路就出现紊乱。

吾颖达那边出了点儿声音,他故意让别人听到地用鼻子吭了几吭:"老田啊,"他嘴上叫着,实际是给万主任听的,"你太把这巨塑当回事了。所谓圣地只是个建筑物,在山上搞的一大堆建筑物罢了。它是黄帝就成了圣地?就有了民族凝聚力?就四海归心了?每年就会有成千上万的海外侨胞跑过来祭祖了?哪有这种道理?还拿人家伊斯兰教的麦加相比,真是一天一地,人家那是宗教圣地。知不知道?"吾颖达的人生要义是与别人拉开距离。他有这种本领,自己原本反对的事情,一旦发现和大多数人的观点相同,便迅速调过头来摆出另一堆理由去赞美。

范例没注意听人们谈论什么,而是想到这是看田稼安抱树哭的好机会,于是暗自盘算,怎么借别人之手达到这个目的。按说,抱树哭并没有什么好奇怪的,只是他想看看一个平时沉默的人变成活跃分子的过程,也就是要看田稼安躯壳里跑出另一个人是怎么回事、什么样子。经验告知,寻找差别能产生猎奇般的愉悦。他每次骗别人上当所用的技巧从不雷同,那些被他玩弄的女人在床上的表现也大不相似。

范例很快地想到了最好的人选。秦之娅埋头将桌上的菜又轮着叨一遍,抬起头,拍拍手一副满足的样子,然后下巴枕着支在餐桌上的手腕,同情可怜地看着被酒精激活的田稼安。范例就附在她耳边嘀咕几句。他完全可以用其他动作,只是想到所说的话会一下子点燃秦之娅,而这个亲昵动作又保准让万主任猜疑嫉妒一番,他才故意这样做的。

秦之娅果然一跃,满脸欢喜,端了酒杯要跟田稼安碰一碰。田稼安脸上露出目睹了什么惨案的样子,转脸求援地看看大家,期望他们中的某个人给他一个开脱。一圈人没有愿意帮忙的,他只好重新盯着手里的酒杯,眉头撞成疙瘩。秦之娅将喝空了的酒杯在空中点了个大大的逗号,扣下之后翻底亮开,又滑在两指之间荡起了秋千。田稼安害怕这逼人眼神,脸都快淋出胆汁了,看看实在无路可逃,只好悲惨地仰起头喝了下去。

春秋一直为自己在田稼安的屋里办了艳事而心存感念,觉得也该敬一敬。她站起身刚说一半,田稼安吓得返身往后钻,其实屁股也没离开椅子,只是他那慌乱姿态给人一种躲到了春秋够不着的地方的感觉。春秋见他右手捂着酒杯挟在两腿下面,佯恼大声叫道这太不公平了,你老田能喝秦之娅也能喝我,你要不喝我得先把秦之娅吐出来。大家起哄吼叫又乱糟糟地鼓掌,田稼安只得再度把杯里的酒喝光。他打了几个哆嗦,又往上一纵好像从深水中挣扎着冒出头似的。

春秋替他叨了几下凉菜,还劝他喝点茶水。田稼安手里的筷子就像乐队指挥手里的指挥棒似的抖动,突然嘿嘿一笑,换了副亲昵的眼神看了春秋,浑厚的声带里充满了抱怨的浊音:"春秋,谁都可以这样对我,唯独你不该。你是这种人吗?"他伸长脖子问,又缩短脖子回答,"你不是这种人啊。在我眼里你是善良的。"

祝贺接过话头:"面善不一定心不恶。"

春秋愠怒地用筷子敲他的筷子:"你说谁呢?"

在公众面前,他俩会故意适当地搞出点小芥蒂。祝贺继续往下说:"老田,对面善的人要当心。"

"对面,面善的人要当心。"

"这,人啊,我就捉摸不透……"

田稼安应道:"我也捉摸不透。"

祝贺引诱地说:"我觉得人不是什么好东西。"

"我也觉得这人不是好东西。"

"你干吗总是学我?"

"我没有学你,因为我也是这么想的。"

"你想了什么?"

"我觉得这人不是好东西。"田稼安把头扭过来,表情渐渐入了无人之境,一向单纯的面孔透着不大般配的狡猾的样子,"要说这人是好东西。只是这好东西变成了坏东西!"

"噢?你说说好东西变成什么样了?"

"变的地方很多。"田稼安伸出手掌掰着指头算起来,"变得贪婪,"掰弯一个指头,"变得凶狠,"又掰弯一个指头,"变得阴险,"再掰弯一个指头,"总之没道德了。知道吧,没道德了。祝,你知道这世上最厉害的是什么吗?是道德。你知道这个世界最厉害的是什么?就是没道德。没道德的人什么坏事都敢去办。"

"你给我举个例子。"

"我给你讲个真事。每过十天半月,换大米的张老头都要来我们院里一次,大米干干净净,也不缺斤少两,可这两次变了。每换十斤,要额外加一两白沙子。我问这是什么意思?张老头说,别人都加他也加。只是他和别人不一样,他有道德。别人把沙子掺进大米里,增加重量,那样太缺德。要让买的人费很长时间淘米,淘不干净还牙碜。我不把沙子掺米里,但要收这个重量。怎么办呢?我只好再抓把沙子。祝,这就是没道德的恶果。你看我平时不说,我知道的多着呢。"

范例估摸着再加一把火,水就滚开了:"老田你说得对,冲你这几句话,我得好好跟你喝一杯。你算把人琢磨透了。真是静水里有鬼。你知道我从不给别人敬酒,今天我为你破例。"

田稼安脸上蒸发着浓浓的热气,透红的皮质让人联想到集贸市场大锅里上了色素的烂乎乎的东西。他的思维进入恍惚状态,他不想听别人说什么,只乐于自己倾吐。他用手扒了一下范例,制止他插话。再次回到他刚才关心的话题上:"所以我说,几千万元还要海外侨胞来拿,这是很不对的。是我们大陆人的耻辱。我要高声地问一声,我们的人哪里去了?"田稼安猛地伸手在桌上拍两下,站了起来。

万主任劝道:"老田,听我的,关于喝酒的事,你听我的。"

田稼安伸出大手罩着杯口,像山大王那样继续追问:"我们的人去哪里了?"

"坐下,你给我坐下。"万主任说,"关于我们的人去哪里了……"

"关于什么嘛关于?"田稼安顶撞起来,"动不动关于,关于什么嘛关于? 你是不是说着这个词很过瘾? 很文件? 还很机关? 很领导?"田稼安扭过脸冲着门口又喊,"我们的人哪里去了?"

万主任和别人不一样,越喝越苍白,像一张皮贴在脸上。听了田稼安的话苍白的脸更苍白了:"老田! 你是第一个给我弄得下不了台,你可不一般,你田稼安可不一般!"万主任抢过酒壶给自己倒一杯,然后把酒壶"咣"地磕在桌上,"我真他妈的自找没趣。"

空气像行驶的快车突然刹了一下车重重僵硬了一下。

"老田,"祝贺息事宁人提醒道,"你做得有点儿过了,你得陪一杯。"

田稼安一点没在意自己惹的麻烦,并没被吓退,他在短暂的几秒钟从无人之境跃入了无我之境。他抬起头近于顽皮地咧开大嘴笑起来,这个表情出现在一向淳朴忠厚人的脸上,很像一个修女在背街上解开衣扣向男人露出半个乳房。万主任以为看花了眼,先是惊诧地"咦"了一声,然后问他:"怎么笑的? 你刚才怎么笑的,你再像刚才那样给我笑一笑?"

吾颖达搞不明白大家为什么总要跟田稼安过不去。平时,人们嘲笑他,冷落他,眼下又像伙流氓在黑夜的巷子里戏弄一个头上扎朵野花的弱智妇女。这种现象过去他从来没见过。田稼安一直属于边缘人物,往往不在人们的视线里,今晚好像破例了。吾颖达是编辑部里唯一没听过醉后抱树哭掌故的人。像这类带有市井风味的逸事,他历来不屑一听,所以也没人乐于给他说。刚创办《黄河论坛》那会儿,有一次,陆丁九给他讲楼上邻居捉奸的事情,等他支了两颗虎牙讲到一半,发现吾颖达的脸紧绷绷线装书似的,自己兴致勃勃的样子无疑就给对比成十足的傻子。打那以后,凡是属于花边新闻,人们不但不跟他说,大凡在谈论这类话题时见他推门进来便会顿一顿,声音也

最后身子一歪,扑过去抱紧那棵树,满腔热情将脸贴上,抽搐地呜呜哭了起来……

不由得缩小,或者故意停下来,好让过于安静的空气告诉他希望他离开。吾颖达本人好像是一个界碑,有些话题如果不出意外永远难以翻越过去。

在吾颖达的眼里,编辑部除了他,还没有谁配得上"知识分子"的称号。比他学问少的不能算,"不学无术,游说无根";比他学问多的,也不能算,因为这种人没有文化贞洁观。就像有的商人喜欢听人家叫他"企业家",而不喜欢听人家叫他"老板"。他不喜欢自己是什么"文化人",而喜欢被称作"知识分子"——只有像他这样既有广博的学问又有文化贞洁观,两者互为表里的人才能算知识分子。他经常有种悲伤而又孤芳自赏的混合感觉。他后悔了,不应该来这里,而应该回家里搞自己的学术著作。他的这部还没定名的学术著作已经搞了五年,之所以花费这么多的时间,因为总是在完成了之后,会重新发现还有更好的东西需要补充。他打算离开,可是看看窗外树枝仍在大幅度摇摆,行人的衣服一飘一抖跟被小鬼拉扯似的,这才推算出当初跟大家来这里的原因,不是为了吃顿好饭,而应归于天气恶劣。

酒桌上的人还在激烈交锋,田稼安的态度终于由坚决变成妥协和矛盾了。如果他不喝杯认错酒,万主任立马横刀的关隘难以过去,如果他喝了,增加到半斤这个危险的量度上,自己就要像破屋子一样地倒下。双方陷入了胶着状,范例估计离他抱树已经不远了,便伸出手掌诚恳地抚摸着他,像抚摸一个泪水浸泡的情人:"老田,你再跟万主任较劲,我就看不下去了。大腿就是大腿。你现在什么都不要说,听我一句话,你实在喝不下去,我替你喝。你要觉得对不起我,你就自己喝,你喝了权当我喝了,这样好不好?"田稼安清醒的时候还容易被车轱辘话搞糊涂,现在醉意麻木的大脑更是糊涂了,觉得这是个解决问题的办法,便无所畏惧地仰头替范例喝了下去。

田稼安近于烫伤的眼睛,迷离恍惚,两只手哆哆嗦嗦,胸膛拉着粗重的风箱,嘴角上挂一条口水像患了吓人的口蹄疫。他是什么也说不成了。他晃晃悠悠站起向外走,犹如在颠簸的甲板上回忆什么遗忘的东西,又像被什么神秘的东西召唤,他在酒店东边二十米处的一棵树前停下来,开始绕着圈子。绕一圈,又绕一圈,搞不清是他去找重心,还是重心找他。最后身子一歪,扑过去抱紧那棵树,满腔热情将脸贴上,抽搐地呜呜哭了起来……

第4章　阴暗心理的询问

> 据他观察,这两个男女总有点超出平常同事关系的样子。他曾试图从祝贺的掩盖私情的脸上挖掘出什么,只是从来毫无收获。

万主任爱说"缘分",可这话在田稼安身上没什么影子。这只能算他个人的问题。大凡一个社交能力差、社会背景更差的人很难和别人有什么缘分。田稼安知道,自己不受欢迎,他没有朋友,就连老婆也没有,几年前那个女人生了场被医生诊断为因郁闷而得的癌症,离他远去。

抱树而哭的第二天下午,田稼安黑红的大脸布满酒后失去元气的沮丧出现在编辑部,尽管感官愚钝,还是觉察到空气中穿梭着怪异。那些开心式的嘲讽,那些像钉子一样的眼神和匆匆掠过的一个个笑意,使得田稼安沉下头,内心再次充满悔怅之情。整个下午凝在自己座位里陷入惶恐和难为情的自责中。

一连几天,从表面看,他埋头阅读有关巨塑方面的资料,在稿纸上偶尔记下要点,可是有谁打他身边走过,他都要停下手中的笔,勾头用胆怯的眼色慢慢看那人小腿以下的部位。这一切全要算在那晚抱树而哭的账上。

一个星期就这么愁云惨淡地混过去了。这段时间里,人们都在阅读有关黄帝巨塑方面的资料。因为数量多,分了若干份轮流交叉换着看。大约第六天,田稼安看完了资料,正翻着厚厚的笔记本试图进行整体认识,突然发现一个问题。第十页、第十八页还有第二十五页,分别出现了三个"黄帝故里"!显然,这在事实上是根本行不通的,可所记录资料中又确是如此!

田稼安又详细地反复看了第十、第十八和第二十五页,为了更稳妥,他将三页的内容重新誊抄,辑在一张纸上加以直观的比较,结果还是三个"黄帝故里"。两个分别在黄河中游的 A 县和 B 县,一个却跑到了黄河下游的 C 县。面对多题矛盾,他首先怀疑的是自己,是不是他抄错了?然而这是不可能的,他不可能凭空杜撰不存在的另外两个出来。

问题大概出在资料本身。琢磨之后,田稼安又对自己的怀疑进行了怀疑。资料怎么会出现这种矛盾呢?它可是即将成为世界第一雕塑的凭证;退一步说,编辑部为什么没有一个人发现?像万主任和陆丁九这样聪明的人早就该蹦起来叫唤了。他们都没有叫唤,就说明没发现问题,没发现问题便似乎可以证明没有问题。于是,这又成了问题中更让人麻烦的新的问题。田稼安很想再重新看一遍巨塑方面的资料,进行核对,由于分散在大家的手里又不好一份份地要回。有几次,他鼓起勇气打算请教别人,又因最近抱树哭的事情,害怕一旦张口便看到对方事先埋伏好的嘲笑像蛇挺身一纵蹿到脸上来。

直到星期五下午临近下班之际,他终于忍受不了三个"故里"之谜的折磨了,在将报纸放到祝贺身后的报架上的时候,便低声请他晚一点走。

祝贺看他恳求而又满腹心事的样子,便胡乱猜测起来,其中之一就是那张神秘的字条。祝贺等待的心情反倒比田稼安还急切,他巴望着人们早点下班。终于在人们走了之后,他将门关上询问田稼安什么事。

田稼安坐在位置上,递给祝贺一支烟:"你发现没有——这堆材料里有矛盾的地方。"

"你让我留下就是谈这事?"

"嗯,就这事。"

"我以为是我们之间的私事呢。"祝贺失望地说,"要是工作上的事你应该当大家的面问。"

田稼安抱歉地笑笑:"你知道我最信任你,每次我遇到问题都会先跟你说,在我吃不准是不是我对之前,都会先跟你说说。"

祝贺只好以朋友的口气问:"好吧。你发现了什么矛盾?"

"在我提出问题以前先问个其他的问题。"田稼安迟迟疑疑地翻着笔记本,"你说是不是真有这么一个人祖?"

"从他们的材料里看,好像有这么个人祖。"

田稼安说:"如果真有这个人,那么材料上说,黄帝他妈生他的时候,是在原野突然被雷击了一下,怀孕了。这不是在宣传封建迷信吗?"

"不是封建迷信,是原始迷信。"祝贺更正道。

田稼安想了想,觉得有道理,感谢地点了头:"其实是民间传说。那么民间传说只能听听,要是作为依据就不科学了。"

"那当然。"祝贺在内心捉摸着自己到底会遇上什么可笑的问题。

"如果把生黄帝的事当成迷信,一个人不可能没有父亲,只让雷击一下就出世了,这个人就不一定是真的。能不能这么说?"

"不能。"祝贺有把握地回答,"传说可以是迷信的,人却应该是真实的。最典型的是基督,上帝是借助大姑娘玛丽娅在马棚里生下他的。这个人在历史上是存在的。所以说,传说是对一些伟人的神化。这种说法历史上太多了。刘邦原本一介布衣,成了天子出身就神奇了;一个蛟龙盘在他娘的身上,结果就怀上了刘邦;朱元璋也是这样,诞生之际,满屋红光,邻居们还以为是火灾呢。这些可都是在正史里写的。当然,历史不可倒退,历史书却可以倒着写,你老田要是二三十年后当了皇帝,也有人把你的出生写得很神奇。"

"好,这个不是我今天主要问的,我也想到了这些,只是有些模糊。我要问的是下面的事情。"田稼安庄重地把笔记本打开,"我发现这堆材料里记载了三个黄帝故里。"他说完,注意地看祝贺,"你没发现吗?"

"这没什么好发现的,材料上黄帝就是三个故里。"祝贺肯定地回答。

"这么说,你也看出来了?"

祝贺点点头:"是啊。"

"其他人呢?他们看出来了没有?"

"都看出来了。"

"噢。"田稼安没想到是这种结局,他低头沉默片刻,又歉疚地问,"这就奇怪了,既然大家都看出,怎么没人指出来?"

"没什么好指出的。正像刚才说的黄帝出生的传说,只是传说罢了。"

"这和那有区别的。一人只能有一个故里,黄帝怎么会有三个故里?三个故里就是生三次。就因为他是黄帝吗?"

祝贺开了个玩笑:"对,就因为他是黄帝。"

田稼安又不知道怎么说了。等到他觉得思考得更加糊涂之后,问:"能不能换句话说,资料没有错,人们也看到了这一点,黄帝就有三个故里?"

"黄帝其实有四个故里。"

"打哪又出来了一个?"

"那个故里在黄河上游。"祝贺笑道,"《国语》记载,黄帝以姬水成。也就是说,黄帝降生地在黄河的上游姬水之地,那里是他的故里,是他正宗的故里。只是那里的人们没争取,甘心情愿地主动让给黄河中游和下游了。"

"噢,我还没听懂。我搞不清黄河中游的 A 县、B 县到底哪个是黄帝故里?它们两个挨得那么近,隔一架轩辕山又是怎么回事?"

"现在它们正在争夺。从史书上看,黄帝带着部族从黄河上游一路杀过来,定居在 A 县这地方。五千年了,A 县这块地历经变迁,有时是县,有时是府,有时又成了镇,大大小小行政划分好多次。解放后,这个 A 县呢一分为二,变成了 A、B 两个县。'黄帝故里'的概念过去没有,是最近几年才提出来的。黄帝原本是我们的人文始祖,多好啊,现在有人非要给他安个家,好像漂泊五千年累了似的。自从'黄帝故里'概念提出以后,A、B 两家就争夺起来了。A 县呢要当黄帝故里,B 县也不示弱。"

"A 县的理由是什么?"

"它的理由是,行政划分之后,黄帝活动的主要范围在它的境内。那里有很多古迹,比如清朝县官的一通石碑。还有很多传说。"

"一通石碑能说明什么?"

祝贺一字一顿地说:"能当历史凭证! 就有了所谓的说辞。"

"争夺这个干什么?"

"谁争夺到了就可以进行旅游开发,引进外资,向上面要钱,又省心又玩了又能露脸和风光啊! 对了,我记得上期,你还编了个旅游是经济的新的增长点这篇文章。"

"那也不能胡来嘛。"

"在需要的时候就可以胡来,再说,历史本身就是靠胡来发展的。戏里唱得很精彩啊:'胡毯弄出朝廷。'"

"这个我们不争论,我要问的是,现在我们搞的巨塑到底是哪个县的?"

"A 县的,他们不想争论了,先建个巨塑造成既成事实再说。黄河下游那个 C 县也是这个意思,也准备搞个什么东西,正从蛛丝马迹上找专家论证呢。"祝贺诚恳地劝告说,"老田,这件事你别太认真了。吾颖达说得好,他也算看破了,搞这玩意儿只是个手段,但又不能那么直白,就弄些历史的文化的东西把建筑物搞成所谓的圣地。其实大家都明白是场闹剧。"

尽管祝贺把问题说明白了,田稼安还是难以理喻。"黄帝故里"和黄帝本人好像没什么逻辑关系了,反倒是与后人的传说和现代人的功利意识有关系了。人们搞"黄帝故里"的意义只是为经济服务,是引进海外华侨资金的手段。如此忽而简单,忽而复杂难辨的事情,再度令他费解起来。

大多数人没把黄帝巨塑当回事,更不像田稼安在意极为芜杂错乱的问题。起初,万主任在大大小小媒体上看到关于它的宣传也很淡漠,只是在他将自己的杂志和巨塑的事连在一起并认定对自己有很大好处之后,这才对巨塑有了认识和兴趣。通常而言,认识和兴趣是可以发散的,既然逮着了对自己有好处的事,就有责任将《巨塑特刊》搞得更生动和丰满。

万主任很知道操作的程序和节奏。如此这般一番之后,黄帝故里Ａ的合作信函就发过来,万主任和秦之娅去看一次,过了几天,他决定带着全体编辑深入到黄河岸边的巨塑工地,进行现场采访,增加感性素材。

那是一个美好的初春的上午,大家都到齐了,唯独迟迟不见田稼安的身影。往常他是编辑部里最守纪律的人了,此时他的迟到就让人觉得不大正常。田稼安原本要比别人来得早,只是看见街头突然涌出成千上万的人打扫卫生,那么积极投身于学雷锋活动里,稠密地拥挤在一起擦洗交通栅栏,还有的围在公交车站抢着争着搀扶上下车的老人。像这样的雷锋式的奉献,田稼安最愿意干了。这种情景已好多年没有出现,他走走停停,也就不知不觉把时间给耽误了。

在等待田稼安的那一段时间里,万主任让祝贺先把他的包带到楼下,独自一人酝酿着《巨塑特刊》的前言腹稿。每过一会儿他就从窗口向外眺望,田稼安依旧没到,几个人还在面包车旁唧唧喳喳,嘻嘻哈哈。

万主任成为《巨塑特刊》的策划人之后,对自己评价更高了。事实再次证明,自己应有尽有只是缺乏机会。如果有机会和关系,他完全可以混得比现在好得多。这些天,他总是身不由己地暗暗设想,哪一天果真站在重要位置上,自己会怎么样呢?一定干得声情并茂,政绩卓越吧?他完全想象得出,"黄帝巨塑"在奠基开工之际,云集了许多达官显贵,海外巨贾,他们每人手里都拿着一份由他策划出版的《巨塑特刊》。无论从美洲、澳洲、欧洲或者其他什么地方来的侨胞返回家都会把《巨塑特刊》和重要的文件一并放到工作台上,好时不时地翻阅两下。他甚至想象到这些人中间的一个人特别动情,给他发来了一份请柬,邀请他去做个访问学者。如果真有那么一天,他得考虑一下,是自己一个人呢还是携秦之娅同行?当然,这样会带来较大的名誉上的风险。可是当他依稀看到秦之娅听说要出国访问,一下子被点燃似的兴奋样子,他觉得也没有必要顾及什么人言了。

沿着这一想象的情景,他又一次停在秦之娅的桌前。上面摆了像书一样大的影架,里面是秦之娅在海边沙滩上的照片。她穿的衣服略比泳装长那么一点点,胸部非常坦诚直率地堆着隆起的体积。他煞有介事地凝望着,好像两人做着去还是不去的商讨。万主任觉得自己的深刻还在于,绝大多数人只是看到照片本身,而他则能透过照片设想出隐在外面拍照的那个人。这家伙大概站的也是自己现在的这个位置,或者再远一两米。他试着退了一步。据他所知,秦之娅来之前的那个单位的领导在年龄上和他相仿。如果拍照者是这个领导,那么,理所当然,他同样也能带她去某个名胜迤逦或者海外的什么地方旖旎一番。

万主任在屋里高兴地踱了若干个来回,越来越觉得美好的梦境逼真得有点触手可及了。膨胀的情绪促使他要干点什么,由于屋里只有自己,没有对象说话,在他转几个来回之后,眼睛突然盯着了那部电话,这是他能说话的唯一工具。他迅速拿了起来,想了片刻,就鬼使神差地给几里远的总编打了过去。其实昨天下午已经汇报得很清楚了,连他自己都觉得这个电话打得多余,追其心理动机,无非是欢欣情绪的一种延伸。他告诉总编一切安排就绪,车停在楼前,只等老田一来就出发。他用很会处理上下级关系的口气问总编还有什么交代。

结果非常意外,总编竟莫名其妙地让他留下搞《巨塑特刊》的前言部分。

"你就不要去了,你不是去过一次了吗?"

"采访之后,也可以写前言部分……现场采访可以增加感性认识。"

总编说:"问题正在这里,你现在恰恰不需要感性东西,而是增强理性。要从理性的高度来写前言。理性是什么?理性就是政治。你要站在政治的高度,当前的政治高度是什么?是反对和平演变,是坚持四项基本原则。我们既要知道写什么,还要知道怎么写。这个前言是个纲。你一定要把反对和平演变与黄帝巨塑联系在一起。"

"这两个,怎么联系到一起?"

"听你的口气,好像我讲了一个牛头不对马嘴的事情?"

"没有没有,我只是还没完全理解。"

"当然,乍听起来,这两者的联系是有点风马牛不相及。这也只是乍听起来。一旦深思下去半个小时,咦,你就会豁然开朗,发现它们之间原来是有关系的。任何事物都是有联系的,而每个事物又有两个两分法。"

"我只知道事物有一个两分法。不知道还有两个两分法。"

"这不奇怪。"总编说,"绝大多数人只知道一个两分法。也就是通常说的事物总是一分为二的。这种说法是指事物的内部和本身,另一个两分法是指事物的外部和立场。为什么这样说呢?因为人的立场决定事物的好或者坏。事物本身是不分好和坏的,这取决于你的立场。事物本身又是分好和坏的,这同样取决于你的立场。"

万主任似懂非懂,但他预感到总编永远是有道理的。

"我们作为理论工作者的使命、任务是什么呢?就是想法找到事物与事物之间的共性,找到内部的必然率;只要找,一定能够找到。一旦找到了,我们就能把貌似牵强附会的东西顺溜起来,自然起来,科学起来。"

这显然是个极为荒唐的决定。在他们相处的半年里,万主任老在总编奇怪的干预中工作。他张张嘴又闭上了,一定是自己刚才兴奋的口气带进了话筒。他突然想起来,总编是那种别人只要高兴,他就不高兴的人。

他放下电话,脸上流露出被领导愚弄而恶心的样子。崇尚逻辑的他,显出了无力的软弱。既不能对总编流露出自己的恼火,也不能当着同事的面发牢骚,但又不能无所作为。究其原委,这一切都应算在田稼安的身上:如果这家伙按时到,他就不会打这个讨好的电话了,汽车也早已开出市区,开出郊外,已经能从窗口看春天里绿色地毯似的原野了……

田稼安在远处急急忙忙扭着那笨重的身子,喘着粗气,认罪似的跑到汽车面前,淳朴的脸上赔着笑,一连声地道"对不起"。万主任冰封的脸上混合着嘲讽、厌恶和恼怒,倾斜向前的上半身呈现了危险的信号。他先是"噢"地怪叫一声,无不讥讽地说,可把你田稼安给盼来了!他的话音未落又觉得根本不能表达恼火之万一,接着又补上一句,总算看到你田稼安隆重出场了!田稼安那一脸的接近蠢相的憨态,再次让他无可挽救地爆发出来,他与其说控制不了,还不如说不想控制。整个人就像"嗵嗵嗵"发射的炮弹,使他无法顾及同事尤其两个女士的面子,而自己的失态更让他恼恨面前这个什么也办不好的可恶的家伙!

范例一边解围劝说,一边拉着焦头烂额的田稼安倒退着步子上了车,往车厢后部靠窗的位置上走去。万主任站在车外,失去了攻击目标,觉得这么便宜地放走田稼安,腹中余火无处发泄实在难以忍受,便化作一种声音喷发出来,如果这种声音涂到画布上一定五彩斑斓。

"你给我下来!下来!你给我下来!"

"我吗?"田稼安像害了场重病似的指指自己的头。

"你不要去!"万主任吼道。

"我以后不迟到了。"

"你的提纲有问题,下来跟我走,好好修改。"

秦之娅在一旁打抱不平,翻着白眼望着天:"修改就修改呗,发那么大的火给谁看?"

"这不关你的事!"他扭头冲她又吼一声,"你多什么嘴?"这当口他一点不想带她去狗屁国外了。再说到了大街上,和那么多的女人相比,她也没有屋里好看和也没屋里迷人了。

整个上午,编辑部只有他们两人,万主任现在心乱如麻无法写前言,就靠在藤椅上吸烟,平静一会儿又踱到窗前,从三楼的窗口掠过停车场看大街上那繁忙而单一的劳动场面。其间接到了几个电话,有一个来自他老婆。昨天晚上他告诉老婆要去"黄帝故里",中午不回家。

"你没去啊?"

"我临时有事去不成了。你什么事?"

"没什么事。"老婆的口气显出一副侦察成功的样子。

"这就怪了,你知道我今天去黄帝故里,又没什么事,还打电话?"

"我知道你不会去。"他老婆肯定地说,"你只是为中午不回来找理由。你中午还回不回来了?"

万主任知道女人在怀疑自己,放下电话又恼火起来,隔着两张桌子看到田稼安厚实的背影,脑子里滑出个念头:他打算找个什么硬实的家伙,照田稼安的脑壳敲那么几下子,好看他笨重的身体歪向一边。但他最终放弃这个冲动。因为他认为,在自己没被逼疯的情况下,这种鲁莽的举动既不符合自己的身份,又不符合周围的环境。这种且战且退的情形在他内心生活中经常出现,往往伴随着适当的自责而原谅自己。

万主任无所事事又要有所作为,便一手夹烟一手掂着水杯,嘴角挂着求解和捉弄人的微笑走到田稼安身边:"怎么样了?"

"正在改。"田稼安瓮声回答,抬了一半的头,刚看到万主任脖子那里眼光又缩回来。

"休息会儿吧。"

田稼安摇摇头。

万主任说不在乎这一会儿。待田稼安迟迟疑疑放下笔后,他就用诚恳的态度向他道歉,说不该冲他发火儿,然后搬出逻辑进行分析,今天迟到的事情绝不是孤立的,一定和近期心情不好有关;近期心情不好同样也不是孤立的,又可能与前段喝醉有关;而那天喝醉的责任并不能怪罪到田稼安一人身上。

"我也有责任。"万主任带着检讨的口气大度地说。一分钟前,他来到田稼安身边还没想到说什么话,这些内容他是在开口的同时和说话的过程才整理好的。他用道歉的方式再往下探问真正想知道的事,似乎就自然多了。

聪慧型的开场白立刻给他两个启示,它又一次证明:自己只要是跟地位比自己低的人打交道,由于心里特别优越导致的轻松,总会表现出令自己赞赏不已的能力;另一个是,时不时地偶尔犯些小男人的狭行,以及抑制不住冒些有失身份的阴暗心理,那也怪不得他。这得用唯物主义的观点和辩证的方法去分析和看待,他这一代人,学的就是存在决定意识,他现在是科级干部,眼下还没必要按比这个级别更高的标准去要求自己。如果他一夜之间当了市长,身上的种种毛病根本不用改,它们注定自行消失,同时还会诞生许多固有的,只是由于历史原因而隐藏很深的优点。

"有个问题,我也知道说出来不合适,尤其现在办公时间……"

田稼安的脸一下红起来,多日来最担心的事情终于发生了。

"别不好意思,这儿只有咱们两个,说是谈心有点过分,权当聊天好了。作为同事我们聊聊天儿总不算过分吧?"

田稼安点了一棵烟,低头看桌面无声地干笑,说:"不知道。"

"喔,我没问你什么,也就是说,你还不知道我要问什么,怎么就说不知道了?"

"我知道你要问什么。"

万主任对此表示怀疑,他把打火机放在眼前"啪"地打着,松开,又打着,换了副领会的样子,点点头,"好吧,你知道我要问什么。那你哭什么呢?"

"不知道。"田稼安又用了重复回答的口气说。

万主任脸上求解的笑延续着,心里猜测着这个"不知道"是什么意思。是拒绝告诉别人呢,还是真的当时不省人事?万主任突然又蹦出个聪明的主意,他得先搞明白,田稼安对自己抱树而哭的本身是否清楚。

田稼安回答说一点不清楚。

"就是说,你当时抱树也好,哭也好,都不知道?"

"不知道。"

万主任越发觉得奇妙了:"你是从什么时候失去清醒的,就拿那天晚上为例。"

"想不起来了。"

"是这样,老田,我也不是什么好奇心,别说像我这个年龄和身份的人,就是很早以前我当知青时,大家闹洞房听墙根儿这样的事我都不好奇。我之所以追究,完全为你好。你想啊,以后采访也好,开会也好,喝酒的机会很多很多;不管怎么说,我大小也算个主任,假如哪天你喝了酒,像《说文解字》上的解释:醉,卒也,卒其度量不至于乱也。很可能有安全上的隐患。所以,我是从对同志关心的角度问的。"这个即兴想到的理由完美极了,又激起他在心里对自己一番赞扬。

"那谢你了。"

"说说,你是从什么时候不清楚的?"

"当时还知道……"

"当时知道吗?"

"是的。"

"那你说说看。"万主任终于抓着了一线希望。

"事后又想不起来了。"

万主任被玩弄似的气愤地笑笑:"老田,我一向认为你是个诚实的人,这件事我看你不诚实。"他说到这里又火了,"这怎么可能呢?这不可能嘛。那么多的东西你视而不见,非到外面找棵树,你要是什么都不知道了——像你所说的什么都不知道了,为什么不抱别的?你身边有好多东西呀,我就见过有人抱女服务员,而我们那天包间的服务员也正好是女的。你却跑到外面,黑灯瞎火的,树就那么好抱吗?"

田稼安不再答理,因为他没法回答自己并不知道的事情。人家一定想探究出什么奇怪的隐情,可他实在没有。本来挺难为情的田稼安,经万主任一再探究和冒火,他心里愧疚的块垒反而得到了一定程度的消解。

"好吧,你不知道就不知道吧。"万主任一副放弃的样子,他打算回到座位上。可刚走了两步,一件遥远的事情云雾般地浮在眼前,这件事和刚才所说的抱女服务员的话有着某种关联,他便又折了回去。

"那么,有件事你总该知道吧?我问的是,头一次晚上,你喝醉了,祝贺和春秋一块儿把你送回去,到了家里,他们都干了些什么?"

"我醒时都是第二天早上了,他们怎么送我来,又怎么走的?我都不知道。"

万主任按照逻辑推断,这里有文章可做!田稼安都喝醉了,祝贺一定喝得不少,他醉醺醺就么轻易地放过身边的女人?据他观察,这两个男女总有点超出平常同事关系的样子。他曾试图从祝贺的掩盖私情的脸上挖掘出什么,只是从来毫无收获。田稼安一口咬定对那天晚上一无所知,他如果再穷追不舍,再盘问下去,自己的形象恐怕就不大光彩了,情趣也会显得有那么点儿偏低了⋯⋯

第5章　黄帝故里漂移说

> 这当口,两人进入了有趣的二律背反,祝贺作为男人应该从话语阶段过渡到行动阶段,由于下面迟迟不见动静只好停滞盘桓在话语阶段上。

万主任预感早晚有一天,他会发现祝贺和春秋之间超出同事关系的事情。

在来《黄河论坛》之前,他干过好几个单位,哪个单位都发生过这种事。过去,他只在发生之后别人的议论中才知道,这次就不同了。他是单位领导,加上积攒下来的足够用的人生经验、洞察力,以及想象力,觉得自己应该在别人议论之前就能发现,在事情发生之前就有预感。他相信,自己富有人情味、智慧性的预感,一定会在实践中得到漂亮的验证。

那天,春秋去总编所在的几里远的大楼取回一袋书稿,它们是前些日子大家共同列好的关于《巨塑特刊》的前言提纲和要点。春秋匆匆踏入编辑部的一刹那,万主任敏锐发现她的眼睛好像在祝贺的座位点了一下。是的,点了一下,不是瞄,不是瞅,不是扫,就是点了那么一下。瞄有长度,瞅有深度,扫是一种宽度,而点,是什么都没有,像眨眼那样自然,但他作为主任还是在毫厘之间精确地发现了。他还隐约看见,她把那袋稿子交给自己之后,打祝贺身后经过时,手在藤椅上看似很快实则很慢,含有暧昧地推了一推。万主任虽然看不见祝贺竖着报纸后面的样子,完全可以猜出那是什么嘴脸。但也只到这个程度,他的想象力并没有他自己以为的那样丰富,比如那两人幽会的情况,他就无法想象了。

下班了,祝贺先走,十五分钟后她再走。他先用十五分钟绕了一个大圈,两人在一家估计不会被熟人看见的偏僻的小餐馆碰头。吃了饭,继而往朋友家的方向走。在夜色里昏黄暗淡的路灯掩护下,那条又窄又长的小巷仿佛成了隐喻,从那里走的过程无形中描绘出一种偷情的身份,好像某种小说中一个荡妇在月光下匆忙的行迹。

两人刚进门就拥吻了一会儿,由于上次在田稼安家里的失败,祝贺便暗自留意裤裆里的反应,结果还是没什么动静。他怕再出故障,打算先聊会儿天,增强点气氛。这也正好符合春秋的想法。她觉得上次事情太匆匆,有种草稿感觉。这里既然是个安全处所,当然要从从容容像情人幽会的样子了。

祝贺手揽着她丰满肉感的肩膀,一寸一寸捺着摸着。缠绵了片刻,他发现裤裆里还是没动静。他急切懊恼,同时还有点儿害怕。

她假笑的眼角藏了不祥的预感。她既然冒着风险来了,却一直在无实质性的表层上徜徉,于是,她将抚摸的手停在他的肩头上掐起来:"哎,你那朋友会不会半路回来?"

"你放心好了,我说我用房子他就什么都知道了,用不着讲明。他还未婚,也不用担心突然蹦出个女人。今晚十点前只能我们俩。"

该说的已经说了,该做的也已经做了,好像再迟疑便没了道理。糟糕的是下面依旧死水一潭,像破庙里形容枯槁的老和尚。越是注意力集中,问题反而越麻烦。他只好再拖延时间,并表现出拖延时间完全是为春秋着想的样子,好像是要照顾到人家的内向而矜持,不能一上来把俩人关系搞得赤裸裸,给人一种庸俗的肉欲之感。

朋友的家也是二室一厅,格局和田稼安家的一样。时间还挺充裕,应该再来点别的。当他们再次亲吻之后,春秋等待的还是新一轮的重复,便推开他的肩头问了个问题,什么是爱情?世上有没有真正的爱情?这当口,两人进入了有趣的二律背反,祝贺作为男人应该从话语阶段过渡到行动阶段,由于下面迟迟不见动静只好停滞盘桓在话语阶段上;而春秋作为女人不能主动过分地流露性事,也就以爱情为话题做掩护诱敌深入。

终于,空气中再次燃起偷情所特有的欢愉和期待。也就是半月前在田稼安家里那种犯罪感又一次降临。祝贺解她的扣子。她挡了一下,将他的手拿开,随之又听话似的服从了安排。过了不大一会儿,两人都呈泳装的模样了。他的手捧着了那砣肥硕的呈现清真寺圆形塔尖的乳房。上次他们在田稼安家匆匆忙忙,连春秋硕大的半球状的乳房都没仔细观摩,这么一大砣的东西隐在衣服里,给他一种深山藏古寺之妙。她顺势歪倒在沙发上。这一歪竟然歪出了一副娇媚。

"我感到有双眼睛。"

"什么?"

"我感到有双眼睛看着我们。"

"那就让它好好欣赏我们吧。"他开了句玩笑。

祝贺搂着她拖向里屋的双人床,她则一副被迫挣扎地顺从地跟着进去,她没有反抗和哪怕低声的指责。两人都发现有意在模仿上次在田稼安家的行为,那次真有一个第三者存在,今晚他们的复制,其实是在寻找当时的犯罪感觉。

如果他们第一次性爱发生在夜深人静的公园,发生在办公室,发生在一个宾馆,就换了另一个切入点,另一个位置,以后的行为就会在那个基础上发展。他们恰恰在田稼安的家里,当时还有一个随时可能苏醒的人躺在身边,这就是在一种有着犯罪之感的氛围里发生了。又由于当时的匆忙省略了应该品咂的细节,回想起来恍惚迷离。为此,他们有种回放一下重温一下的渴望。

他的衣服没有了,这就把自己彻底公开,失去了掩饰的可能。他命令自己,驱动自己,结果更加悲惨。她停止了扭动,在下面问:"你,是不是有病?"

"过去从来没有这种情况,"他发誓似的说,"还是上次在老田家坏的事,又是酒后,又是有人在旁边。这一次条件多好啊。我真的搞不清。"他满脸懊恼地摇着头。

"那还是有病。"

"我要真有病就不会跟你干这事了。"

春秋笑笑,望着天花板分析道:"也许你有病,想着换个人就好了呢。"

"真该死,你就不能鼓励我一下?"

"怎么鼓励?"她奇怪地眨着眼问,"这事还需要鼓励吗?"

"你说声你真棒你真棒,就成。"

她弓起身子勾头扫一眼,那里软塌塌一副凭古吊今模样。她无奈地叹口气冲那里喊了一声:"宝贝,你听好了,你真棒,你真棒你棒得不能再棒了。"

"你这是什么态度!"

"我的天啊!"

"你能不能诚恳一点,这是两个人的事呵。我好起来对你也有好处。"

她绷紧了脸,里面拉出冷冷的笑意,嘴刚张开,他便害怕地去抢话:"你又要说有病了,你又要说有病了。你再说我就真的完了。"

"是你先不行我才说的。你把问题搞颠倒了,好像是我先说了你才不行似的。"

"求求了,国难当头。我发誓,过去真的没有这种情况!"

"我怎么知道?"

"我真的很棒。"

"我怎么知道?"她恼火了!一个女人听到一个男人在其他地方和其他时间很棒,而唯独面对自己垮下来,没有不恼火的。祝贺越是声明自己很棒,她越是恼火。还有,自己脱光躺在床上,没了下文就像裸体展览,除了荒唐之外,还兼有性倒错似的让人恶心。

祝贺还在上面瞎叫唤:"我的天,我的天,真是活见鬼了!"

"你嚷什么嚷?别人听到了。"

"真可恶。"他恨恨地骂自己不争气。

"你才可恶呢!"她误以为他在指责自己,愤怒地一下子弹坐起来。"你拉不出屎别怨地球没有吸引力!"

祝贺遇到的麻烦是私密性很强的荒唐事,这显然是命运对自己的嘲弄和处罚。一连几天,他的心中积郁着怨恨,想找个什么事情狠狠地处罚一下,嘲弄一下。结果吾颖达成了他发泄邪火的对象。在他看来,吾颖达的文化贞洁观同样荒唐可笑。他不能因为自己提倡贞洁观自己就贞洁了,就是一个刀枪不入的圣洁之人了。祝贺觉得这一点和自己有点相似:不能因为和春秋上床出现阳痿,没办成事,自己就可以号称道德模范了。

祝贺和春秋不欢而散的第三天,编辑部发生了一些事。其中之一,吾颖达收到了一份请柬。这份请柬,将吾颖达推进了孤独的深处。通常的孤独分为两种,抛弃大众的遗世独立与被大众抛弃的形单影只。而吾颖达身上的孤独,却让人搞不清是哪一种。

过了若干分钟,他将请柬丢到桌上,从椅子上猛地一跃,伴着椅腿凄厉的怪叫,他来到窗口又愣了那么一阵子。他试图给人一种正在承受着外来的什么压力和某种负重的模样。又过了若干分钟,僵硬的身子终于动了动:"这就是中国,这就是中国文化!"他悲壮的声音给人的感觉不是在办公室,而是身处萧萧落木的荒原。

田稼安的善良和同情不由得再次从体内走出来,看见别人痛苦,他就难受。有那么几次,他试图去询问吾颖达,可是每当他战战兢兢往他那里侧目,总会被那边一个有力的斜视顶回去。田稼安只好忍受着焦虑,怅然地看着桌子对面的将半张脸躲在报纸后面的祝贺。

"祝,你也去问问。"

"问什么?"

"吾那边,好像发生了什么事?"

"我知道,黄帝故里B给他发来一份请柬,让他参加一个会,黄帝故里漂移说研讨会。"

田稼安听不懂地问:"故里漂移说?故里还能漂移?"

"是啊,故里漂移。"

"怎么可能呢?"

"怎么不能,大陆还能漂移呢,还有地球,也在太空中飘浮呢。"

田稼安担心地托着下巴说:"这可真奇怪。黄帝故里A搞巨塑,黄帝故里B要搞漂移,这么一来两家不是干上了?"

"是啊。"祝贺嘲弄地说,"一帮龙子龙孙,大发孝心,争着要给咱老祖宗找个屋子住呢。"

"那他,去还是不去?"

祝贺不由得冷笑一声。马上,这声冷笑让他联想到三天前春秋在他下面发出的那声冷笑,这两个声音在冷度上非常相似。以己度人,可见当时春秋是怎么地看扁自己了。他扭头向春秋的空位上瞪一眼。

祝贺很想将她嘲弄自己的冷笑换到自己的嘴里再去嘲弄一下吾颖达:"他很矛盾,看样子文化贞洁观遇到了挑战。从学理上讲,这个'黄帝故里漂移说研讨会'显然是个胡闹,他可以撕毁请柬;可是从功利上讲,它又是那么重要,甚至带有难以置信的世俗的正确性。这个研讨会关键是国际性的,国际嘛,给他一种身份感,所以他迟疑了……"

田稼安打断说:"他之所以矛盾,就是想以著名学者身份参加高规格的国际研讨会。"

"你又说反了,得先参加国际研讨会,才能摇身一变成为著名学者。"

吾颖达认为祝贺这个人很不地道。既然看出来自己的狼狈窘迫,为什么非要流露给别人,何不假装一下呢?吾颖达心里愤愤地想,等到哪天我发现你有什么麻烦也要故意摆一副看透的样子。可惜这人缺乏对日常生活的观察,身边发生的许多事情,他根本觉察不到。他与春秋桌对桌,与祝贺斜对面,那里经常发生的小动作他从没有发现过。他连发生在办公室里的小动作都觉察不到,发生在某个房间里的阳痿事件更是无法获知了。他看不见也就无法去嘲弄了。

请柬像一条蓄满功率的鞭子,在空中抢了一道弧线还是把他抽到百里之外。他到轩辕宾馆,报了名,拿了资料,一边往房间走一边细细地查看与会者名单,一个个地看着,突然停了下来。他发现了问题,发现问题还特别的严重!就像鲁迅散文《秋夜》里的名句,后院里有两株树,一株是枣树,另一株还是枣树那样。这个国际级会议,有两个外国人,一个是日本人,另一个也是日本人。第二个日本人,几年前还在中国,是移民过去的毫无建树的学者。这两个人构成了这个"国际会议"的全部资本!

在餐厅吃饭的时候,吾颖达留意地扫视八张桌子,没有几个人能叫上名字。倒是第二天的开幕式上,呼啦涌现出一大批省里市里的领导,文化局、文物局、旅游局的局长们,秩序井然地坐在主席台上。

三天的考察紧张而忙乱,他们从一个名胜转到一个古迹,以抗洪救灾的速度之美穿越历史。尽管国际研讨会是个假冒的,可是行走在这支队伍里,看到自己成为他们的一员,吾颖达还是欣喜地捕获了渴望已久的成就感。考察活动围绕着提前的预设。

到一片挖掘的房基,就是越过七千年的裴李岗文化;稍加转身便撞上了烘烤食物反映先民聪明才智的仰韶文化、龙山文化;他们还像外星人似的浏览商朝城墙、汉墓、魏碑、溶洞、唐柏。最后,风兮尘兮,花了一个多小时登上轩辕山。这架山原是所在县的中心,解放后行政划分又以它为界,由此成了A、B两县的分水岭。几十位专家学者登高望远,开襟极目,驰骋豪情,隔着黄帝故里A的山峰眺望远处渺渺如烟的黄河。关于山、关于河的感怀名句,像那一排排汹涌澎湃的浪潮禁不住奔来眼底。

　　始终走在前面的是省里的两个领导,人大副主任和政协副主席。陪同他们的,总是侧身横着走的黄帝故里B所在县的书记和县长,离他们较近的是从北京来的几个白发苍苍的考古学者,由几个本地的副书记和部长负责陪同。他们的走路姿态相对自然点,大多时间身子可以摆正了走,眼睛也可以比较从容地向前看。两个国际方面的学者由省里的一个著名老头儿陪同。吾颖达离他们不远,时不时能听到从那里传来的大笑。笑声里流淌迸发着只有名流才有的开心爽朗,好让人听了不由得产生倾心向往等美好的东西。吾颖达很早就知道这个著名老头儿,却长期搞不清他是干什么的。"文革"前听到过他的名字,"文革"期间也有他的身影,这经济改革时期依然能在媒体上看到他凝重的表情和充满智慧的话语。这是一个非常了不起、有着分身术的、可以出席任何研讨会的超人。犹如有些名气很大的歌星,不知哪首是他原唱的歌曲。这个著名老头儿像许多成功者一样,是一个没有著作的著作家,一个没有评论的评论家。

　　"真不知耻辱为何物。"吾颖达终于有机会问一问同行者了。这是他过去认识的一个熟人,也是在研讨会上唯一的熟人。让他意外吃惊的是,同行者没说几句话就直通通骂了起来。这人的脚有点跛,话却说得很溜:"黄帝故里A,知道吗?就是他挑头儿招集一帮人研讨出来的。现在他又找另一帮人,搞出了黄帝故里B。"

　　吾颖达听不明白地问:"黄帝故里A也是……他搞的论证?"

　　"当然,我们都参加了。"

　　"这就奇怪了,他为什么要这样做呢?"

　　"从中得好处嘛。"

　　"好处?本人不明白,这样出尔反尔对他能有什么好处。"

　　"好处多了,这就是他惯常用的伎俩,他本来并没打算搞B,只是看出搞一搞对自己有好处,就搞了起来。"

　　"噢,到底有什么好处呢?"

　　"名利有好处啊。"

　　"本人认为恰恰相反,这是用左手打自己的右脸。"

　　"你真是个读书人。像你这样的人已经很少了。许多人已经把学问当成了敲门砖,不是当官就是捞钱。况且,从严格的意义上讲,他本身就不是个学者,他一天到晚东奔西跑,上蹿下跳。搞活动只是手段,目的则是联络政界的官员,拿策划费和活动费,还可以上各种媒体亮相表演。这家伙明白,当地的政府官员也是这些活动的受益者,他们可以和市里省里甚至北京的领导建立联系了,有理由去家里坐坐请教指导了。这些活动事实上搭建了两个平台,一个是外在的文化平台,另一个是隐形的供官员们唱戏升迁的平台。"

吾颖达提出了疑虑:"你受了益,为什么还这么憎恨他呢?"

"为什么?"说话疾快的跛子说,"这是个国际会议吗? 两个隔海相望的中国人罢了。我本来要去日本,参加一个更重要的会议,他非要我来这个国际级的,害得我失去了一个重要机会。"

吾颖达倒愿意和北京来的几个文化学者认识一下。当每次离他们很近要加入进去的时候,总感到几个陪同的人用说不清什么意思的眼光延长那么一丁点地瞅他,有一回还借转弯之机用胳膊肘轻中有重地拐他。显然,貌似散乱的人群里有种看不见的秩序。第二天他发现了,当他拖后,就有人等他叫他,只有他处在中间位置跟着一大群和他一样的人时,就没人管他了。

再过一天,研讨会上,饱学之士广征博引,从提交的论文看出,黄帝故里 B 才是本源和正宗,当年黄帝部族活动的主要地方在轩辕山南边。一句话,坐着论文的帆船它顺顺当当漂移了过来。

研讨会的内容以简报的形式人手一份散发下来,这意味着研讨会达到了预期的圆满。大会选举了会长、副会长、顾问、秘书长,凡是参加研讨会活动的人员都进入了理事会。

吾颖达拿到理事会名单的时候,刚好和两个学者从花园里回来,他拿着名单站在拱门下面,从上到下一行一行寻找自己的名字。出乎他本人的意料,自己的名字不仅排在最后,还居然排在县文化馆人员的后面! 面对如此离谱的屈辱,他的原则迅速升起,良知的东西也随之唤醒。

整个晚餐他没吃一口,他四下游说,庄严而愤怒地指出,罗织黄帝故里漂移说是种文化犯罪,宣布这是中国最大的文化造假!他还预言凡是玩弄历史的人到头来会受到历史的惩罚!"真是太荒唐了。"他说,"这哪里是考察? 连走马观花都不算。这哪里是研讨会? 一个研讨会应该是争鸣的,多元的,实际情况却是众口一词,百鸟朝凤,这不叫研讨会,叫思想统一集中会。"

有人反驳说:"没有规定众口一词,大家不争鸣是因为没什么好争鸣的,你说说有哪些需要争鸣?"

"能把黄帝故里说成漂移来的,真是件奇怪得不能再奇怪的事了。人文始祖,在五千年后的今天竟被找到了故里! 这对一个特别注重史记和记史的民族是说不过去的。黄帝是一个后人虚构出来的人物。夏、商、周、春秋、战国,在我们的先民心目中,最古的人是禹,那时根本就没有'黄帝'这么一说。我们现在常说的'黄帝',是在战国时才被人虚构出来的,是战国时的人们臆造出的一个'史前始祖'。这完全可以在最权威的史书上查出来的。这表明了什么呢?"

"是啊,你是……什么意思呢?"

"打个通俗的比方吧。这事儿,就好像是:爸爸不知道自己的爸爸是谁,而爸爸的儿子却知道自己的爷爷是谁了。"

人们相互看看,直到他俩意识到对方大概不是在拐着弯骂自己,只不过是真的在打比方之后,脸上的表情才恢复了正常。

"哦,那你说谁是爸爸呢?"

"比如夏商时人是爸爸……"

"那谁是儿子?"

"战国时人啊。我是说:战国时人异想天开地宣称自己的爷爷是黄帝,而夏商的人却根本不知黄帝是谁。这不可笑吗?"

"你的话像绕口令。"

吾颖达也一时被自己绕得似乎不再那么清楚了,便改口说:"'黄帝'呀,只是世袭部落首领的称谓,或者是一个神话传说中的人物,一个符号。没有证据证明他是一个人。"

有人反驳:"再说,你也没有凭据证明他不是一个人呀!"

后来没有人和他争论,人们不是应酬他,就是转身躲开。他一个人站在宾馆的大堂,孤零零地等着过往的人。最后,大会秘书长把他领走了。领他去见著名老头。上到二楼往最东头走,著名老头正一个大房间里的沙发上等着。宽松的睡衣套在胖胖的高大身上,脸上有一层厚厚的多年来养成的权威质感的表情。这是他第一次近距离地看到著名老头以,能够看到蓬乱寿眉上翅出几根抚动的长毛。

"听说你对我们有意思?"

"是有意见。"

著名老头没有料到事情出在名单的序列上,"你怀疑黄帝的真实性?我们有众多的神话、传说、文献、实物,综合起来可以断定:黄帝他就是一个人!"

吾颖达一副被良知驱赶着,反唇置辩的样子:"文字记载就可信了吗?早有历史学家通过缜密考证,断定最早的史书《尚书》中《舜典》、《禹贡》、《陶谟》诸篇都是后人的伪造文件,是利用远古的神话传说,虚构了帝王的美德和儒家理想而已。把后人的理想当成远古的现实。中国古文化背景,史和巫不分,史官本身又是巫术的梦想家……"

"这就是你的问题了,你在用你的矛击你的盾。你刚才说你的依据是史书,为什么你的史书是史书,我们的史书就不是了呢?你搞的这是历史虚无主义。你无非说我们这么多学者,论据论证矛盾百出,没有学术的良心,是吗?"

"《国语》说得清楚:'昔少典氏娶于有蟜氏,生黄帝、炎帝。黄帝以姬水成,炎帝以姜水成'。而姬水在黄河上游的甘肃一带。这是两个互通婚姻的部族。在《山海经》,黄帝即天帝又成了神话。《水经注》说黄帝生于天水。"

著名老头儿说:"可是《史记》怎么说的——'黄帝者,少典之子,姓公孙,名曰轩辕。'又成了一个人。"

"司马迁撰写《史记》,很武断地把史前期所有民族统统归于中原黄帝名下,同样是简单化了。我就觉得奇怪,就拿《史记》说吧,它言之凿凿,说黄帝生于山东寿丘……"

"这是一个无法争论清楚的问题。不要争论。"著名老头儿拍了一下手,"我说的不要争论不是不争论。因为争论的结果不是清楚明白,而是更混乱了。所以,为了不制造混乱,也就不要争论。根据'任何历史都是当代史'的著名论断,我们只能按我们的需要了,换句话说,我们只能顾一头。"

吾颖达说:"好吧,我退一步,就算黄帝是个人,早已荒渺莫考,亦真亦幻了,凭什么说这里是他的故里呢?"

"凭什么?这三天的考察你没参加吗?"著名老头儿铿锵有力长缨在手,搬用了一套"也"字学说,证明黄帝出生于此。东晋权威文献有过记载,唐朝的一个官员在这里"也"写过一首诗。言外之意,尽管中间相隔漫长的几千年,其间是有着必然联系的。天地良心,那个唐朝官员如果没有充足理由,为什么不在其他地方写,偏偏在这里写呢?内在的逻辑不言自明。接着开始顺着逻辑往下"也"起来了。宋朝的一个皇帝"也"在这里立过石碑,清朝"也"盖过一个土庙,地方府志"也"有"黄帝其母附宝,感电光绕北斗而有妊"的记载,民间"也"有这样那样的传说,还有,某村在"文革"期间的水井台上"也"发现了一个石刻对联。漫漫几千年,证据互印,承传因袭。

"中国的历史源头是那么神圣,那么原始,那么充满着不可知的美,怎么能凭你们搞的几个传说,几块石碑和破庙去固定下来呢?"

"这是几天来一大群学者专家考察的结果,有目共睹的事实!"著名老头儿没有回答他的问题,接着用真理证明完毕的口气说:"综上所述,总而言之,一言以蔽之,黄帝故里就在这里。这是可以肯定下来的。故里既然都给考证出来了,换句话说,黄帝作为具体的人也就无可非议了。因为常识告诉我们,得先有人再有故里的。"

"传说不足为凭,我们家乡有个八卦台,传说伏羲在上面演创了八卦,你能说是真的吗?"

"可以推测。"

"不能推测!"吾颖达又看了对方半眼,激烈地顶撞起来。

"这又是为什么呢?"

"因为我在中原见过至少三个八卦台,还不包括黄河上游的两个,都说伏羲在上面演创了八卦;你要推测就没完没了了。还有炎帝故里之争,西部说,南部说,中部说,都有大量的传说和所谓的遗存。如果一切后人的活动都能为凭的话,你们这次论证会以及活动的碑文过了几代也就成子孙的凭证了。"

"是啊,你能看到这一层很好,我们这次活动的历史意义就在这里。后代会把它当成凭证,他们会说:要是没有理由,一九九零年的国际研讨会就不会在这里隆重召开。说到这里,我们不妨把眼光放远些,人类文明才五千年,太短暂了,如果人类按十万年计算,现在的我们其实还算是先民啊。"

秘书长笑着附和说:"我们确实是先民。"他又转向吾颖达换了嘲讽的口气问:"你知道为什么叫轩辕山吗?"

"这是你们才改的。"

"是的,是我们才改的。但为什么不改成别的呢?"

"这是你们事先预谋好的。"

秘书长又问:"为什么我们预谋好呢?"

"这就得问你们自己了。"

"为什么问我们自己呢?中国的山那么多,为什么我们非要选这个改为轩辕山?"

"因为你们非要选一个,不选这个,也要选那个,现在你们选了这个。"

"你还是没有回答我的问题。我来回答你,因为它本身有着非要改它为轩辕山的东西。"

吾颖达看得很清楚,这是场共谋,是这帮学者和黄帝故里B的人的共谋!有了利益共同体就有了主题先行,就有了以论带史的胡说八道。如果他在里面有个比较满意的位置,他也会认同共谋的身份。现在他虽然在里面,却是一个下脚料,他只好跳出来站在对立面了。

"黄帝巨塑充其量是一个文化建筑。一个石头堆积的符号,一个概念。如果它真的像你们说的具有伟大的民族凝聚力,对民族的振兴有难以估量的作用,那么,这个社会的发展和进步的动力就值得怀疑了。"

著名老头儿说:"你在转移话题。历史的真相很难搞清楚,我看也没有必要搞清。历史是一回事,历史的观念是另一回事;历史的观念是一回事,书写历史又是另一回事;书写历史是一回事,根据需要书写又是另一回事。说起需要,我得向你讲一讲。这个世界的一切都源于需要。真理是种需要。功利也是种需要。既然都是需要,那就看哪个对我好,我就需要哪个需要。"

吾颖达心里说,这老家伙说得很好嘛。为什么你有需要,就不想想别人的需要呢?你说得很对,你要是满足我的需要,我就不会找你的麻烦了。你要是把我的名字排到前十排,这荒谬的冲突也不会发生了。你要是把我的名字排到前两排,我还会站出来反驳那些质疑者的声音吗?

　　著名老头儿说:"我可以明确地告诉你,在学术道路上,你走得还不够远,换句话说,你看不到,有的学术要学术化,有的却要走出象牙塔,转化为生产力,为经济服务。传奇可以演绎历史,也可以取代历史。如果我们把黄帝巨塑搞成了,一年有数百万甚至上千万海内外游人前来瞻仰,祭祖,朝圣,这不仅对凝聚民族感情有作用,还能引进许多的先进科技和文化,而且每年会获得旅游经贸等收入数十亿至上百亿美元。"

　　"这纯粹是功利者们的幻觉。"

　　"你怎么知道我们大家都是幻觉呢?和你不同就幻觉了?"

　　秘书长插话说:"你应该明白,我们请的是全国著名学者专家,是有国外友人的国际研讨会,难道他们越洋过海都是为了胡来?没有学术良知?你以为自己是对的,别人都是有问题的?这本身就极不科学。"

　　吾颖达厌恶地歪歪嘴。

　　秘书长下了定论:"你连少数人都不能代表,只能是一个人。"

　　吾颖达觉得话好像说完了:"我是一个人。我这一个人我想可以走了吧?"

　　"当然。"著名老头儿说,"你要是带有情绪地走,我看还不如问题解决了再走的好。我虽然不喜欢你这种人,总自以为是,以学者自居,但是不是学者呢?你说的,我们都知道,用不着你提醒。你不说的我们也知道。还有,你不知道的我们还知道,这也是可以肯定下来的。年轻人,人活在这世上,不能想说什么就说什么,得事先想一下对方是什么人,干什么的。想批别人来抬高自己不光可笑,而且也过时了。要办点实事。假如我们几年后看到了一个黄帝巨塑屹立在这里,我们就是干了实事。以前我们一本本地研究,著书立说,好一点的呢赠给学界朋友,再好一点的呢放到图书馆摆上几年,差一点的,也就当废纸卖了。从小立志向,老大徒悲伤啊,过尽千帆皆不是。现在我们终于搞了个大事,和日月同辉的大事。我劝你要好好地想一下,加入进来。"

　　"加入?"

　　"换句话说,和我们一起干有意义的事业。"

　　"恐怕我做不到。"吾颖达心里又骂起来,你这个笨蛋,你这玉米棒子,死疙瘩,把我的名字挪上几格什么都好说了,"这涉及一个知识分子的贞洁观问题。"

　　"贞洁观?"秘书长重复一句,显然他听了有点晕头转向。

　　"噢,我明白你的意思。"著名老头儿明白地拍拍额头,"这是个问题,这是个什么问题呢?按我的理解这是个伪问题。我给你举个例子——我老伴从事卫生工作,有半个世纪了吧。很懂细菌,在她眼里没有干净的地方,到处都是细菌,不管到哪里都洗手,真是没完没了。可是呢?身体不比别人好,这病那病没少有。农民兄弟不讲究,从地头拔棵葱往大腿上一擦,就着烙馍吃,怎么样呢?身体棒棒的。这个例子最好地回答了你的贞洁观问题。"

吾颖达无法相信贞洁观怎么和大葱烙馍混谈一起:"这算什么道理?"

著名老头儿重新端详了这张陌生人的脸:"你要给我讲什么道理吗?我什么样的道理没讲过,什么样的道理没听过?你既然给我讲道理,那就讲道理好了。道,首领走的路,谓之道;理,怎么写?王字边一个里程的里,你明白了吧?王者行的里程就是理,我们的祖先早把'道''理'两字弄明白了。看样子,你不仅在学术上不成熟,恐怕在政治上,"他意味深长地停了停,"你离成熟还远着呢。在研讨会上,我有个指导性的发言,也许你没在意,关于黄帝故里,换句话说,不仅仅是学术问题,它还是个政治性问题;它不仅仅是政治问题,换句话说,它关系到中华民族的复兴……"

"等一等,"吾颖达抢断地反问,决定报复一下,"换句话说?这句话是怎么换的?黄帝故里,学术问题,政治性,民族复兴,你总是换句话说,可它们是怎么换过来的?"

著名老头儿从来没有在换句话说的当口被打断过,一时张嘴结舌起来。

吾颖达发起了最后的攻击:"你们这样做是错的。黄帝是我们中华民族的文化意象。黄帝是广义的而不是狭义的。黄帝是我们大家的,是族群认同的图腾和历史记忆。怎么到你们手里就像变戏法成了有鼻子有眼的东西了?历史要有尊严,文化也要有尊严!"

吾颖达非常痛快地喷发起来。趁对方没有醒悟过来又突然开门离去。只有在这当口走他才能有不败的感觉。他知道自己面对的不是单个的人,而是一个利益集团的代表。

回到房间,吾颖达再次陷入了痛苦。所在的单位,到处充斥着蝇营狗苟的俗事,而所向往的学术界,又是那么等级森严,谬论百出,荒唐可笑。这种伴着孤独和忧愤的痛苦让他难以承受。他俯身窗前,望着星光点点的夜空,"等着瞧吧,有那么一天,有那么一天……"吾颖达的心中总有这样的声音在回响。就像约翰在施洗的河,仰望天空,祈盼福音似的,"他来了,他来了,他来了。"所不同的是,约翰的祈盼是上帝给他派来一个基督,而吾颖达的祈盼,上帝只给他派来了一个乡长。

回到省城第三个庸常的夜晚,河图县老家的乡长闯进了吾颖达的家。圆滚滚的乡长已经来找他两次了,每次来总是夸张出一些诚恳和敬重的态度。作为一个知识分子,吾颖达并不喜欢这种人与人的关系,可是,说实在的,正是作为知识分子,他又很乐意看到别人对自己恭恭敬敬。圆滚滚的乡长和往常一样,畅谈了中国刮起的编纂家谱风的形势、背景、现状以及种种好处。本来只是一种自在的活动,当人们发现这件事能够把海外的宗亲拉回来大搞投资,情况就进入了带有功利企图的自为阶段了。

吾颖达多次回绝过这些民俗活动的邀请,他以为参加这种变了味的"民俗活动"是件丢人的事情,他一直以为自己是个纯正的知识分子。那天晚上,他的身子就弯在沙发里,两眼眯着,似是而非地听着,礼节性地"嗯"上几声,他的脚尖伸出老远,远到连脚都快够不到的地方了。

乡长说,吾氏宗谱征集活动进展顺利,通过寻亲谒祖,通过收集文物和资料,挖掘碑刻,已经初具规模了。一脉脉的族人左勾右联,纵横交织,并且发现还有一部分跨越了国界。近期,将从东南亚来一干人寻根奠祖,带队的不是别人,而是身价十几个亿的巨商吾开渠。

"吾开渠?"

"你们吾氏家族的大富商。"

"噢?有这等事?"

"我们也很意外,他们那支是从明初迁移过去的。"

"这可是好事啊,没想到我们吾姓还出个亿万富豪。"吾颖达身子动了动。

"可不是嘛。吾姓在中华民族大家庭虽然是极小的姓,但人的质量却高于平均值呢。有钱的有钱,有学问的有学问,您吾老师就是著名学者。北京还有两个,一个在大学当教授,一个当报社记者,《铁路剿匪大追踪》长篇通讯就是出自他的笔下。"

"这个……我还是第一次听到。"

"才挖出来的。北京大学的教授很忙,动不动出国访问,开始的时候也是对家族的事没一点兴趣,后来我得知他要出本专著,没钱,我就答应给教授提供三万元的出版费用,月是故乡明,人是一家亲嘛。这样一来,教授就满口答应做点工作。"乡长用获奖者胜利的口气说。其实乡长也没什么兴趣,要不是看上泰国的亿万富翁投资下来对自己有着难以估量的好处,他才不管什么吾氏不吾氏家谱呢。

冷不丁蹦出个"专著",吾颖达的注意力不由得集中起来,伸出的脚也一点点往回缩,坐相近似端庄了。对学者而言还有什么比"专著"一词更有诱惑性呢?事情明摆着,自己之所以不被学界认可,之所以被著名老头儿叫过去训话,其根源或者说悲剧正是自己没有部像样的著作。如果,自己那些高质量的压在桌子里的论文,发表、结集和问世了,别人也就能按自己的眼光看重和估价自己。

吾颖达是个擅长反省的学者,他比别人通常要早一点发现自己的转变。这次的思想转变与前些天收到黄帝故里B的邀请,如出一辙。看样子,人在利益的诱惑面前很容易失去固有的原则和立场。他激动得只差一点儿就坐不住了。他是个不能让别人看出弱点并抓住把柄的人。尽管心思已经活络了,骨气还牢靠。为了学术论文汇集成册,马上像北京的教授满口答应,是不是太没有深度、没有城府了?所以,他的脸色暂时还没有什么可观的变化。吾颖达含而不露地说:"你可不能让人家教授失望,既然答应了,一定要兑现。"

"钱不成问题,"乡长夸口承诺,"乡里有几个效益很好的乡镇企业,还有几个私营企业老板,现在活动资金已有几十万元。钱不成问题。"

"这就好,这就好。"

乡长知道不能正面强攻,这几个月的经验是,你得先以漫不经心的口气把好处给对方摊开,让他心动。知识分子的特点就是,你得尊重他的骨气。或者说,得避开他的骨气。知识分子由于自身的软弱所以特别在乎别人的眼光,他们大多有种错觉,总喜欢将一些礼仪性的客套和恭维一相情愿地当成真诚的敬爱和崇拜。于是,乡长在侃侃而谈之中描绘了美好的前景:明年春天,把泰国另一支同胞编一套完整的家谱印刷成书,组成参礼团到泰国回访,旅游观光,等等。乡长说了一堆好处之后,知道胜利在望所剩下的只是方法了。所谓的方法是继续苦苦恳求,精诚之至,化开金石。

"吾老师,泰国巨商最近就要来中州,计划先捐百十万,给吾氏家族建个小学。您实在没时间也就算了,我不敢有过高的要求,只请您给两天的时间,行吗,只两天。"

"两天?两天能干什么?"

"我们都在基层工作,虽说比过去的乡干部有文化,也见过世面,可我们毕竟是井底之蛙,您是族人中最有学问的人,古今中外,天南海北您最能谈了。我算了一圈,只有您能把谈话的气氛搞好。只两天,等我们和巨商成了朋友,您再回来,忙您的。"

"省里不是有个外事办吗?"

"那是指望不着的,公事公办,抵不上血缘关系。你和他们有亲情嘛,搭上几句话就能找到一家人的感觉。吾老师,您不知道,有的地方专门发动人们往海外写信打电话,政府办不到的亲情能办到。血浓于水打断骨头连着筋嘛。"

吾颖达沉思良久,说:"天下事有一人之力难成,到必赖众人之力以济之;亦有众之力不足,到必借一人之力以襄之。我,真能起到这样的作用吗?"

"太能了!"

"这样,容我考虑考虑,明天给你答复。"

乡长知道事情已经成了,依旧感谢恳切地央求:"吾老师,您别考虑了,为了家乡的父老,您牺牲两天好了。"

"那好,咱们有言在先,只两天。"

乡长起身走了,到了门口又被吾颖达拦着。他指了门边的一件礼品包:"东西你带走。"

乡长双手在胸前推着,说:"简单简单。"

"你把我当什么人了?你带走,要是不带走,我就从窗口给它扔下去!"

第6章 挖掘"第一人"

> 一股强烈的幸福感涌到身上。他露出两颗虎牙,迅速迈开大步向门走去,准备聆听向他披露的秘密。

陆丁九有他自己看事物的眼光和做事的准则。他先后和编辑部的同事都好过,随着半年时光的更迭,他先后发现,每个人都不大跟他交心。这个发现很重要,于是他也就与他们貌合神离,不那么多话了。

他是个作家。既然是个作家,就得讲究独立人格。同时,作家有别于其他人的是,除了想了解大家如何在自己的轨道上运行,还应该在众人所知的事情上再发现点新东西。发现新问题是作家的天职,没问题也要发现。至于发现不了,那只能归咎于自己的眼光不济。

那天,杂志社的人去黄帝故里A采访,路上人们议论万主任为什么冲田稼安发火,陆丁九独自坐在车窗边冥想:不能就现象而现象,绝对另有其他原因。他们下了车,去展览厅看了黄帝巨塑的模拟像,参观正在拓建的广场。办公室主任告诉大家,策划大师刚从北京回来,即将出国招商,日程安排不是满不满的问题,而是一天即使四十八个小时也嫌少的问题。没有见到策划大师,陆丁九深感遗憾,他想看看策划大师的眼睛,看看像不像疯子。他有个发现,文化怪杰的眼睛通常具有疯子那样的标志。从实而言,没有点疯意的人又是难以办成大事业的。中午,办公室主任和新闻部矮个子陪同他们吃了"黄河鲤鱼宴",结果给吃醉了。"鱼吃多了也能头晕。"办公室主任拍拍他的肩头说。这是个性格豪爽,具有篮球运动员般体魄的汉子。

一天的采访结束了,临上车时,陆丁九看着暮色中的山野和黄河上游那奄奄一息的落日,突然有股冲动——也许是上苍帮助,也许自己真有超人的慧根,奇怪的灵感降临了,他毫无缘由地想到了黄帝巨塑的第一人。从表面上看,黄帝巨塑已有个众人所知的策划大师。这应该只是现象,灵感告诉他,在策划大师之前肯定还有一个人,也就是策划巨塑的第一人。没有问题也要发现。这个人,肯定是有的,只因某些不被外界所知的事情,给湮没了!

一个星期过去了,经过有效的时间沉淀之后,陆丁九觉得关于"第一人"的灵感值得信赖,并不像其他灵感来的时候激情满怀,一梦醒来就觉得荒唐可笑。于是,怀着探秘的心理,他把电话打到黄帝故里Ａ,要求补充采访。

办公室主任对他的到来不冷不热,运动员般的鼻子变得坚硬、冰冷,像一把有年头的铁锁。"对不起,我真记不得了。我天天都接待记者,全国各地的记者都跑来了,昨天还接见了两个东南亚的记者。至于《巨塑特刊》的事我知道……我只记得你们来过一些人,具体到阁下……一点印象都没有。"

陆丁九提醒说:"是你告诉我,鱼吃多了也能头晕。"他的眼神明亮地闪了一下,试图帮助对方回忆。

"我很抱歉,这话我给许多人讲过。请原谅。你必须长话短说,我只能给你十分钟。"他整理着案头上的各种文件,脸上已经是驱人离境的表情。

陆丁九前来采访,应该受到欢迎,不曾料自己莫名其妙地陷入求人办事的狼狈地步,他发现情况越过了问题本身,双方的关系有种颠倒的感觉。

"你忙是肯定的,"陆丁九说,"只是我的话一短说,就显得唐突,我的采访内容决定得有点时间。"

"你放心,对我没有唐突,什么样的记者都见过,还有的记者骂我呢!"

"那好吧。"陆丁九心说,一定是前不久有个记者得罪了他,骂了他,才使自己受到了迁怒。陆丁九不由得抬腕看看手表,这个动作马上引起了对自己的不满,它意味自己服从了对方。"请你不要生气,关于策划大师的报道散见于各种报纸,没有他,肯定没有黄帝巨塑。这个众所周知,"陆丁九停了一下,他不得不停,他看见对方眼里闪过一种听到废话通常所显示的轻蔑眼神。

"我的意思是,黄帝巨塑的创意在策划大师之前,是不是还有一个人?"

办公室主任停下手中的活:"什么?我没听明白你的话。"

"你听明白了,只是觉得不理解才以为没有听明白。"

"好吧,算我听明白了。你说了一个让人不知如何回答的问题;既然不知如何回答,恐怕和没听明白差不到哪里去。"

"所以我说,你得给我时间,否则谈话显得很唐突。"

办公室主任扭过头朝窗外的天空凝望着,出神的劲头好像屋里不但没有陆丁九,甚至连他本人也不存在。"还有一个人?"办公室主任显然被一个从没听到的问题搞得迷惘和震动了,"还有一个什么人呢?"他自言自语,随之怀疑又讥讽地注视陆丁九,厚厚的嘴唇撩起一个微笑。如果这个问题出于一个身份显赫的名人,或者对他的前途有着相当作用的权贵,他倒会琢磨其中的奥妙和分量。问题出自一个他不认识,也不知从何而来的无名氏之口,情况难以避免地呈现出了可笑的一面,既然可笑完全可以放心戏弄他一番了:"你说第一个人?"

"你懂我的意思了吧?"陆丁九窘迫地点点头。

办公室主任戏弄地说:"你的意思好像不大愿意让我懂。"

"我再解释一下,黄帝巨塑的事大家都知道了,也知道它是策划大师一手搞的。我的意思是,在策划大师之前是不是还有个人? 先有这个人提出,策划大师觉得很好,便利用特有的身份地位,加以改造,顺手牵扯到他的名下了。我想举个实例,比如说纸是中国的四大发明之一。纸并不是蔡伦发明的,他当时只是个政府官员,负责这一方面的工作,后人就算到他的名下了……"

办公室主任"噗"地笑出了声,接着"嘿嘿",继而因控制失效反而爆发得更厉害,哈哈扬声大笑起来。自从搞"黄帝巨塑",他遇到过形形色色神经有毛病的人,文化人通常是有毛病的,像策划大师有这样和那样的毛病。眼下,他认为自己又撞上了一个表面正常但交谈十分钟以上便会不幸地被发现神经有毛病的人。这几乎成了一个规律。一个人神经有没有毛病总是由所提出的古怪问题证明的。

"这样吧。"办公室主任笑了以后,深喘口气说,"你先帮我一个忙。"

"我帮你的忙?"

"对,请你先把屋门关上。"

形势急转直下,反而让陆丁九一下子适应不了。他听明白了,正像几分钟前办公室主任听明白他的话而又一时难以置信那样。事情向着他所希望的方向发展了! 一股强烈的幸福感涌到身上。他露出两颗虎牙,迅速迈开大步向门走去,准备聆听向他披露的秘密。

"不,不。"他对着他的背影高声喊道,"请你到外面把门关上。"

陆丁九茫然无措地走在大楼的长廊,可是走着走着却兴奋起来。从办公室主任机智幽默的逐客令推断,果真有"第一人"的可能啊! 之前,他只是停留在理论的假定上,现在,办公室主任避而不谈,就是从反面验证了推猜,肯定有个第一人! 他这人就这脾气,没有第一人,也要挖出个第一人。不能停留在理论的假定上,一个作家的功用很多,其中一条就是把假定的东西通过自己的努力在现实中印证。

陆丁九走到外面,又回到大楼,琢磨了一会儿,又走到了外面。这一次恰巧看到新闻部的矮个子从大楼里送人出来。上次他们在一张餐桌,身体紧挨着身体吃了"黄河鲤鱼宴"。陆丁九目光闪出了希望,不错眼珠地跟踪着矮个子。等两位客人上了车,他连忙伸出手臂在空中摆了摆。矮个子朝汽车里的人摆着的手还没放下,就像"二战"片中党卫军中士直接转向了他。

有了办公室主任的教训,陆丁九吃不准矮个子会不会也把自己给忘了,当双方的手快握到一起时,他急忙做了自我介绍。矮个子笑着说凡是给他留下深刻印象的人都会过目不忘。接着领他进了新闻部。

"你有什么事?"矮个子递上一杯茶,"这是给刚才的客人倒的,你看没有喝呢。"

"还是补充材料的事。"

"再过半个月我们要举办盛大的奠基仪式。你也许知道,也许不知道,我们这边正搞着黄帝故里,咦,另一边有人搞个黄帝故里B,还开了国际性漂移说研讨会,这就迫使我们加快速度,再造声势。不能干着干着让他们给抢去了。这年头荒唐的事随时发生。"

"抢不去的,我发现你们有一套成功的经验。"陆丁九估计矮个子是他唯一的希望了,为了能打开缺口,便夸张地、有意识地给他戴上了顶高帽。"我在资料里看到你很多的报道,如果没说错的话,完全可以说你是黄帝巨塑宣传功臣。"

矮个子一下子紧张起来,眼睛珠子四下乱转,估计同屋另外三个人没有听到,起码没什么反应,及时做个手势,领陆丁九出了新闻部。到了走廊上他才喘了口气,压低声音责备:"哥,你是不想让我混了吧?"

"怎么了?"

"宣传功臣是什么意思?"

"我从相关的资料上看到,关于巨塑方面发的稿子,到处见你的名字。"

矮个子觉得还不保险,又往前走了一段。这里能看到远处河中飞驰的快艇。"我得谢谢你,你说的是实情,没想到你还操着这份心!可你现在再看,凡是巨塑的新闻稿子,要不没我,要不把我的名字排在最后。"

"我已经注意到了。为什么?"

他亲热地又叫了声"哥":"黄帝巨塑的事是一步步闹大的,当初干巨塑时候,好多人还嘲笑呢,什么怪话都有,现在事情给闹大了闹成了,一下成了名利场,乱七八糟的人都往这里挤,咱是一介书生,轮到扛膀子哪能是个儿?"

"噢噢,我明白了。"陆丁九脸上一团经世丰富的样子。

"这话哪说哪了啊。哥千万别跟别人说。领导已经看我不顺眼了。说说你,找我什么事?"

"我们杂志社搞了黄帝巨塑的特刊,找一些名家论证赞美。届时作为权威资料隆重问世。这你知道,就不多说了。我有一个想法,像巨塑这么一个集历史、文化、经济、民族等一体的大事件,光是郑重其事的论文不行,太正统,太专业,广大的炎黄子孙,他们看不懂。"

"你的包子皮太厚。"

"特刊搞的都是正史,其实我们搞点野史花絮更有意思。你懂我的意思了吧?"

"似懂非懂。"

"我给你打个比方,就拿今天的报纸的内容说吧,邓丽君家喻户晓,开放初期人们把她当成妖精、洪水、猛兽。二十年过去,她成了传统。关于她的报道,人们总有兴趣,演出啊,成功啊,走在彩云里啊,私生活啊等等。有个记者就很聪明,突然跑到河北找到她老家的姑姑,图文并茂,老太婆一夜间成了热点人物。"

矮个子苦笑说:"我还是没吃到哥包子里的馅儿。"

陆丁九说:"我的想法是,搞一个野史花絮之类的。从另一个侧面反映这个巨大的事件,又拥有大众读者。"

"轻松通俗?故事性强?"

"对,统统边角料。再打个比方,我们都爱看伟人传记,通常来讲一个伟人有许多版本的传记,被公认为权威性的,往往是切入私生活的。想想,这个伟人当初二十啷当,和一个普通的,大众人堆里择不出来的柴火妞儿产生了恋情,也许仨月也许半年,然后各奔东西,杳无音信。后来呢,小伙子以他经天纬地之才,披肝沥胆,或著书立说影响社会,或千军万马纵横世界,几十年后成了伟人,于是,当年柴火妞儿忽悠一下子又隆重问世一回。尽管几十年过得平凡,甚至忘记当年的恋情,还是要被人从历史中挖出来。没办法,真的没办法,谁让她是伟人的性启蒙呢?"

"性启蒙?"

"这只是比方。我要问的问题是,在黄帝巨塑策划人之前,是不是还有个什么人,最早跟他提过黄帝巨塑的事?"

"第一个?"

"对!"

"类似于我。本来是第一宣传人,现在排到后面了?"

"对。正是这个意思。人们有种自我欺骗的本能,往往弄着弄着就把别人的东西,当然是好的东西,不由得转化成自己的了,然后煞有介事地去做……"

"这可不是什么自我欺骗的本能,"矮个子纠正地指出,"这是侵犯的本能。他比你强,他就要把你的东西抢走,他比你强多少就抢走你多少。"在没人的地方,矮个子像背格言似的气愤地叫道,声音要比陆丁九大得多。可是当他发现有个身影从左边路口模糊地拐过,又慌乱起来:"你刚才说什么?野史花絮?这是个好主意,你要资料吗?哥。"

陆丁九抱着一大堆资料回去了,在奔驰的客车上体验着发明家的成功。本来,他只是绕着圈子,生怕把矮个子吓缩回去,没料到会见机行事搞出个事先没想到的野史花絮的妙计来。而事实上,野史花絮又确实是个非常好的新策划。

面对收获,如果不让陆丁九喜悦并在内心深处赞扬自己一番,显然不大现实。他是作家,就得有一些别人不具备的素质和能力。

其实也没什么,全世界在同一天发生的重大事件多了。仅编辑部这个小小的范围而言,如果他知道:在同一天,范例以罕有的韬略卖掉了十吨劣质商品,而这宗生意实质上并没有买主,货全砸在二传手的手里,他会作何感想呢?也是同一天,如果目睹祝贺和春秋在朋友屋里的床上忙得披头散发一副不可收拾的惨状,一定非常震惊的吧?还有吾颖达,跑到百里以外的家乡调查家谱之事,采访一个一百多岁的寿星,感受生命的同时又得到家谱委员会的资助,即将出版一本学术著作……他陆丁九还会沾沾自喜吗?这些他不知道,好像也不可能知道。因为人的眼睛只能看到自己能看到的地方,其实连所看到的地方也没看明白。

第7章　给一个洗清自己的机会

　　　　　　　　　　　她在隔一天的中午上班不久,又写了一张字条,趁人们都去平台散步之际,放他桌上,上面还是写着:"同事间禁止暧昧。"

　　为了埋头搞自己的巨塑花絮,连着几个晚上,陆丁九都是在编辑部过的,发现什么问题便和矮个子通电话。他的家里有个闹人的小孩和以看电视为生的老婆。通过这件事,陆丁九对自己的认识在已经足够的基础上又跃了一个台阶。多么有趣的发现啊。眼睛与发现,灵感与创新,陆丁九认为全来自于上天对作家的恩赐。他坚持认为作家很了不起。这个命题对自己显然大有好处,既然大前提作家了不起,小前提自己是作家,那么自己也就了不起。从内心而言,他太知道自己这种作家不怎么样了,生活能力和社会能力并不比别人强多少。祝贺最乐意对自命不凡的人进行嘲笑,每次看到陆丁九以作家自居总忍不住含讥带讽饿上几句。祝贺的推论和陆丁九正好相反,大前提陆丁九不怎么样,小前提陆丁九是作家,那么结论显而易见作家也不怎么样。
　　"请教一个问题,为什么大脑最聪明?"祝贺看他答不上来,又说,"因为这是大脑对自己的评价。"
　　陆丁九刚反应过来,祝贺又问了第二个问题:"为什么作家了不起?"祝贺看他又答不上来,说,"因为这是作家对自己的评价。"
　　陆丁九刚反应过来,祝贺又问了第三个问题,其实这第三个问题已经含了答案:"大多数作家都是生活的失败者,可是当他把失败的东西写出来,头上便罩上了光环。于是这些可怜虫就以为自己是什么高级人物了。"
　　祝贺有根有据地与陆丁九辩论,他并不想把话说得恶毒,只是看到陆丁九总是一副自以为是的样子,忍不住想叫他难堪。

"抛开其他的不说，单挑一点，过于咒骂那些官员和出他们的洋相我就很看不惯。天地良心，凡是人家做的你们哪一项没做？喏，"祝贺摊开双手好像中间有个公平秤，"你们恐怕做得更过火。骂人家新思路叫瞎胡来，你们却可以标新立异，一会儿这派一会儿那流；骂人家拍马屁，你们却相互写文章吹捧，盛赞文友，把一个面对墙壁的孤独者，说成什么是与世界对话；笑人家利用职权，你们又何尝不是压制新人，厚着脸皮把光环往自己头上猛戴？你们放任自己那叫文人无行，睡朋友老婆叫体验生活，却狠骂人家装腔作势、道貌岸然、灵魂肮脏；随意骂人家政治流氓，人家还没自卫发火你们就急着呐喊什么大发淫威，搞一言堂。还有，"他越说越来劲，在心里及时地做出了评价，"你们胆小如鼠，见一个毛毛虫子也会绕道而行。就是你们这种可怜人把自己标榜为社会良知，人文卫士，还以这个谁也没公证过的假定当尺度，凡是不如你们的意都是坏的。其实人家也是人，你们却非要把与人家对立为己任，无非是你们忌妒人家拥有的权力和权力背后的利益。感天谢地，幸好印把子不在你们手上，否则真想象不了闹出什么乱子。"

祝贺讨厌坐而论道的文人，相比之下更赞赏范例，因为这是个生活的实践者、开拓者和占有者。外表上看，其貌不扬甚至还有点猥琐，但接触久了，你会不断发现这个人在默默无闻地创造奇迹。他有多少形形色色的朋友啊，否则，对范例的身影总在市里最好各大酒楼里闪现，今天在这家酒楼，明天又到另一家饭店怎么解释呢？许多官场上、生意场上的朋友，总是乐意请他吃饭。他像一个彩色的蜘蛛忙于各行各业朋友间。祝贺认为，能被各种人士请去全市最好的酒店赴宴，绝对了不得。

次数一多，祝贺发现了问题，范例挑选编辑部的同事陪同前往是有其用意。他不叫老实口讷的田稼安，不叫爱唱对台戏的吾颖达，还不叫以为看的书比别人多就比别人聪明几倍的陆丁九，更不请万主任。范例只悄悄请秦之娅。作为女性天生防卫的本能，秦之娅要么拉春秋，要么拉祝贺同往。祝贺头几次谢绝，因为范例并没叫他。范例发现祝贺不去，秦之娅就推托有事也不去，便主动给祝贺打招呼了。祝贺知道自己几乎成了被利用的角色，一个陪衬。万主任多次流露加入范例朋友圈子的意思，有一次险些丧失尊严，可范例就是不肯邀请他。

在祝贺眼里，范例的气魄也比别人大得多，上次到黄帝故里Ａ采访，迎宾台上有个红皮留言簿。第一页空白，第二页是国家一位副总理的赞词，第三页是省里的领导，再往后依次排列是市里领导，文化名人，企业家，各单位参观的带队。那天挤在参观的人群里，祝贺震惊地亲眼看到范例大气磅礴的样子，他拿着钢笔在第一页空纸上写着：

  不久的将来这里是一片圣地。范例

自那以后，祝贺更加敬佩范例。这显然是一个值得远距离欣赏，近距离效仿的人物。范例再邀他前往酒店吃喝，他总高高兴兴陪同。有好多次了，范例没叫秦之娅而悄悄拉着他。祝贺想当然地以为成了范例的知交,这一点他犯了和陆丁九同样的错误——眼睛只看到能看到的地方,其实连所看到的地方也没看明白。殊不知,正是这时候他已进了圈套,当上了一等一的冤大头。

人们请范例吃喝,无非找他帮忙办事,作为谋略家,范例依据人们办事的性质和难度,不停地变更祝贺的身份——在本人完全不知晓的情况下,"祝贺先生"已经先后在不同场合当过副市长的"女婿"、公安局长及银行行长的"内弟",当过教育局长的"好朋友"。祝贺成了范例向那些求他办事的人提条件的幌子,魔术箱里的大变活人。这些人会把重礼和现金交给范例由他代转给祝贺,祝贺当然什么都没得到,他所得到的是下一个酒店的山吃海喝,以及再一次荣任某某要人的"外甥"。范例有玩任何人于股掌之上的胆略,尽情品尝着智术上"不着一字尽得风流"的快感。

有一次,祝贺差点发现其中的奥秘。

这伙人正坐在酒店临窗的餐桌谈笑,请客的主任问祝贺在哪里高就。这句话冲犯了范例的大忌。每次事前,范例总是叮嘱请客办事的人,不要询问祝贺的身份。"你知道,人和人不一样,祝贺这人,脾气很怪,最讨厌别人问他干什么,问他的社会关系。有一次司法局的张局长——我的一个同学,就是上次一起在国际饭店的巴黎厅,噢,上次你没去——张局长这边还没问,他那边掉头就走了。"同时,他还特意交代祝贺,不要跟请客的人谈单位里的事,"咱们是朋友,不是什么同事。"

主任刚问了,幸好遇上一队由市里主要领导带队的督查团过来。他们大踏步走在夜晚的街道上,神态严肃,庄重正直站在大酒店门前。后面跟着一大帮由纪委、公安、工商等组织的人马。他们冲向大酒店门前的停车场里面的轿车。主要领导在轿车与轿车之间巡视若干个来回,突然爆发出山洪一般的声音,怒指车牌号:"给我拍!"尾随的记者们便举着相机和摄像机对着一排排轿车的牌号,开始了猛烈的、毫不留情的,既实事求是、又带有政策倾向的拍照和录像。如果打算第二天,在媒体上曝光,标题可用《重拳出击,向腐败开战!》向全市人民有个绝不护短的交代。

督查团的行为给人一种新的启示,其实贪官没有搞腐败,请客的主任害怕了,因为他的车也在拍照之列。他一害怕也就不再打探祝贺到底是何方神圣。一次险些败露的破绽也就这么给遮掩过去了。

那天晚上,祝贺和范例分手之后,又觉得遇上了一桩和自己阳痿相似的事情。"我就不相信这就叫根治腐败,简直他妈的小儿科。原来不是官员腐败,是酒店门前停的轿车搞腐败,其实轿车也没搞腐败,是轿车后面的牌号搞腐败。"祝贺走在春天的夜晚里,踉踉跄跄,心里跟自己说着话,"是车牌腐败。"

酒后的思想往往比平时浪漫活跃得多。按说,他的阳痿问题和车牌搞腐败没有半点关联,可在一个接近于醉鬼的虚泛而又热烘烘的意识中,他总觉得这两者有什么相似之处。"不是我不行,是那玩意儿不行,一个好汉偏偏在情人丰腴的双腿之间无所作为。"

祝贺又度过了一个痛苦的失眠之夜,临到拂晓之际,却隐隐约约进入了一个动感十足的梦境。他看着自己和春秋搭车往海边跑,一对情人登上火车的感觉是和在其他任何地方不一样的,在奔驰的屋里更像是情人了。人生是一次漫长旅途,情人成了旅途中的驿站,在疾驰的轮子碾过铁轨缝隙发出短促有力而又铿锵的节奏中,更暗含了一次短暂的充满放飞之情的私奔。

上班时,他仍感到梦的热度和真实,他走在什么地方,支离破碎的梦都在他身边摇晃,这个梦仿佛一种难以预测的吉兆。于是,为了验证,他神情恍惚地把春秋叫到一隅。

她知道他又想幽会了。可是她实在不想再看到他在床上那无望的挣扎。

近一段时间,春秋对自己的婚外情一直拿不大准。她时常偷偷问自己,她和祝贺到底有没有情人关系?如果答案是明确的,那么,她的生活无疑驶入了非道德领域。可是,两人又没有最实质的东西。就肉体指向,直到现在,两人还徘徊在初级阶段的体外运动。

作为女人,她并不十分渴望床上的什么性爱,那会给人一种下了床再回想起来就很恶劣的印象。可是,有能力不做或阻止去做是一回事,没能力去做则是另一回事了。她觉得自己这段婚外情因为他的阳痿,不仅变成了一个残缺的事情,而且完全可以得出既不现实也不存在的结论。

她拿不大准的还有,到底祝贺是不是阳痿患者?事实上,在他们多次机会的活动中,一次都没有成功。他苦恼地申辩那物件平时如何气冲霄汉,慷慨激昂,此刻疲软还得归罪第一次在老田家心里紧张和酒后无能。她相信了,第二次失败也能勉强往心有余悸上靠一靠。问题是以后几次还是个臭,你再声明什么理由就很厚颜无耻了;更有意思的是,她从反面推导,又可以得出他没有阳痿的结论:如果真有阳痿绝不会在床上继续挣扎把自己搞得人不人鬼不鬼那么狼狈了。祝贺讲面子,像绅士一样自爱,假如自己真有致命弱点,他一定会逃避灾难,借机装扮成正人君子。

到底哪个是真的呢?

"这次你就看我的吧!"祝贺逞强地恶狠狠地表示,他试图用新的幽会洗清自己床上的冤屈。她还是不信任地摇头。祝贺焦急起来:"你总得给我一个洗清自己的机会吧?"

"不行,真的不行。我奶奶病重我心情很糟。"

"你奶奶是你奶奶,我们是我们嘛。"

"这怎么可能呢。"

他几乎咆哮了:"我告诉你,我的失眠症导致我光想找件什么事,破坏破坏!"

"你是说,你恨不得把我像砸桌椅板凳似的破坏掉?"她故意受到了惊吓似的往后倾斜身子,睁大眼睛。

"对。"

她无不惋惜遗憾地指出:"愿望和现实总是有相当距离的。"

他知道,这完全是自己的过错。可以说,阳痿,是他一生中遇到的最为荒唐透顶的事情。哪能这样呢?明明自己藏有一把宝刀,往往清晨之际,它像海面上行驶的船桅,朝气蓬勃,一副远征昂扬的势头,轮到春秋身上偏偏暮气沉沉,颓变为一弯残月呢?春秋具有女人的优势,她脱了衣服比穿着衣服要好看得多,(有相当多的女人脱了衣服比穿着难看)春秋肥硕的乳房,丰满的大腿都是男人们所钟爱的要素。还有,她的舌尖红艳柔软富于性感,他完全想象得出和她做爱会把她折腾到如疯如醉的地步。这是很有把握的。面对如此棒的好女人,自己却像遭遇到一个又丑又老的女人似的。越没信心就越胆怯,越怕人家嘲笑就越完蛋。结果真的沦为呼天天不应的废人了。

为了让他死心,她在隔一天的中午上班不久,又写了一张字条,趁人们都去平台散步之际,放他桌上,上面还是写着:"同事间禁止暧昧。"

这是她第三次写了。第一次,她听祝贺吹嘘凡是白天遇到的难题,通常都能在梦中找到答案,就写了字条,等于给他出了道难题,结果他并没有在梦中破译字条之谜;她原以为他会把字条的事告诉自己,吐露实情,却迟迟没有等到。祝贺的隐瞒暴露了一个可怕的问题,如果字条真是别人写的呢? 他隐瞒秘密,等于让写字条的发现者继续看笑话了。当时她报复性地又写第二张字条,只是考虑安全因素并没放到他的桌上,而是默默撕掉了。

第三次写字条,是她的退兵之计。果然,他不再纠缠幽会的事了。

第8章 十字架

> 春秋最清楚有个什么人留在车上,只因为要在众人面前表现得比同事还同事,便挽着秦之娅的胳膊随大家一同走了。

进入春天,祝贺的梦便进入了荒诞怪异的世界。他的梦并不像他对别人夸耀的那样能破解白天的疑问,这种情况只是偶尔出现过。大多数的情况是光怪陆离,杂乱无序。

春天是繁殖梦的季节,一到春天,祝贺总要被梦魇折腾得神经衰弱,眼睛酸疼,脑袋里好像有块烧红的锯齿状的煤炭,床也似乎成了折磨人的一个刑具。任何药物都没有作用。这个现实生活平凡的人,一旦进入梦中,什么稀奇事情都可以发生,都可以办到。他能飞到遥远的童年用成年人的眼光看待遗留的问题,"看看你们傻不傻?"他对童年时代的伙伴说,他们还是那么小;一个冬天的雪夜,一位叫不上姓名的女孩敲响了他的窗口,演绎着一个生死离别的悲伤镜头。他在梦境,只有几秒钟的时间,却绕着一段很长的凄迷音乐,而这个女孩多年前仅仅和他说过几句话。还有一次,他和黄帝包饺子,找不到锅下了,竟然撒抛进了东北的镜泊湖。就像神话的情景,从湖里浮出的饺子又变成了一尾尾游鱼。半夜里,好像有个什么人在和他对话,他说一半那个人总能接着说下一半。"这不可能。"在梦中祝贺嚷嚷道。那个什么人则笑起来:"我钻进你的思维里了。"等他拉开灯又什么都没有。

春天的夜晚,祝贺似醒非醒,第二天困顿得难以支撑,他的主要任务就是克制自己不发火。可这又很难办到。

"你急什么急?"秦之娅多次对他表示不满,她不像别人能理解祝贺。她一天到晚都有睡不完的觉,从未体验过失眠的滋味,在她看来祝贺很荒唐,放着床不好好地睡,偏偏要在上面翻来覆去找别扭。她还认为祝贺是个小心眼的人。

"这和小心眼没关系。"祝贺极力克制着说。

"没关系就没关系吧,反正受罪的是你。"

祝贺仇恨地望着她幸灾乐祸的背影,心中腾起怒火。他预感早晚有那么一天要在梦中狠狠地惩罚她一下。没料到的是,一个星期后,当他们去"黄帝故里A"参加巨塑奠基仪式时,却越过梦境在现实中真的冲她发了一通火。

由于再度失眠,祝贺的眼睛网着一层血丝,极度的疲惫使眼窝边缘也变成暗色。面包车驶出了城区,吾颖达给大家讲了一百多岁寿星的故事。由于近来主持吾氏家谱编纂活动,收集到许多活的和死的离奇素材。秦之娅听得入迷,打算跟祝贺掉换位置好挨吾颖达再近一点。

"我先跟你打个招呼,"祝贺闭紧眼,心情恶劣地冲车顶说,"我现在的状态很不好,随时都要爆炸,你不要惹我。我再耐心地劝告你,不要惹我。"

秦之娅是个一流的美女,这一点她自己非常清楚。多年以来,除了父母吵过她,同性的嫉妒对自己施过白眼之外,她还没被男性弄过一次不舒服。她听到过太多的甜言蜜语,见过太多笑脸和失态的表情,这让她都厌烦起来了。她巴望着某天的什么时候,一个男人对她发一次火,训斥她,好尝尝受刺激的痛快滋味,结果总让人失望。男人们太听她的话了,太无条件地顺从她了。她被男人宠坏,对祝贺的警告缺乏应有的重视,只当是一个无聊的威胁。她还从没遇到真正讨厌自己的男人,那些表面讨厌自己的男人是因为努力却得不到而生发的自弃性报复。

"起来,"秦之娅用手搬他的肩头,"你过去让吾老坐这。"

"要过你过去。"

"这孩子,什么时候学得不听话了?"

"我再给你最后一次警告!"祝贺已经克制不住了。

吾颖达爽朗地扬声大笑,自己主动掉换一下位置,这样就阻止了一场一触即发的冲突。

寿星的故事,是他整理吾氏家谱重要的收获之一:"就这样,像考古似的把他给挖了出来。老人家什么东西都吃,吃肉就不用说了,还爱啃猪蹄,每天得喝上半斤酒。说到这,我都有点不大好意思了,寿星百岁了,嗨,碰上俏点的媳妇还要盯上那么一会儿。这就再次证明长寿无定规。重在四字真言:随心所欲。泰国亿万巨商到他家的那天,我陪同去了。他想把寿星接到泰国养起来,他说'到我那吧,想要什么就有什么。'我提出了异议。当然我也明白,有钱人一切都是从钱出发,因为金钱解决过他们所有的问题,在他们眼里,有多少金钱就能占有世界多大面积。他捐了一百万元建了所学校,就以为想干什么别人都觉得有道理。我不大买这个账。我是没有钱但我有知识。我

秦之娅

她巴望着某天的什么时候,一个男人对她发一次火,训斥她,好尝尝受刺激的痛快滋味,结果总让人失望。

先从人是什么讲起,进而讲了人和植物的关系。人老了,根在本土就扎得深了,你把寿星接走,等于将树根挖断了。这个根,只是人的肉眼看不见。后来,知识打败了金钱——本人获胜。"

远远地,黄帝故里Ａ的大门出现了,古朴凝重而又华丽。交警们忙作一团,吹哨子指挥大大小小的车辆。广场四周的彩旗,在细风中似抒怀的长袖,一弯一弯又一弯。全国人大和政协的高官们从北京赶来了,欧美华侨、香港巨贾和东南亚富商也从各处赶来了。来的还有工人、机关干部、学生们。农民们不需要方队,他们已经其乐融融地落在周边的房顶、树杈和山坡。整个光景好看多了,无论从地下,还是到天上,到处流光溢彩,涌动着一派国魂高扬、民族凝聚的欢乐景象。

面包车到了指定地点被警察生硬地引到其他地方,刚停下来,又被别的警察指挥到另一处,盘旋十几分钟后,终于找到停泊位置。人们这才咕咚咚下去,祝贺没有动一动。一路上在别人嘻嘻哈哈的说笑声中放松,睡意反而蒙眬。这是多年来的经验,越是想睡越是睡不着,越是在有干扰的环境中不经意地放松,反倒容易打盹儿,运气好的话还能睡着。多日来他渴望大脑休息,不想放弃松弛的良机,便准备继续迷糊下去。

万主任第一个跳下车,正要抒发什么,冷不丁看到吾颖达眼睛里闪着鄙视的虫子,便回避矛盾似的往前走了。除了万主任以外,陆续下车的人们都看到祝贺欠了欠身没有离开座位。春秋最清楚有个什么人留在车上,因为要在众人面前表现得比同事还同事,便挽着秦之娅的胳膊随大家一同走了。

"你刚才没把祝贺惹恼是对的。"春秋说,"我真担心,你再说点什么,他冲你吼一通。"春秋的意思是,车上有个人,好提醒秦之娅回头去叫他。

秦之娅听着听着脚步停了下来,她想的和春秋想的正好背离。像丑女渴望男人一句真心的赞扬,她渴望男人一次痛快的发火。丑女渴望赞扬的程度有多大,她渴望男人对她发火的程度就有多强烈。现在,听说祝贺只差一步就要发火,这对她来说倒是一个难得的机会。她准备折回去再说点什么,把99℃的水烧开,好让他冲自己真的来一通。这种受虐的渴望已经越过心理成了一种生理的需求了。

她回到车里看见祝贺还在睡觉,不由分说冲祝贺喊一声:"哎!"

祝贺睁开眼,不知发生了什么事。

"你把我的墨镜藏哪儿了?"

祝贺又闭上眼,故意反感地把眉头皱得紧一点。

"问你呢",她惯用奚落的口气对男人们,"问你呢,哑巴啦!"

祝贺还是没像她渴望的那样发火。她已经认定他和其他男人一样,不会冲自己发火了。她失落了,并从熟悉的失落中再次产生对男人的鄙视。

失眠患者最大的特点之一,就是在自己毫无准备的情况下突然发火,祝贺的睡眠被粗暴地侵犯了,他以为控制了自己,没料到自己的身子一个悸动,突然像猛兽呼地蹿起来,冲她高声狂喊:"我就哑巴啦!是是是,我就哑巴啦!"

祝贺的喊叫正好在秦之娅失落的当口,她没有丝毫准备。面对一个男人真的对自己歇斯底里起来,却一点不像她预计的那样刺激。她先是尖叫一声,接着以令人吃惊的速度翻身跳下车,慌乱地向人堆里狂奔,这样就招来了许多陌生人探究的目光,好像光天化日之下发生了强暴事件。

祝贺从来没有亲眼看过骄横无礼、自负逼人的女人转眼间失魂落魄,狼狈逃窜,戏剧性的情景简直像梦里的东西。这似乎比在梦里惩罚她的效果还要好。他趴在窗上,禁不住笑出了声,心情随之也好了许多。

万主任已经走了二十多米远,听到身后一声尖叫,回头正好看见秦之娅惊恐慌乱向另一个方向奔跑,他的眼光像兔子似的跟着秦之娅一跳一跃蹿了十几米。从她的姿态和速度,他在第一时间作了如下几个判断:一,她是从汽车里跑出来的;二,汽车里一定有个什么人;三,事情又一定发生在那个人身上;四,这件还不知什么事的事一定类似于丑闻。几乎是一种本能,他返身疾步走去,他登上车,果然看见祝贺仰着脸一副欢喜的样子。

万主任正要发火,又因吃不准祝贺对他的发火采取什么反应,话到嘴边口气不由得软下来:"你怎么她啦?"

祝贺故意往里缩,一副犯了错误要受惩罚的害怕表情。

万主任仅凭直觉,立刻发现自己高估了对方,看样子吵一吵祝贺没有什么风险,于是补上了训斥的语调:"我实在忍不住好奇,要问一问,你刚才怎么她啦?!"

"你不必这样,又不是在单位。"

"可这是我们单位的活动!"

"这是我和她之间的私事。"

"私事?"万主任愣了一愣,他没想到祝贺和秦之娅还有"私事",更没料到他一点不忌讳地表露出来!"什么……私事?"

"私事嘛,就是不能让外人知道的事。"

"私事?噢?你和她还有什么私事?"万主任又琢磨似的噢了一声,"我知道了,你和她其实并没有什么私事,你之所以这样故意暧昧地说,是因为你渴望和她有什么事。是不是呢?"

"不是。"祝贺否定地说。

"我看是!"

祝贺认为有必要做进一步的暗示:"我又不是某些人。只有某些人才乐意别人猜测和她暧昧。"

"这话你得说清楚,你说的'某些人'是谁?"

"某些人只能是某些人,他可以是任何一个人,也可以不是任何一个人。"

万主任不想陷入文字游戏,又回到问题的开始:"你刚才怎么她了?"

"我只是冲她喊了两嗓子。"

万主任不信任地摇摇头:"要是只'喊了两嗓子',她绝不会像撞上鬼似的乱跑乱叫。"

"你可以问她呀。"

祝贺坦然的应答打消了万主任的怀疑和猜测。看样子,祝贺没有什么越轨行为,因为没有越轨行为的人才能这样从容不迫。"你只是冲她喊了两嗓子吗?"

"是啊。"

"那你都喊了什么?"

"我说我是哑巴。"

"咦?"万主任听不懂这是什么意思,他停了下来,及时做了必要的调整,"你为什么说自己是个哑巴?"

"因为她说我是哑巴。"

看样子问题可能比想象的还要复杂,"你跟我开了一个有趣而无聊的玩笑。她为什么说你是个哑巴呢?"

"不知道。"

万主任又一次遇到了软性抵抗。他觉得这种回答的句式很熟悉,好像在哪儿听到过。很快他想了起来,当他询问田稼安为什么抱着树哭的时候以及从什么时候失去记忆,田稼安也是用"不知道"来搪塞自己。田稼安的"不知道"还可能是真的,祝贺的"不知道"显然是在故意糊弄他。

"不是你不知道,而是你不想让我知道。"万主任用一针见血的口气指出,"当然,你有权不让我知道,我也有权不想知道。你和她爱怎么样就怎么样。"万主任跳下车,回头又向车里摆摆手,让他去参加仪式活动。

可他就连这点儿权威也没有。祝贺声称自己的头疼得厉害:"这里有医院没有?"

祝贺躺在车里继续迷糊,时间在迷糊中一点点虚化。在浩渺天空,广播里的声音像雁阵一荡又一荡地飘过。北京来的高官讲过话,省里的领导讲,省里领导之后,市里领导接着讲。祝贺似睡非睡,宛如回到了他熟悉的梦境。在梦境里,一切都变得那么缓慢那么柔软。他看到了万主任,在一大堆人群里,扭过头正朝远处的面包车怒目而视;他又浅浅地看到美女秦之娅慌乱的奔跑,跑着跑着,成了一个点,那个点又放大换上了春秋。蒙眬中,春秋的衣服一件件随风飘落,没穿衣服的春秋在黄河大堤上奔跑叫喊的声音在低音区里流动,好像被黄河水一层层淹没了。广播里有个人发言,又奇妙地变成了春秋的声音,他听到春秋说:"同胞们,这里是块圣地。它南面和东面是一望无际的平原,果树成行,麦浪滚滚;西面是蜿蜒的丘陵,蕴藏着丰富的煤矿和其他矿产;它的北面呢,更是哺育我们伟大民族的母亲河。真是物华天宝人杰地灵,难怪我们的黄帝,当年会诞生在这个地方!"

祝贺泊在浅浅睡梦的阴暗地带,似有似无地听到这句话,不由得联想到了吾颖达。像这种语言对吾颖达的刺激最厉害也最明显了。他听了以后会轻蔑地拂一拂袖子,像传说的某个伟人,扬长而去。过了几分钟,也许更短一点或者更长一点时间,祝贺被身边的声音弄醒,睁眼一看,吾颖达竟然真的在他眼前,好像这个人悄悄地进入了他的梦境又从梦境中悄悄地走过来似的。

"真是太神奇了。"祝贺惊诧地失口感叹。

"什么?"吾颖达问,"什么太神奇了?"

"我在刚才还想到了你,看见了你,怎么一睁眼你真的就在眼前?"

吾颖达愣了一下,搞不清这话是真是假？在他看来,祝贺这人有时爱开超乎常理的玩笑。

"你怎么不去开会?"

祝贺告诉他自己的头疼。吾颖达一个深笑,找到了隐藏在什么地方的答案似的:"头疼？这就对了。面对这种荒唐的仪式,是应该头疼头疼的。"他指着窗外,"疯了,人们简直疯了。亏他们有这么好的想象。还母亲河呢。稍有点常识的人都知道,母亲河早在一千年前哪是从这里流过呀！那是改道过来的。人们一发疯,造假就造到老祖宗的头上了。无中生有,好像找到什么神丹妙药。找到了第一推动力!"

祝贺知道他又误解了自己的意思:"不,我的头疼和你说的头疼不一样,我的是生理上的,你的是文化上的。我发现你有一个优点,总是乐于歪曲事物的本来面目。"

"不,不,我没有歪曲。这个我知道。其实咱俩一样。关于这个问题,我们的认识一样。所不同的是,我是有意识的,你是无意识的。你很清醒,只是你还不知道自己很清醒。"吾颖达觉得这句事先没想到的话,很智慧也很漂亮,便有意识地斜眼瞥了祝贺两下。

祝贺认为需要问一问:"你怎么知道我是无意识的?"

"这并不奇怪。人对自己的认识很困难。我本人也有这种情况。"吾颖达突然停了下来,这当口他不经意地犯了高明人的通病,总以为别人连常识性的东西都不大清楚。"你知道无意识吗?"

"就是意识不到的意识。"

"这只是一方面。还有一层意思,你知道,却不知道你知道。"

"这话你刚才好像说过了。"

"不,不,还是有一定的区别。我身上也有这种情况,比如说,有人说我背个十字架,可我并没有意识到……噢,你一定听到别人说我,说我背个十字架。"

"没有,我没听别人说过。"

"其实,"吾颖达坦诚地承认,"我本人也没听说过,我之所以说有人说我背个十字架,是因为我意识到像我这种思想丰富又有倾向的人,免不了被别人议论和评价,这才自己估摸出来的。"

祝贺放松地休息了一会儿,情绪好转多了。他想,要是换了这种心情绝不会冲秦之娅发那么大的火。他侧过身,看着自我陶醉在被抨击议论中的吾颖达。这个人的踪影,在刚才的似醒非睡的梦里曾经出现过。接着他发现尽管两人共事半年多,几乎天天在一起,却从未单独相处,这就给人一种熟悉的陌生感。他忍不住又多看了几眼,怪异的感觉越发明显了,这情景就像重复写自己的名字,写得越多你越不认识。他的鼻子右侧居然有块从未看见过的胎记。

祝贺有种神奇的感觉,好像借助刚才的梦境可以进入吾颖达的思想,把握他的意识脉动,甚至不管他说些什么,自己都能接着往下顺。他渴望这种超感应的东西进入现实的轨道。当吾颖达说,背负十字架也没什么不好,有人高唱"蓝色文明"我要反对,有人强化"黄河文化"我还要反对,这是为什么呢时,祝贺想,他会说他的身份是个批判者。果然吾颖达这样说了。"这是批判者的身份决定的。"当吾颖达说他能看透这是一帮什么家伙,他们不是为了信仰,不是为了主义,也不是为了文化,他们只是为了自己,只是一门心思要把自己弄出来时,祝贺猜想他下面要说,与其说是民族自大狂,不如说是个人自大狂,为了个人而不顾民族利益。果然,吾颖达又这样说了。祝贺又猜试了几个,基本上全对。他这是第一次尝到思维穿透的乐趣,自己好像那种害了一场奇怪的大病,身上有了通灵异能似的。只是后来,当他听到吾颖达说:"这里肯定是一个巨大的烧香下跪磕头的场所"时,他不知怎么往下接了。

"那又怎么样?"祝贺问道。

"怎么样?复古倒退走向愚昧,你说还能怎么样?"

祝贺觉得话题又回到了一般的层面上,他有点儿失望。"我不这么看,我的观点也许更包容,更宽泛些。地球上这么多人,他们总要做事,什么样的人做什么样的事。各种各样的人做各种各样的事。我是说人总不会闲着呀。"

"那也不能胡来!"

祝贺打算帮他消消气:"如果烧香磕头是胡来的话,那么你最近去老家搞家谱,搞吾氏宗亲活动,和人家烧香磕头一回事,同样是胡来。"

吾颖达昂起的头像被砍了似的,低了下来,有那么一会儿,他确实不大好意思了。毫无疑问,他自己一下掉进了窘境。而他吾颖达是最不愿意让别人看出自己陷入难堪的了。

"噢，你说家谱和宗亲活动，是吗？"吾颖达口气变得迟迟疑疑，当前最迫切的是要尽快摆脱出来，"这个，应该说，和他们还是有区别的。"

"有什么区别？"

吾颖达缩了缩之后，试图含糊其辞地为自己辩解："是这样，我搞家谱和宗亲活动是为了我们自己，而他们则是为了别人，是招商的手段。"他说了谎话，但他觉得这句谎话祝贺不一定听得出来，就打算理直气壮地说下去。

"他们做的许多事情，搞的许多活动，都是冲着外面的华侨来的。所谓对外开放就是要把他们引进国门。换句话说，引进国门就要投其所好。刚才我们说到烧香磕头，政府是拿着双重标准的。不准老百姓搞，说那是封建迷信。对海外华侨就不一样了，那叫民族凝聚力。换句话说，人家想什么，都会尽力去满足。为什么呢？因为这里蕴藏着商机，我们拉扯着要跟人家搞联谊，其实是要资金，搞投资。"

"这有什么不好？"

"问题是许多事情让他们给搞反了，因果关系全颠倒了。修路不叫修路，非说搞投资环境。为什么不能说建设美好家园？干吗总想着外面的人，人家不来就不建设、不生活了？最荒唐的是，全国每个城市到处都在喊'人人都是投资环境'。这里是我们的中国，是自己的家园。奇怪的是，他们却一门心思要把自己打扮成人家扶贫的对象，把自己的家园变成别人的环境。本人认为，这简直是对中华民族的犯罪！"

吾颖达看到自己已经巧妙地运用语言的相互转换，从被动的局面里一步步成功地解脱出来。他继续说："你把路修好，花也种上了，就痴婆等汉似的等啊等，结果人家就像章回小说，欲知后事如何，且听下回分解。而这下一回又按下不表了。可怜可悲的洋奴哲学。还有城市公厕，我们城市是找不到公厕的。我们在外面办事、散步、游玩，是找不到公厕的。我们邻居家的媳妇，膀胱都给憋坏了。我们给市长写信没用，报上呼吁也没用，据说公厕影响城市的市容，影响形象，影响投资环境。只好个人的问题个人解决了。可是，等到人家外商来考察，觉得找不到排泄的地方很奇怪，市长这才突然发现这确实很奇怪，赶快修建一些；更滑稽的是，这些公厕平时是不准用的，是上了锁的，等下一轮外商考察团来再打开，办成了展览馆。"

空中响起了欢快的乐曲，清悦透明，像是一串串玻璃器皿。这些器皿在空中飞翔，碎了，裂变成一个个捐款单位的数额。募捐活动成功地搞到了一百多万。领导捐赠了，华侨捐赠了，机关捐赠了，知名企业也捐赠了，小学生们像一群热烈的嗡嗡的蜜蜂围着一个箱子，把自己吃冰棒的钱也虔诚地捐了出来。

田稼安被捐赠的义举感动了，打算捐赠一百块。当他看同事们都没行动的意思，吃不大准这钱该以什么方式捐赠。他艰难地等待着。直到仪式结束，新闻媒体的人跟着筹委会办公室主任乱哄哄进了餐厅,田稼安看看大家还没动静,就在餐桌上忍不住跟吾颖达提了出来。田稼安最不该对吾颖达本人提出这个问题了。可是田稼安就是这样子,在他眼里所有人都好像是一回事。当时吾颖达正一如既往地用嘲讽的眼光打量着眼前的一切。

"你感觉怎么样?"

"什么怎么样?"吾颖达看着别处问。

"我以为光是奠基呢,没想到还搞了一百多万。"

"一百万有什么好说的?我们吾氏家族的吾开渠一人都捐了一百万。这个巨塑没什么价值。充其量是一个荒谬的,现代的,用钢筋混凝土堆砌的玩偶。"

"我不同意。"田稼安不高兴了,"你总是把巨塑看成可笑的东西。"

吾颖达一副悲哀的表情,建议田稼安听听对面的秦之娅的意见。田稼安正要咨询,嘴还没张开,秦之娅已经很不友好地挥挥手。田稼安也只好缩着脖子看别处了。他有点儿怕她,甚至想象得出一旦说到捐赠,她准会绷出寻衅滋事的样子。

范例坐在与万主任隔一张餐桌的地方,紧挨着他右边的女人是他新近发现的猎物。这人姓梅,在黄帝巨塑筹委会下设的财务部工作。"我是妇联的,因为黄帝巨塑是当前工作的重中之重,就把我抽调来了。"姓梅的妇人这样对新闻界朋友介绍。

早在一月前的现场采访,范例上车离开之际,偶尔看到了这个姓梅的女人。由于黄昏,又因为距离,以及那个女人朝另一个方向走去,留给他的只是一个四分之三的脸庞和丰满带有少妇韵致的身段。这种场景含有大量的色情幻想。如果在时间上做探查,他的色情幻想正好和陆丁九想到黄帝巨塑第一人几乎同步。当时陆丁九也是临上车,看着暮色中的山脉,黄河上游那奄奄一息的落日,挖掘第一人的灵感降临了。仁者乐山,智者乐水。心佛则佛,心魔则魔。范例的眼光没有看到空中的落日,却发现了地上的一个尤物。

他喜欢这种女人。丰满,韵味,不长不短的头发束成一把搭在脑后,透着一种县城文化养育出的"土质"优越以及不易察觉的对生活的某种期待。这种女人在不懂女人的男人眼里是本分的、贤惠的,甚至是有原则的;但是对一个深谙情场的老手,恰恰这种女人是可开发、可篡改的和能够塑造的。一句话,范例已经看见她在床上沉迷的眼睛和疯狂的叫喊了。

范例利用记者的身份做掩护,以骗子的伎俩进行目的明确的出击,一顿饭的工夫不仅摸清了梅妇人守寡的身世和当下的处境,还以承诺的口气答应帮助她。

"坏我名誉的,都是想占便宜的小男人。在我们县城,池子小,水浅,什么破事都能让人飞短流长。我就是待家里都想象得到人们议论我什么。"梅说。

"我很了解这种环境,无风还三尺浪呢。我看你最好调到中州吧,如果有困难的话,我来帮你。"他的身子适时而有效地向她凑了凑,"虽然我们才认识,但正像你刚才说的:'朋友不是以认识时间长短来划分的。'"

"唔?我刚才说过这话了吗?"

"说了说了。"范例又用感谢命运的口气说,"我有事,本来是不来的,一路上我还预感要发生点什么,现在我终于明白了,正像你刚才问的:'世上有没有缘分这东西?'"

"嗯?这话我问了吗?"

"问了啊,"他知道这种曲意地恭维会让女人头脑发生结构性的变化,"有时想想人是很奇怪。"

"是啊,人当然很奇怪。"她的眼睛果然模糊成了雾状。

"你知道我喜欢你什么吗?我喜欢你独自徘徊在月光下,望着自己的影子,一副愁肠寸断的样子。"

"咦,你过去见过我?"

"我觉得我见过,要不是现世,要不是前世,反正我觉得我看见过你在月光下徘徊的样子。"

晚上,落了场雨,雨珠像花朵一样在介于钢蓝和铁黑之间的夜空缤纷着。田稼安睡觉前按长年的习惯将捐赠事情记到日记本上。"我实在想不通,"他在日记中不满而费解地抱怨。一件伟大的事业,为什么不能献上爱国之心呢?在他的记忆中,从高中时就给灾区人民捐赠,钱,衣物,也不知多少次了,从来没受过嘲笑。吾颖达的表情和秦之娅的手势浮现在他眼前,好像自己办了件什么见不得人的事似的。人,还是原来的人,心坏了啊!

写完日记,他感到异常疲劳,去卫生间冲了澡之后,又把床单和枕巾按到大盆里泡着,在铺新床单时,无意间看见一丝长发,绝对的一个女人的长发!

他拉出来放在手里端详,搞不清这东西从哪里来的。头发让他联想到从黄帝故里A回来的路上,范例悄悄给自己提婚的事了。女方是妇联的,丈夫病故两年了,准备往省城里调,是他一个朋友的妹妹。他觉得这两件事一旦联系起来,就有种疑惑而神秘的感觉。想着想着,他渐渐进入一片迷糊区域。

他梦见自己黯然独行在一条林荫小路,"噗"的一声闷响,心脏跳荡着从衣服里蹿了出来,红彤彤挂在胸前。他用手捧着,心脏像动物收缩鼓胀,最后滚着掉了下来。他停下脚步,四处寻找,地上光秃秃的什么东西都没有。

是啊,在梦中有个声音说,人们离心越来越远了。

第9章　美女推翻公理

> 问题坏在几个月弄来弄去一点儿没进展，还尽裸露些短处供大家欣赏，丢人现眼很失体面。

理所当然，秦之娅是个值得探讨的女人。

秦之娅身上值得探讨的东西很多，除了有一张狐狸样透着媚态撩人的脸——她深知，这张脸上的微笑对男人意味着什么。她还有一副在男人那里养成的易燃易爆、谁的账也不买的脾气；至于市侩式的世俗趣味，则完全是生成于环境、家庭以及男人们怂恿的结果。除此之外，祝贺觉得，最值得探讨的还是她对男人态度的演变过程。这个女人简直成了办公室的一个行走风向标。从她身上，不仅折射着某些男人私下里对她表示过什么，还可以映出被她捉弄后可笑的狼狈相。

秦之娅还有一点和许多女人不同的地方。她只要从家里走出，往往觉得被一双粘满爱意的眼睛在不知何处的地方窥视着。这一感觉在高中二年级，也就是十七岁就牢牢确立了。那一封接一封的求爱信里，大都有这么几句："我在你的身后看着你"、"尾随着你是我的一种幸福体验"、"我站在桥头看到你在拐弯处消失"。这种情况上大学更是加重。不管有没有人偷看，她都会觉得有那么双眼睛在累着。参加工作后，有人跑来给她介绍男朋友。"人家说了，对你很满意。"话里有话啊，陌生男人又在她上班的路上默默无语地跟踪了。

时间一久，她养成了独自上街有意或无意的表演习惯，路口等绿灯时，她会风姿绰约地将头摆出个弧度甩下头发，会在街头给自行车打气时，和修车的师傅说着说着突然开怀大笑，还会白什么人一眼，以及甩掉尾巴似的调头拐进小胡同从另一头出来，想象着那个男人找不到自己的茫然和悻悻然，类似于三十年代也许五十年代电影里常见的镜头。

秦之娅是个玫瑰花园,那些男人是无名氏花匠。

关于这点,也得是有心人才能洞透,田稼安这种人恐怕就不行。每当看到秦之娅敢当众戗万主任几句,他总是背过身,瞪大惊讶的、看什么都是直线的眼睛,流露出忧虑。祝贺尽管小他十几岁,却喜欢透过前台猜测幕后,他断定万主任八成又打秦之娅的主意,叫她拿了把柄。

万主任这个复合型人才,有很高的理论素养,还有自以为很好实际上也说得过去的社交能力,工作责任心强,能力也强。一篇稿子经他涂抹得一塌糊涂后再一誊抄,准能神奇地变成妙文。就是这么个好男人,在女人面前却显得出奇的蠢笨。他越是巴望得到女人的欢心,讨好她们,越是让人家反感,连那些文静的女人也会嘴里冒出气焰。每到周末下午,他总是掂着装有内衣内裤的塑料袋去洗澡,他对洗澡有着近于病态的迷恋,一边收拾桌上的稿件,一边嘴里兴奋地"吧嗒"个不停,仿佛即将去机场迎接一个从国外回来的朋友。祝贺之所以联想到机场,和后面的情景紧密相关:万主任彬彬有礼伸直胳膊指向门口,满脸笑容地邀请旁边的秦之娅一起去澡堂。针对这种准调戏,秦之娅漠然处之也好,继续看报也好,或者转身随便找个人说话,这完全取决于她当时的心情。尽管这样,万主任下次依旧兴致勃勃地邀请她。

"走吧走吧。洗洗澡,把生活的烦恼通通洗掉。"

秦之娅将报纸耸起,等万主任自嘲地"嘿嘿"笑着走出门外,她嘴里爆出一句厌恶的话:"贱不啦叽!"她相信这句话正好让走廊里的万主任听到。

相比之下,范例显得有些手段了。他准确抓住了秦之娅这个女人贪嘴的弱点,投其所好总是爱弄些小食品之类的东西哄她。他高人一筹的地方是,从来不主动送吃送喝,而是变着法儿勾她。比如和她打赌,故意说错输给她,然后看秦之娅理直气壮走到面前,手一摊,狐狸脸挂一层浅浅媚笑。

于是,范例一副不情愿又不能赖账的样子,心里却是诱人上钩得逞后的得意。接着是真正的节目,他将手伸进西装鼓胀的内兜,手指顺着衣兜边滑下插到底部,把可以买一头牛的钱磕磕绊绊全部捞出,眼睛偷翻着期待她艳羡。

秦之娅尖着两指捏着其中一张的角拉出来,转身离开,好像剩下的都是烂纸。范例被晾在身后,只好望着她的背影,伴着干笑将大把的钱很没意思地放回去。尽管如此,下次他还会乐此不疲地表演一番。

秦之娅美丽而火辣,贪嘴却又是个职业女性,一句话——是个芳香四溢又布满刺儿的玫瑰园。她常常让万主任又丢人又不知所措。万主任也不知问题出在什么地方,他越是关心她,替她着想,越是得到她的冷漠,有时还看到她厌恶的神情。为此,他天天面对着她,总感到很为难。他本来可以正正经经地当他的领导,游刃有余地干好工作,稳中求胜地和同事们相处,可是身边的女人总让他心里热烘烘,往往把持不住地去搭讪,说些在别人那里根本不可能说的废话。假如她长相平常,他完全可以心平气和,如果他拿下她,更会锦上添花出色地工作,问题坏在几个月弄来弄去一点儿没进展,还尽裸露些短处供大家欣赏,丢人现眼很失体面。

这一点正是祝贺从秦之娅身上研究出来的。她无意竟成了某些男人不光彩一面的注释。你只要阅读这些注释,准能品出原文里面深藏的妙处。这种变化让办公室所有的人都暗地顾盼。

"报上说了,不吸烟的人比吸烟者受的危害更大。"

"你呀,哼。"万主任又吸了一口烟说,"这怎么可能呢?你想想,烟都在空中散开,从概率上你最多闻到其中的千分之一,怎么成受害者,怎么就比我受的危害更大呢?"

"我不管,反正我闻到烟味就头晕。我一头晕就影响工作。"

"问题麻烦了。全中国的办公室都是这样,再说,咱们办公室也不是我一个吸烟,粗算也有三四个吧?"

"老万,"秦之娅厉色道,"那是你当主任带的好头。"

这种态度和称呼的改变无疑提供给祝贺一个注解,他用杂志挡着嚅动的嘴,将最后一口咽下之后,头向后仰,搭在椅背上,面带破译后的微笑看着空白一片的天花板。那个天花板在他的想象中变成一幅屏幕,变幻着他想象的画面。他完全有把握断定,自己在奠基仪式冲秦之娅大发其火,无疑给万主任提供了讨好她的良机,万主任会单独询问情况,指责他,献媚她,又因为那种叫人厌恶的方式,反倒被秦之娅教训一番。世上有的是这种男人:一遇到女色就把自己弄得面目全非。

中午大家在食堂吃饭的时候,陆丁九对祝贺谈起了上午的事,他认为秦之娅说话太过分了。

"你怎么像老田一样,没看出些别的?"祝贺问。

"还有什么别的?"

"这得怪万主任。"

陆丁九隔着眼镜愣了一下:"这是什么话?大家可是一点点看着她变化的,几个月前,大家刚认识,她这样放肆了吗?现在连吸烟都干预,不定什么时候水还不能喝了呢。"

"他是针对万主任的。"

"那也不行,人家得罪她什么了?不说领导吧,同志间也得相互尊重,怎么能用命令的口气?"

"你怎么知道没有得罪呢?假如,我是说假如,你不妨问问她,万主任八成邀请她听音乐会了。"

万主任回到家里也不好过,他面对的是一个更年期的老婆。更年期的女人,你让她不行,你不让她更不行。这个女人去编辑部见过秦之娅,凭着女人对女人的直觉,又凭着老婆对老公的了解,从此就得了这个心病。也不知摔了多少次门,摔了多少次碗、筷子和椅子,拐弯抹角总要盘问到秦之娅身上。

"怎么到家里一个劲儿地抽烟?要抽你到阳台上抽!"

"单位有人管,回到家里还有人管。""单位有人管?你说是那个秦什么吧?除了她,我看不出还有谁敢管你,你要不发贱她也不敢管你!"

万主任这次又躲在墙角,恼恨得他快要发疯了。如果他和秦之娅哪怕有丁点儿朋友之情,也算认了,问题是秦之娅和他的关系现在什么都没有,以后恐怕也不会有什么名堂,还尽当众动不动给他难堪。他觉得自己很可怜,在家里老婆没有欲望,使他患上了性苦闷的病;而单位也没有一个知心朋友。说到知心朋友,这又是一个暗自伤心之处。常理放在他身上总是失效。他是领导,应该有些人私下里巴结他,讨好他,为了自己的利益甘当心腹,明里暗里好相互有个照应。现在,没有一个人愿意单独跟他说上几分钟的话。他所知道的,也都是他所看到的,这让他很孤独。在人际关系上,范例远远超出自己许多倍,这家伙只要愿意就能和任何一个人长时间聊天,尤其和秦之娅,经常嘀嘀咕咕说什么,等他悄悄移过去想听几句,人家又分开了。这让他又怨又恼,很想批评他们俩其中的一位,又觉得这样很笨,因为等于怂恿和承认两人的暧昧关系,推人家一把。与其推人家一把还不如换种方式做点有利于自己的事,恐怕更符合人性。有了这种念头,就有了几天之后去印刷厂看第五期大样的一番对话。

这天,从印刷厂出来已经是晚上六点。他们拐进一个小餐馆,万主任要了两个凉菜一个热菜。秦之娅跟其他男人出入大酒店多了,脚没踏进门,脸先挂了霜,打心里看不起万主任。即使在这种窘况下,他还不失时机地抓着自己工于心计的长处,问她最近是不是听到单位里传播她的闲言碎语了。

"什么闲言碎语?"她皱了下光亮的额头。

"你看看你,我这是为了工作,又不是对你有什么意思。"

"好吧,"她态度勉强转好了一点儿,"你说什么吧。"

"我想知道你听到了什么。"

"我听的多了,这得你给个提示。"她拉长了一种说不出什么意味的眼神。"你要不明说,我可不知道你要问什么。"

万主任将盘算多次的引诱之策说了出来:"是说你的。"

"说我的?"

"当然也有我。"万主任眼光潜入她的胸前衣领处作了短暂的畅游。

"今天你要换什么新花样?"秦之娅饶有兴趣地反击。

万主任一副索性随它去的样子:"有人说……咱们俩的闲话了。"

秦之娅微微闭了眼睛,狐狸脸渐起一层冷冷的媚笑:"那好啊,你说的这个人,是指的谁?"

"作为领导我不能出卖别人,这样人们就不信任我了。"

"他说了什么样的闲话?"

"我要再学,也就不好听了。"

"没事,你尽管说好了,我喜欢听不好听的。"她看着门外,好像寻找一只飞鸟,"老万,到现在你还没看明白。我喜欢刚性男人,你总是吞吞吐吐,太缺少丈夫气了。"

这正是他的软肋,总是刚性不起来,他对自己到了关口的畏缩非常懊恼,他不敢正面进攻,只得再次绕开,把希望寄托到下一次:"这事也不是一两句能说清的。要不这样,咱们找个时间,当然,我还有别的事也要谈,你看过两天到五一节了,你……"

"行啊,你买音乐票好了。"秦之娅继续看着门外,连余光都没给他一点儿。

万主任再次看到自己因为无能造成的失败。他孤独地走在回家的路上,以前也是自己一个人走在回家的路上,这天晚上走着走着就走出了厚重的孤独。

他已经看出没有戏了,现在,他只落了个可怜巴巴的愿望,秦之娅别将自己在她面前的丑态当笑话讲给别人。只要她不说,别人也无从知道,别人无从知道,这丑也丢不到哪里去。这一点正好与祝贺的情况相反。

祝贺和春秋的风流案明明封闭着,却因神秘字条弄得好像四面埋伏,每个人都成了疑犯。找不到那个人,祝贺的报复也就没有了目标。祝贺曾有过可怕的恶作剧的想法。他也想以无名氏的隐匿方式给编辑部里的人写字条。比如给秦之娅写"我爱你",让她也天天疑神疑鬼;比如再给万主任写一个"同事间禁止暧昧"这样的字条,让他整天悬着一颗心。这天半夜他再度失眠,兴奋地写了两张"同事间禁止暧昧"和"我爱你"。他在假想的屏幕上看到万主任的种种神态,可是凌晨补了个小觉,上班的路上想起来,又觉得如此这般很无聊。范例是个坏人,人家干什么事都有自己的目的。自己什么利益也没有而乱天下则属于卑鄙的小人了。他走到办公大楼前果决地放弃了。一旦放弃,就感到自我的升华,其实他什么事都没做,白白赚了一次自我升华。

祝贺没有给万主任写神秘的字条,万主任一颗心用不着悬着焦虑,依旧可以边说边摸衣兜,掏出一棵烟点着火,吸上一口,好继续下面的讲话了。那天他就是这样叼着烟对着打火机上飘出的火苗,刚吸一口,旁边的地方响起了"咯吧咯吧"嗑瓜子的声音。这种声音每个人都很熟悉,放在安静得有点儿庄重的会议上,便显出了怪异。万主任的眼光本来在另外几张桌上徜徉,听到嗑瓜子声忙把目光移到秦之娅脸上。

秦之娅侧靠着椅子,凝视桌面神情专注地嗑瓜子。

万主任以为她走了神,在完全下意识的支配下才嗑起了瓜子。人有时会莫名其妙地出现这种情况,就他本人来说,也曾经有过类似现象,只是他比别人精明得多,往往刚有点儿苗头还没被别人发现就自行解决了。所以他没在意,以善解人意的宽容掠了她一眼,以为她再嗑第二个或者第三个瓜子,一定会突然惊醒,为自己的行为而难为情和不好意思。他继续往下讲着:"策划大师到海外游说,很不理想,才搞到三百万元。对一个需要几千万元的黄帝巨塑而言,杯水车薪。关于原因,有诸多方面的,一是去年政治风波,有着大气候和小气候;二是这几年类似的活动搞得过多了,给海外富翁一种没完没了的错觉,修长城找过他们……"

嗑瓜子的声音还在抒情的音符中"吧吧"脆响着。万主任只好停下讲话,责备而又温和地看着她。大家的惊奇目光也集中过来了。然而,含有警示的安静并没有收到什么效果,秦之娅依然如故。万主任又替她的行为开脱,大概是所开的会议让她感到无聊。万主任想到了会议本身的问题。有的会议看似重要,其实没意思;有的会议看似没意思,其实很重要;有的会议看似重要,其实也重要,还有的会议看似没意思,其实真没意思。现在的秦之娅恐怕就是在真没意思的感觉里。不过他认为,凡是他主持或主讲的会议总是好的。在这种时候,面对听众可以不被打搅地自言自语;通过对声调、语气、眼神恰到好处的运用,蜿蜒出在通常情况下人们看不清的隐藏在内心的山脉和湖泊。他还认为,好的会议,恰似苞蕾与鲜花的关系,是一个从绽放到盛开的意识过程。

当嗑瓜子的声音再次发出,万主任微笑地用指关节在桌面敲了一下,又敲了一下,第三声敲得相当地重了!

秦之娅仿佛从梦幻似的迷态中转过头,看万主任。

"现在是开会时间。"万主任告诉她。

狐狸脸微微一愣,笑:"我知道,是开会时间。"

万主任含糊地向她点了下头,正要接着刚才的停顿处继续讲下去,琢磨一下还是觉得不大对劲儿,隔着吐出的烟雾眯着眼再次看她。这当口,他亲眼看到秦之娅又确定无疑嗑了一个瓜子。这才断定她完全是在头脑清楚的状态下故意捣乱的。

田稼安也点上了烟,烟雾浓浓地从他嘴里滚出来,在头上层次纷乱地漫开,有几根像玻璃丝拉得很长,瞬间工夫,空气里弥漫着淡淡的烟味,泅在人的鼻子里。

万主任对秦之娅说:"你要对我有什么意见,请会后提,不要在工作时间……"

"我没对你有意见,你开会就是了。"

万主任严肃了:"你今天是不是有点儿反常?"

秦之娅拖着调:"我很正常。"

"我再次提醒你,现在是开会时间。"

"我知道。"

"知道？知道为什么还嗑瓜子？"

"谁规定上班不能嗑瓜子了？"她提高声音反问道。生硬的质疑口气让万主任顿时陷入了屈辱境地，他后悔当初为什么送她音乐票？

万主任倒抽一口气，扫了大家一眼，当他确定大家的目光都是和他一样惊讶之后，终于用提醒又压制的口气，道："之娅同志，我想常识方面的东西不用我教吧。"

"你为什么抽烟？"

万主任看看手指里夹的烟，一时找不到合适的词表达自己的思想，其实并不是找不到合适的词，而是找不到合适的思想。

"上班吸烟就对吗？你们一根根地抽得乌烟瘴气，我吃零食可不害别人。我也没见过规章制度准许上班抽烟。你们抽烟也是吃零食。我说的大概没错吧？"她从容地用手划了划瓜子皮。

"抽烟和吃零食是两回事。"万主任像教育小学生似的告诉她。

"是一回事。"秦之娅说，"你再想一想。"

万主任想了想，觉得两者仿佛是一回事又仿佛是两回事。

"你们买烟的地方，我买小零食，都有共同的商品属性。烟是男人的零食，瓜子是女人的零食。只要你们抽烟，我就吃零食。"

范例笑道："好，好，再配点水果、糖果，我们就开成茶话会了。"

"我看也没什么不可以。"秦之娅不容置疑地又嗑了个瓜子。

秦之娅几句话让万主任无言以对，愣了足有十秒钟，或许还要长一些。他没有能力反驳，只好带着困顿无解的表情，迟疑地将烟头在烟缸里捻灭。田稼安也随着捻灭。

祝贺从公开的挑战完全看得出万主任陷入了对她求欢而不得的泥潭中。看得出秦之娅狂妄背后的巨大轻蔑。这实质是她通过公开的场合对他私下里行为的一种侮辱和嘲弄。

从逻辑上讲，秦之娅所言无疑是成立的：男人们可以上班抽香烟，女人们上班却不能吃零食，本身就明摆着不公平。当她将抽香烟和吃零食在概念上画等号，主动权就掌握在了她的手里。只要有人抽烟她就可以堂而皇之地吃零食！

打那天起几个吸烟的人只好来到走廊上，因为有其他单位的人走来过去，只好贴着墙站成一排。他们站着，说一句勾一次头。这情景很像被罚出教室的学生，还像在管教人员的监视下放风的犯人。行人们看到这几个人很奇怪，总是走过之后又纳闷地回过头再看一下。

害羞的田稼安不想让人们这样看自己，站得离大家远一点儿，每口烟都吸得很下劲儿，好尽量早点儿吸完。他默默无语躲着大家，神情显得愁闷，像一个被抛在荒凉之地丢魂落魄的可怜人。

站到走廊里抽烟的当然还有祝贺,他深深觉得这种貌似滑稽可笑里有种难以捉摸的东西。人们在办公室抽烟放到全国都是名正言顺的事,几十年来的约定俗成竟然不堪一击。由此推论,说明我们生活中该有多少类似事情需要警醒啊。问题的妙处不仅仅在事情的表层上,假如万主任不在暗地低三下四地讨秦之娅的欢喜,假如他不在这个女人面前一败涂地,即使她再胆大妄为也不敢如此放肆,她顶多停留在嘴上而不敢公开做出来。祝贺越想越觉得这里简直有说不尽的意味。

"这几天感觉怎么样?"秦之娅堵着门口,嘴里嚼着口香糖,吹了个白色泡泡,让人联想电影中美丽泼辣的女人。

"很奇特。"

"很奇特吗?"

"都快奇特死了。"

"这就好。我要让你们知道,牛顿没什么了不起,他从一个苹果发现万有引力,我能用几粒瓜子推翻一个公理。"

第 10 章　给情人"做媒"

范例装作听不懂,但他马上意识到这装有点儿多余,因为类似的情况在官场上许多人玩得同样熟练。

范例有儒家的入世精神,又是个"与人斗其乐无穷"的现实主义者。他喜欢用陶醉的口气评价自己:"我这个人吧,貌似忠厚内心狡诈。"通常的情况下,他显得比别人诚恳得多,积极得多,有着足够用的爱国情怀和社会责任感。这一面,也是比较真实的,从而掩盖了坑蒙拐骗的另一面。问题在于,他坑人害人并不认为属于道德问题,而是纯粹智力的愉悦。比如,田稼安因为道德的人格化,使他的生活和行为有一个恒定标准,幸福痛苦以此划界,而范例的智慧需要载体,却不可能用很多好事去表现。照常说来,做好事并不需要智慧。在下雨天你送一个抱着孩子的少妇回家只用一颗心就成,若要把她骗到床上,就得应用智慧了。当他用智慧去解决一件事,基本上享受的是运作过程所放大的幸福,由于放大了智术,从而缩小或者说遮蔽了对别人造成的伤害。

施展谋略能给人带来智慧的充分释放。这一点正好与小偷相似,当一件东西从人家口袋跑入自己口袋里,行窃体验到更多的是紧张、刺激、大胆与怯懦的矛盾等心理生理的活动,道德便被挤到了边缘。

范例为了享受大脑创造的幸福,只能去创造性地办坏事。当他将价值十万吨的劣质货卖出去,并没有买主,砸在了"二传手"的手里,他施的是一系列的连环计。至于把对方害苦害惨了,那也不必自责,多想几次对方讨价还价时的丑行也就释然了。当他在酒桌上看中朋友的情人,他会将数千元钞票像落叶似的撒满桌下,不以为然地一边继续谈笑,一边留意猎物的反应,临到分手就把自己的电话说给另一个人。第三天或第四天,朋友的情人准会假以借口给他打电话,剩下的事情就进入模式化操作了。

当人们为拉广告四处找关系、说好话时,他却巧设机关,瞒天过海,让拿钱的人反过来央求。他想把梅妇人从县城里调到市里,供他欢愉,并非感情上的需求。各色品种的女人他应有尽有,他只是要体验梅妇人成了田稼安的老婆之后的邪恶和快感,而这种乐趣是从其他地方找不到的。他给田稼安介绍老婆,既能得到大家的称赞,又能给人戴绿帽子,还能让梅情人听到他表演出来的一副伤情感怀的倾诉,让她真的以为是范例爱自己,介绍给别的男人当妻子,实在是被迫选择的无奈之举。

《黄河论坛》的总编下达了广告任务,每个编辑拉三千元。叫一群书生做一些做不成的事,总编开始也不敢铤而走险,只是当范例私下承诺,如果他们拉不来,就由他一人托着底,这才下达了任务。范例是个神通广大的默默无闻的风云人物,拉广告可以打开自己纵横交织的各种社会关系和权力资源,得到百分之六十五的提成。从智慧的角度,他必然会在已有的规定中钻空子。封面广告人物像收费标准五千元,他跟对方说一万元,他多得了五千元,再加上广告费五千元百分之三十的提成,他总共可拿六千五百元了。这个数字是他每月工资的十倍。

范例的智慧之处在于,首先,以学术为主的《黄河论坛》,经他宣传就成了地方"小红旗"。话说得很大气,好像穿着高筒皮鞋站在讲台上。"在我的杂志上露露脸,就算进入了市委领导班子的视线。"那些县里的乡长、局长们渴望升迁,希望引起市里领导关注,这种人最容易出钱。第二步是,要让广告猎物感到上封面的难度,只是看在朋友的面子才帮他们的,这样做最大的好处是,将卖方变成了买方。范例下钩儿的地方,通常在酒店的餐桌上,短短半个月就钩上了六个人物,四位乡(镇)长,两位局长。当然了,万事万物总有劫运和变数,他安排的第二个人物广告惹出了麻烦,这实在令人始料不及。

"老兄,范老兄。"胖镇长脸上流露出怨恨的表情随着他的话更浓了一层。他告诉范例,他的相片上了刊物封面,把他害得很惨。

"没那么严重吧?"范例表示怀疑,"我们杂志每期反响都很好,尤其你这一期,还有不少读者打电话呢。"范例撒谎,其实没一个读者打来电话。

"多严重算是严重?我辛辛苦苦二十年,混到镇长的位上吃了多少苦,扒了多少皮,四十岁刚混个人样,叫你们一锤子给宣传砸了。我花那一万元弄毬,这不是给自己买坟墓嘛!不是一个概念!"

"你这人怎么说话的?我一再说,这情况超出了我的意外。当初,咱的目的是为当副县长造舆论。大家知道《黄河论坛》是地方上的小红旗,专给党政部门看。这种高规格的刊物,不是说谁想上就能上的,有严格的标准。前几期上封面的很如愿,我就奇怪,怎么轮到你就有那么多的告状信?"

"告状信满天飞。告到纪检委、监察局、检察院,什么地方的都有,连档案馆都有;

有匿名有实名的和联名的。县常委还为此开了会,骂我狼子野心,占那么大的封面,毛主席当年视察大江南北也不过如此,质问我想干什么!我想干什么?又能干什么?前天下午,我在大门口撞见老一,他张嘴就骂啊,写一个镇长怎么能用'人品德政堪称一流'的颂词?还有,'做官没有官架子',你个毬镇长算什么鸟官?就算你是官架子我倒想看看是什么屌毬样?那天晚上我真想一把火给自焚了。"

"人家到处乱告,也说明你确实有问题被人家抓着了。"范例认为指明这点很重要。要给对方灌输一种认识:是你自身有问题,而不是像他认为的是宣传导致的灾难。

胖镇长聪明得很,一下子就听出弦外之音。他决定咬着不放:"问题就是出在宣传上。你不宣传,人家也抓有咱的问题,可并没人去告。现在告,就是按照你宣传的一条条进行反驳。萝卜找到坑。你们吹我多好,人家就骂我多坏。你们说我清正廉洁,他们告我贪赃枉法;你们说我勇于改革,他们告我独断专行;你们说我造福一方,人家告我儿子当了包工头。天地良心哪,我儿子还上中学哪。反正就是你宣传我之后,招惹人们到处乱告。"

尽管范例知道这种"报道引发报倒"的事在新闻界时有发生,然而他是不会负责任的。他从来都不会对自己做的坏事负责。这是他和他这种类型的人的原则。面对问题他迅速意识到要做好三件事:第一,在气势上压倒对方;第二,在理论上廓清是非;第三,在心理上给对方制造恐惧。

"我问你一个问题,"范例说,"这个庞杂、繁乱的世界,是由什么组成的?"

"你不要给我扯远了。"

"其实只由两个字组成:因——果。"

"你不要给我扯远了!"

"我一点没有扯远,你现在得先搞清这两个字,如果你搞不清,还以为我扯远,那么你的世界将是一本糊涂账。你说我们怎么报道,别人怎么反驳,你觉得委屈冤枉。如果我是另外一个人,也许真的被你蒙混过去了。其实,你自己心里比谁都清楚,他们举报的都对!都是事实!你以为你喊冤的声音越大别人就以为你真的冤枉吗?"范例看着对方,知道自己接近成功了,"因——果呀。你做的一切都是因,你却把我们的报道当成了因,换了别人你也许能得逞,我告诉你,这个账你休想算在我的头上!"

"不是的,因果正好相反,你们报道是因,引发别人举报是果。你没报道我一点事没有!"胖镇长的声音又抬高了。

范例偷偷地斜他一眼:"你就是这样办事的?你这种态度让人很反感。换了我,我也加入举报的行列。"停了片刻,他叹口气,一种抱着解决问题的诚恳态度,"你找我来,想达到什么目的?"

"副县长的梦我不做了。我做不起好不好?我只要求保住我现在的位置。你赶快找找市里的周书记,请他出面说句话吧! 老兄,现在是非常时期! 当初你说上了你们的杂志怎样怎样,发了以后领我去见市里主要领导,你可要兑现。"

"问题就在这里,如果没人告,我当然领你去见周书记。现在有人告了,事情变质了,进入了组织程序,像他这种级别的领导,在你的问题没澄清前,会见你吗?"

"那怎么办? 这事总得办吧? 我不是不信任你……"

"我能听不出好赖话吗? 你就是不信任我。"

"哪个孬孙不信任你!"胖镇长料到八成被人骗了,范例可能和市委周书记根本不认识,要不怎么也得弄个杂志社总编当当!

"我知道你这会儿想什么。你会问,你要是真的和周书记关系硬,怎不当杂志社领导? 是不是?"

"没有没有。"胖镇长因为被对手看穿,吓得不敢发火了,"好好,我不跟你见周书记了,你自己去一趟,美言美言。上面没人替我说话,这下我可真毁了。"

"看你那熊样,还受党培养多年呢,要是到检察院面对面,真想不出你是啥毯样。"范例看出胖镇长的恐慌心理,就打定主意趁机再敲他一杠子,"我明天回去就找周书记,当然,你也得相应地配合一下。"

"多少?"胖镇长先睁大眼,又眯成一条缝,压低声问,好像窗外有人偷听似的。

"什么多少?"范例装作听不懂,但他马上意识到这装有点儿多余,因为类似的情况在官场上许多人玩得同样熟练。胖镇长心急如焚,忍不住一语道破:"你不是说钱吗?"

"这事既然你非认为是我们宣传捅的娄子,解铃还需系铃人好了。"

"你什么意思?"

"我自己摆平,费用不费用都是我的事,你不必考虑。"

"那可不行。这是我的事。"胖镇长又换一副勇担责任的仗义样子,"你说个数吧。"

"我不大看得起你,你还不了解我这个人。"

"你说个数!"胖镇长知道对方玩什么把戏,这钱要是不拿,摆平两字连个屁都不顶。和其他当官的同僚们一样,他对"厚黑学"有相当深入的研究——范例玩的这叫"补锅法",一边帮忙办事,一边故意把锅缝敲得更大,把事情办得更坏,好从中周旋出更多的利益。胖镇长看到自己正是处在他曾让好多人处过的那种被动的局面上,尽管心里明镜似的,眼下也得伸长脖子任人宰,还不能流露半点看破的样子。"你说个数。"

"那好吧。还是你给杂志社的那个数。"范例挺难为情地接受了,随之声明,"我拿这钱完全是考虑到你的心理,要是不拿你会觉得我不当回事。"

胖镇长心里恶骂了一句,你他妈的,要是哪一天落到我手里,不光把我的吐出来,还让你吐血!

胖镇长努力克制还是忍不住抱怨:"不是我抱怨,当初说副县长的事,我一再说暗箱操作,你非要弄个人物专访,把我的头像放你们毯杂志当封面,这下我可真的跳进黄河里了。当初我咋就稀里糊涂听了你的话?"

"好了,好了。你这人也真够啰唆。"范例大功告成,伸手从桌上撕张信纸折成三角形,将痰吐进去,这个动作让他觉得美妙得不得了。一个人,能当着另一个人的面吐痰,就含有讥讽的优越感了,人与人的差别就不着痕迹地突现了。

事情就这么屈辱地商定下来。胖镇长像喝了劣质酒似的走了,回来又像服了毒药,拿来一万元!

让别人套进去是范例的一贯打法。上次一万块钱的广告,他得了六千五百块,现在又用"补锅法"敲到一万块,他用脑子轻而易举地吞了一万六千五百元。他不认识市里的周书记,他只认识他自己。能认识自己足够了。他不用去找任何人,坐在家里就行。他知道遇上麻烦怎么解决,如果胖镇长保了官是他的功劳,如果胖镇长丢了官,也同样是他的功劳,他会说:"你的问题很严重,要不是我托到周书记,别说丢乌纱帽,你连党籍都保不了!"

过了两天,他从一万六千五百元里取出一小部分,领着梅情人到百货大楼买了一条项链。

梅情人是范例睡过的第九十六个女人,也是他钟情的前十位中打算保持长时间关系的五个女人之一。这个三四十岁的女人,最大的魅力是脸面斯文秀气,可是只要上了床,就会惊奇地发现骨子里那么风骚;如果风骚的梅情人和古板的田稼安成亲,他就可以以媒人的特殊身份经常出入某种房间了。

通常,是独身的梅情人去中州找范例。她皮肤白皙,胖瘦适中,平常一个挺端庄正经的女人,有能力抵挡其他男人,可是面对范例身上就有股邪气。她乐意在床上被范例收拾得疯疯癫癫。那天晚上,范例和她共浴之后,躺在席梦思床上又谈起了田稼安。

"今天还要说这话题?"范例说,"人真是很奇怪,我还以为到了我这种年龄不会动情了,可是不以人的意志为转移啊,我经常想起你,梦见你。这情景我也跟你说过好几次了。不过有件事你不知道,前天晚上我在家吃饭,对着老婆突然叫起了你的名字。"

她相信了他的花言巧语,想说点信誓旦旦的话,以表心迹:"我再次声明,我答应你见老田,完全是为了咱们俩——你不离婚,我又想和你经常在一起。"

"你和老田结婚,调到市里就能经常见面了。"

"不能总这样下去。"过一会儿,她又哀怨地说,"这正果是修不成了。当个偏房吧。我还没见过老田,这人怎么样?你看看,还没见面就给他戴上绿帽子了。"

"你也不要过意不去。这看你怎么看,如果你本来就和老田是一家,咱们成情人你老公不也戴绿帽子?不比你先当情人再被介绍给别人当老婆的绿色更绿。反正先后都是绿帽子。"

梅情人佯装恼火地扑打上去,她大口咬了他胳膊,舌头在噙着的皮肤上滑动,他则一副严刑拷打下的坚忍样子,直到快牺牲之际,边呼口号,边翻身扑到她下身咬着她的大腿和屁股之间的地方,他一点点地往里合牙齿,听着她压抑着的发自内心的疼痛。接着他放口了,她又咬着另一个胳膊,如此反复多次,被刺激得浑身发烫。这种男人激发了她体内压抑的火焰和需要释放灵魂的毒素。她在床上的疯狂劲全是范例给开发出来的。范例给梅情人特意买的那个项链坠有一个圆环,里面有个镂空的狗。这是她的属相。他掌握了它的因运动转圈的规律,他撞击她的力度决定了小狗旋转的速度,有时力量大了小狗就飞快地在圈里奔跑,它跑得那么快,模糊了里面的图案,像个风火轮。

第二天,范例关心地问田稼安:"我说的那件事,你考虑得怎么样了?"

"就那回事。"脸上却是长期独处单身汉的苦笑。

范例又诚挚地建议:"我看你们先见见面,我这个同事的妹妹,在县里搞计生工作,守寡好几年了。我这同事只要见面就让我给他妹妹介绍对象,昨天晚上又催我了。老田,这介绍对象可不是儿戏,两人得差不多,我要对两人负责。你也知道,我的朋友遍天下,帮她找个男的容易,找个合适的对象就得慎重了。老田,还是我那句老话,与你共事了大半年,算是考察满意。你一个人,没热没冷的。要不先见见?她也像你一样算得上少见的好人。"说到这里,他想到的是头一天晚上和梅情人床上的情景。

在他的安排下,梅情人来中州和田稼安见过两次。第一次算是面试,看看年龄、长相、个头诸外观上是否合适。第二次,田稼安和梅情人吃了顿午饭,还看了场电影。

他们看的是红色经典电影。六十年代的片子,那时候他们作为青年人,曾经边看边哭,爱恨交加,激发起一股股解放全人类的豪情;文化大革命时期,这类片子被"左"手一耳光打倒了;"四人帮"的丧钟敲响之后,百废待兴,包括旧日的"毒草"在内的许多事情重见天日,于是他们怀有恍如隔世的心情又看了一遍;整个八十年代,海外思想和艺术挟开放之风纷纷登陆,杀声四起,那类电影又不幸地被"右"脚踢开。正当人们以为"红色"的东西被冲刷得日渐遥远,渐渐消失在视线之外的时候,那场声势浩大的政治风波,使它们从尘封之地再次掉转头汹涌回潮,人们又看了一遍。再往后几年,这些东西成为一种"文化",供在了红色经典的宝座上。佛教里的"人生轮回"无法得到验证,现实社会是否轮回却成了不争的事实。

田稼安有种幻觉,三个历史阶段重叠一个影片,回想起来就跟假的似的。望着乘车回去的梅情人的背影,他眼前晃动着前妻弥留之际的影像,同样有种似真似假的缥

第一部 十字架

缈。还有,范例这人让他捉摸不透。他到底是个什么样的人啊?相比之下,田稼安认为自己只是理论上的或者说浅层次的好人,最多在公交车上给抱孩子的妇女让让位置,搀老太太过马路,多打扫点儿卫生,间或做些诸如楼上邻居好不容易把箱子搬到楼下,待满头大汗地返回搬第二趟的当口,他回家来误以为人家往上搬,又不打招呼地默默地将箱子重新搬上去的等等可笑的事情。

"唉,范例,我这人最不会当面表示感谢了,可我……我真不知说什么好。"田稼安难为情又感激涕零。

"这没什么,同事间帮忙嘛。当然,这也看什么样的同事,换了他们几个我可不管。我看不惯他们那一套,尤其是万主任,我就不帮!有一次他请我帮他找个名医给他老婆看病,我就是不答理;还有祝贺,我也不帮,这人说不上来阴阴阳阳的。老田,我是看中你的人品了。洁身自好,出淤泥而不染,当今社会做个好人,要顶多大压力啊,我心里敬佩你才帮你。"

"他们对你是不公啊。"

"噢?他们觉得我……"

"说你面善心恶,貌似忠厚,内心狡诈。"

范例愉快地笑道:"不是他们说的,这是我平时开玩笑说自己的。"

范例愚弄田稼安已经抽掉了道德的内核。在他眼里,田稼安只是一个行走的工具,或者说是他智力游戏的道具,只有这个工具和道具才使他的智力游戏有了依附。

淳朴善良的田稼安心里一串串问号。近期发生了许多看似清楚实则难以捉摸的事情。自己抱树哭泣作为无法解释的谜就不再追究了,三个"黄帝故里"到底怎么回事呢?哪一个是真的呢?还有,范例到底是什么人?在别人眼里,尤其在万主任眼里,范例是一个坏人,一个哪怕干了许多好事也要同样定性为坏人的人,而且这种看法好像还有一定的共识。田稼安犯糊涂了。在他的心目中,范例堪称为一个新时期的雷锋。雷锋精神的实质是助人为乐,帮助有困难的、需要帮助的人。范例也是助人为乐的。如果他没从中得到乐趣他会那么没完没了地助人吗?实质上也是雷锋精神的体现。可贵的是人家不计报酬,没图什么利益得失。这些事在田稼安淳朴诚实的天性里,总是一个问号连着一个问号,可以说,他就生活在这样一连串的问号里。

晚上,田稼安看着日记本久久发呆,他难以下笔了。自己肯定是好人,却没办什么好事,平时被大家看不惯的范例,却办了许多好事。从工作上讲,人家不辞劳苦到基层,发现了那么多的不被人知的好干部,镇长局长上了封面,写了先进事迹供读者学习。从生活上讲,他关心同事的温暖,给自己介绍对象。范例是个办坏事的好人呢?还是个办好事的坏人?他纳闷极了,一个好人,为什么经常听到别人在背地里骂他呢?陆丁九就是其中一个骂过他的人。

第 *11* 章　作家陆丁九的艺术视野

等他到了陈晓禾的家,站在门口,预感这里一定有什么秘密之类的事情。

在和黄帝巨塑 A 筹委会宣传部矮个子合作的一段时间里,陆丁九很开心。

除了富有成效的工作本身——搞了一百多条花絮之外,这种偷偷摸摸的"地下活动"形式也令他满意。矮个子是个胆小如鼠、战战兢兢的人物,眼镜片后的目光以秒为单位地来回游动,及时捕捉那些可能伤害自己的事物。看着他那警觉的眼神,没有理由不直接怀疑他之所以那么矮,恐怕是惊吓造成的恶果。陆丁九面对一个比自己软弱的人会觉得自己很强大、从容以及胜利在握。由于电话频繁,加上有时晚走的那种怀有隐私的神态,已经引发了万主任的疑窦。

"你干什么呢?一天到晚鬼鬼祟祟的。"

陆丁九像大多数人遇到追问所表现的那样,用一种应付的、多少有点怠慢的口气回答没干什么,打这以后就更加显得没干什么的鬼鬼祟祟了。在和矮个子的合作中,陆丁九多次发现繁杂的资料中有个名叫"陈晓禾"的人。这个人物如夏天的蚂蚱,忽隐忽现,模糊地穿梭在众多事情和人物的茂密草丛里。有一次,当矮个子又讲到巨塑初创阶段的一个笑话,嘴边滑过了几个人名,其中又提到了"陈晓禾",陆丁九立刻用手把蚂蚱给扣上了。

"陈晓禾吗?"

"嗯,是的。"

"怎么还是这人?我有种直觉,陈晓禾就是提出黄帝巨塑的第一人。"

"你说什么?"矮个子惊讶地脱口叫道。

"是陈晓禾第一个提出要搞黄帝巨塑。"

"凭什么这么说?"

"直觉,直觉就是直觉,它不是经验也不是智慧,但无疑比两者更厉害更有穿透力。"陆丁九尽管心里茫然,一旦话蹦出口就只好一副成熟老练的态度。"你听我分析,陈晓禾起码是元老可以肯定下来,我从文件中看到这个人的名字很多次,尤其这个人和策划大师闹翻,更值得关注。为什么会闹翻?"

"这样吧,"矮个子明明看出对方的可笑,不堪一击,因为害怕争执还是主动把自己缩回去,"你可以找她谈谈,至少她肚里有很多货。我给你提个醒,你不要在她面前提到我。他们闹翻后她对策划大师和他的人一概仇恨。"

第二天,陆丁九在单位拨了陈晓禾电话,意外听到对方是个女的。他磕磕巴巴问对方是陈晓禾不是。对方说是啊。他又问是不是陈晓禾本人。对方说是啊。他又验证似的问,你本人就是陈晓禾吗?他觉得一定碰上了同姓同名,急忙虚应两句话放下了电话。这种虚幻的感受他在总编那里也多次有过,他从来没见过主宰自己命运的总编,以至于他常常产生错觉,到底有没有这个人?总编对他来说是个谜团,甚至是一个魔障,只能通过别人的口腔听到他的声音。这个人的存在就是不存在,而他的不存在又是存在。

他再给矮个子通电话时,口气中流露出被愚弄而产生的怨气。

矮个子疑惑地问:"你怎么用这种口气跟我说话?"

"陈晓禾?"

"联系上了吗?"

"你告诉陈晓禾,还有个和他同姓同名的。"

"你是说还有个陈晓禾?"

"这个是女的。"

矮个子突然明白了:"你要找的那个陈晓禾就是个女的呀。"

"什么?这人,怎么会是女的呢?"

矮个子说:"这有什么稀罕,她就是女的嘛。"

陆丁九自嘲地笑笑,叹口气:"女的就女的吧。"于是他再次把电话打过去,那边恼火了,他以道歉的口气承认这是个误会。

等他到了陈晓禾的家,站在门口,预感这里一定有什么秘密之类的事情。

陈晓禾脸庞粗糙,色泽黑红,表情漠然含有几分郁郁的萧然秋气,让人一看就知道她这辈子没过上几天舒心日子,让人联想到年久失修又暗淡无光的小阁楼。当她在她那安有空调的屋子用带着疑惑的眼神听完陆丁九的话,脸上非常古怪地滑过一种惊悸,着实把陆丁九吓了一跳。

"你是那家伙派来的吧?!"她劈头盖脸就是一句。

"我怎么能是谁派来的呢?"陆丁九莫名其妙地问。

"凡是记者都是那家伙派来的。"她不容置疑地说,拳头还在胸前一跳一跳地摆动。

"我是自己要来的。"陆丁九做保证似的、加重肯定语气说。

"说你是不是记者吧?"

"陈老师,为什么策划大师派记者来呢,我真不明白。"

"他明白。"

"你也明白。"陆丁九推断地下了结论。

"对,我是明白,凡是光采访不报道就是那家伙派来的,你说不是他派来的就要发表。你能发表吗?"她的脖子伸得长长的,那里皱皱巴巴的让人想到火鸡。

"当然要发表。我不发表采访干什么?"

"别想再欺骗我糊弄我。别想。"

"看样子你……上过当了。你不要把我和其他什么人拉扯一起。我感到你很像黄帝巨塑的最大的发明嫌疑人。你现在只要把当时的情况说一说,我听了要是觉得像那么回事,我会采访几个当事人,把你的事迹报道出去。"

"当然是我第一个说的。"

"从一些材料上看,是不是在一次张氏祭祖会上?"

"你很了解情况啊,就是那一次。"

"请回顾一下当时的情景。"

"这个很简单,问题是我不知你的真实身份。我说了,你要是不报道,就还是让那家伙看我的笑话。"

陆丁九苦笑着勾下头,又想不出什么办法。现在,他面临的不光是采访问题,还派生出个怎么洗刷自己、证明自己真实身份的问题。对他来说,后一个又比前一个更重要。他是一个最把名声当回事的人了。正当他焦急、苦恼地看着自己陷入困境,额头上都抹了层汗膜之际,陈晓禾终于信任地笑了。按照她的逻辑,正是对方的欲求不得的窘相消除了他的嫌疑身份。

"好吧,我姑且信任你一次。"她好像撤了防范似的说,"情况是这样的,多年以前,也搞不清中了什么邪,国外一队队宗亲队来大陆寻根问祖,有从泰国来的谢氏,有从美国来的林氏,有从马来西亚来的周氏,我也不一个个给你罗列了。这些花花绿绿的人一来就四处寻找老祖宗在哪里,根在哪里。老实说,打开始咱们也没当回事。后来,见他们热心立祖牌,建学校,投资工厂,嘿,我们发现这是一个双方沟通的好渠道了,对招商引资大有好处。既然有好处,政府就组织一帮人张罗这事。我和那家伙也算这帮人里面的。说实话这招待工作真不赖,陪吃陪喝游山玩水,比坐办公室喝茶看报那算是神仙多了。结果张氏在什么县的什么村找到了,王氏在什么县、什么村也找到了,还有其他的都找到了。有的姓氏还找了好几个源头,当地政府就出面争了,争来争去热闹得很。当地政府的常规打法,就是邀请一批省级国级的专家教授到现场开论证会。以后有时间我给你讲这里的故事。讲到哪儿了?噢,讲到找到了,找到了,然后就给祖宗塑像。有的三四米,有的五六米,光我见到的张氏就有五个祖像。封建迷信那一套海外人懂得很。祭奠时,有猪、羊、鸡、鸭、鱼,香花、鲜果摆放得整整齐齐,四面蜡烛燃着,又是上香又是送表,又是奠酒,闹得我们眼都花了。说心里话,我们心里还相当抵触,我们政府本来是反对这些封建迷信的,对农村修寺建庙、烧香叩头是控制的,可是对海外游子来大陆搞这一套,却是一路绿灯。当时我就想,李氏的始祖是女华、颛顼,跑到了黄帝那儿了;王、张、刘、陈、杨,等等,也跑到了黄帝那儿,搞了一大堆,何不搞个黄帝像呢?有一次我在讨论会上提议,这样太多太乱,不如统一搞个黄帝像十米二十米,海外的人来了都可以祭祖嘛。当时还有人嘲笑,说人家游子从海外来是宗亲联谊,家族式圈子里的活动,你一搞大,搞成一个就没意义了。这话你懂吧?"

"我懂我懂。"他埋头做笔记说,"后来呢?"

"后来,后来变形走样了。有记者找到我,问黄帝像是怎么想出来的?我说,也是一时冲动,觉得每个姓氏都搞塑像太浪费,就提了出来。你也许有这种体会,好些事在真正形成之前,很难估算它的价值。黄帝像在被一些人否定之后我也感到荒唐。我也回答不了记者,刚好那家伙从旁边过,我拉他让他顶着。那家伙历史系毕业的,口才好哇,就滔滔宣讲,中国有几百甚至上千个姓,大家都这样搞自己的祖先像,不要多久就会有几百或上千个祖像,浪费土地倒在其次,问题是不利于民族团结。寻根祭祖本是好事,不要弄着弄着大家庭分成小家了。中华民族要振兴,就要找到中华民族的凝聚力,就要找到共同的根。你看看人家说的,境界比我高,提升到民族团结上了。

"过了一段,报上报道了黄帝像的消息。我看了就跟那家伙说,嘿!你都上报了,请客啊。没多久,一家北京的报纸也报道了。报上点名说是那家伙搞的。后来就发展起来了,由十米变成二十米,变成三十米,再过两年又要搞个巨塑,越搞越大,最后定在六十八米,后来又有人说,苏联马马也夫高地的母亲像世界第一,一百零四米。我们的人祖像要比他们的母亲像高,结果论证几次决定搞一百一十八米。这样就是世界之最了。在哪儿搞呢?他们也不知从哪里找来一帮学者专家,愣是论证出个黄帝故里来,巨塑就在黄帝故里的山上搞。你知道,也许你不知道,大中国,什么稀奇古怪的事都能发生。发生了还喜欢搞大,喜欢搞第一。何况又是民族性的巨塑,更要搞个第一不可。打那以后,全国的记者只要一来,都找那家伙采访,那家伙成了新时代的民族英雄。我发现不妙就找他要求实事求是。"

"对,"陆丁九压抑着兴奋,这就是他最迫切需要知道的,"他怎么说?"

"怎么说？他只说了四个字：箭在弦上。"

"专利就这么转丢了。真可惜。"他叹了口气，"你的肺都气炸了吧？"

"这世界永远是小人得志。"

"为什么不呼吁，让人们知道真相？"

她叹了口气："这正是麻烦所在。事情是一步一步搞大的，头一年只是黄帝像，第二年还只是黄帝像，十几米。第三年升级，搞到'黄帝故里'的高山上了。我哪里知道他们突然搞个'黄帝故里'来呢？这是个不断扩大吹大的事情。当初喊也没意思，不一定搞起来，你要是喊就跟傻子似的，过了几年再喊又晚了。"

"你能把你头一次说黄帝像的那次会议的照片给我看看吗？"

"小胡，你告诉那家伙，想骗我的合影，死了这份心！"

陆丁九猛地一怔，瞬间之后他估计她一定是把自己的姓记错了，但也没什么关系，问题是，她怎么又把我当成策划大师派来的呢？

"咱们不是说好了，我不是什么人派来的。"

"可你要我的合影了。"

"我是让你拿出证据。有了证据，咱们就好喊冤了！引起全社会的关注，对这种贪天之功的丑行进行鞭挞。"

"你把合影骗走我就没证据了，是不是呢？实话告诉你吧，我打一开始就没信任你，我说那么多也就是想倾吐倾吐。咱俩素不相识，你跑我这来干啥？你替我喊冤？哄谁呢你？你替我喊冤有你的什么好处没有？还想骗我的合影。那家伙先后两次派记者来就是想骗我的合影，都没得逞，前些天你们搞了巨塑奠基，又派人来骗合影了。骗了我的合影，我手头一点儿证据都没有了，用心何其毒也呀。"

"我终于明白了。"陆丁九从云雾里走出说，"这样，您把照片让我看看，我绝对不拿走，只要看上一眼，我就有把握发表文章了。这您总放心了吧。"

"小吴，退一步讲，打消你是那家伙派来的，但你还得让我信服一件事，你告诉我这冤喊出去对你有什么好处？你可要说实话。"

"好处真没有，只是职业病，记者的职业病就是挖新闻，就像商人总是想赚钱，官人总是想修理人，艺人总是想听掌声，我这纯属职业病。"

"我明白了，你要挖出我这个新闻人物其实是想挖出你自己。"

"这样说有点……"

"好了，你就承认吧，你一承认我就给你看照片。"

陆丁九为难地看着她。

"你不承认我就不告诉你。"

"好吧，我承认。"

"这还差不多,你等着。"陈晓禾得胜地像个孩子似的笑着,进了另外一间屋。陆丁九离开沙发走近窗口,窗外的空调在嗡嗡声中透出疲惫的缠绵。他的目光凝在空中的某一个地方,借用前排大楼的一角为背景,他看到树叶形成一道密密的网线。他非常明白,自己此时此刻正从历史的枯井中打捞能爆发火花的东西。

陈晓禾拿着一本影集过来,从中取出一张黑白照片。里面有七八个五十来岁的,还有几个年龄更大的学者。她指着其中一个说:"这就是我,后面的就是那家伙。"

陆丁九拿着端详一会儿,失望地说:"这恐怕什么都说明不了吧?"

"你还要什么?"

他也没有更好的办法:"这样,陈老师,你把旁边几个人的电话给我,看看他们怎么说……"

陆丁九以他自己特有的机敏和效率,采访了照片里的几个学者。他们正在为策划大师搞学术方面的服务,这种雇用关系注定了既定的结论。他们众口一词否认巨塑陈氏说,共同表示出对一个痴人说梦者的嘲笑。一个教授还用经验丰富的口气说,清朝皇帝的遗嘱还将"传十四子"改为"传于四子"呢,即使巨塑陈氏说是事实,也要淹没在再造的现实里了。陆丁九曾经看到这个教授的一篇文章,他当年被打成右派。文章的字里行间弥漫着关于真话和荒谬的切肤感慨。他呼唤真话,阐发真话对人生、对社会、对未来的作用,将说真话上升到民族兴亡的高度上。可是眼下,面对别人的冤屈,教授就遵循了"利益归属法则",忍不住用旷达而超然的眼光,顾不了那么多了。

第 12 章　我以我血荐轩辕

> 万主任不仅好色,还爱说闲话,捕风捉影。这是人格低下的一种表现。

连着几日,陈晓禾亢奋得像一个注入了激素的患者,还像一个逃亡国外的君王密切关注着一场宫廷政变。她每天都打电话询问进展情况,电话中还不时插话对某某的性格评价,不时蹦出诸如"小人"、"可怜虫"、"学术败类"等激烈的话语。最后她的希望彻底破灭了。当从陆丁九嘴里听到别人都在骂她欺世盗名之后,她冷笑着咬牙说:"我要让这帮人看看我是怎么欺世盗名的!"

陆丁九预感要发生什么事情,他在回去的路上猜测几种都一一否定了。又过了几天,他接到陈晓禾的电话要他去家里一趟。他去了,从陈晓禾手里接过一本血书。第一页写着:

　　我以我血荐轩辕

从记事起,陆丁九的胆子就很小。上幼儿园,小朋友玩跳木马游戏,他排在长长的队里,轮到自己接近木马快跳的时候,他总要找个理由偷偷溜到队尾重新排下去。别人跳七八次,他溜到队尾排七八次。眼下一本血书推到眼前,他吓得手都哆嗦了。

事实一再向他证明和显示,即使世上有作家这个行当,就算自己天生是块坯子也没什么出息。他的善于捕捉细微的生活妙处的观察力,只不过给了他一种所谓的好感觉,就连所谓的好感觉也被突如其来的生活吓坏了。他像多年前在幼儿园一样,面对血书这个障碍找个理由就绕开跑掉了。他和绝大多数的同类的共同体验是,在没有危险的地方最勇敢了,人们扩大光环的重要目的之一就是要让光环遮蔽身体内部的黑洞。

对此,陆丁九羞愧难当地说:"我应该从血腥里嗅到对真实的呼唤,应该流下热泪,可我没有激愤,没有冲动,而是发抖。"

祝贺善意地指出了他的致命弱点:"你太轻信了,亲爱的。"

"就算我太轻信,那也不能是我的致命弱点吧。"

"轻信对任何人都是致命弱点,因为你总在事物的表层,深层次的东西你看不到,又怎么能写出别具一格的、发人深省的东西呢?"祝贺这么说,是因为陆丁九对"黄帝巨塑"的采访很片面,从而得出了错误的结论。凡是对"黄帝巨塑"了解的人都知道,陈晓禾出于自身利益,自然而然地将事情的原状加以改编了。

"用自己身上的血写千字血书,恐怕是自人类有史以来最长的了!"陆丁九辩护地高声说,"'我以我血荐轩辕'。轩辕就是黄帝,'我以我血'就是自己的血,如果不冤,她会这么做吗?"

祝贺把闭着的眼睛睁开,昨天晚上再次失眠:"你见过她的血书没有?"

"我见过的,我见过的。"

"你怎么知道那是她自己身上的血呢?"

"这是什么鬼话!祝!"陆丁九激愤地叫道,"你都有点接近无耻了!"

"你骂我无耻?"

陆丁九矢口否认:"我骂人了?我骂你什么了?"

"你骂我无耻了!"

陆丁九突然停下晃动的手臂,好想想刚才到底骂了没有。说实在的,他心里是骂了祝贺无耻,没料到竟然下意识脱口滑出来:"对不起,如果刚才真骂你,我收回。"

祝贺原谅了他:"你误解了,我是问,这一千字的血书得用多少血?血浓于水,它又黏又稠,单从技术上说,它也是很难操作的。"

陆丁九认为道歉和维护正义是两回事,再次叫了起来:"就算一碗血人家也拿得出!"

"这不能怪我,因为制假太多,这个年代翻身落马的风云人物一茬接一茬,跟割韭菜似的。这种制假造出来的英雄,给我们的教训难道还少吗?"

"这个血书是真的!"

祝贺退让一步:"再说没必要写一千字,我看写一百个字足够用了。"

"就是写一百字她也是英雄!"

"可是和一千字的差别很大,她现在得到的是一千字的赞美,起码她打动了你,如果她写的是一百字你不一定像现在这样激动。"

他觉得这人太卑鄙:"我说小人,你能拿出证据证明她不是真的吗?"

祝贺还是没有动怒,尽管他历来对任何人的发火都及时给以还击,他试图改变一下自己的处事方法,让失控的人回归理性,便温和地说:"你又骂人了,这次又是心里骂,不由得脱口而出?"

"不,你就是个小人!"陆丁九的激愤里包含了对自己看见血书害怕而退缩的强烈不满。因为看不起自己,又不能冲自己发火,只好将对方的错误捆在一起发了出来,又由于两股火加在一起发得很大,就给人包括自己一种疾恶如仇的感觉。于是,他就真的疾恶如仇地表现自己了。这种微妙的饶有趣味的心理变化,就像儿时不敢跳木马的他会把对自己的恼火和屈辱感以野蛮的方式转嫁到晚上来接他回家的妈妈身上一样。

关于恼火,在第三天洗澡时他又向万主任来了一顿。

陆丁九平时对万主任就有微词,万主任不仅好色,还爱说闲话,捕风捉影。这是人格低下的一种表现。所以说,他在澡堂和万主任相互搓后背,万主任问他对吾颖达也要搞个"伏羲巨雕"有什么看法,他听后特别反感,手里的毛巾停在万主任平时干燥现在却光润平滑的背部。

"你这人太有意思啦。"他压着火笑道。他本意想说"太没有意思",不知何故把"没"字省掉了。不过他觉得这样效果更好。

"我怎么了?"万主任勾了下头问。

"通常都是下面的人捣鼓上面的,你却爱捣鼓下面的。"

"这话是怎么讲的,我捣鼓谁了?"

"你怎么会冒出个吾颖达又搞个伏羲雕像呢?"

"这怎么是我冒出来的,是他自己搞的。你一点儿都没听说?"

"没有的事我怎么听说?"陆丁九把毛巾拧干塞给他,自己弯下腰双手撑在台上。他以为,凡是天天在眼前晃悠的人没一个能干成什么大事的,他们如果真有超人的本事决不会沉默等到现在。他不相信自己身边会爆炸新闻,他宁愿相信希特勒有十种以上的死法或化装潜逃等百种离奇的活法。

万主任搓着陆丁九的背,越搓越恼火。他对下面的人如此评价自己很意外,看样子平时自己的形象不太好。当下面的人敢于面对面直言自己的毛病时,说明他在心里或者在其他人面前早已说过多次。万主任讨厌地看着陆丁九枯瘦的背部,把拧干的毛巾往上一拍,转身走了。陆丁九以为他临时有什么事,继续弓着身子脸朝下,等一会儿,瞅见万主任在雾气蒙蒙的淋浴中冲洗,知道自己被抛下,于是就更看不起他了。那天是周末,等他回编辑部已经没有人了,屋里呈现了一种不适应的发虚的宁静。他坐了下来,坐在发虚的宁静中,看着对面万主任的空椅,好像他的人影还贴在上面。

星期天过得平平常常,他对上个星期记录的内容又逐个整理一遍。到了星期一,吾颖达没有来;星期二,吾颖达还是没有来。范例也谈起这个人搞"伏羲巨塑"的事情了,还平添了一些细节。这就是谣言的坏处,万主任怎么一点儿也不负责任呢。陆丁九认为吾颖达请假一定有别的事。

星期四中午下班,陆丁九在去新华书店的路上,隐约被一个熟悉的声音拽了一下,因为市声鼎沸,那个声音便像浓雾中探出的一只手拽着了他。他的步子减缓下来,四下瞅瞅,一辆滑行的黑色轿车的右侧果真探出一只手向他招着,给人一种硕大的黑色鸟断了翅膀的错觉。

吾颖达出现了。吾颖达身上有股他从未见过的劲头,突出之处是那双平常的眼睛网了血丝,闪着激情的光芒。吾颖达老远就伸长胳膊,好像海外赤子归来一样振奋。

陆丁九完全出于好心,想让他去编辑部和别人见面时有个心理准备。"这几天你去哪里了?到处是你的谣言。"

"没关系,我知道,让他们说好了。总编还放言要调离我呢。"

"总编吗?"陆丁九不安地问,总编对他来说仍旧是一个谜,一团雾,一个鲁迅笔下的没有五官的山中厉鬼。大半年了,陆丁九四处听到他的指示,他的名字,他的声音,就是没有见过他。"我也听说总编要你限期回来呢。"

"他恐怕已经没有这个权力了。"

陆丁九搞不清这句话所指的是什么,斜着眼看他,哀叹一声:"大伙议论别人可以,甚至说我都可以,可是说你就有点胡来了。谁都知道你是最反对黄帝巨塑的,怎么能说你又要搞一个伏羲雕像呢?我对知识分子越来越没信心了。"

"你听我说。"吾颖达看他一副痛心疾首的样子,忙笑着拉他要解释。

"我听了特别气愤,你倒没事似的,我想,你本人一定气坏了吧。"

"首先,我要谢谢你,可这也确有其事。"

"你也不要太气,故意说反话。"陆丁九尽量安慰地说,还拉起了吾颖达的手在背面摸了两下,"当然了,换我也会这样,我弄不好还会说伏羲像已经做好了呢。"

"我这几天没有来,也就是忙这件事的。老弟!"他将手按着陆丁九的肩头。

陆丁九头扭到一边责怪道:"你不该在我面前说气话,即使想说,说一句两句意思意思就算了,也不能没完没了。你再这样我走了。"

"别走别走,"吾颖达急忙拉着,"我现在可以正式告诉你,真有这事。我真的要搞一个伏羲雕像。"他又恳切地补上一句,"真的。"

看着吾颖达的真实的供认,陆丁九体验了一生也没有过的剧烈情绪的震撼。他脸上的激愤陷落了,转而十几秒的木然,从木然中又荡出一丝疑惑和迷离,这中间的变化太大,太剧烈了,他的心灵不是无法承受而是完全无法适应。他现在已经排除吾颖达故意说气话了,吾颖达的神志显然是清醒的。在经过轻微的眩晕之后,他眨了眨眼睛,露出一种甜甜的近似于孩子般的傻笑。

"是这样,陆,首先我告诉你,有这件事。我得向你承认,那么你会问,我过去最反对,为什么还要再搞一个;你还会问,既然有一个'黄帝巨塑'你支持就是了,为什么还要再搞一个伏羲雕像呢？是的，你一定还会问。"

陆丁九打断他说："你想多了，我一个都不会问。"

吾颖达理解而宽容地说："看看，你也开始说气话了。一时半会儿我没时间跟你说明，其间发生了许多事，发生了变化，我今天只能简单地说一说，我会抽空通通告诉你的。"

"我不听。"陆丁九坚决地回答，既然荒唐成为事实，那比事实成为荒唐更加荒唐。

"我是说以后……"

"我不听。你想告诉谁告诉谁。"他屈辱而愤怒地转过身来。像上个周末的澡堂，万主任把拧干的毛巾拍在他背上恶心地离开那样。

第13章　伏羲巨雕

　　　　　　　　　　他很清楚同类人最乐意从象牙塔走向
　　　　　　　　　　俗世了,把知识还给社会,既是种精神射精
　　　　　　　　　　又能获得可观的经济效益。

　　照实说来,吾颖达并不是通常的那种对自己很有把握的人。只要往深处看,就会发现,他的自信张狂含有一定数量的低估自己的成分。那些拥有一腔"天生我材必有用"纵横天下豪情的人,保不准什么时候,又会莫名其妙地坠入情绪低谷。

　　"有那么一天,"他时常在心里鼓励自己,"哼,等着瞧吧!"

　　吾颖达喜欢自己学者的身份,学者意味着知识和智慧,意味着人生教养和社会风度。如果不是偶尔卷入到搜集资料整理家谱工作中,这种民间民俗的事情,他才不屑一顾呢。然而,正道和歧途总有个变数,你无法打开始就预料到以后会发生什么神奇的结果。尽管搜集资料整理家谱枯燥、琐碎,但却能找到任何其他工作无法替代的乐趣。你会发现,家族这棵枝繁叶茂的大树,经过凄风苦雨和无数个春夏秋冬,有的断裂了,有的干枯了,有的颤颤弱弱岌岌可危,而有的则在大树上的某个枝杈上又繁殖出另一派蔚然的绿色。你还会发现,有些家族因为血统的缘由,几代默默无闻,而有的家族一代胜一代地总在创造惊天动地的故事。

　　如果不是整理家谱,怎么会知道吾氏家族在岁月深处沉淀了那么多的奇迹呢?

　　屈原在《天问》中大呼:"遂古之初,谁传道之?上下未形,何由考之?"

　　如果不是整理编纂家谱,他们也就不能挖出许多难以想象的事情,包括河图县城边居住的白胡子寿星。这个寿星到底是一百一十岁还是一百二十岁此前没人搞得清楚。在地球上,人能活到三位数,已经实在称得上稀罕了。吾颖达以学者的眼光探讨过寿星年龄模糊的原因。终于搞明白,是寿星将几十年间发生的事情自然而然颠倒、融化在亲历之中了。据寿星说,参加过义和拳,见过红灯照,讲着讲着,义和拳的战事里突然会跑进一个洪秀全。同样,洪秀全的"洪"和红灯照的"红"也没什么界限,洪秀全的"全"和义和拳的"拳"更是一档子事。当寿星的近百十岁的儿子纠正说:"爸,日摆错了,又日摆错了。洪秀全早得多,过去你不是这样说的。"寿星没有牙的萎瘪的嘴就停了下来,怔一怔,他的一怔需要好长时间,好像被混浊的历史烟云淹没了找不到回家的路径。正是洪秀"拳"和义和"全"及"洪"灯照的交织混乱,使他的童年和少年隐藏在几十年混为一谈的跨度里,使人们无从把握。寿星除了具有模糊自己年龄的本事之外,还能从盘古开天地一直溜到小日本,能把"大跃进"和其后若干年开始的"大革命"编入神话世界。在寿星浪漫魔幻般的回忆里,伏羲在八卦台上炼过钢铁,河图洛书是一群红卫兵拿到山上的一个破庙里烧了。

农历六月六,吾氏宗亲迎来了双喜临门的日子。吾氏家谱经过去伪存真、去芜存菁的工作,胜利竣工了。这部家谱,依照史料,从人祖伏羲开始,一代不缺按朝代延顺下来,续到寿星之下的第六代。载有家族的大事记,历代家训祖规。从而为中国的人口学、历史学、考古学提供了宝贵的文献。万物本乎天,人本乎祖,有天地然后有万物,有祖宗然后有子孙。树高千丈必有根,河流万里必有源。

第二件喜事是寿星过一百二十岁大寿。这样一来,彻底解决了关于确切年龄的悬而未决的问题。"得过一次,不过一次永远定不下来,定不下来就永远要争论。祝了寿也就解决了模糊年龄"。

如果以寿星为根部,大家族枝枝蔓蔓有三百一十四人。六月六那天有三分之一的成员从祖国各地归来,因为种种原因赶不过来的也发了贺电。发贺电的还有泰国吾氏宗亲会。庆典上,总共摆了六十六桌。寿星面对六代人,指指点点,确认孙子和孙子们的孙子。寿星的背驼得很厉害,弯下的腰几乎呈现出上身和下体之间九十度夹角。富有戏剧性的是,当他坐在椅子上,恰好成了笔直的样子。他每讲几句话总要干咳几声,然后象征性地吐到地上一口东西,再用踏遍万里江山的犹如千年乌龟的粗糙的大脚踩上蹭蹭。

双喜的日子里,吾氏宗亲会的领导层谈得更多的是面对未来,怎么发展壮大。"再也不能这样下去了!我们吾氏有了第二次腾飞的机遇,是啊,过去谁能想得到,我们不但是人祖伏羲的后裔,还有一支跑到海外去发达,成了一个个大资本家和小资本家。如果没有钱,我们的想法也只能是想法了,现在有了钱,有想法不去做等于没想法。我们一定要抓住这个机遇。"于是发展壮大的希望就寄托在海外族人的身上。请在海外做大的族人回来投资办厂,兴建宾馆,捐赠学校,同时本土族人也要走出去和海外建立关系。大家激动万分,豪情万丈,内心里太感谢泰国的另一支吾氏族人了。如果没有他们,就没有吾族宗亲会的成立;如果没有吾氏宗亲会的成立,我们还会像过去各自默默无闻地待在老地方，啃着孤寂或继续被孤寂啃着。

宗亲会的领导层完全依照社会身份和资财的价值尺度来确定。会长、名誉会长和理事们，大多是在社会上有一定身份和资本的。这里面没有什么辈分之分。会长是泰国的那个大集团总裁的堂弟。名誉会长是一个副厅级领导，其他理事都是副县长、乡长、县农业局长、地方志。吾颖达以学者身份当了副会长兼秘书长。尽管大家过去没见过面，谁也不认识谁，可是共同的祖先把他们招领到一起，钻进了血脉扩张的隧道，像马拉松长跑运动员听到发令枪声那样呼啦啦齐刷刷地一同奔向了历史的源头。

如果吾颖达不是吾颖达，祝寿活动会在一片欢声笑语中度过，会在酒精和着血统燃烧着亲情的眼泪中成为一场特殊的聚会。那天中午，吾颖达醉醺醺地和人们碰杯，偶尔一个角度，隔着几张桌子的人头，瞭望到远处的寿星竟然幻化成伏羲的形象，它一点点长高，和"黄帝故里"的"黄帝巨塑"的模拟像重合了。

"吾祖伏羲像！等海外的族人回国寻根，也好有个进香祭奠的地方啊！"

这个创意一下子像大火在他身上呼地烧了起来，是啊是啊，吾祖伏羲像！人家可以搞"黄帝巨塑"，我们当然可以搞"伏羲巨雕"；人家可以把"黄帝巨塑"建到所谓的"黄帝故里"，我们就可以把"伏羲巨雕"建到母亲河的边上！

为什么建造在黄河边呢？这里是河图洛书的诞生地，这里有伏羲活动的八卦台。还有种种伏羲的传说。美国的四大总统像直接雕刻在山石上，乐山大佛和龙门石窟也是在山石上直接雕刻的，这里有一个非常好的祖先留给我们后代的伏羲山，完全可以在它的上面雕刻出来。"黄帝巨塑"用钢筋水泥建在山上，我们"伏羲巨塑"则在山上一刀一斧雕出来！他们是外加的，我们则与大地同在又浑然天成。

吾颖达吃不透原本发力反对"黄帝巨塑"，如今轮到"伏羲巨雕"，自己怎么一下子来了个一百八十度的大转弯呢？于是，他又花费了很多精力琢磨转变的原因。那天，他独自到黄河岸边徘徊深思，在一系列的设问句和反问句中进行，再对设问句和反问句一一批驳和推翻。等到太阳在黄河的西天化成一轮火球，他终于找到了打开自己矛盾的钥匙。那就是，反对"黄帝巨塑"，有着充沛的理由，是对造假文化的抨击，是对"旅游搭台经贸唱戏"等功利主义的嘲骂。现在他突然转向，干起了同类的事情，什么理由都不要，只要一条就足够了，那就是"自己跑了进去"。

如果自己在其中，那么它就是个好事情，如果自己在其外，它就是个令人讨厌的坏事情。既然是坏事情，当然要用客观的标准去衡量，不带私利地批评它的存在或否定它的价值了。

如果我不搞伏羲巨雕，用不了多久一定会有人去搞，已经有人论证出女娲确有其人了，还听说有人正在策划炎黄二帝的双面巨像。既然早晚有人要搞，当然该由自己去搞，别人搞的话很可能胡乱来，我要搞呢，既会尊重科学精神又追求艺术形式，并有把握使两者完美地结合在一起。

于是,在一番奔走呼号、筹措运作之后,吾氏宗亲会成立了"'伏羲巨雕'委员会"。吾颖达化用了"黄帝巨塑"的活动方案,他的聪明之处在于,不对别人说出处,从而给人们造成一种仿佛具有天生的创造能力的印象。

"要开个论证会!"他说,"论证会有学术功效,还有造势的作用,是一个和新闻媒介见面的好机会。"作为学者,他很清楚同类人最乐意从象牙塔走向俗世了,把知识还给社会,既是种精神射精又能获得可观的经济效益。这些学者教授的参加,等于解决了所有的问题。理论问题可以用非理论去解决,非理论问题又可以用理论去解决。吾颖达对这种论证会的效果很有把握。

在邀请学者专家的名单里,本来有著名老头儿的,当吾颖达痛苦地想到,那天半夜那老头竟然以权威的姿态把自己从床上拎起来教训一番,可恶地阐发"道理"的流氓哲学,便毅然决然把他的名字给划掉了。"哼!学匪加学霸,到处都通吃。从我开始,从现在开始,这个老东西的时代彻底结束了!"

论证会的成果很多,许多稀奇古怪的事都跑出来了。有用混沌学写《河图洛书新探》,有用符号学写《周易与符号学》,以及气功学《伏羲巨雕与八卦》等三十多篇论文。这次论证会最大的收获是达成了要把"伏羲巨雕"搞成世界之最的共识。他们的"黄帝巨塑"一百一十八米,我们的"伏羲比黄帝"早一两千年,理所当然要高更多。开始人们要高出二十米,又有人提出其他地方搞个一百五十米高的"盘古巨塑"怎么办?于是人们又对这个话题展开了讨论,他们走得那么远,以至于最后不得不折了回来,因为不管你现在把巨塑建多高,只要有人想比你高并且应该是可以办到的。

从实说来,"伏羲巨塑"是对"黄帝巨塑"的模仿,尽管它是另一种形式,本质上还是模仿。这一点在感觉上很难受,因为涉及了专家学者的名声、身份、智慧等一些原则问题。多年来,他们的论文论著养成了拿来主义,"反求工程"(俗话即"抄袭")成为技能性很强的专业,可是如此近距离照搬,让他们自己都觉得是一笑柄。又进行一番研讨,羞耻感的问题也迎刃解决了。"黄帝巨塑"搞的黄帝是"土文化","伏羲巨雕"搞的是河图洛书"河文化",是有水之源,没有我们一年年冲积哪有你们的平原?

参加论证会的三十多个人,穿梭于伏羲、八卦、河图洛书、河洛文化圈、裴李岗文化等文化名词的密林里。几天便一举拿下了"新三论"的学术性论证——第一论:"伏羲巨雕"比"黄帝巨塑"更具中华民族的代表性,正宗不二的中华第一人祖;第二论:地点一定要在黄河之滨,因为巨雕要和母亲河相呼应;第三论:应该是在山体上雕刻,而不是在山顶上建造。毕生第一次,吾颖达体会到了处于一个伟大事业中心的幸福和豪迈。他私下交代雕塑家去老家,以吾氏族长白胡子寿星的形象为原形,搞一个伏羲的模拟像。

吾颖达发现，"伏羲巨雕"不仅形成了一个外在的巨大的磁场，吸进各路神仙，从另一种意义上说，它还是一个个小得看不见的内在的灵魂上的黑洞。自己完全变了个人，一经当了"伏羲巨雕"创始人，知识竟然莫名其妙地呈几何级数倍增了。似乎需要多少就有多少，甚至连那些过去搞不懂和不需要搞懂的也能轻而易举地给予解决。许多思想见解竟然远远高出了他平日的水平。

"在中国，"吾颖达对采访的记者说，"好多人知道美国的第一任总统，叫华盛顿；知道《圣经》里所谓的人类祖先，亚当和夏娃；有的人知道印度的佛祖，叫释迦牟尼，但却不知中国的伏羲与女娲。这是我们民族的悲哀。"吾颖达一点儿不悲哀地说。"我是中国人，"他表情严峻，神态庄重，"不能数典忘祖，先人给了我们生命，给了我们民族，给了我们文化，我们作为后人，就要缅怀他们，爱他们，谢他们。忘记老祖宗的民族是没有希望的民族。忘记过去就意味着背叛。不能让那些外国的祖先在我们家里大行其道。"

他越来越强烈地感到自己置身于一种新的崇拜所产生的旋涡中心，完全可以像一个审判官那样对知名学者提点问题。"中华民族起源于什么地方？它真的像非洲或西方漂移说和蒙古说所讲的吗？我最喜欢的句子是：'东就是东，西就是西。'为什么一个国，可以大谈越古老越好，它的一砖一瓦、一个低低土墙引发起人们的惊讶，而一个家，你要是拿出一个上了百年的破席、碗、刀，穷得叮当响反而让人耻笑呢？为什么一个国越高龄越老越好，一个家的老人越老越招人厌呢？"

他还对一个从日本来的女教授说："我以一个探究者的口气质疑妇女的更年期，这东西过去有没有？是它本身存在呢？还是因为国外有这个名字到了中国才有了这种现象？比如上帝和佛祖，本来在中国的原始文化中是没有的，它们的信徒一来，就有了。多年前，在听到更年期的名字之前，从来没见过什么人犯更年期，既没见过妈妈、姑姑、姨姨和其他的人患这种病，也没看到其他妇女患这种病。后来可好，大报小报都在不厌其烦地讲它，好像成为生活必不可少的事情了，于是人们就一个个争着患上这种病。甚至连正常的妇女也提醒自己：为什么没有更年期的反应？暗示来暗示去，也就不由得堕入了烦躁易恼、行为古怪的行列里了。"

作为特邀嘉宾，祝贺也参加了论证会。会议期间，吾颖达和祝贺并没有交谈一句话。吾颖达是会议发起人、组织者，身影忙碌在几乎所有的角落。所以说，每次见到祝贺总会一副"我的客人多，咱们是朋友不怕得罪"的样子，和祝贺简单打个招呼就一溜烟儿走了。而祝贺也相对地一副"你忙你的，不要因为我而影响你的大事"，知情达理地莞尔一笑。

在祝贺参加的几项活动中，有一场别开生面的气功表演，让所有人震颤。气功师声称要把日月之精气弄到巨雕身上，形成一个巨大的气场，使所有来寻根的人都能祛病。直到第三天，大家在山顶上宣读了《伏羲巨雕宣言》之后，下山的路上，吾颖达再次从他身边匆匆走过，一刹那的工夫，想到已经取得了阶段性的胜利，没什么紧急事要亲自处理，这才突然转身，热情中含有歉意地一把握着了祝贺的手："你都亲眼看到了，忙得我屁滚尿流。"由于大展宏图，他的面孔通红，又由于过多地讲话，高亢的音带已磨出几分沙哑，让人想到七十年代一天到晚演唱样板戏的演员。

"屁滚尿流好啊。"祝贺言不由衷地说。

"是吗？"

"是啊。"祝贺尽量把头点得诚恳。

"怎么样，祝，几天来感觉怎么样？"

"很，好。"祝贺把手抽出来。

"那就是很，不，好。你口气里承认了。"

"我觉得都挺好。"

"你是个爱挑毛病的人。如果你说出哪怕一条问题，也能说明你诚恳。"

"那好吧。"祝贺和他并肩向山下走，"我搞不大懂，你的专家组怎么解决伏羲真实性这个问题的。"

"关于伏羲这个人祖的真实性吗？"

"是啊是啊。"

"它以历史唯物主义观点，弘扬主旋律，正面阐述，纠正误传，去伪存真，不搞臆说，统计宗谱、碑刻，考证族史、人物，而这些又是通过寻亲、谒祖、收集、整合文物、文献资料一步步实现的。"

"问题是中间时期的断层怎么解决？"

"他们那边怎么解决黄帝那个人物的真实性，我们这边就怎么解决伏羲这个人物的真实性。他们找了那么多专家搞了一些以假传假的证据，不也搞起了巨塑？你是知道的，黄帝故里，三个县都在争，结果不也可笑地落户到了一个县？祝，你来几天应该看明白，我们这次在学术上最大的突破就是以'假说实证化'为指导思想。"

"这正是我看不明白的地方。"

"这看你到了哪个层面。"吾颖达经过一个学者身旁，随手拍了一下他的肩头，继续往前走，"你要进入形而上，就什么都不是问题了。想当年，笛卡儿的第一原理用几何学证明上帝，有人用代数证明莎士比亚的鬼魂是哈姆雷特的祖父，那么我们今天同样能用混沌学证明伏羲。当然有人要提出质疑，这没关系，我们本身就是学者，早就准备好了种种反驳的理由。哥白尼的太阳中心说，三百年之久一直是种假说。当有人从这个假说所提供的数据，不仅推算出有一个行星，而且发现了这个一定还存在的行星的时候，哥氏假说就被证实了。我们还可以用很多极端的反证，比如太上老君，写《道

当然有人要提出质疑,这没关系,我们本身就是学者,早就准备好了种种反驳的理由。

德经》的那个老子,原本一个真实的人,有血有肉的人,死了,后人为他修了庙把他当成仙了。还有关公,也确有其人,后来进了关公庙就神化了。是不是?那么,我们为什么不能将神话还原成具体的人呢?人家把真的变成假的,我们就把传说转化成真的。时间一久,过上百二八十年,我们搞的东西就成了风俗,就刻进了历史的肌理。历史其实就是这样在真亦假来假亦真中发展延续的呀。"

祝贺发现吾颖达的脸相有些变化。他的鼻子两边的粗粗的纹路向外扒着,一副只要被否定、被质疑、被嘲笑就迅速反击的劲头,同时,那种警觉的笑容潜伏在脸庞的四周,仿佛一旦说出言不由衷的话好请求别人不必过于认真,别给自己难堪似的。

吾颖达说:"巨雕搞得是根文化,你知道根是什么吗?根就是大树血脉的底部。它抓着了民族的核心,你知道核心是什么吗?许多人以为他们懂了,其实他们不懂。啊,都说二十一世纪是中国的世纪,这话可不能是白说的。我们要搞出名堂,其中一个是对科学提出质疑。你发现没有?现在人们把科学神化了,引向了另一个极端。就拿基因来说吧,成了新的上帝,无所不能了。报纸上大放厥词,什么老鼠基因,海狮基因都是我们人类的基因了。对基因的神化比宗教对上帝的神化还极端,成了一种新的巫术。还有碳14,它测出几百年我信,但它能测出几万年前的骨头和文物?它是一把衡量时间的尺子,可是这把尺子又是谁衡量出来的呢?谁能证明它的正确性呢?"

祝贺问:"你说了那么多,还是没回答我的问题。我想知道,从黄帝到甲骨文有两千年没有文字记载,伏羲又比黄帝早一千多年,你们只用假说去解决三千多年的历史链条吗?"

"当然有实物,我们有一本吾氏家谱。"

"你们有吾氏家谱吗?"

"是啊,我搞了大半年,家谱一代不缺地上溯到伏羲那里。"

"怎么可能?没有文字怎么可能呢?家谱又是以什么为证的呢?"

"家谱是一代代人的记录,当然了,"吾颖达不大好意思地笑笑,"这里也适当地运用了假说,我刚才已经说过,我们最大的突破是以'假说实证化'为指导思想。家谱也是一样。它虽然不能真实地记录历史,但是,"吾颖达掷地有声,"如果我们将它看成真实的话,仍然可以当成真实的。我说这些貌似荒唐,其实往深处想想道理也很简单。我们只是提前做。如果十年或二十年后的某一天真的发现了地下文物,证明历史上确有其他文字怎么办?我们已经组织队伍挖掘了,我们坚信,一定会挖掘出我们所需要的东西。这是极有可能的。在没有真实物品之前,只好暂时以用其他东西代替的方式来解决了;如果真的一时找不到合适的东西,暂时可以放在括号里,等挖掘出有证明价值的东西之后再填补。"

"我知道,"祝贺说,这几天的研讨会他都看出来了,"我担心这样会造成学术界的混乱……"

吾颖达环顾左右，把手指张开插进头发里挠了几把。"你说混乱？可什么叫混乱？学术上的事很难说，自古以来有一直未能讲对的，也有古人讲对的而后人讲错的，还有古人讲错的今人也讲错的，许多材料加以拼凑难免不出现罅隙或抵牾。你说这是不是混乱？祝，你要是预设一种标尺那才容易混乱呢。比如我们的文明史，你说是多少年？一直说是五千年。七十年代发现了裴李岗，咣当一下把文明史推前一千多年。有些事可以用逻辑解决的。没有裴李岗，就五千年，有了裴李岗就六七千年。换句话说，我们还没有真正找到自己文明史的真正初源，它取决于地下的发掘。裴李岗只是文明的发端之一，如果我们再发掘出更早的呢？换句话说，如果没有甲骨文的地下发掘，你知道甲骨文吗？中国的文字又从哪里开创的？"

祝贺说："我有种发现，凡是说到真理的时候，只要你没有什么话好说了，就搬出'这是你的标准不是我的标准'。只要标准不一样，那么你的真理就只能是你的真理，与我没什么关系了。争来争去不是争真理，而是争标准，争的是自己的话语权。既然争来争去争的是自己，争论的过程其实是表现自我的一种方式，争论的形式不仅大于内容，而且就是内容本身，那还有什么可争的呢？"

"嗯，这话说得好。"吾颖达很赞赏地点着头，"其实就是争自己。有人说我变成了民族主义者了，我觉得也挺好，真的像你所说，当我成了一个民族主义者，我就完全是另一个视角，另一个观点，另一个标准了。换句话说，当我是个学者我就用学者的标准，当我是个创办人，嘿，我就用经营的眼光。前几天，有个自以为比我们中国人聪明若干倍的英国女教授问，既然伏羲是你们的人文始祖，为什么漫漫五千年没人建巨雕？这话问得奇怪死了。我想了一会儿这样告诉她：那时有那时的事，那时候人们修了长城，雕凿了龙门石窟和乐山大佛，还做了其他很多。她又问巨雕为什么现在才拔地而起？没有在民国时建造？她还问，假如我们这一代人或下代人、下下代人不干，到了下世纪会不会有人要干呢？我听了这话心里很反感，也很恶心。"

祝贺突然被这个词一举拿下，从头到脚，从里到外地被拿下了！他此刻就是感到恶心。这个书面之词完全生态化了。

"这个女教授之所以提出荒唐问题而不自觉其荒唐，是站在所谓的文化强势的位置俯视我们呢。因为物质比我们高明就什么都优越了。《圣经》上说，夏娃是男人的肋骨，这很荒唐。"

我的天啊，祝贺在心里大叫，这家伙说别人荒唐？他自己荒唐得还不够吗！

"但在它征服了罗马，征服了欧洲之后，就好像被证实了。再没人管这是真是假了，它创造了一个宗教，这个宗教又作用于人类。前不久，我看报上说有人在什么山上发现了挪亚的方舟。这不是扯淡吗？如果我们中国文化是世界主流，我们的女娲用泥点造人也同样可歌可赞了。我们的神话和成语就会被外国人到处说讲到处引用。我给你举一个例子。古希腊神话西西弗斯推石上山的故事,和我们的吴刚伐桂简直如出一辙。西西弗斯被罚,从山脚下推石头上山,快到山顶石头滚下来,再重新推,回复无穷,后来人就把它搞成对命运抗争的意思了。你知道,你也许不知道,吴刚也是犯了错误被罚到月宫,砍桂树,每次快砍断了,被砍的伤处就长好弥合,只得重新砍。可是我们的学者和作家非要搞拿来主义。打开书本看看吧,到处是西西弗斯,好像我们的文化人都成了传教士,只字不提吴刚。可以说,在精神领域、思想层面的东西,人家有的我们祖先都有。因为我们后来,以及现在在经济上是盆地,就一切都屈尊了,再好的东西都窝在盆地里了。所以我要把这事赶快弄成,将巨雕矗立起来。"

面对疯狂人们唯有眩晕。

除了眼前一片恍惚,一阵恍惚的眩晕,祝贺心里还涌起恶心,他搞不懂自己的恶心和吾颖达的恶心是不是一种恶心。前不久,吾颖达在"黄帝巨塑"奠基式上攻讦嘲讽的情景浮现眼前。一个人物竟然有两种截然相反混乱的角色脸孔。他很想了解吾颖达思想转变的原因和过程,是否类似于田稼安喝了半瓶酒,身体内的另一个人就破壳而出。祝贺伸出两手,手掌竖起来,中间相距一尺左右,形象地作了个文学性的比喻:"你从此岸到彼岸,是怎么渡过去的?"

"渡过去?"他知道指什么,"你两手之间是一条河吧?"

"一条河。"

"你是指灵魂痛苦搏斗什么的?"

"对,就这个意思。"

"我告诉你,灵魂之间的两极距离只有一步之遥,换句话说,就像太极图里的黑白两鱼互为一体。思维是以飞翔的形态出现的,我记不清这话是伏尔泰还是费尔巴哈说的了。用不着什么灵魂,用思维就解决了,更不像你要说的用身体渡过去。"

祝贺下山了,他是用实实在在的双腿走回去的。在路上,看着四周的风光,奇怪的感觉更加奇怪了,好像身陷一个梦里。人和物都是那么虚幻、重影、叠印,甚至自己也是不真实的了。

到了山脚,祝贺回头望着山峰。在那里,吾颖达们做着复活的神圣事业——将不确知是几千年前的伏羲,从遥远的冰冷的沉沉又茫茫的黑暗的传说中拯救出来,雕成一个有血有肉有鼻子有眼还有爱心的大活人……

第二部

太极图

我写的不是我说的，

我说的不是我想说的，

我想的不是我应该想的，

如此，直至最晦暗的深处……

——［捷克］一个隐身的作家

第 1 章　春夏之交的感觉

> 她有种不祥的预感:他俩这种神不知鬼不觉的方式,总有一天会吓着自己。

　　毫无办法,女人的目光就是能够塑造男人的行为。

　　尽管相处了一星期,编务申敏还是难以将苏汝良和程君之区分开。按说,他俩外观形体有各自从娘胎里带出的特点,可是申敏总容易把他俩搞混。每当他们两人之一到编务室领取办公用具,她就吃力地辨认眼前的人是苏汝良呢还是程君之?直到他或他在登记本签上自己的姓名,她那紧蹙的眉头这才舒展开来。她还专一盯着他或他离去的背影,想记得牢固些。可这依然白搭,半天之后,她在楼上楼下任何一个地方见到他俩之一,还是搞不大明白此公何人。

　　"冲击波写作中心"刚刚创办,每天都会有人从那三间相连的编辑部来到楼下编务室取办公用具。申敏是个长相平平身材普通喜欢打扮却不会打扮的那种头一面就可以随便相处的女人。由于她缺乏姿色,男人们在她面前无拘无束,既不用操心怎么展示聪明,也不费心炫耀什么优势,所以大家和她很快混熟了,可是内向沉默的苏汝良和同样内向沉默的程君之却让她一筹莫展。他们总是不声不响地走进来,低声讲出所要的东西名称,就规规矩矩垂手侧立一旁,直到签上自己名字拿上东西悄悄离开。望着那背影,申敏自然联想到无声电影中夜幕里的伤心汉。为此,她有种不祥的预感:他俩这种神不知鬼不觉的方式,总有一天会吓着自己。

　　结果预感很快应验。那天下午,她从文具专卖店买回十个铁丝网状的稿件筐。压在下面的稿件筐有两根铁丝脱了钩,她挑出来弯着身子用指头钳紧。这当口,无声无息的苏汝良像幽灵飘了进来。

　　申敏正在聚精会神对付脱钩的铁丝,余光突然看见一只穿着黑皮鞋的大脚探到她的左边,在本能地尖叫以前,她先是身子一颤,眼珠子又证实地向那只没有腿的阴森森的大脚扫一眼,这才慌忙地、很有把握地、几乎在理智的干预下尖声大叫起来,跃到椅子后面,两手紧紧攥着的稿件筐像防卫的盾牌护着她那平坦的胸部。

苏汝良虽然在世上活了三十年,从没有如此近地看到一张变形的脸以及这么近地听到惊恐的尖叫。他也被吓坏了,以毫不逊色的速度弹起撞到身后墙壁上,又在眨眼工夫冲出门外。

不一会,草帽和程君之一前一后进来。草帽趿拉着鞋,他有种到哪里就在哪里弄出声音的本事,申敏伏案捂着突突突乱跳的胸口,脸上还燃着涌上来的红晕。她眼睛闪动着恐惧和愤怒的神色瞧着程君之,这下子可把他弄得不知所措。程君之猜不出什么时候冒犯了她,用他那双忧郁的眼睛求援地看看身边的草帽,取了稿件筐匆匆签上名走了。

"你告诉他,进来要打声招呼。"

"好好。"草帽认错又讨好地答道,"以后我进来打声招呼。"

"你打什么招呼?你转告程君之让他进来时打声招呼,要不我会给吓出毛病。"

"他什么时候吓你了?"草帽是个瘦子,他把屁股又硬又尖像石块硌在桌边。

"刚刚,就你们进来前半分钟,我现在胸口还突突突呢。"

申敏摸着几乎没有内容的平坦的胸部。草帽朝那里瞅了一眼,眼眶里的珠子拉动似的转了半圈,发现所说的时间出了根本错误:至少两个小时,他和程君之形影不离地在一编室研究一份材料啊。

"你说的时间是不是值得商榷?我和他一直在楼上。真是程君之吗?"

申敏缄口了,知道自己又一次认错了人:"如果不是他,那就是苏汝良。"

草帽一下子愣着了,觉得遇上一个很滑稽的事,随口"咦"了一声正要问点什么,申敏苦恼地咬下嘴唇:"我总是分不清他俩谁是谁。"惊吓后的申敏眼睛周围细密的皱纹因涌上血液的润泽,变得鲜朗明艳,她的平时引不起人们注意的暗淡嘴唇也亮得红嫩起来。

这是草帽来冲击波写作中心遇到的又一件值得回味的事,同时也给他一个提示,他担心申敏同样搞不清他是谁。理由是他并没有什么独特之处,可以让这个女人记住。因为诗人徐韵动不动就用陌生眼光打量他,仿佛每次都是第一次见面。人突然面对那么多的新面孔,记忆上难免有负担。

草帽现在有一个奇怪念头,就是让人们在最短时间里认识自己。受这个奇怪念头的驱使,他很快看准了适合于自己的表达方式。几乎每天早上,他总要奔向走廊尽头的水池,抄起架着的三根拖把杵进水池里。翻滚着的拖把布条如激流中溺水女人的散发。他拐起胳膊牢牢将三根拖把束成一捆,抬起冲向屋里。他是那么瘦,双臂一伸一缩像火车轮上的连动杆。跑着跑着就被蓄满水的拖把压得矮下半截,但他依然奋力冲锋。幸好,脚下的地方不是跑道,要不然他准会借用膝盖跪着前仆。待拖完地后,他就一盆一盆地泼水,编辑部的三间套房让他给搅成一片泽国,晚来的只得努力踮着脚寻找落脚之地。

草帽忙忙碌碌泼完地,尔后兴致勃勃端着簸箕满院子转,对付纸屑和烟蒂。他专注寻找的样子,让祝贺感到他已进入痴迷的程度。另外,他那近于傣族泼水节的倒垃圾方法也让祝贺惊呆。还距垃圾箱两米远,他就昂扬欢快地掀翻簸箕,至于秽物是否洒到了外面,似乎与他没多大关系。紧接着,他一路小跑蹿到楼上,像狗似的岔开两条腿在门边探来探去,找到位置之后,绷紧的脚尖一勾,门后拉出块空地,铁皮簸箕劈头盖脸地栽到门后,顿时爆发出刺伤耳膜的怪叫。

铁皮簸箕炸弹般突破水泥地面,直接爆炸在楼下编务室的申敏的脑袋上,这个神经官能症患者立刻抱紧脑袋。挽救自己的最好办法只有僵立,直到她确定能够平静为止。为此没有任何理由记不住草帽。编务申敏不仅记住他,而且心里仇恨他,并打算将这粗陋的行径告到冯经理那里去。

冯经理比他们大十几岁,喜欢上身穿件条条短袖衬衣,坐在写字台前,因为他的身后站一个落地电扇,当风扫过他身上时,他的头发衣衫都能恰如其分飘动和鼓胀,让人想起海滨。他有许多喜欢:喜欢别人欣赏,喜欢别人议论,喜欢别人在报上评他的作品,他喜欢看到有人向自己求赠作品时表现的样子,尤其题赠一句话之后递给别人,对方那张开双臂像接受一件盼望已久的珍贵的圣物,然后喜悦甜蜜地轻轻抚摸的表情。

尽管冯若愚进入了"中原八怪"之列,但还是缺乏必要的社会名气。知识界像他这种不上不下尴尬境况的人很多。也许是名人,出了圈子不再有人知道了;也许有成就,自己内心深处则知道,所谓的成就无足轻重;也许前程辉煌,但有人断言走到了人生顶峰。总之,冯若愚能品尝准名人所能品尝到的一切。这一切包括准自豪、准优越、准潇洒和准痛苦、准发火以及准微笑。

准名人式的微笑经常让草帽摸不着头脑。这种微笑出现在脸上给人一种视觉上的虚设。有一天,草帽又在楼梯口遇上了这种准微笑,进了编辑部再也摆脱不掉了,总觉得在眼前浮动。他只好打破沉默找件事干,兴致勃勃跟邻桌的祝贺谈起了他的稿子。这篇稿子的题目是《下海:与自我搏斗》。

"我的开头是这样的。你给参谋参谋——历史之轮驶入了伟大的一九九二年,人们突然变成了逐钱狂徒。在中国的文明史中,还从来没有出现过这种情况。发财梦人人都有,这是千真万确的真理,但是,能发财却是极少数人的事情,这同样是千真万确的真理。历史演义也好,自然法则也好,一再证明并庄重地告诉活着的人们。可是,一九九二年春夏之交,"草帽暗中发觉虚飘的准微笑离他远去,"一九九二年的春夏之交，似乎没有人愿意顾及所谓常识性的东西了，人人都在张开缄默多年的欲望之口，好像以往的贫困统统要归罪于以自身为半径画圆的循规蹈矩。现在，一个崭新的观点从天而降，这就是，只要你敢于把脚上的鞋踢出去，在拾回来的路上，总会有不多也绝不会少的钞票等你俯身呢。就像一场梦那样，就像一种魔术那样。"草帽停下来，等祝贺的反应。

祝贺抽了两口烟，评价道："挺好。社会背景写得有个性，不像报上的八股文。"

草帽接着读："你听到清贫沉重的日子咔嚓咔嚓的断裂声，听到自己内心类似少女初恋的春潮……"

祝贺"噗"地笑出了声。

"这是比喻。"草帽不大好意思地说。

"很贴切。'南巡讲话'之后，我真有这种感受，只要我到市面上转上一转，再回到我那一室一厅陋室就头昏脑涨，神志恍惚。我的面前矗立一个缥缈虚幻的金钱世界，每到深夜入睡之际，我的耳旁总能听到来自金钱方向神秘的爆炸。这感觉真的挺像初恋的春潮。"

草帽感谢遇上了这个知音："虽说人们形形色色，可是在本质上我看还是一样的。祝，这些日子我每天要翻大量的报纸，那上面一再用煽动的语言告诉人们，前些年的暴发户大都是没有文化的人，是他们把钱挣到口袋里啦。那种唤起知识分子的觉醒的殷切之情，令人遥想半个世纪前唤起农工打土豪的史诗般的风暴。"

祝贺激动地应着："就是就是。报纸在显赫版面刊登教授沿街卖馅饼的图片，从而向书斋里的人揭示发财谜底。几乎每天，只要你愿意，都能看到扑面而来迷乱的报道。往往搞不清谁是谁非啦。"

"但有一点得肯定，只要自己挣到了钱，比什么都好。这篇文章怎么样？冯经理会满意吧？"

"会的会的。我认为能引导读者从中看到自己的文章，就是好文章。"

祝贺为草帽而高兴，同时又为自己发愁，中心创办两个星期了，他还没有找到一个满意的选题。其实，他有过好几个不错的选题，有的列了提纲，有的开了个头，可是睡上一觉又被他给毙掉了。尽管如此，他还是很自信。总觉得前面的不远处，一个好的别人难以企及的事情等待着自己。

他怄着气上班查资料，下班到街上转，从家到中心的几里路程，总是让他情绪亢奋。在这段路途中几乎每天都能看到变化，家属院一道道围墙被拆毁了，街道上掀起柱形状的灰雾。报上说，这是"打破土围子"。结果，那些终年囿于高墙的大院，赤裸裸袒露与大路浑然一体了。那些起先还恐怕被大街上行人窥视室内风景而选用深色窗帘的居民，一夜工夫，肯定中了什么魔法，扑扑通通扒掉了窗户，童话般变成了袖珍商店。这情景,祝贺想起孩提时看过多次的《地道战》电影,树干里,炉灶中,墙壁上,磨盘下,都能变成射击敌人的枪眼。现在是和平时代啦,到处成了射击行人的枪眼。商店卖商品,街头卖商品,家庭也卖商品。祝贺发现,刚开始的时候,那些窗口还像处女缩头缩脑摆上一点儿烟酒,没过两天,就架满花花绿绿的货物,像浓妆艳抹地朝路人发散职业化笑容的荡妇啦。

　　冲击波写作中心在城市东部的一个园林里租了座两层小楼。小楼四周栽着三四米高的树苗,这里与闹市只隔一条马路。白天,它多少与陶渊明的"桃花源"有点神似;到了晚上,盈盈月光下就与《圣经》里的伊甸园难分彼此了。每当祝贺骑着那辆破车从闹市拐进,脑中总会掠过用树叶遮着有关部位的男女共享禁果的画面……

第2章　后知识分子

> 可是当这千钧一发的机会来临之际,她的目光不由自主地萎缩疲软,待草帽看到她时,那张脸已是春风拂面了。

申敏是前嵩山电器厂的会计,发表过三十多篇(首)散文诗歌。从二十至三十岁人生最好的年华,她都是在进入一个文化单位的憧憬中消磨掉的。在她看来,那是个名利双收又能摆清高的好地方。在那个世界,可以高谈阔论,古今中外,名家逸事;可以优雅,也可以骂娘,可以被一条毛毛虫吓得原地乱蹦还不失人上人的良好感觉,更可以酒盅里呻吟孤独,并根据从不同方向来的各具特色的调情,报以嫣然或莞尔的一笑。她还幻想自己与一有争议的名家去人不知神不觉的地方采风。正当十年一觉文学梦黯淡破碎的时候,冲击波写作中心创立了。她觉得自己就像在灰烬中渐渐死亡却又在火中诞生的凤凰。尽管现在已经是文化大滑坡、文人大分流的阶段,但她还是对自己命运的转变满意。无论怎么说,她总算了却了一桩魂牵梦萦的心愿。

现在,是走过三十个年头的申敏最满意的时期,满意到理想实现的最大程度。她满意工作同人——一批年轻编辑兼诗人,作家;她满意工作领导——中原文化界名流兼社会活动家;她满意工作环境——一个有古城堡情调的独立小楼,四面还莫名其妙地环绕着树林。面对树林,她没有祝贺式的再现人类之初的种种幻想。如果没有草帽乱扔簸箕这一恶习,她的幸福可真得车载斗量了。

她拒绝承认簸箕之声属于中心。头一次听到的时候,这个快乐天使正哼着曲子抹桌子,沉浸在一半幸福一半期待的佳境中。头顶霹雳似的一声,让她停下了手中的动作,口中曲子像含着一块糖,滑了一阶差点脱落下来。第二天早上,爆炸声再度袭来,她看着天花板,像旧时代的管家听到久无人居的房间里传出动静那样起了疑心,赶着步子,转到外楼梯,进入会客室。灿烂阳光下,铁皮簸箕沉沉趴着犹如乌龟。第三天一早,她守在门口,等草帽倾倒垃圾之后,便踮着脚尖尾随上楼,于是她见到一个与文化环境格格不入的粗野动作,草帽狗似的撇开一条腿,用脚勾着门,一拉,簸箕"咣咣当当"爆炸了。结果鲁迅小说《祝福》里的祥林嫂再度现象,两眼发呆傻傻地一动不动。当天下午,她决定找草帽谈谈,可是每次站到他面前,她又不知如何张口。第四天,她又特意上楼观察人们的反应,她分明真切地看到,簸箕声先是让每个人都战栗,然后,都定格似的僵硬起来。祝贺、苏汝良、丁宇然、程君之都因该死的噪音扭曲了五官。

她很纳闷,这种事若是在她从前的工厂,一定有人蹦起来。放在这些可爱的文化人身上却海绵吸水了。于是,一种即兴的英雄荷尔蒙由工厂铿锵的基因里传导给她。她的目光如蛇信子,只要草帽的目光像昆虫一样飞来,她就会迅即捕捉到它。可是当这千钧一发的机会来临之际,她的目光不由自主地萎缩疲软,待草帽看到她时,那张脸已是春风拂面了。

现在,申敏承受着簸箕噪音方面的打击,更承受着同人软弱的心灵挫伤。她咬着嘴唇,靠着楼梯栏杆一蹭一蹭下台阶,走进了痛苦与屈辱的沼泽,她陷入得够深的了,连迎面上楼的谷主任向她招呼都没听见。谷主任跨步错过,勾头看她丢魂的背影,刹住了脚步,申敏倒被突然消失的脚步惊醒了,正像睡倒在轰鸣机器旁边的人,反被机器突然停止产成的寂静惊醒那样。她垂头跟谷主任进了他的办公室。

她的声调几乎走了样,在倾诉了自己的苦恼之后,发问道:簸箕噪音实为公害,为什么没有一个勇者站出来?

谷主任摘掉高度数的眼镜,因为当了十几年的编辑,挑了成千上万的错别字,眼睛几乎都给累瞎了。他有个爱好,喜欢在条件尚可的情况下摘掉眼镜看女人,这时的女人模糊得像卫星云图,叫人看了头晕而兴奋。他说:"不是其所是和是其所不是。"

"这是什么意思?"

"萨特的一句话,人生总是处在某种尴尬境地。"

"事情和萨特没有丁点关系,它很具体,处理的办法也很简单,只要人们站出来,就成。"

"没那么简单。"

"这很简单嘛。"她耸耸肩,目含点愁像个怨妇。

"站出来当然很简单,问题是谁先站出来?大家都知道会有人站出来,所以就都等那个第一人,如同等待戈多。"

几分钟后,她被丁宇然拉到二编室。他告诉她,噪音都把他给烦死了:"你要是真受不了,就从根本上铲除祸根。已经到了非解决不可的时候了。"

"对对对。"她赞同地一个劲儿点头,她终于盼到了第一人,"你看具体怎么个做法?"

"把簸箕他妈的扔掉!"

"??"

"把簸箕他妈的扔掉。"

"要不这样。"一边的苏汝良说,"咱们给它藏起来。"他边说边把头往肩膀里缩缩。他生命哲学的要义就是一个"藏"字。他不仅把自己喜欢的东西藏起来,还喜欢把自己不好之处藏起来。他总是怕别人看见自己。

申敏绝望得已经不能再绝望了,这就是她神往已久的文化空间,面对簸箕,他们不惜搬出萨特搬出戈多,也不惜将它扔掉将它藏起,就是不肯直面它解决它。她发出一阵冷笑:"是不是请来一只仙鸟,将簸箕衔走更富有诗意?"

这个繁华如梦的大都市,每时每刻都爆发出比簸箕还响的噪音。汽车鸣笛、街头劲曲、大块大块割碎城市的建筑工地,空中碾过的飞机……它们作为城市这巨大怪物体内生成部分已被居住其中的人们习惯地接受下来。簸箕之声原本算不上怎么回事,但它响彻独立的文化空间,情况当然非同一般了。基于通常原理——无法解决的问题总是更有本钱享受超值评价,"晴天霹雳"从反面提供给大家一个既能遮丑又能表现的后舞台。于是,一大堆带有命题性质的问题,纷纷出笼:大家背着草帽,从不同角度、不同层面展开了极富有个性、特色的议论。

只有一人徘徊在议论边缘,潜心收集大家的看法,这人就是内倾型的程君之。他发现大家的种种看法老生常谈,缺乏新意。他决心树立一个令人刮目相看的、别人通过努力也难以企及的目标。他和祝贺一样,半个月来,一直苦于找不到符合冯经理口味的大文化选题。结果不由得将身边的簸箕上升为一种发现。

一连几次,程君之暗暗观察草帽扔簸箕的举动。渐渐地,他认为这噪音中似乎隐含着其他什么东西。他还饶有趣味地像排雷工兵在簸箕四周转,周而复始,他再凝视黑皮簸箕,竟能感到了它的生命,它成了草帽粗陋行为的一种人格化的标签。它已不单单是个簸箕了,它简直是从一个看不见的地方伸出的魔爪。

几天之后,他试探性地向祝贺透露了自己超群的卓识:"关于草帽,不能就簸箕而簸箕,也不能就环境而环境,也不能单纯从深层次文化背景着眼。"

"那你说,怎么回事?"祝贺已经有好几次发现这个人有个特殊的本领,他可以几天像哑巴似的不说一句话,却会在你冷不防时来上一通。

"我认为应该把它当成特殊的文化符号。"

"文化符号?"祝贺没听明白。

"我怎么觉得这是一种当代文化病变的征候呢?"

祝贺拧紧眉头吃惊地看着他,感到一个重要的可能是貌似荒唐的问题将会被提出。这些年,痴人说梦的事情越来越多了。一阵蝉声之后,祝贺突然满面生辉,高兴地对久久凝视自己的程君之赞道:"我明白了,你是说文化黑洞之类的玩意儿?"

程君之低下头不好意思地笑笑,用脚尖画着地,像个害羞的农家媳妇:"你真的这么看?"

祝贺用劲儿地点点头。

"你不是在应付我吧?"

祝贺把头点得尽量真诚:"如果真是这样就好了,像发现第一例艾滋病那样,你发现了第一例文化黑洞。这可是件好事。"

程君之继续低下头,继续不好意思地笑笑,并且继续重复着刚才的话:"你也真的这么看?"

"是的,我也真的这么看!"祝贺顿了下说,"告诉我你是怎么发现的?"

程君之心里总算有了底。他还四下看看,这是他说话时的一个习惯动作:"我是把草帽放在历史坐标上观照的。比如,庄子为亡妻鼓盆而歌;竹林七贤裸体驭车;宋朝柳永青楼醉词;徐文长,你知道吗?明朝的,用锥子扎自己的太阳穴。我个人认为这都是那个时代的文化病变。追昔抚今,草帽之扔簸箕并沉醉其号叫之中,不能简单地看成个人之举,应该上升归为一种文化病变的层面。"

祝贺恭敬地、折服地拍拍他的肩头,想说几句话,可又说不上来,只好又拍拍他的肩膀。

程君之理解他的手势语言:"祝,我现在只有一个担心……"

"我知道,我知道你担心什么。"

"你不可能知道!"程君之有些吃惊地否定,接着又放软口气地问,"那你说说看。"

"你担心他不是一例文化病变,因为那样你就没戏了。不过那也没关系,真的没关系。"祝贺鼓励地,"你可以像真的发现文化上的艾滋病那样,以调查跟踪的形式公布于众。你认清一点,你的报告文学一旦发表,哪怕失之偏颇,照样会涌现出一大批亟待出名的人追捧。程!我觉得你顾虑多了点儿,这样会绊你的手脚,你要抓住任何事情刚开始出现都不能十全十美这一特点,抓住任何事情都有个完善的过程的机会,胆子再大一点,步子再大一点。"

"你是说,不是一例文化病变,我也可以硬把它搞成文化病变?"他的眼睛比平时睁得大一号。

"对对,吃文化这碗饭的,大都是这么干的,要不世上哪来这么多报纸、杂志、书籍?科学里还有许多假说呢!你尽量动作快点儿,要是有人抢先你一步搞出来,可就麻烦了。"祝贺认真地提醒他。

祝贺怕自己忍不住笑出来,赶快转身走。刚走两步又突然折回来:"你这篇稿子一定能得到冯经理的喝彩。他天天呼唤大文化大文化。这下可好了,你等着瞧吧!咱们'冲击波丛书'一定用你的打头炮,我相信,它会像草帽的簸箕那样在空中来个霹雳。"

程君之搓搓手:"我试着往深度走走。嗳,对了,祝,"他的目光又智慧地闪动一下,"我想,总得给这个文化病变冠之一个名称吧?"

"好好,还是你考虑得对,有深度。"祝贺再次绷紧险些绽出笑靥的面孔,"我说一个,抛砖引玉,叫'后知识分子'如何?"

"后知识分子?这是个什么概念?"

"现在'后'字很时髦。后工业,后期城市,后结构主义,后科学,后印象派。先锋派本是先锋的意思吧,眼下也落伍了,得后先锋,你别看它'后',这个字很厉害。"祝贺表情很厉害地告诉他。

第二天,程君之专门守候门口侧耳倾听簸箕之声,然后作了详细记录。他在记录里凭空加了些许臆想,让他满意的是最后一句:"草帽听到嚎叫声,一脸的满足感。"事实上,草帽的表情很普通。程君之知道写上这一表情的要命作用。这里面埋了个"后"字。倒是他合上本子时,自己的脸上浮现出了满足感。

程君之为了探索已走火入魔。一个走火入魔的人是看不见自己失常的。在这个特定情景下,他会发现平常所看不到的东西。只要有可能,程君之不放过草帽的一举一动,并像医生对待病人要做些观察记录。

一天下午,他得知草帽和美编去图书馆,后来看到美编改变主意不再去了,就悄没声地跟在草帽身后。而草帽在往图书馆的途中,又因炎热临时改变了主意,沿着北环像逃兵似的驱车驶向西流湖。公路上蒸着热气,每辆汽车都夹裹一股热浪。这段跟踪之路很艰苦,他既怕失去目标紧咬不放,又怕被发现还得保持一定距离,每当前面的草帽的身子动那么一下,他就得慌忙低下头。

一路上,他都沉浸在期待重大发现的激动中。

西流湖漂浮着许多黑色头颅。草帽只会狗刨,他一跳进湖中,就严重地干扰了别人,他只管自个儿在水里扒上扒下。水花溅得很高,程君之躲到树后仰头张望,他在本上记下:"隐在彩虹水花中的草帽,像一头落水挣扎的金钱豹。"

草帽爬出湖水,赤脚吧唧吧唧一溜小跑,坐在柳树下,头发湿淋淋贴在头皮上。他用手狠撸两下脸,刮掉水珠之后,被附近橡皮船上几乎裸体的女人引去了视线。他的湿淋淋的短裤里慢慢胀大一堆东西。他想,这多丢人哪,赶快以荷花、白云、清泉等纯洁的意象来围剿骚乱,可是那堆胀大的东西,我行我素,再过一会儿,它更是猖獗,活像钻进两个天真烂漫的新西兰袋鼠。直到橡皮船在湖面上远去,这只搞恶作剧的袋鼠才像服了安定药,慢慢恢复了秩序。也正是这时,程君之从柳树后面走到他的面前。

第二部　太极图

　　整个下午,他们俩进行了问答式的聊天。程君之问他的父亲,问他的家乡,问他的大学,问他最难忘怀的人和事。问题一下子提了那么多。

　　"我家在太行山,准确地说,太行山深处,深处的深处。"草帽手指向下旋,仿佛要在空气中钻窟窿。程君之笑笑喝了口汽水。

　　"我们那地方很穷,几十年才出我这一个大学生。不是'文革'后恢复高考的第一个,而是建国以来的第一个。"

　　程君之充满敬意地摘下嘴边的汽水瓶,点点头。

　　"我上学那天,简直像出征一样悲壮。乡长带队送我,我现在想起还想掉泪。程,你体会过万人瞩目的情景吗?"

　　程君之想想,摇下头。

　　"后来我进城上大学,从万人瞩目一落成了万人疏忽。大城市真是拥挤啊。说是人海吧,可与你发生关系的又有几个? 说是人山吧,关心你的又有几个? 这就叫沧海一粟,这就叫九牛一毛。程,在我们山区我草帽是个响当当的人物,就有人把我说成灯塔。"

　　程君之看着他,看着扔簸箕大王及青春偶像,心中陡然升起辛酸的敬意。当他拿不定主意以什么方式探问他总是扔簸箕、其动机和目的的当口,突然预感到草帽似乎要告诉他一件非常重要的事。

　　果然,草帽冷不丁地说:"还有件事,我也是即兴说说。哪说哪了啊——我是生在马厩里的。"草帽言罢,两眼期待地看着程君之。

　　程君之搞不清他大胆披露自己生在马厩里是什么意思,声明出身低贱吗? 可那双期待的目光恰恰是种炫耀。程君之找不出答案,又不忍心让他失望,只好用诚恳的态度来弥补:"为什么生在马厩里,而不生在其他地方呢?"

　　"这个问题不是我能回答的。"草帽得意地笑笑,"我的本意是,我生在马厩里,和另一个人的降生很相似。"

　　"噢噢,我明白了。"程君之拍拍额头,"你是说耶稣。"

　　西流湖的人越聚越多,花花绿绿的泳装分割出许多的镜片似的皮肤,它们在湖中、船上、岸边施放出夹杂肉欲的自然之光。

　　"有个问题,我总是想不通。"草帽说。

　　"你是说,天降大任什么的?"

　　"不不不。"草帽目不转睛地看着两个几乎全裸的女人,她们一定知道男人的炽热目光像靶场射击似的瞄准自己。为此,她们迟迟不肯下水,继续在岸边做着卓有成效的徘徊。

　　"我是说裸体女人……"

"裸体女人?"程君之紧张地四下望望。

"看你紧张的。咱们能不能以科学的心态,学术的头脑探讨探讨这个敏感的问题?"草帽不露痕迹地拉件衣服盖在了两腿之间敏感的地方。"是这样,一个裸体女人,实的,活的,真的,一句话说到头吧,有生命的,你想看她,欣赏她,是要受到道德先生声讨批判的。然而同是这个裸体女人,画进了国画里,西洋画里,我的天!你就可以大胆地持久地,细致入微地,入木三分地观赏,还能冠之艺术享受。这到底是怎么回事?"

"你什么时候开始思考这个问题的?"程君之用心记下这一点,他觉得这和他在马厩里出生一样重要。他的关于文化病变的文章有了更翔实的出人意料的材料了。

"大学时期。大学时期,我思考了连我自己也数不清的问题。屈原不是有个《天问》吗?我当时专门弄个大厚本,取名叫《海问》,我提了许多问题,裸体女人的问题就是其中之一。"

程君之弯着手指算算:"这么说,已经有八年了?"

"是啊,"草帽点点头,"是啊,已经八年了。"说了再次弯着腰一路小跑冲向湖边,滑进湖中。过一会儿,他仰身漂在水面。天上有朵饱满润泽的白云悬在头顶。他凝望久了,就出现了视觉迷离。那朵白云一会儿上升一会儿下降,还有一次,他感到那朵白云像茧包着他,把他带入天空……

第3章 梦里的水妖

> 如果这时候是半夜三更就好了,那么好的表情在夜幕的掩护下会显得更加神秘。

诗人徐韵自从到中心来,对时间的感觉突然变敏锐了。

她老是禁不住去看表,分针依然磨盘似的慢慢转,为此她不止一次厌恶地推开桌上的稿子。已经半月了,她一直和这种无聊透顶的书稿打交道。她怀疑那些奇形怪状的婚变案例是作者杜撰的,其目的是满足读者猎奇的阅读心理。

"什么玩意儿!"她常常猛地蹦出一句,惹得人们一起抬头看她。她对人们的反应装着不知,转身躲避瘟疫似的走到走廊,大口大口呼吸自由空气去了。

诗人徐韵在中心的日子,和她在《星座》诗刊相比,毫不夸张地可以称之为沦落。《星座》是有影响的诗歌刊物,发行量最多时期高达六万册。有一年,天灾似的突然锐减到一万册。第二年,只有两千来册了,从此过上了脱富致贫的困难日子。但是徐韵觉得精神格调更高了。"大浪淘沙嘛,沙子被商品大潮冲走,留下的都是金子。诗歌就是诗歌,不是菜单,艺术本是极少数人的事业。"然而,《星座》的主编却无法超脱,物质第一,生存第一,活着第一。

一个春天的傍晚,一个将领带系成死疙瘩的年轻人迈步走进《星座》。没过两天,他被宣布为这家诗刊的社长。因为他每年要拿出六万元扶植摇摇欲坠的诗刊。这件荒唐事宣告徐韵的劫运降临——数年前,是她把这个诗歌爱好者撑出门外的,她当初借用了百年前一个评论家谩骂惠特曼之于诗歌就像猪之于数学这样的刻毒比喻。结果,八年之后,当初的"猪"携款卷土重来,以企业家的姿态成了《星座》的主人。

于是,摆在徐韵面前的现实成了矛盾之境。如果恭恭敬敬,那是难以想象的;如果坚持强撑大写的人,那又是无法做到的。她试图借此逆境铸造超拔的人格之剑,可她又得每月领取由先前是猪现在是老板签发的工资、福利以及办公用品。正当她陷入伯夷叔齐式的首阳山困境找不到气节与活着之间的平衡之时,社长犯了案子,《星座》没了资金支撑,停止了运作。感天谢地,正当她无路可寻,"冲击波写作中心"成立了。

  人生就是一本有时赢利有时亏空的账簿。凤凰落入鸡群当然只有孤独和痛苦。这和曾在工厂当会计的申敏正好相反。现在,徐韵内心深处只有一个愿望:希望大家把她视为凤凰,好与他们有所区别。这可实在是件难以做到的事情,因为文人中并没有什么凤凰和鸡的区别,只有"我"是凤凰"你"是鸡的划分。再说,这帮文人从严格的意义上说,简直称不上文人。他们竟然不知道有个诗人叫徐韵。申敏对她昔日光辉是有所知的,她不止一次暗示申敏给大家透露透露,可是那厮故意装得混沌不开,一个劲儿地混在公鸡堆里,光顾自己搔首弄姿,只字不提徐韵的往事。更要命的是,那天祝贺的关于《奥运巨星的隐形教练》得到冯经理的首肯之后,申敏大肆地到处叫好,拿着稿子又是给这个看又是给那个看,说什么祝贺的文笔是中心最好的。怀抱昔日光辉的诗人再也无法忍受屈辱了。像少数精英一样,她宁可被侮辱人格也不能被侮辱文笔。

  她原本想以沉默表达自己的高傲,也不知怎么回事,却不由得走到草帽的桌边,很冷漠地勾了下头,扫了几眼草帽手中的那篇稿子,然后嘴角又习惯性地撩起个讥笑。这一切都让旁边的稿子的主人祝贺看在眼里。他在文人堆里待了那么长时间,对这种态度再熟悉不过了。他完全猜得出此时的诗人想什么和要说什么。

  "你的采访不是还没完吗?稿子怎么就写出来了?"诗人问祝贺。

  "采访是没完,但已经有了眉目,隐秘教练已经联系上了,这两天约好见面。"

  "报告文学还有这样写的?"

  "这是特例,我过去从没这样写过。我发现真的有个隐秘教练,很激动,当天晚上怎么也睡不着,就借着灵感,先写出这一部分,我怕时过境迁,再也没这感觉了。"

  "写这玩意儿还要灵感?"

  "噢噢,说灵感可能高雅了点,算是冲动吧?噢,是冲动。"祝贺讨厌地皱了一下眉头。

  "看样子,你还真不知道什么叫灵感。"

  "你是说,"祝贺有点火了,"只有你们这种诗人,牙一疼就宇宙意识,掉根头发就人间沧桑才配有灵感?是不是?"

  "你火什么火?"

  "谁火了?我这是冲、动。"

  诗人徐韵双手捂着耳朵转身离开了,独自下楼走向小树林。她踏着怨恨走走停停,双手还捂着耳朵。有一会儿,她的手松开了一点,蝉鸣旋即噪进来,她又捂紧,声音退去世界又随之离她远了。当她走到一棵树下,一种非常熟悉的混合情绪正在她身上

蝉鸣旋即噪进来，她又捂紧，声音退去世界又随之离她远了。当她走到一棵树下，一种非常熟悉的混合情绪正在她身上……

纠集、盘旋,像雷雨之前酝酿的乌云,继而乘坐灵感的飞毯离开生活进入诗创作的艺术天空。她要抒写关于耳朵的诗。于是古代圣贤许由在石淙河洗濯耳朵的典故,从文明源头越过历史烟云落到她的身旁;外域的被剪子裁掉像多汁的叶片似的耳朵的凡高,也不辞辛苦从万里之遥及时赶到她的身边。仅仅几个回合,徐韵就以她抒情的姿态傍依着树枝,诞生了两首关于耳朵的诗:《遥想·许由》、《白纱·凡高》。她嫌两首少了点,构成不了像样的一组,需要再凑上一个,可是还有哪个名人与耳朵的故事有联系呢?她左思右想,还是一筹莫展,她又朝前走,在一棵主干粗大枝条高蓬的柳树下徘徊复徘徊,后来倚坐在大树突出在外面的根上。

空气像肉粥似的黏稠,连着三天预报的雷雨却下了三天的火焰。闷热中静止的身体更能引发出汗水如小溪般地流淌,她的脊背一点点渗出汗珠,一滑,短流汇集在脊椎的浅槽里,水量的增加,忽地垂流腰际的裙带里面,像内陆河进入沙漠无影无踪。她反复品味那汗珠下滑时产生的独特的亲情之感。忽而,天光黯淡了,当她再次举目仰望遥远的天际,发现那里无声但豪迈地奔涌而来的黑云,它们像座无比庞大的飞驰的黑色悬崖,更像杀气腾腾进犯的黑旗军。于是受到启发,聋子贝多芬那颗被暴风雪刮得纷乱的头颅闯入眼帘,填补了第三个空白的画框。她往回赶,一路还想着诗句,尤其想到这组《耳朵》诗作在北京发表之后,收到诗友的来信和名家褒奖。得到褒奖只是基本标准,她要达到诗人们看过《耳朵》之后,十年内不敢再写耳朵。

在艺术感觉上,祝贺不光无数次产生过灵感,还多次出现过他称之为"迷门"的现象,这种现象是某种事物好像曾经发生过似的,眼前的人物、屋子、场面、气氛、色彩都好像在过去什么时候一模一样地出现过,或者是在一个梦里出现过。那天下午,祝贺和诗人闹了点别扭之后,也说不来是什么心情。他隔着窗户遥望远处树林里一会儿出现一会儿又消失的诗人。

下了班,他骑着自行车,天空阴沉下来,他再次突然感到了迷茫。建筑物、树木、人,浸染在橘黄的色泽里,柔和得像蜡烛悄悄融化,汽车失去了固有的机械性,蠕动着肥软的肉体。他停下车,看见天空的黑云一层层滚来,吞没铁水般的阳光,近处和远处的树木开始大幅度地癫狂。大街上的行人被第一阵稀疏肥大的雨珠砸得四处逃散。狂风荡过繁华都市,天空盘旋升腾着广告条幅、塑料袋、纸片,各种各样的裙子一扫往日的飘逸风雅,集体举行觉醒后的反叛,它们出卖无数条玉腿,成了大腿这根旗杆上招展的旗帜。第二批蓄满电光的雨点从奔驰的黑云上扫射下来。整个城市进入暴雨密集的爆炸声中,耸立如林的大楼将暴雨围剿得更加响亮。祝贺任暴雨打着像透明胶粘在身上的衬衣。他的眼、眉、嘴被雨水冲刷得纷乱,他的头皮反弹着跳跃的雨花像口喷泉。天天困在钢筋水泥里,体内的元素一缕缕被蒸发,几乎快固成石头人了。人可是动物呀。他站在路口,眯着被雨箭射弯的眼睛企盼自己在水幕运行的过程中变成一只水妖。

夜里,在梦中他真的变成了一只水妖。他看到自己变成了水妖。他抬头望望天空,乌云很低很沉,能够分清浓淡的层次。他极目雨幕的深处,那里有个巨大的涌动的巢穴,无数的晶莹的蜜蜂从那里飞出,水妖的目光被它们搅得迷乱,竟然产生了雨水向上逆飞的错觉。他仿佛看到一叶方舟在天空的水波中疾行。上面有个同样的水妖的女人。那个水妖伸出柔若无骨的胳膊将他揽入方舟。他俩就在里面进入了波涛汹涌的交欢,那水妖发出超出现实之外的肉质的声音,一阵阵荡入暴雨中。呼喊和暴雨同时结束之后,祝贺看到自己像具干尸从空中掉下,挂在床沿上,听着窗外被狂风抽打疲惫的树叶上残剩的雨水,直到他突然醒来,发现身边的水妖的侧脸很像诗人。那个很像诗人的水妖总是给他侧影,不管他进行怎样的努力也不肯面对他。他问诗人怎么会是这样。诗人回答说灵感。他问诗人,这是不是梦境。诗人还是回答灵感。祝贺看见自己在继续寻找她的面孔。过了一会儿,祝贺又问,你是不是在梦中也梦见了和我一样的情景。诗人还是回答灵感。祝贺说,他担心梦一醒就什么也没有了。诗人不再说灵感了,她说,她也做了和他同样的梦。祝贺看到自己露出了水妖式的笑,问诗人,如果天明梦醒了我再给你说这梦你会不会接受。诗人高兴地回答,她会接受,并且告诉祝贺,只要白天他对她说这场梦,她会随时再给他一次交欢,一次真实的交欢,因为这全是灵感的神奇效果。

第二天,祝贺揣着连自己也深感荒唐的念头去上班。就好像证明他的梦境真的有来历似的,他和诗人同时骑车到了中心的大门,他的心"怦"一下子跳起来,接着狂跳几下。然而,诗人只是拿眼扫了他一下,好像不大认识。

祝贺主动打招呼:"你好。"

"你也好。"诗人背着包,头发一甩,打他身边过去了,步态很正常地一级一级地上楼。他在后面几米远跟着,拍拍头叫自己不要荒唐下去了,人家诗人可是什么也没梦见。

尽管他这样力劝自己,总又不死心,边擦桌子边在心里嘀咕,要是她真的也做了这个梦呢?从理论上讲,这世界本来正是在奇而又奇中诞生和发展的,做梦本身就是奇怪的事情。那么推论下去,两个人同做一个梦就不是不可能的。问题是,诗人实际上做了这个梦没有?没有迹象,一点点也没有。可是,当祝贺在桌前修改稿子半小时,又跳出个奇怪的念头:也许这个梦她不是昨晚做的。也就是说,同一个内容的梦不一定是同一个时间做。要是她前天晚上已经做过了呢?是啊,前天晚上做过了,第二天白天主动走到我桌边,问我隐形教练的稿子,是不是向我暗示?而我当时没有这个春梦,误解是她对我的挑衅而对她发火……

祝贺越想越觉得有可能了,他打算再尝试一次,省得心里老是放不下。于是转身来到诗人桌边,她正在编稿子。他问她昨晚休息得怎么样?这种问法多少有点单刀直人。

"可以吧。"诗人抬了下头。

"还是老习惯——枕边放个本和笔,一旦半夜睡梦中来了灵感就赶快记下来?"

诗人慢慢地点了点头。

"其实,科学家梦中也来灵感,好多发明是梦出来的。"

诗人放下手里的事,转身对着祝贺,以迎战的姿态看他。

祝贺想唤起她的记忆或是勇气:"我昨天晚上梦见自己在一只方舟上,驶向巨大的巢穴……"

诗人气咻咻地拍打桌子:"你还是个男人吗?"

祝贺被她突然的转变给说傻了,旁边的草帽也吃惊不小,他审视了他俩一下,是不是藏了什么猫儿腻。

"你这话从何说起?"祝贺真正不解地问。

"你也太富报复心了。"

"徐,我实在不知怎么就得罪你了?"

"不就是昨天下午我说你没灵感的事吗?我只是说写那东西不用灵感。报告文学是很实的东西。我是这样以为的,如果我认为错了,我正式向你道歉。"诗人猛拍一下桌子愤然起身,"我错了,好不好!"

祝贺闭上眼,仰脸对着天花板。

诗人徐韵站在栏杆处,怒火还在胸中燃烧。她决定到楼下找冯经理告祝贺一状,可是她刚下两级台阶又犹豫了,这种做法,显然背弃她在人们面前塑造的清高超俗的形象定位。然而她又难以控制自己。就这样,上一个台阶下两个台阶,再上两个台阶下一个台阶。就在战胜自我还是投降自我的紧要关口,一种感情蒙上卑劣污垢急需清除的迫切愿望猛烈驱动她。她知道了什么叫不可抗拒。接着,奇观出现了,仿佛有股巨大的洪水挟持着她,从楼梯冲到楼下,又从楼下冲到经理室,在推门的瞬间,她还朦胧感到把握自己似乎来得及,但这个念头像洪水里的树叶,转瞬即逝。

"出了什么事?"

诗人这才意识到不能状告实情了。她要是说了"灵感之争",无疑把冯经理牵扯了进来。因为冯经理对祝贺的稿子是大加赞扬的。她打算将原因省略而把结果当成原因。

"祝贺太不像话了。"

"他,怎么了?"

"我怎么说好呢?"

"怎么说好?"冯经理说,"怎么说好就怎么说好吧。"

"他凭什么打听我的梦？"

冯经理茫然地望着她那张表达大愤怒的脸，小挺的鼻子孤傲独立，比平时招人注目。他猜测，究竟什么事情能把她弄成这副模样。同时他心里又很高兴。这就是当领导的好处之一，他总是比常人有条件有机会知道别人的隐私。这是权力的一种延伸：既能满足领导解决问题的权力欲，还能在权力的掩饰下享受窥视欲。冯经理急不可耐地想知道诗人身边到底发生了什么事："打听……你的梦？"

诗人说，借弗洛伊德学说搞骚扰是大学时代的伎俩，他一会儿方舟一会儿又巢穴，这种象征手法早过时了。冯经理听到骚扰，下意识地觉得自己应该表个态，他的手率先扬了起来，不过又迟疑地停在空中，因为他对祝贺的印象不是诗人说的这样。他又看了看诗人，觉得诗人一定受了侮辱，一个没有受侮辱的人也绝不是想装就能装出来的，于是，他迟疑在空中的手还是挥了出去："去，把他给我叫下来，我要让他知道，这是'冲击波写作中心'，而不是什么弗氏研究学会！"

诗人惊喜得哆嗦一下，甚至莫名其妙地检查一下自己的裙子，平生第一次侧过身，横着步子，且走且退地出了门。冯经理望着诗人的背影，评估着自己针对恶俗的态度到底在她心中能激起多大程度的好感。尽管他知道，自己不应该在乎一个下属的反响，但他又无力制止这个念头的蔓延。真是奇怪啊，他想，过去他对上级表面上满不在乎，总是喜欢摆出一副人格至上的嘴脸，从不逢迎讨好，但他心中明白，他很在乎，他和那些搞逢迎、搞讨好的让他反感的人没什么本质区别，只是表现的方式不同。以己为镜，那些处处表现看不起上司的人，内心深处恰恰隐埋着有时连自己都看不清的世俗渴望。

一会儿，祝贺兴高采烈走进来了："冯经理，找我有什么事？"

冯经理没有回答。他点上一棵烟，打火机"啪"地轻中有重重中有轻地以介于放和扔之间的程度落到桌上。他一连吐了三口烟，仍不见诗人进门，问道："她呢，徐韵呢？"

祝贺回头看看门缝："不知道。她叫我来这儿，我就下来了。"他瞅瞅沙发好等冯经理请他坐。

没有了诗人，冯经理发觉自己难以置信地平静下来，同时还暗暗责怪自己，为什么要当着一个女人的面发火呢？显然是给她看的，我已经过了不惑之年，却像毛头小伙子冲动可笑，在乎别人的眼光。没有女人在场的理智是真正的理智，出于对过失的弥补，他对险些遭到抨击的祝贺送去一个十二分友好的深笑。

"冯经理，你是找我谈那个隐形教练的事吧？奥运会这两天就开始，大家都在谈论他呢。"

他们表面上说着关于奥运会的话题，冯经理却是在想祝贺打听诗人梦的动机是什么。他估计祝贺的夫妻生活可能不尽如人意，所以企图在家庭外面寻找女人。问题既然出在家庭，他就借着一句话自然地转移了话题："你爱人，对你的辞职下海还支持吧？对你打破铁饭碗，扯不扯后腿？"

"扯什么？推还推不及呢。她这人比较开通，总是说铁饭碗爱生锈……"

"什么，铁饭碗总是爱生锈？这话是谁说的？"冯经理非常敏感地挺直了腰，好像捕捉到期待已久的东西。

"我老婆说的。她呀……"

"等等，先不要说你老婆。"他伸手在他和他之间的空当儿猛抓了一把，"铁饭碗总是爱生锈，这话很像格言！你回去问问，这话是谁说的。"

"我老婆说的。"

"这我知道，我是让你回去问问她，她是从哪儿听来的。"

"冯经理，这话是她自己说的。"祝贺加强了口气的申辩性。

"你怎么知道她不是从别人那里学来的呢？"

"我当然敢肯定是我老婆说的啦。"

"你到现在还是没听懂我的意思。我知道你是听你老婆说的，我要问的是，她是听谁说的？现在你明白了吧？"

"我刚才就明白了，冯经理，你觉得这句像格言的话很好是不是？既然很好，就不大可能出自我老婆嘴里，是不是？就应该出自有学问的人嘴里或者你不认识的人嘴里，是不是？"

"好了，这么说吧。"冯经理很宽容也很谅解地笑笑，"每个历史时期都有自己的语言，比如人民公社时期，'大河没水小河干'；'文革'时期，'扫帚不到，灰尘照例不会自己跑掉'；改革初期，'不管白猫黑猫，逮着老鼠就是好猫'等等等等，诸如此类吧。现在，历史又进入由计划经济向市场经济转轨阶段，一向被人们视为优越性的铁饭碗受到了冲击，这时候就会产生相应的语言，集生动、形象、深刻、简明、通俗为一体的语言。铁饭碗是现在人们最为敏感的话题，根据以往的规律，应该出现一句有高度概括性的语言了。将近半年，我都在捕捉这句话。这下可好了，祝，在我最没想到的时候，从你这里听到了。"

"这话我是从老婆那儿听到的。"

"好了，好了，我们说来说去你还是没明白我的意思。多精辟啊，铁饭碗总是爱生锈。"冯经理又赞叹地重复一次，好像要故意气气祝贺。

祝贺也不想再申辩了，他的身份决定了他的被动洼地："冯经理，要不是您点拨，我可没意识到它很精辟。"

"这说明你缺乏新闻敏感。"冯经理亲切地嘲笑道。

门被推开一条缝,诗人手握门把,悄悄试着向里窥探。刚才她一直在楼梯口踱步,可是怎么也没听到期待的训斥声音,终于好奇地轻轻移近门口。如果这时候是半夜三更就好了,那么好的表情在夜幕的掩护下会显得更加神秘。她从门缝看见冯经理和祝贺面对面似故友重逢,沉浸在一派春光里。她看到另一副望其项背的情景,纤素的手迅速冻结在门把上。她觉得自己穿越了四季,一头栽进了冬夜的虚飘又沉重的梦中。

第4章 我们是剪断翅膀的飞行物

　　　　　　　　　　　　他还是发觉诗人背靠椅子连看都不看他一眼，这让他心里很不受用。这样，他连跟她搭腔说上几句话的机会都没有了。

　　在许多个第二天的第二天，祝贺还是没有去找隐秘教练。他摸到一条被历史尘封多年的新闻线索，总是在潜移过去的途中发生故障。这次又因被盗滞留下来。

　　被盗现场很奇特，以往挂着锁而显得神秘的抽屉，一个个被赤裸裸扯了出来。它们那种不知羞耻、放纵坦荡的独特的场面，把派出所的人逗得笑出了声。那个警察边笑边检查门锁，探头瞅瞅窗外，后来实在没什么好看的，转身询问大家，昨晚谁最后走今早谁最先来。最后走的回忆当时的情景，最先来的也想想看到的现场。除了诗人总是动不动斜派出所的人一眼外，大家都能老老实实问什么答什么，并按要求列出丢失物品的清单。

　　祝贺翻来翻去，只丢了一个气体火机，损失之小，让他不大好意思地悄悄站在列清单的人的背后，看看他们丢了什么。大家都没丢值得心疼的东西。当他走到诗人背后，发现她俨然一副专心致志的模样阅读一本诗集，便料定她也毫发无损。

　　"你能指望它扎上可爱的翅膀飞回巢吗？"她故意高声说给派出所的人，因为那个人的笑很难看，处处表现居高临下，她最见不得别人在她面前的居高临下了。诗人又低下头看那本诗集去了。

　　祝贺急着采访又不能离开，便在二楼走廊上踱来踱去。每次返回的时候，都能隔窗扫一眼诗人并不优雅的侧影。突然那个古怪的念头，又在他脑中火辣辣地发烫起来。那个雨中水妖的梦又一次浮现。她这种清高几近空灵的人，做爱会是什么样子呢？真像梦中所见，在快感的冲击下玉体腾挪，俏口娇吟吗？这个念头简直太诱惑人了。祝贺想到这,钩钩手把刚放下电话的丁宇然叫到身边,悄声询问今天早上他是否先于诗人来到中心的。

丁宇然不解地问:"这很重要吗?"

"我很想知道她看到被盗现场的第一反应。"

丁宇然疑惑地上下打量他:"你,要不要先找个地方诊断一下?"

"你误解了。"祝贺正正经经地说,"你看我闲着也是闲着,我在走廊上漫步,就是想象不出她是什么反应,而大家的反应我几乎都能猜它个大概,唯独她,就是想象不出该是什么样子。"

"那你去问问她。"丁宇然建议道。他冷不防向屋里探头:"喂,徐,这里有人找你呢!"

"什么?"窗户里面的诗人扭过头。

"祝要问你一件事。"

诗人从里面走出来,手里还拿着要命的诗集,生硬地蹦出一个字:"说。"

祝贺狠狠地瞪了丁宇然一眼,转脸冲诗人满面春风地笑道:"丁宇然说你的诗在新加坡获过一等奖,有过……"

诗人连看都没看丁宇然一眼,转身回去了。

"她总不会像平时清高矜持哼哼鼻中冷气,也不会像申敏那样通俗地叫一声吧。"祝贺得胜似的摇晃着脑袋,然后又一本正经地问。

"还是病!我一点没误解你。"丁宇然一脸极不健康的笑,"这其实是另一个问题的姊妹篇,比方说,你看到一个清纯淑女,就很难想象得出她做爱的样子。其实,那会儿她和荡妇没什么区别,说不定还会发出更加撩拨春情的号叫呢。祝,我没误解你吧?你呀,并不是关心诗人对被盗的反应,而是想刺探她在非常规下的本能流露。我向你坦言,在床上最刺激我的倒是那种闷葫芦型的,那会儿她突然变成巫女,释放出你根本想象不出的表情和声音。"

第一个看见被盗现场的程君之和准第一的草帽,分别写了目击材料交给派出所的人。站在一边的苏汝良暗暗庆幸施展"藏术"给自己带来的好处。尽管他是第一见证人,由于及时采取了有效的回避措施,他就成功地由第一变成了第三,而第三的好处就是躲开了派出所的询问。不知什么原因,他对派出所的人总是有一种恐惧心理。

自中心创办以来,苏汝良从没第一也从没最后来上班,他干什么都乐于处在中游的位置上。这并非他性情愚笨甘心守己,也并非他阅历丰富害怕冒尖,完全是天性使然。同龄人有那么一部分恋爱了,他就悄悄地近于偷偷地掀开情史;同龄人有那么一部分结婚了,他就张罗规模小得不能再小的酒席。左近的老人们总是喜欢以他为楷模教育自己的子女。

那天,他第一个来到中心,着实得归罪于他的老婆。从晚上到早上,他老婆一个劲儿唧唧喳喳,催他批发些小食品,好让她去"星期天市场"摆摊。因为去搞批发小食品是极少数人的事,所以他注定不会去。他老婆当然知道他的秉性,但见同事们的丈夫纷纷"下海",且不管捞到鱼也好捞到虾也罢,光那"扑通扑通"的声音足以把人震迷,所以,她要改造他。那天早上,老婆说了许多过头话,逼得他夺门而逃,提早上班,结果成了被盗现场的第一见证人。

起初,他在楼梯台阶上看见两张用过的信封,之后,二楼的情景让他惊呆了,门锁被撬开,四周豁豁牙牙像受到几十只老鼠的攻击。他头"轰"地晕了,本能地后退两步,又壮壮胆,迈出了艰苦卓绝的两步,隔着窗口朝屋里望过去。所有的抽屉像扒光裤子似的伸出来。他根本没时间痛恨小偷,一溜烟儿就窜到院子里了。他心乱如麻,不知所措,既怕小偷藏匿在某一暗处,又怕同事撞见,那么一切询问盘问诘问追问,会像夏雨倾盆秋雨连绵。他想了个绝好主意,拔脚奔向四十米开外的小树林。

苏汝良是个不擅跑步的人,但这一次例外,他以箭一般的速度穿过空地。就奔跑方面,他从来没有今天表现得如此成绩优异。他一边奋力奔跑一边还对自己说,人的潜能大得惊人,如果将恐惧引入径赛,比如健将运动员身后再有只猛兽狂追,那么世界纪录百分之百提前若干秒。他冲进小树林后躲在里面这才有了安全感,但还是挡不住心头发慌,口舌干燥。四周静悄悄,似乎隐藏着更大的灾难。他一向讨厌自己的胆小,可他又是在胆小的颤抖中长大的。他觉得自己探头探脑的反倒像个四处躲藏的梁上君子。

十分钟后,程君之骑车而至。苏汝良紧张地见他拐上楼梯,刚舒口气,见他慌慌张张从楼上奔下来。这一下让他又紧张了,要是他也跑进小树林里躲起来可怎么办?于是苏汝良做好了新的准备,只要程君之向他这边跑来,他就再往小树林的深处跑上一大段。幸好程君之没有乱跑一气,他只是焦急地张望,好像他身后有只即将起航的客轮,而本该与他同船共渡的患难情侣却迟迟不见踪影。又过了一会儿,草帽骑着哗啦哗啦直响的车子来了。他见程君之指着楼上对草帽说着什么。草帽就带头冲了上去,直到两人再也没有露面,他才真正感到安全,作出一副刚刚到来的样子,踏着还算步子的步子,走出小树林上了楼。

从中心被盗现场和丢失物品的清单来看,那次深夜的偷盗充其量称得上是演习。最惨重的丁宇然也只是丢了个计算器和一个名片夹。开始他嘟噜几声,当他得知大家的损失接近于零,他的反应就强烈起来,好像遭了次洗劫。他到处嚷嚷,他的名片夹里有许多名人的名片,有政府官员,有文化名人,有企业家,有明星,有模特儿。他一方面因损失而痛心,另一方面还为小偷提供给他一次可以大肆炫耀他与那么多名人有交往的良机而暗自称谢。

诗人确实丢了一盘钢琴协奏曲的录音带,可是她拒绝列清单。她知道列清单屁事不顶。派出所抓着小偷又能怎样？还能要回已被小偷肮脏的手玷污的录音带吗？派出所的人拿了谷主任统计丢失物品的清单看了两眼,这两眼其实看得相当相当地长,他知道在他看清单的时候,大家正齐刷刷地看着自己。可他还是发觉诗人背靠椅子连看都不看他一眼,这让他心里很不受用。这样,他连跟她搭腔说上几句话的机会都没有了。他是想和她说上几句话的。他发现这是个俊俏的女人。清单上没有她列的那一份,他尽量彬彬有礼地转过身问诗人:"清单上怎么不见你丢的东西？"

诗人分明听清了问话,但她以背身看书为由装没听见。既然派出所的人知道清单顶个屁用,还来一本正经地纠缠,那就涉嫌无事生非了。所以,她依旧脖颈亮着洁白的光泽,背部保持着安详的姿态。

派出所的人被晾在一边,却尽量显得有教养,说:"我相信你听到我的话了,我是在执行公务。"这句暗含杀机的话果然让诗人慢慢转过身,略为适度地装出才听见的样子:"你是在和我说话？"

"我想你是知道的。"

"我不知道。"她愉快地看着他眼睛上面的地方。

"现在知道也不迟。"

"你问我什么来着？"诗人一副大姐姐似的。

"你怎么没写丢失清单？"

"你怎么知道我没写？"

"很简单,上面没你的名字。"

"你怎么知道我是谁？"她又愉快地看着他眼睛下面的地方。

"……"派出所的人被问住了,他并不知道她叫什么,他只知道她没有写。不知道人家的名字而又知道人家没有写,这说明他一直暗暗把注意力放到她的身上。大家一下就猜到这上面了。派出所的人的脸尴尬地红了起来,这就是轻易喜欢上一个俊俏女人的恶果。"你丢东西了。如果我没记错的话,你丢了什么录音带。"

"你是没记错,是我记错了。"

"你记错了？"

"对,我没丢录音带。"

派出所的人有种扑空的闪失感:"你明明说你丢了东西,却矢口否认。你好像在袒护罪犯。"

"哇,大家听听——好像!"

"一个罪犯偷什么不偷什么,都是我们破案的重要线索。他偷录音带本身就是一种信息。比如说他有一个录音机,还可以判断是个有点文化的人。"派出所的人突然提高声音,听不出是威胁还是提醒,"我不管你是谁不是谁,我抓到一条重要的破案信息。你为什么不承认呢?"

"我的东西丢没丢,用不着别人提醒。"

"没关系的,等我抓了小偷,他会替你承认。到了那一步,问题恐怕要复杂得多了。"派出所的人在半明半暗的话里掖了张王牌。事态由此发生了良好的转机。他一高兴就从刚才的僵硬里走了出来:"如果小偷供出你丢的东西,恐怕比丢东西更让你负责任。"

"你是在威胁我。"

"你说我威胁你,那是你个人的看法。不过,你已经找上麻烦了。你的同事都听到你丢了东西,有必要的话,我会让他们每个人出具证明,证明你说过你丢了东西。"

"我也会让我的同事证明我说过我记错丢东西的话。"

派出所的人一屁股挂在办公桌上,他发觉刚刚上紧的螺丝钉又有点儿松动了。他必须占上风:"你为什么非要否定丢东西呢?"

"我再声明一次,我丢没丢东——西,用不着别人一个劲儿地提醒。我倒要问问,你为什么非要逼着别人承认不存在的事情呢?"

"如果,"派出所的人换了个角度,"大家都丢了东西,你却分文未丢,是不是引人往别处想?"

"好吧,按照你的逻辑,小偷是我邀请来的,小偷会把我的东西偷完,然后再一一归还我,那样岂不是更合理?"

派出所的人多少有些求援似的看看谷主任:"你们这位编辑表现得很特殊。"他刚说完这句话,突然受了自己的启发,脸上的笑容简直像教徒听见上帝的声音似的,"特殊也没关系,我会把你的反常表现一五一十汇报给我们领导的。虽然像你这样对我们怀有敌意的人少之又少,但事实证明,还是有的。"他故意用非常警惕的目光仔细地上下打量她,"一个小偷并不可怕,抓一个关一个。可怕的是那些心里仇视社会的人。这种势力一旦条件成熟,会比十个小偷更有危害性。"

"嗯,说下去。"诗人嘴上满不在乎,心里开始发毛,她的安全感急剧下降。一种不妙的直觉进入她的四周,变得空落落的——只要派出所的人执意找事,总有一套治人的办法。

果然,派出所的人说了她开始害怕的东西:"我处理过一个人,从外表上看,那真是个地道的好人,谁也想象不到他会是那么仇恨社会。后来我们作了社会调查,这才明白他的哥哥被判了重刑!"

情况发生了变化。尽管诗人并不怕搞什么社会调查,她的社会关系都是法律意义上的正正当当的好公民。问题不在调查,问题在他为了消解争高低的个人行为带来的恼火,挂上法律的幌子,达到搅得她难以安静的目的。他会合法地走访她父母所在的工厂,她哥哥所在的研究所。他根本无须讲什么,只说来问问情况,一个无形的黑色魔网就从此罩到了她的头上。她明显地感到自己命运的一部分握在自我之外的某种势力的手里。真是荒唐透顶!本来,她拒绝列清单是为了免生麻烦,现在反而惹出了更大的麻烦。诗人看出继续往前走问题更大,多少有些敛势地说:"你不以为这样闹下去很荒唐?"

"当你给别人造成麻烦的时候,你可一点儿都不觉得荒唐。"他敏锐地看到刚才不可一世的对手眼神闪现着忐忑不安的光,看样子她并没什么了不起。她只是一个伪装得很像样的纸老虎罢了。他尝到了甜头,下一步的行动就是把她打倒。他说:"人活在世上,难免不犯错误。我个人认为,没有错误的人是不正常的。"他停顿一下,这句话他事先没有想到,突然冒出来,让他吃不准是不是说错了,他默默地在心里又重复一遍,认为不但没错,还有点格言的意思。他气壮地接着说,"有的错是自己找的,有的错是别人找的,其实犯错也好,找错也好,都无所谓,重要的是认错。我说这话你同意不同意?"

诗人没有回答,她孤立无援地坐在椅子上,处在一种很糟糕的境地。现在她满脑子只有一个念头:她的父亲要是市长、公安局长、法院院长等权力部门的头头会是什么情景呢?她可以马上装出吓破胆的样子,让这个自以为是的人调查她的父亲的时候,冷不丁砸了自己的饭碗!以往她不知从哪里受的恶劣影响,一万个加一万个地看不上那些政府官员,他们的形象很坏。阿谀奉承,卑鄙无耻,仕途险恶,宦海沉浮……现在,诗人的看法突然不那么偏执了,她内心呼唤一个当官做老爷的父亲了!自己身后没有一点权力资源,实在难以支撑对抗的情绪了。现在,她所能做的一切只是抿一抿嘴角。谷主任认为,这个表情出现在一向冷傲的诗人脸上极不协调。

"当然,事态是否发展,完全取决于你的态度。"派出所的人"霍"地立起,大咳一声,步伐里迈出坚定、自信、果敢和无所畏惧。这是他一向拥有的作风,刚才只是受到了一点意外的挫折。门锁有点毛病,他拽了一下,又拽了一下,谷主任忙上前握着门锁向上一提,这才打开,勉强笑着说:"多亏这个毛病,要不小偷也捣开了。"派出所的人很权威地、想操练谁就操练谁地猛地吐口痰。待他重新返回,已像个欣赏笼内的驯兽师那样藐视一切了。

"你到底丢东西没丢东西?"

绕了一大圈,还是落到了起点上。诗人心智紧张疲惫。看来得低低头,她还没死硬到危难之际逞豪杰的傻瓜地步。低头是肯定的了。问题是她怎么能当着大家的面下软蛋呢?她看看谷主任,希望他带着大家离开一会儿。谷主任很快领会错了她的意思。

"大家都心平气和下来,我也同意问题归问题,态度归态度的观点。徐,你再回忆回忆,是不是真的丢了东西?"他尽量用提醒的暗示的口气问。他为自己同时给两人搬个台阶而满意。

"我记不清了。"她低下头说,她说了之后看看自己的手,一会儿翻过去一会儿正过来,好像那只手她是头一次看到似的。

谷主任用征求意见的眼光看看派出所的人:"要不这样,你工作忙,先回去,我……"

"这就是工作,我现在就是在忙工作,我回去还没事干呢。"派出所的人硬邦邦地说。

"可能丢了吧,我记不清了。"诗人投了一个空洞的目光,终于让步了。

"记不清了是不是?没关系,真要回忆起来了,你就去派出所补写一份清单吧。"派出所的人大获全胜。他下楼的时候身子一耸一耸,像从飞机舷梯下来的检阅部队的高级将领。这会儿要是冬天就更好了,那样他还能借助台阶的顿挫,极富风度感地一个指头一个指头地拽掉黑皮手套。

现在,屋里只有诗人一个人了。她像疯子从椅上蹦起。这一切太荒谬了!一个读过艾略特、读过叶芝、读过卡夫卡的现代经典的诗人,突然被一个不知道《荒原》、不知道《丽达与天鹅》、不知道《审判》的小警察像审问一个盲流似的审问,施用的尽是威胁、恐吓、逼迫等低劣手段。社会现实像一张巨大的魔网,你无法逃避它;你想和现实保持一定距离都是妄想。人是什么呢,人就像一只剪断翅膀的小鸟。你的反抗只能把自己缠得更死。你无论如何也找不到保持自我尊严的道路。如果不是祝贺趁谷主任送派出所的人出去,过来安慰她,从而打断她井喷似的内心自语,她还能痴想更多更多。

"徐,我们只是剪断翅膀的飞行物。认识到这个至关重要。"

诗人徐韵将痛苦分为两大类:一类属于形而下,如失恋、丢面子、嫉妒等现实生活的;一类属于形而上,它是那么抽象,通常人很难看到,也不是谁想得到就能得到的。它不仅仅是头脑的产物,还是种高品位的表征。因为就眼下的时尚来看,一个真正的文化人必须懂得大痛苦。这种痛苦绝不会因你突然在路边拾到一个鼓囊囊的钱包有所改变。一句话,它硬是和现实生活没什么关系。五四时期知识分子的痛苦是寻找真理,是忧国忧民的痛苦;五六十年代知识分子的痛苦是命运多舛、身陷罗网的痛苦;八九十年代的痛苦和它们有着很大的区别。首先它不是大多数知识分子的,它只是知识分子中极少数人才有资格具备的,这一点必须明确。第二,它没有明显的出处,这一点也必须强调:它既不来自于社会,也不来自于人类;既不来自生的艰难,也不来自死的恐惧。到底它是怎么回事,谁也休想说清楚。这一点很像佛教中的禅,更像西方古代哲圣奥古斯丁说的时间。他是这样说的："我本来知道什么是时间，你一问我，我反而不知道了。"

　　有高层次学问的知识分子不一定就有高层次的灵魂。问题在于确定了自己的与众不同却并没有达到最后的目的，它还必须让那些常人们明白。这一点实在是个大难题。一个大款可以通过诸多形式炫耀自己的富有，除了坐豪华轿车、住豪华别墅、吃豪奢金宴、睡豪乳丽人之外，他还可以在拍卖会上大斗其富。然而，高层次的灵魂该通过什么方式呢？诗人需要表现，她唯一的方式是诗。可是她的诗因为写得通常人看不懂，又发在一流的纯诗刊上，身边的同人根本看不到。他们看不到，也就无法穿透她的常人衣着欣赏她超人的灵魂。结果，让她的大痛苦又额外地痛苦一大阵子。

　　形式是第一要素。有一阶段，她醉心于晦涩迷离的形式，许多来信探讨某一句读不懂，如："年代的后面瀑着绿雨／眼睛肿胀第五季的思维。"每逢这时候，她是最得意了。因为她能像前辈那样回答："一遍不懂你看两遍，两遍不懂你看三遍，直到你看懂为止。"后来盛行更玄的诗，那些看几遍也不一定懂的诗落伍了。真正的诗是无法读懂的。别人不懂固然重要，更重要的是自己压根儿不能懂。她有一首《小猫背着老鼠过河》的诗全句总共五行。每行都是"小猫背着老鼠过河"，有人请教重复五次是什么意思？她优雅地摊开双手："我不知道哇，我怎么能知道呢？"人家又问不知道为什么写，她说："正是我不知道才写的呀，我要是知道还写它作甚？"她举例说，贝克特的《等待戈多》的灵魂不是等，而是根本不知戈多是谁，不也获得诺贝尔奖了？"诗是什么，你知道吗？诗是一种对世界的宣言，是对未来的预言。"每当她说到这就拍拍桌子。后来她对同样爱写诗的程君之说到这话时，也拍拍桌子。

　　自从她被派出所的人斗败之后，人们再也不见她动不动拍桌子了。这场恶斗下来，诗人最憎恨的已经换成了把派出所招来的草帽，而不大讨厌问梦的祝贺了。

第5章 太极图

> 在任何地方都能看到这种居高临下的当权者表现优越的姿态。你的创造性见解正好给他们搭建一座演讲台或是屠宰场。

美编是个平庸的人，这是祝贺的见解，像他这种缺乏独见却总认为比别人还超前的人，在中国任何一个文化群体里几乎都有。

其实，最早指出他平庸的人是他大学期间的好朋友。于是，两人结下了冤仇。后来他在出版社工作了三年，也发现自己才能平平。"每个人都有两种才能，实际才能和自我感觉的才能。"那个和他分道扬镳的朋友说，"实际才能是锐角，自我感觉才能是钝角。"美编经常回忆三年前那个好朋友的几何学的比喻。痛苦的自我再认识改变了他许多。他脱掉了展示落拓不羁的牛仔裤和春秋两季常穿的那件口袋多得数不清的坎肩，也剃光了艺术家招牌标志的络腮胡子。他从那家温州发廊跨出门槛的瞬间，便有了一种从空降落的实在感。

在出版社工作的三年，他只给文字编辑送的稿子设计封面、插图等。正是平庸的工作把他变得平庸了。为了冲破窒息才情的环境，他毅然窜到了深圳。半年之中，他换了四家报社，人家派给他拉广告的任务，工资从广告费里提取。结果是广告没拉成一个，带去的钱只剩买回程车票的了。他重返中原，熟人们看他那落拓相，都以为他失踪的半年被刺配沧州去了。单位除名，大街上又多一个郁郁苦闷终日徘徊的闲人。有时候，寂寞夜灯下，他一本一本翻看自己设计的封面，一股苍凉恻然于怀。

自从成为冲击波中心的一员，美编告别了落难的日子，和大家一样，干得全心全意。他几乎每天都从外面购买资料搜集各类图片。对文字编辑来说，美编是个出力少讨好多的差事。且不说文字编辑的选题和组稿，单是编稿为某一段落，为某一句话，为某一词语,都要倾注许多心血。而美编呢,接到稿子只管搭配形状和色彩,他的工作如此简单,让其他人员心里都不大高兴。

美编认为中心的一切都好。当然,根据事物"总是一分为二的"基本原理,硬要挑毛病,也还是能挑出来的,其表现形式是中心的两位淑女胸部欠点什么,过于单薄贫瘠。无论从美学角度审视或世俗眼光,都能得出"太平公主"的结论。他喜欢饱满的体积感。倘若她俩之一有一个像"图书圆"那可就太尽人意了。

"图书圆"是一家图书馆资料室的工作人员,她的存在使他欣然把图书馆确定为最佳去处之一。她仿佛是专为美编这样的眼光而存在似的。她的眼是圆的,嘴是圆的,脸是圆的,胸是圆的,当然臀也是圆的,这样的肉感与性感也是圆的,激发美编的冲动也是圆的了。她穿着紧绷的黑色短裙和将身体各个部位撑得饱胀欲裂的白色短袖上衣,滚圆的白皙的嫩脖上挂一条18K金光灿灿的项链。美编见她在柜台里像只大熊猫的满足神情,脊椎就蹿上一柱滚烫的液汁并产生强烈的欲念,他渴望站在一面大镜子跟前,从身后搂抱她,缓慢地一个一个地将她的扣子剥开,耳酣眼热地看她那鼓鼓两坨儿地雷形状的乳房和两颗炮弹形状的大腿。自此,他的意识和潜意识里滋生了对圆的迷恋,直至倾倒。那个"图书圆"尤物直观地展示了大自然的造化,推出一个令人心旌摇荡的结论:她的圆脸是由左脸与右脸组成的,她的圆胸是由左乳与右乳组成的;她的圆臀是由左臀与右臀组成的。

那天,中心的战略方针调整会议之后,冯经理交代美编设计"冲击波写作中心"徽标的任务。作为带头人,最喜欢的就是考虑点事情再交代给自己的部下。"因为我们是文化单位,当然要有文化内涵;我们又是经营的文化单位,当然还要有市场外延。"冯经理在理论上定了原则,脸上沁出一副常见的在表达深刻之后的满足样子。他知道,这个文化内涵与市场外延如何有机地结合起来,是当今所有人遇到的谜中之谜。数年之内没人能找出答案。

"这可是个大难题。"美编发愁地说。

"但是,"冯经理说,"提出问题往往比解决问题更困难,世上没有做不到的,只有想不到的。你想象不到,提出这个问题费了我多少脑筋。你要想解决我提的问题,可要费费心思。"

冯经理交代的任务实在是太难了。尽管美编认为冯经理那个"提出问题比解决问题还难"纯是一派胡言,他还得老老实实点头。连着几天,他像一个精神绝食者似的把自己关在屋里,一个劲地绕着桌子转来转去。文思枯竭,或者累了,他就把屁股挂在桌子沿上,用食指点着眼镜底边,似乎这样能够达到某种深度。他设计了许多方案,又将这些草图弃于门后的纸篓。这天上午,美编绝望地停下疲惫的手,心中冉冉升起了那个滚圆的图书馆尤物,便按照印象画了她的脸部和乳部,这给他一个响亮的启发:

两个乳房的组合竟然形成了一个完美的太极图！真格的，太极图作为"冲击波写作中心"的徽标再合适不过了。它既能表现文化内涵又能表现市场外延。更重要的是，足不出户还可以随时随地，随心随欲地欣赏那个尤物了。主意一定，等人们陆续下班，他掂着画有大大的太极图的纸上了二楼，将它贴在电话桌上靠墙竖立的小黑板上。

下午，第一个撞见太极图的是徐韵。骄阳似火，她依然忠诚地固守在长衫长裙里面，她开开门，正要径直进屋，目光突然被圆浑浑半黑半白的太极图勾住了。她曾在易书道经、算命先生那里见过太极图，它常常那么小、那么害羞地躲进一大堆文字里面，而此刻，它赫赫然跳到她的眼前了。她凝望，不消一会儿，那里面黑白互回的曲线旋着她轻轻眩晕起来，胸部"霍霍"也发生感应。

"你画太极图干什么？"谷主任上班将美编叫到主任室。

"冯经理嘱我设计一个徽标。我设计了许多方案，最后选定了太极图。你觉得怎么样？"

"问题是老板——他同意了吗？"

"现在是征求意见阶段，他还不知道。"

"太极图？"谷主任身子朝后一仰，双手舒舒服服交叉放在脑后。既然老板还没有表态，他就是中心里最有资格对此品头论足的人了。"太极图？"他又重复一遍，"人们会不会把我们中心当成宗教组织？"

"太极图是我国文化的一个特殊符号，我们中心需要一个非同一般的徽标，太极图就非同一般，我认为，它既有文化内涵同时又有市场外延。具体……"

谷主任哑然笑笑，脸上浮出洞察一切的嘲笑表情："我很企慕那些满嘴术语的人，术语多得相互打架，混战一片。文化内涵？市场外延？一个小小的徽标能够表现这么些内容吗？太极图实的一半，也就是说黑的一半表现文化内涵？虚的一半，也就是说白的一半表现市场外延吗？"

在任何地方都能看到这种居高临下的当权者表现优越的姿态。你的创造性见解正好给他们搭建一座演讲台或是屠宰场。美编认为，这种办公室里的软性暴力，是导致自己平庸的原因之一。

"我并没有满嘴术语，这是冯经理给我提出的设计要求。我所做的只是尽最大的力量去接近冯经理的要求。"

"问题是，太极图远远没有体现老板的意图。太极图的圆状是封闭式的，它表达的是温吞吞、晕乎乎、晃悠悠的令人不思进取的感觉。圆状的东西给人就是这种感觉。"

美编一听圆状，迅速联想到那个"图书圆"的滚圆的胸部。想到她站在柜台后面大熊猫的满足神态，一想到这辈子到底能不能站在大镜子面前一个扣一个扣地解开她的衣襟,酣眼热耳地看到她那地雷状的乳房尚不知分晓,他自然就感叹万端地叹口长气,摇摇头,苦笑了笑。

"市场外延应该是放射性的,而不是封闭性的。"谷主任总结地说。美编的腰不由自主地哈了哈,眼睛里是因受对方的启发而醒悟的神情,这是他故意流露出让谷主任看到的。"放射形?对对。"他连忙附和道。他知道谷主任想见的就是他这副熊样,"可是,什么是放射形的呢?"他及时地把自己摆在一个求教者的位置上。这样做的最大好处是,他们可以扫除内心的障碍,直接面对事物本身了。

"最能表现放射形的……"谷主任想着。

美编右手托着他那独特的大下巴,看着对面的墙壁,因为情绪上的原因,他的智力一下子又表现得平庸起来。

"锯齿怎么样?"谷主任突然问。

美编几乎忍不住地笑出声,但他还是尽量把握住了感情表达的尺度。由于对自己能否用嘴表达清楚缺乏信心,只好用力点点头。

"你真的认为锯齿可以?"谷主任用怀疑的审视的目光看他。美编又用力地点点头。

"我看有点勉强。"谷主任对自己的敏感很欣赏,"我很想听你说:'谷主任,这样别人会把你的中心变成木工厂的。'你想说却没有说。这样吧,锯齿带有人工痕迹,我可以换一种说法,波浪形。波浪形是大自然的创作,与太极图有着内在的精神血缘。"

"好好。"美编认为这个提法好一些了,急忙补救地表了态。

"更重要的是,"谷主任的手腕在空中上下游动,"波浪形的放射性可以表达市场外延。换句话,我们创造性地完成了老板交给的任务。"

头顶的航道掠过由远及近的飞机,巨大的轰鸣碾碎谷主任的声音。他的嘴巴一个劲儿地开合着,直到飞机远去。

"我说得对不对?"末了,他问。

"好好。"美编并不知他刚才讲了啥,继续一个劲儿地点头应承。

"这么说,"谷主任一副征求意见之后很满意的样子问,"你同意我的灵感了?"

"灵感?"

"修改太极图后,我重新设计的灵感,这就是冲击波写作中心的徽标。你拿去设计吧。"

"谷主任,你说的什么我没有听明白。"美编预感要发生什么问题了。

谷主任低下头,没有回答他提问的意思,也没看他,带着琢磨的神情在桌上草草画着一半是波浪形的太极图,然后递给一直困惑不安的美编:"你再按我的样子做个出来。"

"谷主任,我想给你提个醒。"美编声音硬了,"大家都知道是我设计的。"

"太极图是你设计的?!"谷主任吃惊地说,"太极图古已有之,怎么是你设计的?"

"我是说,是我移植的。"

"任何人都可以移植。"

"问题就在这儿,别人熟视无睹而我移植了,我开发了。"

"你到底是什么意思吧?"

"我想大家心里都明白。"

"别动不动'大家''大家'的。"

"我是说咱们俩都明白。"

"我当然明白啦。"谷主任绕到他身后突然笑起来,漫不经心地问,"噢,有一个词,我想请教一下,你知道什么叫'茹尔丹效应'吗?"

"我搞美术出身,当然知道什么叫'茹尔丹效应'。"

"这样,咱们就好对话了,顺便问一句,你一定还知道达·芬奇的《蒙娜丽莎》吧,当然也许还知道本世纪初法国画家杜尚干了什么呢,他就在永远的微笑的蒙娜丽莎的嘴边加了两撇胡子。一个现代主义就在这两撇胡子里诞生了。你还能说那两撇胡子是胡子吗?你的设计是锯齿形的,像木工厂,而我的灵感是波浪形的,大自然的造化。我的太极图就是这两撇胡子,它与传统太极图已经有质的区别了。"

第6章 知识即装饰

> 苏汝良明白地停了下来。看样子自己确是被人嫉妒了,而嫉妒的表现方式就是淡化你和否定你。他很熟悉这种心理。

浏览一下冯经理的书柜,等于找到了一本二十世纪八十年代文化流变的袖珍词典。冯经理本身就是这个年代文化流变的一个活标本。

进入九十年代,他对上个年代进行了历史性回顾,这才发现自己一直在别人的屁股后面盲目地奔跑。人们宣传存在主义,他研究萨特;人们宣传尼采,他的床头摆一本《查拉图斯特拉如是说》;人们大谈弗洛伊德,他四处打听别人的梦,并且迷醉于柱形与空巢的性象征的迷宫里;人们热衷于"大孤独大痛苦",他就钻入历史的隧道混迹于驭车而哭的竹林七贤之中,酒也喝多了,话也说得颠三倒四。他在知识和思想的麻将堆里胡吃乱碰,自得其乐,沾沾自喜,这种良好的感觉直到社会上刮起一股"中产阶级决定论",终于让他迷惘了并产生了隔膜心理和距离感。再后来,文化圈里又转了话题,大谈什么"贵族意识"。这就彻底让他从迷惘走向糊涂。他可以在两室一厅里谈存在先于本质的自我设计,至于设计成什么样子那并不重要;他同样可以拿着中级职称的四百元神聊超人,至于能超不能超,超到什么程度,那也是没有标准来衡量的;他还可以花上十块钱喝上几盅放浪形骸,以阮籍的哭腔讲讲弗氏潜意识什么的。以上几种怎么做都可以,谁都指不出来明显的破绽。"贵族意识"就非同一般了。这是由两个词组成的:"贵族"与"意识"。他翻来覆去对照自己,甚至偷偷把标准成倍成倍地放宽还是发现自己和"贵族"沾不上边。连那些叫喊得最响的人也不沾边;再说"意识"。不就是一种高人一等的意识嘛?高,又要高到哪里去呢?次之,为什么要高?不就是因为自己很低吗?那些叫喊"贵族意识"的人,要权他们没有;现在又是一个商品经济的时代,金钱重于一切,要钱他们还没有。看看自己要什么没什么,被挤到社会的边缘,着急了,这和白毛女被逼进深山高喊"我要活"又有什么两样呢?这次刮起的"贵族意识"之风中唯一的收获是:他的衣袋里放了两盒不同价格的香烟。见人掏高档香烟,自己抽摸出根低档香烟。

他发现一个真理:知识即装饰。

冯经理在回忆十年心路历程中发现,懂萨特弗氏尼采阮籍并没有改变他什么,他该是谁还是谁。尤其八十年代结束,那些洋人古人作为精神夜游者重新回到坟墓之后,他发现自己空落落的。他的装饰没有了,他自认为的价值也就找啊找的找不到了。正在他灵魂呜咽("灵魂"是他前十年使用频率最高的一个词,现在却羞于启齿了)的时候,他突然找到了自己的老婆。尽管他们自结婚以来从未分离过,同吃一锅饭,共享一张床,耳鬓厮磨,转过身是她,回过头再瞅瞅还是她,但他还是找到了自己的老婆。

那还是九十年代的第一个秋天。秋雨。中原的秋雨总是一下起来就缠绵得要命。他站在阳台上望着沥沥雨线,俯视着马路上的行人,他们打着各色各样的伞,披着各色各样的雨衣。每年,他都要在这里哲人似的看上几次。每次他都不可避免地想起萨特一篇小说的第一句话:"人,要从高处看他们。"可他每次看都没有看出个什么名堂。

他的老婆下班回家,头发又到美容店里整了整,从来没有人把她当成四十岁的女人,她那么讲究衣着和面部修饰,以至于他俩上街同行,对他不熟悉的人总以为她是他的情人。这天晚上,他注意上了她。从她脱外套,进厨房,吃晚饭,检查孩子作业,看电视,她都知道他在注意着自己,直到孩子熄灯,她这才转过脸认真地嘲问他最近又换了什么新的学说。

"我告诉你,今天下午,我从我的书柜和你的衣柜找到了一种对应关系。"

"噢?"

"我在大谈他人是地狱的时候,你正踩着高跟鞋装修房子。"

"地狱和房子?"

"我在大谈恋母情结的时候,你正换上网状乳罩和超短裙。"

"情结和短裙?"

"我坐禅修行的时候,你入美容店;你还说头发是人的第二面孔。"

"坐禅和美容?"

"我说这么一大堆对比是什么意思呢?"

"什么意思呢?"

"我是说女人在生理上身体上装饰自己;男人呢,是在心理上脑袋上装饰自己。他和她都在装饰,只是所用的材料不同而已。"

"书籍是男人的服装。"他的老婆早就这样说过。

他告别了书斋,落到了地上,真正落到地上的他反而成了一只鹰。

"南巡"之后的第三次经商狂潮掀起,他一个漂亮动作扎进海中。由一个学者型作家摇身变成了经营型文化公司的总经理。于是,往日在书斋里闲置的人生经验、性格塑造、演讲口才、组织能力统统从库存里扑腾着往外跑。他发现自己其实更适合于用嘴,他的演说能力比手中笔头的功夫好得多。书斋里他写一句话要经过思考,而自己天才的嘴巴不需要斟字酌句,来得更加精彩。他挥洒自如,往往出现先讲后想,妙语连珠,甚至达到会前他认真思考无果,会上就轻松把问题解决了的佳境。为此,凡是有问题需要解决,他就马上召集会议,好把还来不及提出的问题通过会议的演说一下子给办妥了。这不仅给了大家同时也给了自己一种深思熟虑的信任感。

"关于试用期,本经理听到一种反映:说什么三个月的试用期只是一个吓人的幌子;既然过关斩将杀进中心,焉有被请走的道理?本经理认为有必要针对这种错误的、不懂什么叫市场经济规律的、充满幼稚幻想的认识,开个会澄清澄清。"

冯经理坐在会客室阳台门边的沙发上,巡视一圈面色肃然的认真记录的编辑们。事实上,中心并没有人议论试用期幌子的问题,冯经理也没听到这种议论,他召集会议的议题也与这无关。但他知道这样说的好处很多。首先,大家尽管嘴上没说,但肯定他们心里是这样想的;其次,他要让所有的人知道,这个小小的中心没有他不知道的事情。

"冲击波写作中心,要办成一流的文化实业公司,自它诞生那天起,历史就赋予了它一系列使命。凡是向这个目标迈进的朋友,凡是为事业献身的朋友,凡是多来点有利于工作的聪明少来点个人得失算计的朋友,我,我还是那句老话,会以一个兄长的情谊欢迎你,会将我虽然单薄还称得上结实的肩头搭起你事业的梯子。为此,我要告诉诸位,中心没有保险箱。"

这当口,一架庞大的客机从空中隆隆驶过。在十里外有个机场,每天的下午都能听到它们在降落前从头顶上掠过。整个楼房被震得发麻。冯经理中断了系列排比,又巡视一下听众,心里掂量着他们的反应。飞机远去之后,他继续说:"前两次开会已确定了我们中心近期的工作方针,由大船好出海的系列文化丛书工程,向小船好掉头的期刊型转移。草帽同志的《作家疾病》……"

"《作家与疾病》。"谷主任插话。

"丁宇然的《野太阳》怎么样了?中原商战在全国越来越有影响。这个选题我也作过充分的肯定。"

丁宇然回道:"去了几次都没见到老总本人。我正在抓紧。"

"对,还有其他朋友的选题都很好,但要放在明年的计划里了。我们刚刚起步,要从实际出发,要短平快地与市场接轨。自上个星期至今,朋友们都迅速动了起来,这证明我们有一支高效敬业忘我甚至能钻能挤的采编队伍。要打天下,除了以上可贵品质外,还要形成良好的内部的竞争机制。为什么要有三个月的试用期?我想大家都能领会。"冯经理拿着一份稿子,在腿上拍打一下,然后指指坐在电话机桌旁边的祝贺,"同时,中心又是个开放系统,凡是为中心作出突出贡献的朋友,还要考虑破格录用的问题。"

祝贺看着伸过来的稿子,犹疑不决,他拿不准这份稿子是专门递给自己的,还是仅仅随着手势带到眼前的。他看见谷主任朝自己责怪地努努嘴,马上欠身去接稿子。冯经理因为陶醉在自己的演讲中,一点都没留意到自己的动作,拿着稿子的手又在空中顿顿:"《隐形教练》,无论采访灵感、开掘深度、文笔水平诸方面都是成功的,完全可以预测,文章一旦面世奥运会正好举办,会引起广泛注意。我宣布,基于综合实力,祝贺朋友没有三个月的试用期……"

祝贺已经快拿到稿子了,猝不及防听到那么热烈的赞语,以及免除试用期的宣布,羞得缩回了手,同时他也发现,冯经理压根儿就没有递给他稿子的意思。这更让他尴尬难堪。

半夜,苏汝良没能入睡,他一直为搞个既切入现实又独具特色的选题发愁。他要通过努力像祝贺一样免去三个月的试用期。多亏他老婆的唠叨,受了启发,"星期天市场"进入了他的选题视野。

第二天,苏汝良带着熬夜苦思的倦容推开了谷主任的门。由于缺乏自信,也由于谷主任似听非听的模样,苏汝良的表述磕磕巴巴,甚至连他自己都觉得不清楚了。

"苏,你说这么多,我也没搞明白,你能不能简单地概括一下,如果有可能,就用一句话。"

谷主任历来在缺乏自信的人面前充满自信,他也知道,如果自己的态度平和诚恳,苏汝良能够条理清晰地讲个明白,但他就是想看他慌乱的样子。"我想起了《万有引力之虹》的作者,他拒绝一个大奖说了句非常精彩的话,只一句:'如果"不"只有一种表达的话,那么还是"不"。'我希望你用一句话表达。"

苏汝良干咽口唾沫:"'星期天市场'知识分子大扫描。"既然谷主任要求简单点,他只好光把文章的题目说了出来。

谷主任眉头拧成一个疙瘩,一边故意让他看到,好让他更加紧张,一边费力地将这句话与刚才磕磕巴巴的表述整合,这才隔着桌子望着苏汝良,认定他准是在昨天下午的会上受了刺激。他不说话了。

苏汝良虽然喜欢安静,但却害怕沉重的气氛,他也顾不上谷主任想些什么,灰溜溜地出了屋子。

九点钟,谷主任把申敏叫到办公室,说:"关于星期天市场,报纸、电视已有大量的报道,可怎么结合杂志,也就是说结合我们中心的实际,进行有深度有特色的报道呢?我有一个不成熟的看法,我看大家都有自己的事,也不便打扰他们,就请你来,参谋参谋。我这个动议是,镜头专一对准下海的知识分子。星期天市场各种人物都有,咱们专盯知识分子,专盯知识分子中那些戴眼镜的。申,你觉得怎么样?"

"戴眼镜的?"申敏像个少女咬着嘴角,觉得挺好玩。

"对,戴眼镜的。"

申敏对星期天市场无论是从理论还是从实际上,都缺乏起码的认识,但是谷主任专门请自己上来,当然要说上几句:"好是没啥说的。谷主任,这会是一篇很有读者缘的报道。只是有一点,我想你也肯定早就考虑到了,也肯定有了解决的办法,我要问的不是问题,而是想听你是如何解决的。"

谷主任的眼神在那厚厚的镜片上滞了一会儿:"有时候,我的理解力会偶尔出现短暂的故障,我不大懂你的意思是什么意思。"

"我是说:你是如何解决问题的?"

"你先把问题本身说清楚。"

"好吧,我是说,你用什么办法认定戴眼镜的就是知识分子?"她觉得给领导提问题总让人产生畏难情绪。"有相当一部分戴眼镜的不是知识分子,有工人、商人,有一次我在街口见一个卖花生米的老大爷也戴个眼镜。我的意思是,咱们去星期天市场采访将会遇上许多戴眼镜的人,那怎么办呢?他们不一定就是知识分子,总不能逢个戴眼镜的人就去问吧,那可太傻了。"

"一点儿都不傻。"谷主任一句就硬邦邦地给顶了回去。

"哦。"申敏深点一下头,"谷主任,你要我干什么呢?"

"你去把丁宇然叫来。"

在采访和执笔《星期天市场眼镜世界大透视》的前前后后,苏汝良一直压抑着自己的愤懑。他既愤懑自己的创意被谷主任窃取,还愤懑让其他两个人不三不四插足进来。这项创意在他对谷主任提及时,他还没有十足把握,抱着随时被否定的准备。现在看到别人那么起劲儿地呼应,这才发现自己的创意原来是了不得的好东西。可是他的东西已易手他人。事已至此,他无力澄清事实真相,只好背负着屈辱感去执行谷主任交代的任务了。苏汝良下决心把《眼镜世界》写得不同凡响,精彩纷呈,让冯经理刚翻过一页就慌里忙里派人把他从二楼叫下来连连说"好好好"。一高兴向大家声明:"苏汝良同祝贺一样没有三个月的试用期。"苏汝良是个有心计的人,现在他要解决的第一个问题是如何把合作者摒弃在外。

苏汝良天性怯弱,很难采取谷主任公然豪夺的方式,只能披上遮挡怯弱的理性外衣:以理服人。他暗暗下了大工夫,设置了几个很有点儿难度的题目,好让丁和申两人看了不知所云,退避三舍。

若干个问题分别提了出来。

"第一个国民性。星期天市场,你们联想历史上哪些事件?"

申敏当即指出苏汝良面对大课题,态度不大严肃,星期天市场是新生的事物,独特的"这一个",没有历史上什么事件与它相似。

"注意,我的前提是国民性,就其狂热程度,我想起了大跃进。请不要打断我的话,我知道你要说什么,我说的是狂热程度,而不是狂热内容。大跃进就其历史性特定产物这一点,当然不可能重演。但民众的趋同性,盲目性,发烧性等国民性却是何其相似乃尔?我想,写好这篇文章必须从历史的眼光观照现实。"

丁宇然可不想陷入什么历史的泥沼:"我采访的那个女大学生说得很好,她说,人们竞相做发财梦,绝大多数犯了个认知上的错误,他们错把发财气候当成发财机遇,又把发财机遇当成发财本身。这和十年前无数人做作家梦非常相似,误以为有了人生阅历读过几本小说就可以当作家了。事实证明,有的人仅仅挥就一年半载就能独步文坛引人注目;有的人长期苦耕,终是手稿往箱里塞。女大学生说得好,人的财运是一定的,有人下海能变成兴风作浪的海怪,但大多数人还是在被海浪愚弄之后冲回岸上。我认为能认识到这种程度已经足够了。"丁宇然眼前浮现出那个丰腴的女大学生,他一再声明自己是记者,追问她在什么系,叫什么名字。那个警惕性很高的大学生就是不肯告诉他。

"干吗拉扯那么远呢?"申敏都有点儿听不懂他们说些什么了,"我们本身不就是很好的实例吗?铁饭碗,举了举给砸了。顶着风险来创办冲击波写作中心,这不比那些利用业余时间摆摊儿更彻底?苏,你好好看看我们身上反映了什么国民性?"

苏汝良见第一个问题缺乏力度,赶忙推出第二个问题:"知识分子的练摊儿心理?"

丁宇然谈了他的看法:"不管什么人,只要去了市场练摊儿,都是为了孔方兄!为什么不说钱而说'孔方兄',因为知识分子有种与生俱来的腐酸气,不把钱叫'钱',而是给钱起个雅号,叫'孔方兄'。知识分子练摊儿的心理还是为了孔方兄。我采访的几个戴眼镜的都是这么说的。"

"此言又差矣。"丁宇然否定道,"他们的心态是独特的,和工人截然不同。"

申敏翻开采访本:"我念念给你听。"

"你也别费神了,我给你讲个有深度的。"丁宇然说,"两个卖衣服的,一是工人,一是'四眼儿'。他们站在一起,心态绝不一样。工人心里说:老师,你白点明灯下苦心了,你那一肚子墨水也白喝了;'四眼儿'咋想:老哥,你就权当我是个和你一样卖衣服的,千万别把我当成什么喝了一肚子墨水的人,那可太丢人了。苏,怎么样?我捕捉得还不够精彩吗？"

"层次还是低了点。"苏汝良说。

"层次？咱们是写学术论文还是写报告文学？"

"这话你问得很奇怪，报告文学就不要思想深度了？就拿你自认很深的材料说吧，工人和知识分子确实不相同，可是他们心态为什么会不同？你思考到这一步没有？"

"思考？"丁宇然贼笑一声。

"苏，你也太故弄玄虚了。"申敏不耐烦地反驳，"现在是拜金主义时代，大家呢，都是为了钱，为了把不认识的人的钱赚到自己的手里。全国上下一个调，都来伸手捞钞票。这就是现实。"

"那这是为什么？你思考为什么了没有？"

"让你的思考见鬼去吧！"申敏扬声叫道，收起采访本愤然离去，嘴里还嘟嘟囔囔下到一楼。

"女人毕竟是女人。"丁宇然目送她走了以后，高兴地说，"要走就走，我看这篇报告文学咱俩合作更合适。"

苏汝良应酬地赞同他的提议，但他更乐意用"思考"也把丁宇然吓走。"知识分子像小商小贩挤入星期天市场，有三种心态。第一，屈辱感；第二，挑战感；第三，时尚感。"

"有这么多的感？"

"首先说屈辱感。我做了个调查，单个戴眼镜的极少，绝大多数是成群结队，并且受到所在单位领导的积极倡导，作为一次集体活动参加的。他们绝对没有其他阶层的人那么坦然，即使挣了点儿小钱，卖了点儿日用杂物，他们的感觉也不会好。市场经济是种经济形态，不能曲解为街头店铺。那太庸俗化了，太廉价化了。"

丁宇然嘴角神经质地挑了挑，一时找不到反驳的话。

苏汝良见他离滚蛋已经不远了，继续神态严肃地说："第二，挑战性。八十年代末期流行'做导弹的不如卖鸡蛋的'。这句话饱含着对脑体倒挂的愤懑以及无奈。现在不同了，一个有中级职称的'眼镜儿'敢于和一个文盲村妇并排一齐卖鸡蛋了，并且要证明，我不光会做导弹，嗨，我还卖鸡蛋，并且还会比你卖得更好！"

"用四舍五入的计算规则嘛。"丁宇然挖苦地说。

"第三，时尚性。抓住这一点，至关重要。人们纷纷下海，办了许多这样那样的公司，光全市广告公司半年内就成立五百家，且不说还有许多正在办的和准备办的。这就是时尚。正像解放初期纷纷参军，'文革'初期纷纷下乡；改革初期纷纷学英语。时尚是强有力的，既不是政府单方引导而形成，也不是民间一相情愿自发而崛起，它是集多种社会因素于一体的产物。"

丁宇然的脸像个开了塞的毒气储藏器,放出一股股几乎可以摸得着的大鄙夷,冲着天花板"嗷嗷"叫了两声:"那又怎么样?"

"什么?"

"你发现了这么多性这么多感,那又怎么样?"

"这篇文章就可以……"

"那又怎么样?"

苏汝良明白地停了下来。看样子自己确是被人嫉妒了,而嫉妒的表现方式就是淡化你和否定你。他很熟悉这种心理。

丁宇然也走了,苏汝良独自站在窗前,体味着口伐获胜的喜悦。他还和进来的美编愉快地说了会儿话,然后就去找谷主任。他将合作者已散伙的情况汇报之后,不无遗憾地说,要想把《眼镜世界》写得独具特色,恐怕只能他一个人承担了。

谷主任听完冷冷地笑道:"你是在不遗余力地制造泛性论。我提请你注意,不要插性招牌,那样必将把简单的事情复杂化。'南巡讲话'我认为有一点非常伟大:不要争论。争来争去干什么呢? 以我们自身为标本,严格地解剖自己,我们就会清楚地发现,我们其实不是为什么真理而争,我们只是为我们自己而争。因为我们为自己而争往往不大好意思,要说是为真理而争,那就可以堂而皇之拼上老命争了。我说的你认为在理不在理?"

"《眼镜世界》……你看可以动笔了吧?"

谷主任很失望,他的一番话说得如此深刻,却没有得到一丁点儿反响。也许是过于深刻过于超前,苏汝良根本无法理解。他气咻咻地说:"我认为还不宜动笔。"

"那为什么?"

"因为你是在探索事物,而不是表现事物。那不适应我们的刊物,一定注意可读性,你这性那性就少了一条可读性。"

"我在行文中注意。"

"商潮滚滚,惊涛拍岸,卷起千堆钱。哪是我们文人呼风唤雨的地方? 怎么将书海无涯变成商海有路? 真正思索下去,就会发现:文人下海和其他人下海在本质上还是有差别,他们并不是非要当富翁什么的。自孔子周游列国伊始,穷了两千多年,再穷几年就穷不起了? 我看,还是能够穷下去的。"

"对,不仅仅是为了钱,更主要的是一种社会价值取向。因为金钱已成为社会价值判断中很重要的标准了。"

"但是,纪实文学不要过多地在这方面用笔墨。祝贺这点做得很好。他抓住奥运巨星隐形教练这一事件,击中要害,披露真情。如果他一味地陶醉在什么性,这篇文章恐怕只能在若干时间后问世了。因为里面包含许多问题,这些劣迹在中国处处可寻。祝贺的聪明之处在于,他把事实当菜肴盛进盘里端到桌上,个中滋味,任人评说。"

"我明白了。"

"苏,你在行政部门时间长了,习惯于对事情讲个明白。其实,这在作文上正是大忌。行政部门的作风严谨,文化部门则是挥洒的。你可以互为优势,取长补短。另外,不要搞壁垒,划隔离带,把同事一下撵到慢行道上,自己跑快车道。为什么不能共同参与,为什么不能混合双打一起拿金牌呢?"

第7章　将狮子变成人的学说

> 她面带肃然之情凝视着他,突然感到那副眼镜挺碍事的,就想把它取掉,虽然丑是更丑了点儿,但是这样更能深刻感受到他的苦难心情。

苏汝良要把丁、申两人驱逐出《眼镜世界》的领地。这一点,谷主任看得很清楚,除此之外,他看得还更深一些:苏汝良所以这样煞费心机,实因胆小如鼠。他不敢把问题摆在桌面上,去跟他过不去的人斗,只会竖起一个幌子吓走对手。在谷主任面前,苏汝良是个受害者,在丁、申两人的眼里他却是个无耻之徒。谷主任曾因窃苏汝良之果于心不安,当看到他还有无耻之徒的这一面,又觉得掠夺他并没什么难为情的。

谷主任现年三十五岁,正好在是中有非、非中有是的临界线上。现实生活是复杂的,绝对要用双向甚至多向的眼光去看待事物。每当他想到这些,他和苏汝良擦肩而过时就能随心所欲地用大胆或嘲讽的眼神去瞥上他几眼。可是美编的情景似乎不大一样了。他时常在眼镜片后面虚着一副迟早报仇的眼神。谷主任经常感觉到那种敌意,心里挺发怵。他只好装出若无其事的样子,看着美编头顶几厘米的地方。正是因为害怕,他老是觉得挺对不起美编的,纵然他操了张"茹尔丹效应"王牌击退了他的反扑。

"茹尔丹效应",是他从一个叫许娜英的女人那里学来的。那个女人在一家技校搞宣传,专爱搜集新术语。她掌握了许多关于经济学、社会学、文化学、新三论、旧三论中的术语。知道U现象、小鸡游戏、生物全息、嬉皮士和雅皮士以及新闻洞等等。她是那么热衷名词,以至于连她自己都搞不清她的本意其实是为了弥补自己相貌的缺陷。她的相貌平常到这种程度:你和她面对面吃过两次饭,第三次再坐一起会模糊地觉得好像在哪里见过。也许正是她大众化的形象,反而成了演示恶作剧的帷幕——连她都搞不明白,出于何因,正像她搜集术语成癖那样,她特别想与自己好友的丈夫偷情。

谷主任老婆和许娜英亲如姐妹,竟然对发生在身边三年的偷情毫无察觉。在她传统的脑袋里,总觉得偷情是一部分人的专利,他们相貌出众,性情风骚,男人有张包着三寸不烂舌头的嘴,女人有双勾魂摄魄的眼……而许娜英那么平常,根本引起不了男人的情欲,这往往给人一种错觉,以为她就没有情欲呢。许娜英常常去他家,并在女主人去厨房、厕所、阳台等长短不齐的时间里搞些小动作。她俩同在一家技校,因为过于友好,她就对许娜英撤除了最起码的防范。每年的暑假和寒假,她都要回数百里之外的娘家小住一段。临行前,她就把丈夫托付给"许保管"。

"他生活能力差极了,没人管他就光吃速冻饺子。"她说。

"我知道我知道。"许娜英很知情地说。

"你隔三差五就来转转,冰箱里的东西放馊了,他都想不起打开看看。他呀,嗨!"

"我知道我知道。"许娜英很贴己地说。

许保管走了之后,他老婆觉得放心多了,在这种情况下,她轻轻松松跟丈夫开起了玩笑:"别以为我不在家,你就可以和人偷情了,我人虽走了,但留下一双——眼睛。"

许、谷两人将她和孩子一起送上南下的火车,直到火车变成小虫缩进虚无中,他俩一路欢笑地回到家里,万无一失地滚到那张因淡紫色窗帘而显得能包容一切的双人床上。

"你听着,别以为我不在的时候你就可以和人偷情了。"每次完事之后,她故意操起严肃的面孔。他们两人的偷情已远远超出了肉欲的欢愉,成为一次次社会迷宫的游戏。有时她充当女仆人,有时她充当女经理,有时充当公关小姐,甚至充当失散多年的恋人。随着身份的变化,谷主任根据不同的角色编造一段相关的故事出来。可是这几天,每次编造的故事都枯燥乏味,断断续续,很像一个记忆力差的学生磕磕巴巴背出的古文。

"你是怎么回事?"这天,许保管在下面推开他汗津津的双肩,双眼像欲燃又灭的火炭。

"我这两天干什么都恍恍惚惚。"他支在上面,说。

"你过去可没这种情况。"她磨下身子将他拉到一边,自己兀地坐起,两团哺过孩子的软塌塌的乳房左右甩动,上面粗糙的褐色乳头还喜剧性地歪着,"你过去可没这种情况。你是不是觉得我乏味了?"

谷主任打第一天和她偷情就没有什么新鲜感,他内心深处还为自己竟找这么个不起眼的情人而难过。但他又深知自己的能耐,就劝慰自己凑合着用好了,好歹是份免检免税的额外收入。

"和你没关系。"谷主任要打消她的顾虑。

"又有人了？你是不是在中心当上鸟主任后又有人了？"

他睁着那双毫无光亮的眼睛摇摇头。

"你把眼镜戴上再说。"

"我又不看书不看稿子戴眼镜干吗？"和她做爱，他要办的第一桩事情就是把眼镜摘掉，这样一来，他可以在卫星云图的恍惚中把她想当成谁就当成谁了，他把她当成女皇都不大困难。

"让你戴你就戴。你现在的表情我根本看不清，你就是骗我，我也无从判断。"她从枕边一把抓起那副高度数的眼镜，撑开眼镜腿推到他耳朵上。于是，那双皱皱巴巴堆积着松懈眼皮的中间一条小缝这才豆出点光来。她做完这个动作之后，牢牢地盯着他的能读出内容的眼睛。

"好了，"她几乎使用一种命令的口气，"你现在可以老老实实给我交代了。"她气哼哼地刻意把自己打扮成妒妇的样子。

"你看，你看，你这是干什么？"

"你老婆临走时专门给我布置了看管你的任务。我不允许你趁你老婆外出的时候移情别恋。"

"我现在遇到的麻烦完全和你胡诌的是两码事。"

"那你说说是什么样的麻烦？"

"工作上的，或者说良心上的。"他在讲述如何窃取"太极图"、如何窃取《眼镜世界》的过程中，使用了一种少有的沉重的自责口气。他讲得那么痛心，以至于许保管不仅仅相信，还被深深地感动。她面带肃然之情凝视着他，突然感到那副眼镜挺碍事的，就想把它取掉，虽然丑是更丑了点儿，但是这样更能深刻感受到他的苦难心情。于是她不再迟疑，把它给拿掉了。

"那你打算怎么办？"她同情地、情意绵绵地问道。

"我倒不在乎对得起对不起苏汝良和美编，这倒无所谓，我也是在别人对不起我中一步步长大的。"

"那是为什么？"她的头偎在他的胳肢窝下，尽量给他点温情。

"问题是对不起自己。"

时间已是下半夜，被太阳晒得发萎的树叶在夜风中清醒，煞有介事地发出沙沙的声响。许娜英赤裸着近乎臃肿的身子挪下床，关掉电扇，吧唧吧唧光脚走到冰箱前取出两块冰加进饮料里。她很老练地一扬手递给他一杯："说吧，你是怎么对不起自己的。"

"我自小学、中学、大学、工作单位,历来属于排头人物。才华、品行、处事、为人,样样像新华字典,挑是很难挑出毛病的。可是到了冲击波写作中心,怎么弄怎么别扭。那帮人外表上看不怎么样,论起献计献策却是景德镇的瓷器一套一套。我要是和他们平起平坐也就忍了,问题是,我是他们的主任,却一点儿都不比他们聪明。"

许娜英明白地点点头,觉得是个很现实的问题。"举而不坚。是吗?"她打算分点苦恼给自己,可是望着他那越缩越短的胯下之物,倒像它主人的一个副本,忍不住"噗"地笑了。

"更严重的是,我在行窃时根本没有灵魂的搏斗,简直是身不由己,情不自禁,甚至是熟能生巧的。我谷文成堂堂正正半辈子,道德感极强,一向对那些窃天功为己有的卑劣行径深恶痛绝。"他没有理睬她的"举而不坚",又喝了两口冰镇饮料,"你现在懂了吧,我陷入了严重的道德危机里出不来了!"

"道德危机?"她差一点又笑出声。她习惯的是赤身裸体的男女面对面谈论反道德的事情。夜已很深,都市像原野一样无声无息,既宁静又沉重。谷主任一脸苦相,颓然歪在床头,疲软的双臂搭在床头,两眼困惑地望着台灯罩顶部圈在天花板的圆影。

"你看看你都成了什么样子了。"许娜英双腿并齐跪在他面前,"你只差一步就成了耶稣第二了。"

"你看看有什么好办法没有?拿出你偷男人的聪明才智的一小部分帮帮我。"

"我就等你说这句话呢。"许娜英一下子就端坐直了,胸有成竹地说,"你知道什么叫拓扑学吧?"

谷主任苦笑笑伸手在她的鼻头刮一下:"你就拿我开心吧!"

"一点不开心。用拓扑学就把问题给解决了。"

"用拓扑学去解决道德危机吗?"

"当然。"

"那你解决解决让我看看。"他似信非信地说。

许娜英想了一下,冷不防一掌把谷主任推到床下,见他连滚带爬的狼狈相,咯咯地笑起来。谷主任以为她在搞什么恶作剧,没等站稳就返身回到床上,结果是让她又推又挡把他轰下床去。

"不要动。我现在正在用拓扑学的方法给你演示。这张床,是个笼子,笼子里呢,关头狮子。我,现在就是狮子。你就是欣赏狮子的游客。"她一旦进入学术领域,迅速弥补了她的自然条件的不足,她深知这一点,所以讲起话来眉毛鼻子一起动,神采飞扬。

"我们之间的关系是人与兽的关系。是吗?"谷主任发问。

"真聪明!你现在什么也不要想,一门心思把我当成狮子。你就这么欣赏我,直到你认为我真是头狮子为止。看五分钟。"

谷主任注视床上赤裸的女人,怎么努力也没能把她幻化成狮子。看看没什么希望了,便谎称她在他的眼里已经像头狮子。

"那就好,"她满意地钩钩手指,"你过来。"她拉着他到床上,把他的腿一折一弯塑成半坐半跪的姿势。自己却甩着两只像被挤了尾巴乱蹦乱跳的兔子似的乳房跳到地上。

她站在刚才他站的地方,撇着被智慧和情欲烧红的嘴,指着他,问:"你现在是什么?"

"狮子。"谷主任不加思考地回答。

"错!再回答一次。"

"狮子。"他看看假设中的笼子,肯定地说。

"是游客。你还是你,你不能因为钻进笼子,就变成了狮子。"

"你让游客钻进笼子里?"他难以置信地问。

"妙处就在这里。"她仍旧站在原地,像个训练有素的解说员,"拓扑学就是考虑物体与物体的位置关系。讲究位置的调整。国外一些动物园,就是把游客关进封闭的汽车里观看自由自在的动物的。"

"狮子也好,游客也好,该做的都做了,你该告诉我你是怎么解决道德危机的。"

"那好吧。"她回到床上,"第一,窃取;第二,由窃取引发的对不起自己感;第三,又由对不起自己感延伸的道德危机。窃取有两种:被迫的和自愿的。俗话不俗,功高镇主。要是部下动不动就成绩高于你领导,那么指挥系统必乱无疑。所以必须在事实上或感觉上要比部下水平高,真高不了就是创造条件也要高。"

"你说得很对,对得简直没法再对了!第二呢?"

"第二……这样吧,我也不搞第一第二了,漫谈式吧。道德危机本身也给你造成了沉重的精神折磨。折磨的程度在一小时前咱们是有目共睹。人们往往习惯性地认为被窃取者是受害者,而忽略了窃取者本人也是个受害者。极而言之,恐怕还是更大的受害者。"

"我也是个受害者?"

"你还嫌受害不深吗?"

"你怎么一下子把我变成受害者了?"

"我是用拓扑学原理把你给掉换成受害者的。"

"我还有点不大懂。"

"中心开创伊始,领导形象至关重要。你是为了维护中心主任这一形象不得已而为之。你现在可听清楚,谷主任和谷文成是两个概念。我问你,假如你不是中心主任,

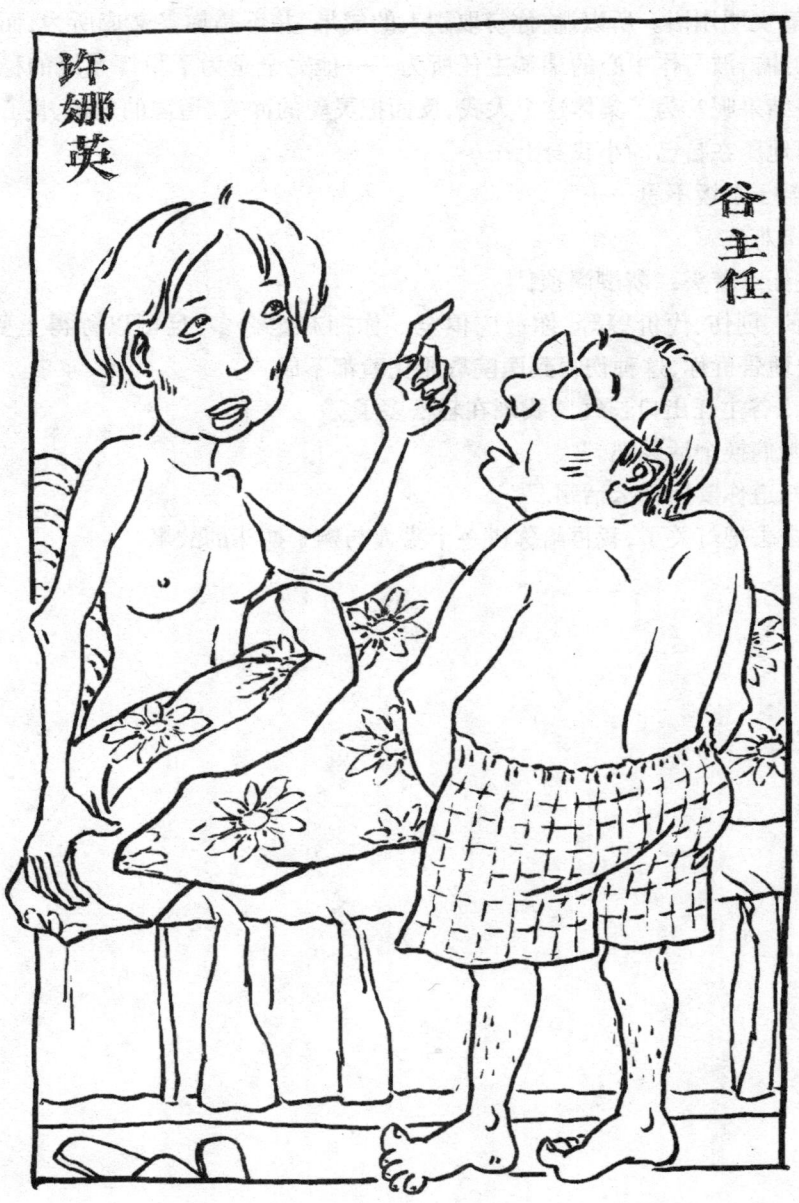

谷主任注视床上赤裸的女人,怎么努力也没能把她幻化成狮子……

而是一般编辑,你还会窃取别人的成果吗?请回答。"

"哪龟孙。"

"注意文明用语。所以说,你窃取别人的成果,并不是你谷文成所为,而是期待向前迈进的冲击波写作中心的某某主任所为——他完全是为了指挥系统的稳固健全而为。可是结果呢?为了集体这个大我,反而把灵魂的冲突、道德的危机、良心的责难统统超负荷地压在自己的小我身上……"

"以至于茶饭不思……"

"房事难成。"

谷主任点着头:"醍醐灌顶!"

"负荷、创伤、代价等等,你一应俱全。你拥有这么多,足可以称得上受害者了。我还明白地告诉你,这种伤害到医院取尿化验都不成。"

"噢,"谷主任出口长气,"我现在轻松多了。"

"那咱们换个话题吧。"

"我知道你要换什么话题。"

"去去去把灯关了,我再给你讲一个猎人与狮子搏斗的故事。"

第8章　两个封面打擂

> 他抬起头，脸上已经一层层堆着惊讶的表情，或者说，他抬起头故意让冯经理看到脸上堆积着惊讶的表情。

拓扑学解决了谷主任的道德危机问题，却解决不了冯经理的现实问题。

正像冯经理无从得知太极图徽标的出处、不知道诗人与派出所的人争高低、不知道《"星期天市场"大扫描》变成《眼镜大透视》的内幕等等一样，中心所有的人也不知道冯经理的问题；而在冯经理看来，只有他的问题才是根本问题，因为只有他的存在，中心的其他事情才有可能发生，才有可能产生诸如像《作家与疾病》这样的选题和《隐形教练》这样的独家新闻。他们的一切都是在他这棵树的主干上生发开去的枝杈。令冯经理哭笑不得的是，他的问题只能闷在心里，倘若被他们其中一个人知道的话，很可能会酿成一场树倒猢狲散的惨剧。

中心宣告成立的半年之前，冯经理首先认识的是书商。他在中原地区发行界正像冯经理在中原文化界一样，是个准名人。正是基于这一点，他们都渴望在各自的领地突破几下，争取更大的建树，进而赢得同行的赞誉和外界的交头接耳。双方迅速到合作伙伴领域进行东张西望必要的考察之后，达成协议，由冯若愚组织写作班子搞畅销书，由书商利用发行网络发行。冯若愚在了解到书商经过八年的发行已拥有三百万元的资产，对他的发行能力反而有了比书商本人还要高的估计。看来问题只在自己这一方了，好像印成的书只要交给书商，不消半个月，钱就会从发行渠道倒流而来。

书商信誓旦旦，要把"冲击波文化丛书"发红发火，让全中国的文化人不买一套就觉得自己不是文化人，不把这套丛书当枕头就睡不成囫囵觉！冯若愚愈听愈激动，愈激动就愈激动，因为他认为自己已是很成熟的中年人了，决不会轻而易举地瞎激动，所以，他的激动是真正的激动，是可以放心的激动，是让外人想挑毛病又挑不出毛病的激动，一句话，是激动本身的激动。他在着实拍了好多次大腿之后，找来一个企业家的朋友要了八万元的赞助，和出版社签了有关书号的合同，办了中心的营业执照，又在人才市场招聘编辑。人生之河流到这一段上终于流到了一座悬崖前，只要稍微再挪动那么一点点，就会成为飞挂三千尺轰鸣而下的瀑布。

结果呢，中心成立一个月，他根本没有立在什么人生的某个高处，书商决定不发行"冲击波文化丛书"了。理由是，图书市场突然发生了令人难以把握的奇怪现象。商场如战场，规模大投资也就大，投资大风险也就大。怎么办？书商指出一条适应图书市场变化，化整为零，以刊代书的道路。

"宏伟目标岂不放弃了？我们找朋友赞助，工商注册，招兵买马，不都是为了红它半拉天？不都是为了把当今的文化从低谷推向高潮？如果改成刊物，我们就下马好了，全国杂志多如牛毛，我们没有必要再加一根进去！"

数月之久在他眼里一直是福星的书商，当发脾气的时候，怎么看都觉得像个灾星。想到自己激动半年到头来还是瞎激动，更是怒不可遏。

书商并不示弱，先是来了一通诸如"见风使舵"；"不撞南墙"，"死咬着屎橛打滴溜儿"等粗俗滥话，然后列举数字告诉他，市场是爷，你不敬它，就不是什么下不下马的问题而是被斩落马下的问题了。半年前图书城只有二十三家批发商，"南巡讲话"后，放开了，一下激增到六十七家，年底还在二里岗建个图书城，看着很兴旺，其实算彻底把市场分割了，谁都想赚钱谁都别想赚钱。文化市场风云变幻，无法预测。你去追侦探热它又来了武侠热；你去追武侠热它又来了言情热；你去追言情热它又来了军事热；你去追军事热它又来了纪实热。

"你是说，我们谁都得服从它的指挥吗？"

"是啊，要是你不想死的话。"

"市场真有只看不见的手吗？"

"是啊，谁敢跟它较劲儿谁就会敲响自己的丧钟。"

冯经理不想死，也不想听到什么丧钟，只好同意推迟文化丛书，以短平快进入文化市场的调整方案。书商提出了第一个建议：正是夏天，法制题材的书刊卖得最好，咱们抓住机遇赚它一笔案例钱，加厚经济实力，为明年搞文化丛书打好基础。

"我同意以刊代书，低门槛进入，可没说去发什么案例。最多从文化热点转移到社会热点，这已经到临界线上了，你怎么又提出案例来了呢？"冯经理很委屈很气愤地反驳道。他很气愤，又怕合作关系真的搞僵，只好把气愤掺进点委屈，以缓和直通通的态度。他已经害怕"市场"了，害怕罩在他头上的这块乌云般的东西，害怕诱惑他又驱赶他的怪物了。

"可是机遇很重要。你不抓它就溜掉了。"书商说后转身走了,他想让冯经理知道什么叫溜掉。

冯经理望着空荡荡的门外后悔了。全中国都在高喊什么机遇,他也高喊过,可他的冲击波写作中心并没有因为他抓住了机遇而发达。相反,他的这个机遇已经开始让他尝到重重困难。夸大机遇的作用已成为现行的通病。好像什么都成了机遇的产物,人们已不是在机遇中迷失而是在"机遇"这个词中迷失。仿佛成功者都是抓住机遇的人,这种观点真是害死人。机遇等于成功的算式是谁列的?

当天下午,冯经理审稿子看到了一篇宣扬机遇的文章。冯经理情绪恶劣,看看责编的名字,把程君之叫到办公室:"不要人云亦云,机遇主义已泛滥成灾了。满街上都是'给我一个支点我就能撬动地球'的狂妄之声。历史上有过这样的教训。拿破仑让无数平庸青年热血沸腾,梦想做一番大事,平步青云,名垂千古。结果呢,机遇成了希腊神话中的塞壬女仙,她召唤青年梦幻的同时又毁灭青年的梦幻。"

程君之不大服气地点点头。

"程,你编的几篇稿子我都看了,我不否认你的选稿尺度。可是你知道书商怎么打你的主意吗?"

程君之摇头,意识到头摇得欠分量,又狠狠摇摇:"他打我什么主意?"

"我不能同意的。我们是文化型实业,讲究文化品格。哪能随随便便为了赚钱就变卖良心呢?"

程君之心里掠过好奇,他很想知道,书商到底打了他什么主意了。"他说了我什么?"

"他说你干什么?"冯经理反被他问得愣住了。

"你刚才不是说他打我的主意吗?"

"他打你的主意干什么?你有什么主意让他好打的?他打《法制经纬》这个栏目的主意。他要《法制经纬》的文章占据一半篇幅。发奇案、血案,甚至鸡奸案。还说现在正值夏季,最热卖的是法制刊物,如果按他的设想出本刊物,一定能发三十万册。"

"三十万册?"

"我问他发三十万册给谁看?"

"是得问问他,这三十万册要给谁看?"

"你猜他说什么?"

程君之转动着眼珠,可是眼珠转了几下,什么也没猜出来,只好再次羞愧地低下头。

"猜,一定得猜。这对我们的文化市场的判断极有好处。"

程君之头脑一片茫然,硬着头皮说:"从原理上讲,法制题材以反映人性恶为主,我想,只要有过社会生活经验的人都喜欢看。"

"那是你的原理,那是你书斋里的思路。你要猜他是怎么想的?——他要的是民工!"

程君之以为冯经理和书商的发展方向之争,只是无意识地遵循了尼采的"权力意志"。冯经理追求文化的意志,书商洪浩追求金钱的意志。事实上,还有人比他看得更透彻——冯经理之所以追求文化意志因为他只不过是个文化人,假如,他不是个文化人,他才不管什么文化意志不文化意志——这个人就是美编。他和程君之遇到了同样的问题,捉摸不透冯经理到底什么思路,设计的封面因为标准混乱总是改来改去。

开始的时候,美编的情况还是比较乐观的。他面带欢乐之情蹦蹦跳跳进了冯经理的办公室。桌子上放一大堆书稿。有祝贺写的《奥运巨星的隐形教练》,苏汝良写的《星期天市场眼镜世界大透视》,丁宇然写的《有这么一位红色老板》,诗人写的《我是怎么梦想诺贝尔奖金的》,其余是组来的稿子。有四篇法制案例:《追捕强奸犯》、《一个逼良为娼的故事》、《拐卖人口团伙覆灭记》、《一个车匪的自供状》。当美编读到《法制经纬》栏目里这四个篇名时,声音一点点减弱。他抬起头,脸上已经一层层堆着惊讶的表情,或者说,他抬起头故意让冯经理看到脸上堆积着惊讶的表情。这样好让冯经理知道,在短暂的一分钟里,他都经历了什么样的心灵颤抖。

冯经理装着点烟,把美编刻意的表现侧身带过,直到他认为美编的脸上恢复正常这才正式看他一眼。美编闹个没趣,只好抱着一摞书稿有点艰难地弓着背退出屋子。他甚至为了掩饰自己的窘态,不惜夸大一摞书稿的重量,把自己缩成一团。

回屋后美编坐在办公室椅子上发了半个小时的呆,该怎么办呢?他拿不准这些篇目哪些上封面,以及所应用的字体、字号、颜色、版面位置。这一夜过得很沮丧。他把搜集来的各类图片摊到桌上,搞了一个既没个性又没共性的封面稿样。第二天,他忐忑不安地将心中没底的稿样拿给冯经理审阅。

他站在冯经理的身后,观察着冯经理左脸上的表情,他还从没有这么紧张地观察过一个人。屋里很安静,楼上的脚步慢吞吞地响着。他发现,冯经理的鼻翼先鼓了一下,接着是眉头微微一皱,美编断定封面设计给枪毙了。果然,冯经理不无讽刺地告诉他,这种封面完全应该推荐去参加国家级画展。

"我很乐意将你的淡雅的、静远的、富有风格的设计推荐到某个纯而又纯的艺术刊物上当封面。同时,我也很乐意,因为你的稿样在瞬间产生的美感而将我们的刊物变成一个淡雅的、静远的、富有风格的纯而又纯的刊物。遗憾的是,我们的任何努力都必须围绕着我们脚下站的、一块刊物这么大的土地出发,而不是其他。"

美编那张脸变成了一块沾满各种颜色的抹布。他忍气吞声回到自己的屋里,按照冯经理指出的"大信息、多视点、高品位"的要求,重新设计"既有文化又有市场"的封面。

　　按照领导意图工作就是便当,第二个封面设计很快获得冯经理的赞许。美编接过冯经理递的带有奖励性质的香烟,痛快地抽了几口,聆听着冯经理指出的局部修改意见,他的心里沁出了幸福的汁液。当晚,他就做了场风流美梦,梦见"图书圆"和他一同游泳。第二天主动问什么时候把稿子送往印刷厂,却看见冯经理那双溢满污泥似的眼睛,他可一夜未眠。美编深知与一个失眠症患者交谈的危险,就谨慎地转动着眼珠悄悄往外走。

　　"你来我这儿就是为了一言不发往外走吗?"

　　美编又乖乖地转回来。屋里的空气沉重又郁闷。就在昨天他好梦一场的时候,书商洪浩提出了封面的否定性意见。这个封面在冯经理看来已经非常市场化了,放在书商眼里它还是很文化的。两人发生了新的争执,冯经理说他决不能再作让步了,因为他已经退到最后底线了。"货卖一张皮。"书商一再强调说,现在的封面最多征订两万册,而像他这样在全国都有发行网络的大书商发行的基数就是十万册。冯经理最后只好向数字投降。

　　沉默了好大一会儿,冯经理才对美编说:"我曾经让你设计一个中心的徽标,提出的要求是,以文化品格为主,以市场效应为辅。后来你也没有完成,还是谷主任帮你解决的。现在,你听好了,情况发生了近乎于根本的变化,近乎于实质性的变化。"

　　美编屏息静气,等待着新的无力想象的指示。

　　"以市场为导向!"

　　"以市场为导向?"

　　"向十万册进军!"

　　"向十万册进军? 好,说得好。"美编的神经一下子松弛下来,他很高兴地表示赞同,"说真的,这样我们中心就大有希望了。这就真正地走上了市场经济的轨道,我们不能再干又立牌坊又当婊子的事了。要么立牌坊,要么你当婊子,对不对? 关于立牌坊和当婊子这个问题,我是进行过思考的。"他用一副进行过思考的样子说,"这两个同时做不大可能,但我们要搞清楚哪个是手段,哪个是目的。显然,立牌坊是目的。但是你要立牌坊,现存情况下条件又不成熟,我看还得先当婊子。等我们赚了大把大把的钱,再拐回来搞文化经典,那时再立牌坊也不迟。"

　　"你让我吃惊啊!"冯经理吃惊地说,"我是以良心谴责为代价的,是以遭同行嘲骂为代价的,我刚才说的几句话字字带血。你的弯子是怎么一下子就转过来的? 前几天那个淡雅的封面不是你设计的吗? 真是奇怪了,你难道连痛苦的过程都省略了?"

　　"请原谅,冯经理,我一直认为贫困是最大的罪恶,成功是最大的美德。我根本不需要什么转变,我根本没有什么痛苦!"

"竟然没有一次类似于精神苦役……"

美编坦荡地回答："没有。"

"这就奇怪了。"冯经理想了一下，发觉自己也没有什么精神苦役的东西，只是以为它们应该有，才以为它们真的存在。"我告诉你，现在的封面标准只能限制在你我之间。不要让楼上的人知道。他们看到封面是个大美女，配图是《光头犯人》、《被营救的哭泣女人》，而不是什么《奥运巨星》和《戴眼镜的知识分子》，他们会炸窝的。他们可不会像你能雅俗共赏。"

"没那么玄乎。如果他们知道是在向十万册进军，"美编保证地说，"他们一点都不会炸窝。"

"还是谨慎为好。我对此并没有把握。也许，睡上一觉醒来，我又把书商的方案给他妈的否定了，这也说不准。我现在正处在摇摆之间。"

"冯经理，我可以设计了吧？"

"我想，可以了，但你要选一个非常文静具有知识气息又有浪漫色彩的半裸女子作主图，而不是书商选的这个妖冶女人。"

美编愉快地滑入了自由自在的天地里。他先是赶到火车站附近的几个书亭，观看层次各异的旅客购买美女主图、颜色斑斓、标题醒目的刊物，然后又驱车拐进大同路，考查了十几家书店。到处都是半裸性感美女的封面杂志。美编纵然见过各种刺激的艺术作品，也没有此刻身陷脂粉淫邪的世界这般震动。有一本封面主图妖艳无比的美女紧紧地纠缠着他的目光不放。她美丽外表的每一处都放射着温柔的淫荡，杏眼惺忪如梦，嘴唇猩红似火，胸脯旖旎，两团饱满的白乳与其说被鹅黄的圆领遮住一半，还不如说剩下的一半正如跃出海面的太阳更具辉煌。美编听到自己灵魂中艺术宫殿倒塌的声音。

一个按书商以市场为导向的封面设计诞生了。

占据封面二分之一的主图是个国色天香的美女，她的魅力在于光洁的额头典雅，白皙的脸盘端庄，眼神却蕴涵着神秘的挑逗，尤其这个集典雅端庄淫邪纵欲于一身的混合型美女是背对画面的。她婀娜地斜过身，薄如蝉翼的淡黄短衫不仅裸露丰润娇娆的胳膊，还裸露出柔软细腻的腰部。她的玉颈因扭转而呈不规则的四边形。这副艺术照的最妙之处是没有正面胸部，而那个丰圆娇娆的肩头无疑充当了胸部的角色并延伸了一种绮丽的幻想。封面还有三幅配图：一幅是戴手铐的秃头；另一幅是位当红歌星；还有一幅说不清是什么的东西。封面底色是红色的暗条，不同颜色的方块代替标题字，大小不等散布在主图与配图之间。

这个封面又一次引发了冯经理和书商的两人战争。前者一枪就把它给毙掉了，而后者却视如珍宝。因为双方争吵过几次，冯经理知道自己这次再蹦的话，很有可能就要与书商洪浩分道扬镳了,他现在害怕对方把自己给甩掉,要是没有了发行渠道,他的中心无疑就面临瘫痪和瓦解。他只好走了条折中主义的道路。又过了两天,他把美编悄悄地叫进屋里,告诉他,根据双方达成的协议:两个风格迥异的封面都采用。

"两个封面都用?"美编糊涂地问,"我一点儿都不懂。"

"两个封面都发订单。如果大文化封面能收回三万册就采用大文化的,如果大庸俗的能回收十万册就用大庸俗的。"

"如果你的封面收到三万册,他的封面收到十万册,那用谁的?"美编这回懂了,他认为问题仍然没有解决,很有水平地提醒冯经理。

"你问得很没有水平,当然用我的了。我是法人,是经理,我是创办者,我还是个投资者。当然要用我的了。你要真想问出点儿问题,就要问,为什么定在三万册而不定在两万册或四万册上呢?你怎么不问问这个呢?"

"为什么要定在三万册上呢?"美编问了一句,他有种感觉,他现在的处境就是冯经理在书商面前的处境。他愤怒,想大叫一声,反而萎得更厉害。

"我来回答你吧,"冯经理恶狠狠地压低声音说,"因为三万册正好够我们生存!印刷费、稿费、房费、电话费、差旅费、水电费、办公费和大家的工资。正好够这些费用。你说可笑不可笑?我们辛辛苦苦,挣的钱都变成这费那费。还有税收,我总是忘记这一头。我还剩下什么呢?我所做的一切总算起来是给书商额外开辟条生财门路;给没活可干的印刷厂提供一个上门的顾客;给房东献上一笔数目丰厚的租金;给到处投稿的作者再种一棵骗稿费的摇钱树;给单位发不下工资和工资过低的投奔我旗下的朋友们每月多发一倍的工资,以维系因经济困乏造成的家庭破裂,好给未婚妻献媚,好给孩子多买几块大大泡泡糖。怎么样?我的亲爱的封面设计大师?"

"别说了,冯经理,我的泪都要掉下来了。"

"那好啊。哭给我看看。"冯经理说,"喂,你从这里出发,开开门,走过院子,大门左方有块牌子,上面写了七个大字,这几个字都是你写的,我提个建议,你把它改成'冲击波福利中心'?怎么样?我想这似乎更切题了!"

美编咻咻笑几下,眼里隐隐闪着泪光,他看着冯经理铁质的脸渐渐软化成木质的笑容,忍不住又笑几下,待他看到冯经理木质的脸恢复肉质的原形,他这才敢放开地哈哈大笑起来。他一边笑,一边观察冯经理的反应,他搞不清冯经理会跟着他笑呢,还是突然"啪"的一声震怒地拍响桌子。

第9章　树上的夏娃

> 说话本身只是种形式，内容则是流露出的口气、表情以及只有默认了某种暧昧关系才会有的眼神。

正像程君之一度对草帽感兴趣那样，祝贺产生了对诗人徐韵的极大的关注，这种关注事实上带有很强的恶作剧的性质，那就是——他很想亲自点燃诗人在清高傲慢的冷漠得几乎没有人情味的面孔下面肉欲的烈火，听到从肉体深处发出的只有放荡的女人才有的淫荡的野性的吟唱！

祝贺有了怪异想法，又不时地与这个想法作斗争，他问自己，如果程君之搞什么后知识分子的研究说明他精神上有毛病的话，那么自己对诗人的这种态度是不是也有毛病呢？诗人是由什么组成的呢？她不是由项链和首饰组成的，也不是由高档服装以及香水和口红组成的。她是由诗歌、书籍、聪明的头脑、灵感、梦幻、人格和发表了大量的诗歌作品组成的。她是一个自我营造的精神堡垒。

祝贺要拿下的就是这个堡垒，这个并不是由情欲和感官受到诱惑的堡垒！这里起作用的是高度的理性。有时他想，自己都三十多岁的人了，这实在有点儿荒唐，可是又一想，正是三十多岁的人才会有这种奇思怪行。

因为不是感情和肉欲上的渴望，他并不急于行事，应该自然而然地创造和利用机会。他第一步是向她要一本她的诗集，以和她谈诗为由把话题展开把关系拉近。可这一步并没收到预期的效果，诗人总是表现出一副没人配得上和她谈诗的样子。正在他有点儿灰心的时候，一件事使他的计划突然有了可喜的进展。

丁宇然尽管没有如愿以偿地采访成"亚细亚"升起的野太阳，却结识了"亚细亚"的副总、部门经理和下属企业的头头脑脑。这天，他找了十张"野太阳夜总会"的消费票。

祝贺本身不大会跳舞,对这事也不大热心,可是当看到诗人兴奋的样子也就有了想法,觉得在这种场合会有意外的收获,也就随着大家一同去了。

他的舞步还算凑合,只是手势机械了点儿,像搬衣架似的把诗人搬来搬去。不过,两支曲子之后,他俩就磨合好了。两人的距离也缩短到符合理性与情感之间的程度,起码诗人是这样认为的。

祝贺隔着薄如蝉翼的衣衫揽着一个女人,一个理论上而言是一个准裸体的女人,陡然发现一个奇怪的现象,如果没有跳舞这种形式,比方说,在编辑室,他要是这么近地揽着她的腰,那该意味着什么?这个想法造成的直接后果是,他的手掌很快沁出了细细的汗珠。

诗人感觉腰部像贴了一张厚厚的药性极强的虎骨膏药。一只手能把自己的注意力全部调动到腰部,这还是平生第一回。她对男人们示好的方式向来抱着一种近于嘲笑的欣赏。他们或用眼神,用口气,或用手势和什么文字。有的含蓄,有的似显似现,有的直白,有的热烈,有的猥亵;他们总会无师自通地在细节上营造独具特色的手法。为了看看他下一步搞些什么花哨,她既不鼓励也不责备地看了祝贺一眼,不想打扰他。

祝贺热烘烘沉甸甸的手掌令他苦恼,他真担心人家心里骂自己,尤其担心诗人心里嘀咕这件丑行从而小看他。为此,他的手掌像只受伤的乌龟极慢极慢地挪动,他此时的最大愿望就是让诗人别以为他是在抚摸她。幸好有对跳得很出色的舞伴因为要坚持完成一个优美的动作需要再多一点儿的空间,结果就撞到了他俩,祝贺的手掌立刻像草丛里受惊吓的山鸡扑棱一下飞了出去,总算得到了解脱。

冗长的曲子继续没完没了地放,扑棱出去的手掌在空中举了举,它很巴望换换地方,但只犹豫了两秒,就乖乖重新回落到老巢。不过这次它有了个意外的收获,正在它落回的途中,在诗人薄软的衣衫下,触到了一根横缠的细带。他先让大拇指爬上去,其余的四指因有了支点轻轻地翘了起来。随着转动几次,大拇指移到了带子挂钩的连接点上,这里确实比平滑的带子要安全得多。

诗人紧挨着乳罩挂钩的背部,被那个自以为解脱的大拇指捻得紧紧的,钩子也几乎快镶进了她的皮肉之中。她吃不透这是什么意思,吃不透他的营造什么独具特色的"一指禅"手法。

在下一个舞曲开始时,祝贺见诗人躲开自己找谷主任去了,便乘着酣兴主动邀请申敏,可他今天来的目的不是跳舞,就和申敏亲亲热热地搂着说着故意让诗人看。他还学冯经理的讲话,逗得申敏扬着脖子笑。中间隔了几个舞曲之后,祝贺又请诗人了。她装着没看见,低下头吸着饮料管子,但两秒钟后,她还是把纤手搭在了祝贺伸累的左手上。

两人一进舞池,他就目的性很强地去摸她那条乳罩带子。带子是一下子就摸到了,问题是那个挂钩凸处却很是费了番周折。他尽量充分利用每次旋转造成的机会,从一端移到另一端,结果还是徒劳无功。他觉得奇怪,还准备做最后一次努力。甚至音乐完毕,他还在琢磨那乳罩挂钩到底隐藏到哪里了。

诗人留意着祝贺鬼鬼祟祟的大拇指奇怪的走向,琢磨那个大拇指到底要干什么。如果说是性触摸,它应该换个地方,那样恐怕来得更直截了当;如果说是害怕皮肤接触,那就应该放个固定地方老老实实。然而这两点都不像,他到底寻找什么呢?

"你在找什么?"

祝贺发窘地装出莫名其妙的样子,因为装得太莫名其妙,反而欲盖弥彰地在脸上写了自供状。在幽暗光线下,他借音乐的喧闹作掩护:"你说什么?"

"我问你在找什么?"

"我听不清,你在说什么?"

"你真听不清?"

"我真听不清。"

"那你怎么知道我问的是什么?"

"我不知道你问的是什么。"

"你已经在回答了。"

"我什么也没回答。"

"你刚才在找什么?"诗人想这回他可逃不脱了。

"我没有逃脱的意思。"他没有回答她的质问,而是直接针对她所想的。诗人知道自己不可能得胜。

她突然变了态度,几乎用鼓励的口气说:"你想达到什么目的一定不要落俗套,请来点智慧的东西吧。"

"你是说,只要……与众不同?"

"对。"

"你是说,技术性的操作比内容更重要?"

"当然。"

祝贺吃过这样的亏,那天关于交欢的梦的问题就没兑现。所以他强调:"你可要说话算话。"

"我再重申一次,必须是智慧性的。"

"咱们现在什么都没说但又知道说什么,这本身算不算智慧性的?"

"这只是小聪明。只配找她。"诗人用嘴向申敏努一下。

诗人允许祝贺针对他俩的事来点智慧性的,无疑是给他提出了高的标准,也就是说,给他出了个难题。这和一个靓女娇娃对追求自己的男人提出要房子和汽车,或者一个有文化的职业女性提出的要对方是个社会名流还真有着天大的差别。"智慧性"的含义是绝对的与众不同，且不说吃饭啦送礼物啦情书啦，世俗低档的套路不行，就连那种以探讨人生爱情或痛苦为幌子先是精神恋人而后再上床的暗度陈仓也不行。它是指创新和独特的方式。《红与黑》里的于连用忧郁的表情和泪水可以博得德瑞那夫人的芳心，而对贵族小姐玛蒂尔德必须使用楼梯墙壁的剑才能获得她的柔情。

祝贺感到可笑的是，他对诗人并没有情感上的爱也没有功利上的需求，他只想亲眼看到她清高的堡垒里面到底有没有一个欲望地狱。仅是为了猎奇就要下那么大的工夫，一个前不见古人的工夫，倒是让他在猎奇的前提下更加好奇了。

显然，这是无望的，祝贺尽管好奇，也知自己是个庸常之辈，可是他又像许多人一样对自己的命运抱有希望，总觉得上帝不定在什么时候忙晕了就光顾上他了。三十来年的人生证明他铁定是芸芸众生里的一个，但也一再地证明冥冥之中有种超自然的力量。不是有许多事你以为根本无法实现，后来却眼睁睁地看着它骤然降临了吗？

这次帮助祝贺攻下难题的不是上帝，而是草帽，尽管草帽本人一丁点儿都不知道。祝贺日后每想起这件事就感到滑稽。尘世上的人要想得到上帝的救助，既要默默祈祷、忏悔，还要做些让上帝高兴的事，忙了很多日子也未必有成效。相比之下，草帽要好得多，祝贺一分钱的礼未送，一个帮忙的暗示都没有，并且连草帽本人还一点儿都没察觉就帮他把问题给解决了。

冯经理找草帽谈过话之后，他不再每天早上摔簸箕制造噪音了，也不再动不动在二楼的阳台上唱着粗糙的山歌了，可是他非要弄点儿什么东西出来的性格，却使他增加了另外一个项目，他每天都要到树林里捉回几只蜻蜓来在编辑部里放飞。蜻蜓在屋里轻盈地飞来飞去，时而落在灯管上，时而伏在纱窗上，很是给室内平添了几分自然情趣。

树林有几十亩大，一片片的桐树和柳树，它们大都是一两年的树苗，一经长成就会在每年的植树节运到其他的地方服务于绿化建设了。树林里有一排粗细高低不同的树，它们显然是园林场主人带有艺术性的创造。每年都并排保留一棵桐树和柳树。那里的二十一棵树说明了二十一年的时光。两排树依次渐高就像绿色云梯通向天空。诗人第一眼看到它就被强烈地震撼了，并写了一组诗表达了震撼的感受，由于刻意表现，力求绝唱，成稿的诗连她本人都不知道是写的什么了。中心的人都常来树林散步和聊天。自从草帽捉蜻蜓之后，人们在这里玩的时间也就长了。谁都没有草帽会捉蜻蜓，他毛着腰尽量隐藏在树叶下，探出手将枝条慢而又慢地折弯，好使落在上面的蜻蜓在没有丝毫察觉的情况下离他更近些。只是一瞬间，他的拇指和食指闪电般地一捏，蜻蜓就被活捉了。地上的人多了，蜻蜓自然往高处飞，自然也就往高处落。这可难不住在山里长大的孩子，草帽眨眼工夫已从地上爬到树上，其速度之快好像是跑上去的。

祝贺也上树,但他没有本领在树上捉蜻蜓,他只在那棵十年柳树碗口大的枝干上倚着,俯视着树下的人们,平视着绿色地毯似的树林的顶端。在树上往下看和从楼上往下看的感觉大不相同。绿色的叶片上闪烁的阳光,和投在地上的淡淡的似有似无跳跃的阴影,给人一种恍若梦境之感。他把这种发现告诉了诗人,建议她也上来,轻而易举就能找到一种印象派绘画的感觉,就像德加《舞台上的舞女》的那种。

诗人在祝贺的帮助下,先上到柳树的主干,再攀到向外分开的四枝树干的中间。往下看,并没有祝贺所说的什么印象派绘画的感觉。印象派在中国叫喊最热的是八十年代初,而现在都九十年代了,还囿于其中,说明祝贺的水平很不怎么样。她站在树上想到的就是永恒的主题,就是几千年里每一年的每一天都被人说却怎么也说不尽的并且还会继续很往下说的主题,那就是树上的夏娃和亚当偷吃禁果的主题。

这又是祝贺讨厌她的另一个地方,她的那种自以为是的极端表现,完全可以冠之为"精神自恋癖"。如果他当时说站在树上想到人类之始的夏娃与亚当,她一准会立马定他个知识陈旧,思维僵化,都什么年代了,脑袋里还是装着那些破烂玩意儿!这简直是不可逆转的。她往往为了把自己与他人区别开来,总是要身不由己地、情不自禁地在知识的宝库里挑选独特的货色。

就在上树的第二天下午,祝贺发现诗人很专注地伏案绘画。她在用钢笔画一张画,就是克拉纳赫的《亚当与夏娃》。赤身裸体的亚当左手搭在同样是赤身裸体的夏娃的肩头,两人紧紧相偎,共同拿着一个果子,当然,正面的亚当下体用《圣经》上说的无花果的叶子挡着,夏娃尽管正面,两条腿交叉站立,巧妙地遮着羞处。夏娃的后面卧只狮子,亚当后面立只鹿,在他俩的上面是硕果累累的智慧之树,一条蛇缠绕其上。

这幅画昭示了诗人的一个隐秘的梦想,而这个梦想又给了祝贺一个灵感。第二天下午,他画了同一张画悄悄放到诗人的桌上,亚当的头部换成了祝贺本人,夏娃的头部则是空的;第三天下午,他没料到诗人桌上的新图画上,那个夏娃的头部换成了诗人本人。祝贺拿不准诗人看了这张画会是什么反应,但却能够肯定这种求爱的方式带有充足的智慧性。诗人倘若真的聪明的话,她应该知道,这是祝贺以特殊的手法邀请她到树上共同揭开俩人暧昧的篇章。

祝贺发现诗人非常准确地理会了那张画的意图,相应的表现是开始比较长时间地同他说话了。其实,说话本身只是种形式,内容则是流露出的口气、表情以及只有默认了某种暧昧关系才会有的眼神,这一切是第三者难于注意到的。人多的时候,更是他俩暗自交流的好机会,她会挤一下眼,皱一下鼻子,拖一声只有他听出来意味的长叹。她开始偶尔说一下他穿的衣服的搭配,谈几句她的过去。有一次,他发现情况有了根本性的突变,她竟然借口很渴端起了他的放凉的水喝下一半。这一切的变化都是种铺垫,是对下一个激动人心时刻提前来到做出的努力。

在短短几天里,心里渴念的共同目标使两人神奇地友好起来,这种感觉在集体的环境中更是撩人心弦。他们在默默地潜行,一个层次向另一个层次的攀升过程,是在大庭广众之中完成的。表面上什么也没说,却走过了一条隐匿的路,抒写着一首不着一字尽得风流的诗。

　　如何能使诗人发生质的飞跃呢?对此祝贺很在行,他没有跟她打招呼突然请假了一天,这种欲擒故纵的手法屡试不爽。这一天假完全是为她而请的。他完全想象得到他的"缺席"会使她的情绪发生哪些变化。她先是等待,而后是装着无意地打听他是不是请了假,当得知请假而没给她招呼后是气愤,而后是气愤后的自我解脱。她会在心里说,祝贺这个人对你无所谓,你为他生哪门子的气?她以为说服了自己,可是每过一会儿时间,又要忍不住再说服自己一次,这样几次下来,她就会心烦意乱或者找个人聊天来打发时间。

　　男女初期的艺术,全在于猛地一晾。

　　果然,等他第二天上班时,她的目光多了点以往没有的东西。人们纷纷下班走了,祝贺没有走,他在编一篇已经编好的报告文学;诗人也没有走,她在看一本已经看不进去的书。整个小院堆积着安静,夕阳在天边悬挂。这种情景他们都经历过,所以不仅不陌生,而且有处置的经验。

　　终于,在一片令人激动不已的静谧之后,祝贺起身走到了诗人的身旁,诗人一动不动地勾下头,等待着。他将她从座位上拉起,左手搭在她的肩头。这是《亚当与夏娃》画里的典型动作。

　　黄昏之际,他俩在树林里徘徊,他们一点点地意向明确但又仿佛没有知觉地靠近那依次渐高的绿色云梯。在晚霞收回了最后一丝残光时,他们已经在那棵树龄有二十年的柳树上面了。

　　祝贺第三次在树上与诗人做爱后,发现诗人并没有堕入什么情网。他很在意这一点。他的逻辑是,既然两人有了这种事体,哪怕自己超脱,也要让对方被情所俘。事实上,诗人表现的是几乎和他对等的关系。这里有三个方面的依据。

　　第一个依据是,行事前,她总是在等着他。等天完全黑下来,他的手在她的衣扣上摸索,她不做抵挡,只是将一只手抓住头顶上的粗枝,而另一只手既不帮忙也不阻挡,跟着祝贺在她身上行走的手,那只手就仿佛是祝贺的手的一个影子,或者说它就像祝贺手的一个护罩。当祝贺的手在她的腰部把玩,她的那只手还是贴在上面作相应的旋转。这很让祝贺费解。她的全部反应都集中到贴在他的那只手上了。它既不热情,也不冷漠,既不帮助,也不阻止;它像被动模仿但又呈现出乐意的接受;没有火焰,没有冰凉,没有抚摸的渴望,也没有通常出现的轻微的战栗。第二个依据是,在行事中她只是一味地沉浸在自己的欢愉中,她的头歪在一旁,好像要尽量离他的脸远一点。后来他才明白她是避免他的眼光，尤其高潮骤然而至，她的脖子拉得更长，而不是勾着头急切切地用嘴去寻找他的嘴，或脸上任何一个地方。第三个依据是，他们行事后从树上下来，没有情人的那种依恋和温存。平日在中心上班时，也没有偷偷摸摸的小动作，和递个什么以秒为单位的眼风。祝贺这才认识到，自己在诗人的眼里也不过是个被她利用的"亚当"而已，是帮她从尘世通向天堂的一个"桥梁"。

更进一步认清了自己的角色，祝贺倒知道该怎么办了。他开掘的不是诗人，而是她里面的另一个自己。佛教里说的，她的身体是借来的，只有另一个自己才是真实的。他把她放在由枝条组成的放射性的笼子里，就是要找出她身上的最原始的兽性。

他用智慧操作一次次性的游戏。在月光的幽暗中，他一步步地把她变成了另一个陌生的女人。他掌握了她的最为动情的机关，打开诗人身上的地狱不是用冲撞所能取得的，它必须是种意念。他把自己的阳物说成蛇，配以节奏缓慢而有力的运动，一只手拿着一只"禁果"探进她的口中在里面旋转。只要这两个地方同时进行，就像找到了打开她整个肉体的机关，欲情迸发。

尽管晚上在树上一番轰炸，可是第二天白天，诗人还是把自己弄成像卡夫卡笔下难以企及的城堡。但是对祝贺来说，这已经没有什么价值和意义了，她即便把自己弄成难以测探的深渊，在他眼里，也只是一个铺满花草的泥潭。

第10章　一个孤独者的范本

> 程君之从来没有遇到过一项称得上是"重任"的东西。现在，冷不丁让他扮演一个潜伏卧底的角色，这让他觉得自己突然置身于一个虚幻古怪的场景。

常常困扰程君之的一个问题是，生活在自己周围的人们活得都那么自在，为什么偏偏自己活得拘拘谨谨？

他的内心总是笼罩着自卑和痛苦的阴影。按说，世界与他有关系的并不多，长城与他没关系，黄河与他没关系，神话、民间歌谣与他没关系，电影、交易所、商场以及天天要经过的纪念塔等等，都与他没什么关系。与他有关系的除了亲人之外，只有那些在他面前晃来晃去的同事了。其实，这些同事也与他没什么关系。他只是知道他们是谁罢了，可他们并不知道他程君之。或者说，他们一点不想知道他每天想什么，做什么。就实质而言，程君之基本上已经和这个大千世界失去了联系。

程君之和人们交往总是很困难，该说什么话，不该说什么话，他搞不清楚。至于说话时应使用的方式、语气、表情更是让他为难。一句话，他害怕日常生活。但他的内在生活却是强烈而丰富，充沛而神奇，也许祝贺看他踽踽独行于林间小道时，丁宇然看他忧郁面壁时，他正沉湎于瑰丽梦幻之中呢。白日梦给了他另外一个天地。但是，在这个物质是第一性的客观世界里，程君之深知，只有行为美学才是一切。

程君之在中心工作了两个来月，只有苏汝良和他有些来往。他曾经征求过苏汝良的意见，能不能在自己的桌子周边竖起几个书架，好把自己与大家隔开。苏汝良劝他千万不要这样做："因为你这样做在别人眼里就成了怪物。"程君之只好屈服于别人的眼光。

这天，中心成立了发行部，冯经理也没事先跟程君之打招呼，就派他去那里工作。原来一楼的美编室就变成了发行部。美编搬着自己的东西和程君之对换了桌子。这样一来，程君之就可以真的免受外人干扰而独享一间屋子的寂寞了。

冯经理对程君之很失望。这个几乎算得上木头人的人被自己在招聘时看中，只能证明自己的眼光太差。程君之竟然将扔簸箕这种粗陋的行为，荒唐地上升为"后知识分子"，写了一个详细大纲，惹得草帽发疯似的大笑。冯经理一向在意自己的洞察力，多年以来，他常常以为自己能够对事物明察秋毫，这次却在程君之身上翻了车。冯经理不再想见他，准备试用期一结束就请他走人。

随着中心工作的推进，发行问题提到日程表上来了。书商要冯经理再招一个具有初中以上文化程度的待业青年，担负起发行方面抄抄征订单、发往邮局、统计回执等琐碎事情。冯经理连想都不用想，就干净利索地打发四年前就拿到了中原大学本科文凭的程君之去了发行部。

程君之搬往一楼发行部那天，中心突然像无声电影一样，人们伫立走廊的栏杆旁，看着兜住一大包东西一阶阶下楼的程君之。大家想帮他一把，用细微的行动显示一下或多或少的同情，可是人们没有帮他，所做的只是相互看看，他们暗自庆幸着，是程君之而不是他们本人，由编辑稿件变成了机械地抄写信封，被调整到墙角堆满牛皮纸信封那个鬼地方了。

真正关心身处逆境的程君之的只有苏汝良一个人，几乎每两天他都会抽出时间去真诚地看望程君之。他总是事先想好什么话题，交谈起来有个中心，好让煞费苦心的话题包装起内在的同情。程君之需要同情，又见不得温情被赤裸裸放在桌面上。为此，苏汝良扮作一个仅次于程君之的受害者，从而造成他的到来是因为有一肚子苦水无人倾吐同病相怜的印象。当他成功地避开程君之敏感的自尊心免受同情刺伤后，这才恍悟自己走得太远了。他装得那么像，以至于连自己都真的感到有种无形的力量在迫害自己。

程君之向往的世界是个音量微小、行动缓慢、色调阴郁的世界。就像他所居住的中原地区的晚秋时节。这个时节发生的事都能在他内心世界里回响。春天让他烦躁，夏天让他窒息，冬天让他苦闷。只有秋天，初秋至中秋、中秋至深秋的层次一步步加深，他的身心也就一步步融入大自然的深处。当他踏着哀艳的黄叶独自徘徊在郊外的林间小道，他就像一幅扁平的人体画贴在了风光的背景上，感到了自我的消失。他把这归结为"卡夫卡情结"。多谢卡夫卡。是他给这个喧嚣的尘世提供了一个脆弱孤独者的范本。

自古以来幸福可以分享，痛苦难以分担。没有同情的痛苦是灾难，有同情的痛苦还会重新提升为一种更深的痛苦。通过掩饰而释放出的同情固然容易接受，但终于事无补。程君之又一次体会到精神被流放的痛楚。"总是没有一个中心。总是一个流浪的陌生人。"这是程君之自十六岁至二十六岁对自己命运的评语。

"谁也拯救不了我,我的命运决定我永远是个边缘人。"他在悲伤地告诉苏汝良自己的身世之后这样说,并用手指在布满灰尘的桌上写了四个大字:"无家可归。"

苏汝良呆呆望着囚在尘土中的四个大字,一种又冰又酸的感觉袭上心头。他已经无话可说了。

程君之所说的家不是通常意义上的家,他指的是精神家园。这一点苏汝良当然很清楚,但程君之却以为别人很难洞悉这一点,他正要解释,就被苏汝良打断了:"我知道你'无家可归'的意思。但我并不认为是什么命运。这到底为什么呢?为什么你总是过得不如意?"

"也许因为理想?"

"因为理想?"

"因为我是个理想主义者。这就是我无家可归的根源。"

"你的痛苦是形而上的,因此,发行部和编辑部对你都是一个样。你何必非要依恋编辑部呢?"

"对位。你应该懂得对位。编辑部与我的精神还存在某种对位的关系。"

这次谈话的最大的成果是,程君之决定第二天去找冯经理申诉苦衷,要求调回编辑部。他形象地说:"发行部与编辑部虽然楼上楼下只隔一层天花板,但进发行部却有如进入渺无人烟的边陲。每当我打开发行部的门,荒凉孤寂就像边陲的寒风向我袭来。"

冯经理神情严肃地听着,不住地点头。每当程君之说到动情之处,他的头就点得重一些,并且包含理解和道歉的意味。程君之的申诉在结尾就变成了沾着泪水的请求:"我要回编辑部。"

冯经理沉重地离开沙发,沉重地在屋里踱了几个来回。一个人即使自身充满人类最痛苦的感情,那也只是个人的事情罢了,在指挥官的眼里,一个小兵只是棋盘中的一个棋子,他作为一个人的全部内在的感情、愿望,统统浓缩于棋子的外壳。在人间曲折跋涉了几十载的冯经理踱了几个来回之后,突然在申诉人面前收住了脚步。他盯着申诉人忐忑不安的随时准备退缩的眼睛,沉重地说:"君之,本来我是不准备对你说的,但是现在看来,不说是不大可能了。对你的安排,我是掂过来掂过去,费了不少心血的。你现在还不知道吧,你的身上有着特殊的任务。"

程君之显然被这番话给吓着了。他没料到自己的身上竟然有着自己还不知道的神秘的东西,并且这东西还在别人的秘密的操纵下起着特殊的作用。他感到自己瞬间变成了一具空壳。

"君之,你坐下。"冯经理指着沙发,自己却更显高大地站着,"我一直有种隐忧,本不该现在告诉你。你想想,发行是我们的生命线,我们中心的全部效益最终都要体现在发行上,表面上,跟书商定了发行协议,但现在的事很难说,不少杂志社的发行都是在这个环节上出了大问题。我当然不能坐而论道和坐以待毙。但我要是安插人,书商又不会同意,还会责怪不信任他。可是发行的命运只掌握在他的手里能行吗?"

"那为什么要选上我?我认为我不适合这种工作。"

"恰恰相反。我是经过观察、分析之后才选上你的。君之,我看你身上有一种常人不具备的美德——献身精神,任劳任怨。"

程君之心中的块垒得到了部分的融解。然而问题的本身还是没有得到解决,正像一个自以为挨打受冤的孩子,虽然事后明白了挨打的原因,但毕竟挨打本身还是疼痛的。所以,他说:"其实,我在发行部也根本不知道书商的事情,我无法看到他在哪里。"

"见不着他不要紧,你没有必要见到他。你只是了解一些信息,现在电话找他的不是越来越多了吗?你可以以发行部人员的身份问问情况。君之,我可是把心中最深层的东西交给你了,这一点,连谷主任都不知道。"

如果和冯经理的这一番对话是在深秋季节就更好了,那样会在以后的某一时候轻而易举地回眸这一天。遗憾的是,那只是初秋的一天,阳光从门楣上的玻璃窗鲜亮地照射进来。多边形的光斑在墙上移动。在他面对内心莫大苦役的时节,不期然得到冯经理的一席肺腑之言,于是灾难的十字架上缀上了一束花环。公开的苦役掩盖了一宗秘密执行的使命。程君之从来没有遇到过一项称得上是"重任"的东西。现在,冷丁让他扮演一个潜伏卧底的角色,这让他觉得自己突然置身于一个虚幻古怪的场景。他搞不清自己遇到的特殊情景属于一分为二呢还是合二为一。这种感觉让他难堪。他再开门进入发行部就会产生同时有两个人坐在椅子上的奇怪的重叠感。如果他换到桌子的对面坐在那里的椅子上,又会觉得先前的自己留在原来的位置上。

为什么不安插别人而安插我呢(他不习惯接受"安插"两字)?两天来,他总是回想冯经理把手有力地落在他单薄肩头的样子。当时他还看见墙壁上菱形的阳光映着冯经理的头像。这个头像像个幻影不断浮现在他的眼前。甚至骑车经过繁华街道回到半城市化的乡村租赁的屋子里,那个好像在菱形镜框里的头像也移植到他的墙壁上。住在这里能听到半夜京广线传来的悠长凄凉的火车鸣笛,那种鸣笛沾满离愁别绪的阴郁的空旷感,他认为这是世上一切声音中最动人的声响。

一个星期下来,他也没有利用被人看不见的优势捕捉到什么了得的信息。他有点儿担心,要是哪天冯经理突然神秘地问情况如何,那该怎么办。所以,他再待在发行部抄写信封,心里就生出灼热的折磨,凝神倾听冯经理办公室的动静。他最怕开门声。

尤其是有一次冯经理慌慌张张开了门、脚步急促向他这里奔来、拐进楼梯间的厕所的那工夫，真是让他紧张得要命。还有一次，他正面撞上了冯经理，血液一下子涌上面部，幸好冯经理有比追问他红脸更重要的事要办，只是略略点了下头，就从他的身边过去了。

程君之默默地对图书市场进行调查。做发行给他提供了一个透视市场的角度。汪洋无序的图书市场让他惊呆了。在这座城市，且不说图书，仅是各类杂志每月就有近五百多个品种。其中百分之十属畅销，百分之二十持平，百分之二十略亏，而百分之五十滞销压库。畅销持平的大多数是民间故事、奇闻大案等以刊代书的杂志。像冲击波写作中心所追求的时代热点这类杂志早已汗牛充栋，必在百分之五十的滞销压库之列。程君之还从一个叫向刚的书商那里获悉，现在盗版成风，只要是本热销书，马上就会有多种的盗印本。向刚说："你们中心的书只要敢达到五万册，准会被盗印。别说发十万册了。"

程君之真想把自己从市场侦察的"敌情"告诉大家，让大家早些清醒，他的条件很简单，只要大家尊重自己，想起自己，关心自己就成。可是，这个简单的要求却仍是很不容易实现的，甚至连以往的朋友苏汝良现在也很少再来发行部了。他从失望变成焦灼，又从焦灼变成得意。现在他时常想起鲁迅笔下的铁屋子。让这些自以为是的人窒息去吧。你们的乐园其实是座火山！

傍晚时分，人们纷纷离开，中心空落落的。只有冯经理的窗口亮着灯。程君之像个把魂丢在树林里的躯壳进了小院。他故意将脚步弄响，故意将钥匙抖得哗啦啦，故意将门关得有点震撼力，然后心跳怦怦地等候给他秘密使命的冯经理过来。

等候是徒劳的，院子里静得沉重。冯经理的屋里传来打电话的声音。程君之实在忍受不了，抱住最后一线希望，敲响了冯经理的门。

开门人的态度很平淡，甚至没有请他进屋的意思，整个身子挡在门口。那是种打发来者的典型姿态。

一个人，尤其是文人，最无法忍受的就是屈辱。程君之现在在自己的租赁的民房里泪流满面地徘徊，那种凄凉的神情和投在墙壁上寂寞的时大时小的影子，令人遥想久久踌躇于汨罗江畔的屈平大夫。

第二天，他昏头昏脑像个木头人。一切都在半意识中进行，他连骑车的能力都没有了。他坐在汽车里，看着城市一块一块地变形。电车尾随着长长车队蚁行在色彩斑斓的都市腹部。这个两百万人口的大都市被一浪高过一浪的浓艳吞没，服装鲜艳，车体多彩，拔地而起的楼群和凌楼高耸的贵妇兼放荡女为一体的商业广告，这个由玻璃组装的大都市相互吞吸着景深，飘浮着嘲弄阳光的色块，在繁华如梦的上空，悬浮着醉人的肉欲气息；色彩和体积在运动中搅拌，城市之光沿着纵横交错的道路攀着高耸的大厦,一纵一纵向上直焊天空。冲击而不是抚摸,震荡而不呢喃,树叶间的天然气韵被喧哗的欲望撕得粉碎,寂寞被驱赶到发霉的角落,任你是天生的忧郁者,任你是天生的孤独者,统统要屈服于商业的强行奴役。

　　第一份征订单终于盼回来了,从保定来的,两百份。一连半个月,几乎每隔两天程君之都去冯经理那儿汇报封面订单的回执情况。每次的时间难以超过五分钟。但有一天却是例外,冯经理突然留下程君之,还笑眯眯地递给他一棵红塔山香烟:"现在总数多少了?"

　　程君之经常看见这个自以为是的中年家伙的笑,但那往往是对别人的,与自己无关。然而,这熟悉的笑今天却与自己扯在一起了,就有点儿叫他觉得突然,不自然,心慌,甚至很感别扭。

　　"两万份。"程君之说。

第 *11* 章　哈姆雷特的命题

> 凡是有生活经验的人,一眼就能看到这里有隐情,也就更会有效地激发出追问下去的兴趣。结果也就自然让巴望着蒙混过关的人更为难堪。

程君之没有透露要命的两万份的数字。其实,也没有人去发行部问过征订的事。就连苏汝良也没去问过。他们一味地钻进选题策划里,还缺乏对市场的认识。人们觉得,只要策划好选题,一定有读者市场。

两万份是个灾难性的数字。按说,从征订日期起,直到最后的期限,征订多少就是多少,积少成多的数字总和在没有上帝的帮助下是很难激增的。冯经理把自己一天到晚关在屋里,气急败坏地盯着摊在桌上的从全国各地飞来的订单,他实不敢相信这会是事实,他最满意的封面订单发出了两千份,却只回来了两万份订数!这里面一定有问题。可是问题出在什么地方他又无从查起。按协议,第一个封面不到开机数,就要赶快发第二个封面,可是书商同意的那个封面冯经理根本不打算发出。

印刷厂迟迟不见开机的通知,误以为这笔生意被别人抢走了。他们买通美编,在一个无人的夜晚,偷偷打开文件柜,看到书稿确实还躺在里面。他们纳闷又怀疑地发问:"为什么不把稿子交给印刷厂呢?"

第二天,美编带着问题去找谷主任。谷主任最怕别人问他这类问题,因为他也不知道事情的原因。他唯一的办法就是躲避大家,好让大家从他的躲避中猜测出不是他不知道,而是因为某种缘由他不能透露。他的自尊心要求他至少在表面上要显得比大家知道得多一点。为此,他对冯经理很不满意,因为冯经理应该把他和大家区别开来,让他知道得多一些;他作为中心的主任没有享受到这种殊遇,还得强装比别人知道的多得多。一贯恪守不说脏话的谷主任忍不住了。

　　如果这时候有人去发行部坐坐,跟孤独而又知情的程君之聊上几句,或许真能得到点儿有用的信息,但是没有人肯下来,他们依然乐得在自己喜爱的二楼上,他们抱有希望,书商总会把稿子拿到印刷厂的。这段时间里,他们最讨厌朋友,讨厌原单位的同事,讨厌家人,因为他们总是善意好心地询问中心的情况。每逢这时候,他们就支支吾吾,环顾左右。凡是有生活经验的人,一眼就能看到这里有隐情,也就更会有效地激发出追问下去的兴趣。结果也就自然让巴望着蒙混过关的人更为难堪。

　　就像股市K线图横盘整理那样,阴来阴去下大雨,终于在沉默中有人爆发了。草帽率先扯响嗓子表示抗议:"我们丢掉了铁饭碗,来干什么呢?来开创一番事业!可以说,我们担了很大的风险,中心的命运就是我们的命运,我们不仅要对中心的发展有所了解,我们还要对中心遇到的问题有所了解。现在,我们编好的稿子一压再压,说明什么呢?说明出了问题。中心的负责人应该把大家召集一起,讲明情况,好让我们心中有数!我老婆跟我吵架都开始用看不起的口气来了!"

　　谷主任隔着门听到那里的骚动,心里暗暗高兴。他灵机一动把美编叫到自己的办公室。几分钟之后,那摞稿子就堆在了他的办公桌上。他想借大家的力量,给冯经理敲敲警钟,好让他悟出来不把谷文成当成自己人就没有人替他揽事情。

　　他的目的达到了,每个人都看到了桌上的稿子。

　　中午,冯经理路过这里也发现了,他责怪地问:"你怎么把稿子堆在桌子上?"

　　"我想再统统稿子。"

　　"把它给我收起来。"

　　"为什么我们总是不发印呢?"

　　"你先把它给我收起来!"

　　谷主任沉默了,想抓住这个时机再顽强坚持一阵子,好表明自己的存在,但他坚持一半就退让了,极不情愿地叫来美编,将稿子又锁到柜子里去了。

　　下午,关于中心命运的话题依然延续着。

　　一向稳健的苏汝良担心起来。一旦惹出乱子就很难洗清自己。他趁人议论的当口悄悄溜进谷主任的办公室,打算委婉地表明自己的中立立场。他刚说几句话,发现那堆上午还在的稿子已然从桌上蒸发了。他又悄悄折回编辑部,夹进议论者中间,对祝贺使个意味深长的眼色。

　　"什么事?"祝贺跟在他的身后,尽量不被人发现地进了二编室,并且用与苏汝良眼色相适应的口气轻轻问。

　　"那堆书稿终于发印了。"苏汝良微笑地说。

　　"你怎么知道?"

"这稿子一直在美编那儿放着,今天上午突然堆到谷主任的桌上,下午又不翼而飞。"苏汝良缜密地分析道,"你想想,稿子拿出来,又不见了,它还能去哪儿呢?"

祝贺站在原地愣了愣,觉得这事有点儿不大正常。显而易见,稿子被滞留在编辑部是因为某种缘故,这种缘故不会因为大家的议论就立马消解了。他含糊不清地打量了苏汝良一眼,转过身,从大家的身边绕过,走到谷主任办公室门口,朝桌上瞥了一眼,果然,那堆压得人们透不过气的书稿真的消失了。

这个消息令人喜出望外,只有草帽显出尴尬和难为情。他是那种知错就改的人,是那种冤枉了别人就勇于检讨的人,如果不向对方公开道歉,他的内心就不安。经过再三考虑,他从二楼下到一楼,真诚而沉重地推开了冯经理的门。

"我来负荆请罪。"

冯经理正在深陷的沙发里苦思愁想,听到这声没来由的话,纳着闷反应不过来。依他的经验判断,中心里谁都有可能在一定的条件下做对不起他的事,草帽则不会。然而,草帽又怎会平白无故地负荆请罪。冯经理从沙发里欠起身子,莫名其妙地看着门口的草帽,他请他坐下,有话慢慢说。草帽坚持不坐,继续沉痛得像个悔过后的罪人似的勾头站在门口。

冯经理在他面前踱了几个来回,打量着面前这个古里古怪的人:"那好,你说吧,你请什么罪?"冯经理只好顺从了他,想听听草帽到底办了什么对不起自己而自己还不知道的事。

"我不该太冲动。"

"你不该太冲动?"

"是的,我不该太冲动。我原想只是了解一下,书稿为什么迟迟不发往印刷厂,以为你遇到什么问题背着我们。现在回过头看看,根本不是这么回事。你其实要比我们焦急,你之所以不让我们知道问题出在哪里,是怕我们心理负担重,影响工作影响生活,你就独自顶着压力……"

"好了好了。"冯经理实在听糊涂了,看在草帽那副痛心疾首的可怜相,他知道一定发生了什么误会。他像个智者那样,走到门口,好奇地拉着草帽的手,轻轻地捺着草帽瘦小的肩头让他坐下。

"说吧,我顶着……什么压力了?"

草帽坐在沙发上仰着头:"稿子咱们早编好了,编好两个多星期,就是迟迟不发到印刷厂,这里肯定有原因。您说是吧?"

冯经理点点头。

"但是现在解决了。"

冯经理还是点点头。他一直怀着好奇心,带着欣赏的表情听着草帽说话,同时推测着这场误会到底出在什么地方。他不断地点头,鼓励草帽往深处说下去。

"冯经理,现在问题既然解决了,您能透露一下到底遇上什么问题了吗?"草帽很难看地笑道。他见冯经理对此没什么反应马上改口,"我提这个要求也许太过分了。"

"问题……解决了?"冯经理停下脚步,"我不知你在说什么。第一,什么问题?第二,问题怎么就解决了?第三,又是谁把问题给解决的?"

"当然是您给解决的。"

"我?我是怎么把问题解决的?"冯经理的身子一下硬起来,敏感地想到是不是草帽在嘲弄他。事情办糟的时候却听到的夸奖,大都是嘲弄。

"稿子不是送……印刷厂了?"

"什么稿子?印刷厂?"冯经理的眼睛迅速眯成了一条缝,恶狠狠地瞄着草帽。他绝没想到草帽胆敢这么肆无忌惮地当面嘲弄他,"你知道你在和谁说话吗?嗯!"

草帽的脖子像被砍了一刀,猛地勾了下来。

现在,三个月的试用期已经临近,留谁辞谁到了该表态的时候了。然而,中心的前途却是那么渺茫。从"冲击波文化丛书"到以刊代书的短平快项目的转变;从第一个封面到第二个封面征订的妥协。尤其是,现在的征订数只有可怜的两万册!还能往下走吗?还能有什么新的选择吗?正像哈姆雷特的脑子里总是闪着:"死,还是活?"冯经理的脑子里总是闪着:"办,还是不办?"

草帽的负荆请罪给他一个重要提示,他除了面对封面选择和发行本身,他还要关注这伙年轻人的思想动向。他们辞去公职冒风险的压力,到一定程度准会爆发。为此,他决定找一个人充当耳目。

申敏只从冯经理看她的那么一个眼神,就确信她已得到了不可言喻的重视。人们之间是有磁场感应的。从此,申敏再打水时都能主动顺便提上冯经理屋里的暖瓶。于是,这个暖瓶就成了申敏与冯经理接触的道具。申敏因自己缺乏姿色而长期自卑,尽管外表她不露痕迹地掩饰了这个问题,但她还是巴望着一种默默鼓励的眼光。她讨厌人们以貌取人的世俗观点。正像弱者呼唤平等那样,姿色一般的女人总是呼唤内在美。而令她伤心的是,编辑部男人的眼光,除了草帽,从没有人在她的脸上多逗留哪怕一小会儿。如果一个女人让男人的目光缠身是危险的前奏的话,那么一个女人惹引不来男人的目光,恐怕就是危险本身了。

冯经理的眼神尽管不是欣赏性的,但还是让申敏敏感地在意了。日常工作中就多了份观察别人的心思,更妙的是,她从不将汇报当成汇报,而是以零碎的、散乱的形式反映给冯经理。他俩之间没有委托和承诺,有的只是感觉和默契。

"试用期底线临近了,有人议论办合同的事没?"这天,申敏又提着暖瓶来到经理室,冯经理在闲谈了一些其他之后,问道。

申敏因自己缺乏姿色而长期自卑,尽管外表她不露痕迹地掩饰了这个问题,但她还是巴望着一种默默鼓励的眼光。

"这几天,他们总是在议论这件事。"申敏知道这事对冯经理很重要,所以在平时很是留意。

"有谁议论了?"

"都议论了。"申敏很有把握地说。

"徐韵呢?"

申敏用了一种连她都觉得无所来历的口吻说:"能少得了她吗?"

"他们是不是担心被炒掉?"

"我个人也有这个担心。"

"嗯? 我知道了。这样子,有句话你跟大家说一下,当然不要专门告诉大家,要显得不经意地透露给大家……"这是一个故意不完整的句子,"好不好?"冯经理诡笑而意味深长地说。

申敏相信冯经理故意把后面关键的话省略,由她猜测,不仅是对她智力的信任,更是对她与他之间默契的信任。

"好。我不经意地透露给大家。"她又乖巧地回答。

冯经理怀疑她能理解他并没有表述出的关键意思,毕竟他们之间还没有默契到那种地步,所以在他思忖片刻后,他还是不大放心地问道:"你知道我要说又不便说的话是什么吗?"

"知道。"申敏嘴绷得很紧,一副万无一失的样子。

"那你先说给我听听?"

"你的意思是:让大家知道,试用期已经快满了,有的人可以根据自己的表现情况对自己进行考评。不合格的可以自觉地离开了。是不是这个意思?"

"一点儿都不是!"冯经理当即给予了否定。他倒抽了一口冷气,因为她的判断正好与他的本意南辕北辙,"一点儿都不是。"

申敏的脸涨得通红:"一点儿……都不是?"

"正好相反!"

"那……"申敏有点胆怯地小声嘟囔着。

"我的意思是,让每个人都知道我对他们很满意。"

"可你并不是对每个人都满意呀?"

"这正是我想通过你的嘴透露给大家的嘛。"

申敏受了某种愚弄似的扭动几下身子:"我怎么给听差了。"

"如果我让一部分人离开,那么这部分离开的人就肯定会闹事。"

"为什么?"

"因为在这三个月的试用期,中心什么事情都没有办成,什么事情都没有办成。"

冯经理忧心忡忡走到窗口,看着天空,脸上呈现出某种不吉祥的凝重之色,"同时,不排除第四个月和下面的时间也还出不了刊的可能。"

"那又怎么样?"

"我不能说是你们之间某某人的过错,只能是我冯经理的严重失职,所以,"冯经理转过身,并没有看她,好像是在低头自言自语,"我必须让每个人都先留下来,换句话说,在中心还没有办成一件事之前,得让人们安心留下来。直到我办成事之后,我才有资格宣布留用或离开的人员,到那时,谁想闹事我就不怕了。"

申敏松了口气:"这下我算明白了。"

"我本来不想把话说这么直白,可你又理解不了,只好这样。"

"冯经理,有句话我不知当问不当问?"

"你可以留下来。"冯经理知道她要问什么,说了一句对自己是策略对她来说是谎言的话。

第 *12* 章　制造中国男妓

> 你会吃惊地看到,中国男妓几乎成了一个产业！事实上,远不是那么一回事……可以负责任地说,中国的男妓现象完全是我一手制造出来的。

　　中秋节一过,天凉了。天一凉,祝贺与诗人就从树上下来了。从树上下来了,一切又不可避免地进入常规了,这是祝贺所不愿看到的。当然,也没什么大不了,结束关系就结束好了。只是让祝贺奇怪,结束得太干净,其干净的程度就像没发生过一样。

　　这天,诗人在小院里看书,看见几片秋叶在空中一袅一袅飘滑,心头陡然勾起一丝怅然。一连几天,她就在小树林里寻找孤独,天空常常布着乌云,城市在萧瑟中变得简洁起来。诗人关于"伊甸园"的诗作不断地增厚。她将那些在"智慧之树"发生的似是而非的感喟分批寄了出去,向她约诗的报刊很多,她不必操发表的心。有好几次,她到邮局寄诗的时候,总是遇上美编,他拿着身份证填写着收款单。她感到很是蹊跷,这家伙似乎有取不完的稿费。

　　可以说,诗人从来不相信美编会写什么东西,那么多的稿费就不得不引起她的好奇了。她开始对他留意起来。人就怕留意,一留意,果然发现他默默地干着另一件在他自己看来比什么都重要的事。

　　美编的办公桌上经常堆着各类报刊,他的那把剪刀很熟练地在里面游走。因为美编的工作性质之一是搜集资料,大家见他忙忙碌碌谁也不会多问,连一向敏感的苏汝良也对此熟视无睹。诗人自从有了好奇心之后,再来二编室就存了份留意。她发现的第一个奇异之处是,美编剪裁的报刊并不是图片,而是文字,并且统统是完整的文章！接着是更为重大的发现,美编将文章分成一块块,分门别类地装订起来。这种行为已超出了美编的常规的工作内容。她的好奇变成了疑心。有一次,她试探地问他把这些文章剪掉干什么。由于没有把握,她的声音显得谨慎小心。

美编停下了手中的剪刀,抬起头,与诗人的目光碰在一起。关于剪裁文章的工作他已经在案头上干了近两个月,并没有人停在他的桌前看上一眼,而诗人对他向来是冷淡有余,今天却一反常态地关注他了,这使他感到意外。

"你刚才说什么?"他当然听清了她说的是什么,因为内心害怕,不敢正面回答,只得机械地反问一句。

"你把这些文章从报刊上剪下来干什么?"她又问,身子向前移,歪着头看那些被剪掉还未装订的文章。

美编迅速将零散的文章一份一份地收集成叠,用张报纸盖在上面,然后防备地看着诗人。"我当然有用了。"他使用了一种冷淡的口气,以便给询问者一种多管闲事的感觉。

诗人没趣地悻悻然转身走了。

同屋的苏汝良这时从椅子里转过身。经诗人的提醒,他也觉得美编一天到晚用剪子"咔嚓咔嚓"地剪东西很值得研究,于是双手插在裤兜慢慢踱过来,可他还没来得及用审视的目光盯看桌子上的东西,就被美编给轰走了。

丁宇然伏在案头上整理他前几天在车站广场的笔记,单从他那投入专注的神情,谁都以为在他之外的任何响声他都无法听见。他那么沉溺于其中,美编还以为他已经坐化了。美编将关心自己的两个人打发走,排除了干扰,更加放心地干起了他的剪裁工作。可他刚刚将收好的文章摊开,那个看似坐化的丁宇然突然丢掉手中的钢笔,奔了过来。他和前两位的方式大相径庭。他一句话也不说,整个身子趴在美编的桌上,东挑西拣,甚至还先后拎起几张被剪得满是窟窿的报纸举在空中认真端详。他这种由表及里、由浅入深的行家似的检查手段,应该归功于在车站的夜巡,他从夜巡中学来了足够在日常生活派上用场的侦破经验。检查完物件之后,丁宇然实施了下一轮的也是最为有效的绝招,他用看透事物的眼神盯着美编。

美编的目光仅与丁宇然对了一个回合就像只被击伤的鸟,倏地躲开了。他低下头,下意识地摸摸鼻子。他又觉得自己压根儿不该害怕这眼光,毫无道理嘛!于是,他又重新抬起头,眼睛里尽量放射出"谁也别想压服我"的倔强的"人格高于一切"的光芒。美编顽强地用意志支撑着自己,时间在沉重地艰难地龟行。他感到他的意志支撑不了他的目光了,因为目光一点点向里萎缩,他又感到支撑目光的意志之柱也开始像烤热的蜡烛般迅速软化。他的目光完全失去了内在的力量,几秒钟后,他所能做的只是尽量把眼皮抬得更高一点儿。

丁宇然的目光继续向美编眼睛的景深挺进。

美编重新去收拾桌上的东西,他努力显得有条不紊,但这也很难做到,只好将报刊胡乱推入抽屉里。他低着头,抽身往会客室走去。丁宇然的审视正在兴头上呢,当然不允许对方轻易溜掉,不容分说伸手一把抓住他的胳膊。

"你干什么?"美编挣一挣,反感地问。

"说吧。"丁宇然说。

"说什么?"

"你知道说什么。"

"你怎么用警察的口气和我说话?"

"你让他说什么?"转回来的苏汝良看出这里很有点儿意思了。

"你难道看不出来吗?他是个文抄公。"丁宇然动也不动地回答苏汝良。

苏汝良将目光投在美编的桌上,巡视一遍,温和地责怪道:"你'咔嚓咔嚓'不是收集资料,而是……这样可不大好。"

"仅仅是不好吗?简直是可耻!"丁宇然愤愤地嚷道。他这一嚷就把一编室的人给嚷过来了。诗人也嚷了起来,她还睁大一双惊恐万状的眼睛,喊了声关乎老天爷的一句什么话:"我说他哪儿来的那么多的稿费。原来是这么干的!"

"都听听啊,"丁宇然将他刚才看到的告诉大家,"光是第三者这类文章,他只把题目变动变动就搞了几篇出来。《第三者的心灵切片》、《第三者的心灵暗箱》、《第三者的心灵透视》、《第三者的心灵日记》、《第三者的心灵秘语》、《第三者的心灵曝光》。把 A 市换成 B 市,把小红换成小云。这种一稿多投……"

"其实也没什么。"祝贺插进来解围似的冒出一句,"一稿多投又有什么呢?"祝贺违心地说,他当然知道这是个问题。只是看到诗人又再刻意表演自己,很想跟她过不去。他知道,这样就能看到"树上的夏娃"和"公开的诗人"两个角色有趣的变化了。"真的没什么。"祝贺向她保证地说。

"那么这个世界还有什么事情有什么呢?"

"你说得对,从严格的意义上讲,这个世界本来真的没有什么东西是有什么的。只是许多人为的标准,使这个世界有了这和那的区别。"祝贺觉得把自己舍出去效果更好,"美编的行为,我也做过。"

"我以后再也不相信我赖以生存的眼睛了。我,我是个文化盲人。"诗人夸张地自嘲说。

"那也不必。"祝贺假惺惺地安慰她,"看事物还是相信自己的眼睛为好。"

"你为什么也……抄呢?"

"为什么不抄呢?"祝贺说,"我的大学毕业论文《苏轼的山水诗散论》就严格的意义上讲,也是抄的。这篇论文登在校刊上,还在古典文学界引起了关注。我是怎样抄的呢,我精读了十几本研究苏轼的著作。把它们的精华取出、打乱,改头换面为我所用,我只是抄得更加隐蔽,更加技术,更加让行家挑不出罢了。"

"这和抄还是有区别的,你那是研究。"

"不不。这点我自己很清楚。"祝贺尽量要说透道理,"你想想,有几个人能独树一帜?那么多刊物期期要出,哪儿来那么多的新玩意儿?绝大多数是抄的,它们的区别是多与少的关系,显与隐的关系,或者说,是五十步与一百步的关系,唉,'天下文章一大抄,看你会抄不会抄'!解决了这个问题,我们再回头重新审视美编,就会发现他是很令人敬佩的。他在抄的问题上表现得那么大胆,那么直率,那么坦诚。我认为直率与坦诚是人的一种美德。"

"祝贺!"诗人睁大眼睛,"你让我恐怖!你这是混淆黑白,故意偷换概念。"

"一回事,真的,"他几乎哀怨地说,"我不骗你,真的是一回事。欧阳修在《六一诗话》提到个叫许洞的人,让九个作过不少诗的僧人——放现在也是作协会员,顺便问一句,你是中国作家协会的会员吗?哦,暂时还不是,那没关系,以后肯定会是——许洞要求九个僧人作诗时不得犯几个字:山、水、风、云、竹、石、花、雪、霜、星、月、鸟。结果这九个僧人都一下愁眉苦脸只好搁笔。漫长的一千年总算过去了,你们如果不犯那几个字,是不是还能写出诗呢?"

祝贺觉得挺可笑,要不是因为讨厌这个诗人,他一定会加入对美编的口诛笔伐。这下可好,他反把自己打扮成了一个与美编心灵深处相沟通的盟友了。事实就这么奇怪,当他言不由衷、另有所指的时候,他竟然发现自己阐发的观点那么合乎情理。

谷主任正一手捧着脸坐在窗前冥想,邻屋的吵闹声干扰了他。他起身把门开开,又关一半,重新坐回到窗前,这样基本上可以在不影响思考的情况下,听到那边争论些什么了。他正在思考关于"风度"的问题。这个话题情人许娜英多次给他讲过。"风度是一种形象,"许娜英说,"形象是一种生产力,也可以说是一种生产关系。一个男人要有风度,一个领导更要有风度。所谓风度,就是优雅、轻松和睿智。尤其在困难的时候,在危险的时候,风度就是冷静地劝说和疏导。"冲击波写作中心陷入了困境,这已不需怀疑了,人们情绪浮躁,弥漫着火药味儿。在这种情况下,作为部门头头,"风度"的问题就上升到了相当重要的位置了。

那边的吵闹声又大了起来,谷主任打算尝试一种叫做"风度"的东西。他出了门,感觉好像换了一个人似的。如果平常,他会站在门口用质问的口气说上一句怎么回事,表现一种狭促的气味。这次则不同了,他慢慢地走到美编身边,不经意似的转了一圈,盯着他看,或者说打量,当他觉得美编明白自己的意图了,再一声不吭地走出,回到了自己的屋里。他等了十几秒钟,没有身影跟来,便想到这可能是一种新方式,别人还不大理解,于是重新转身走过去,再次在美编身旁绕了一圈,除了看上一眼,又增添了适量的笑容。他估计这回对方应该明白了,又一次转身离开。

果然美编跟在他的屁股后面,进了办公室。

谷主任坐在桌前,为了让自己在这件事上始终处于"风度"之中,他随手写了"风度"两字,好提醒自己。他又看了一眼,这才转过身。

"怎么回事?"谷主任脱口而出,马上意识到这句话在表现"风度"上,没什么益处,马上变成了另一种表达,"我不希望冲突在我们单位经常发生。"他用了一种行政的、略高于自己实际身份的口气说。"我都知道了,"他在美编身旁走了两步,好像谈一桩和友谊相关的事情,"这属于世界观的问题,而世界观又是无法用冲突来解决的。比如,"谷主任停顿下来,他并没有想好举什么例子,只是习惯性地说了个"比如",于是就迟疑于掂量怎么表达得更好,更有风度,"比如说我吧,除了工作需要的文字之外,我从来不写诗、散文、小说、杂文,连文艺评论我也不写。这就是世界观的问题,我属于继承了孔子'述而不作'衣钵的那一类。属这一类的人很多,为什么不写?不是写不出来,而是对写作有种敬畏。必须有新东西,必须有别人发而未发的东西。可是,我们这是个什么时代?大师出书,后生也出书;天才出书,愚夫也出书;呕心沥血的出书,花钱、抄袭的也出书。还有一种恶劣现象,以高产为荣,动不动几百万字。《论语》一个小册子治天下,五千言的《道德经》治人心……"

"你跟我说这是什么意思?"美编唐突地打断他。

"我的意思是,在这个泛书主义时代,我算少有的头脑清醒者。"谷主任边说边揣摸自己在"风度"上的表现。他觉得仅仅讲风度是不够的,讲形式也是不够的,讲仪表也是不够的,还必须有智慧性的独见,"有一次,我去图书馆,长达两个小时我没看书,我看什么呢?我看那些看书的人。早已有无数册书像石头塞在书架上,还有多如牛毛的书滚进收购站里。看到古今中外的浩如烟海的书籍,再回头看那伏案笔耕的、妄想跻身于书海占有一席之地的酸楚文人,我除了想放声悲歌,再没有干任何事的心情了。"

"你跟我说这是什么意思?"

"本来嘛,真理是在我谷主任这一边的,但由于这个问题像其他问题一样,都给搞得混乱了,我的观点,反而令人耻笑,成为没志气没才气的把柄了。著书意味着成果,成果就意味着名人。这种世俗的粗陋之见像病毒似的在文化圈、准文化圈里传播。瞧瞧吧!那能称之为著书吗?你中有我,我中有你,且不说研究性的著作,就是冠之为最富于独创的个性色彩极重的艺术,不也充满了严重的模仿吗?那些在文坛引起轰动的中短篇和长篇小说,当人们惊叹其艺术的独创性时,不是有不少马上就被人指出来与外国的某部某篇小说有可疑的对应吗?因为有了所谓的这成果那成果,就端起了一副作家、诗人的架子,就形为谦虚实则炫耀地题上几句'斧正'之类的话。"

谷主任发现自己有点冲动,赶快回头看看桌上的两个字:"风度",多少起到点儿抑制作用。"你对我的看法有什么异议吗?"他问。

"我知道你在说谁。这帮有成果的人总是抓住机会炫耀自己,仅仅是炫耀也罢了,这里隐含着有朝一日会在中国文坛像颗巨星,让你预先支付对他的敬重。"

谷主任指指门外:"你和他们的路子还不大一样。我看得出来,不过,"谷主任用分开的指头梳理了若干下头发,"如果你的事情发生在祝贺、丁宇然、草帽等身上,你同样会跳出来口诛笔伐,猛烈抨击。毕竟表现自己内在东西的机会并不多。他们并不在意你的什么抄袭,只是借机表现自己的良知。我的这个观点你同意吗?"

美编警惕地说:"我还没看出你的观点是什么。"

"你不要紧张,好像防范什么。我的意思很简单,人人都有抵赖的本能。你现在处在被攻击的位置,就会有一套为它辩护的理由。比方说,既然挣钱就不要怕别人指手画脚,再说,人一旦拥有了钱,就不怕流言飞语了。你还会骂这帮人蠢呢。三个月即将过去,中心从未挣过一分钱,而你个人却挣了八百多元稿费。你还会说你冯经理不该从中得到启发吗?你还会说诸公非要顽强地挺起高贵的头颅作雄鸡报晓状?为什么不躬下身低下头,在脚下好好寻出条路抑或踏着我的脚印走上几步好不好?你会这样说的。老实告诉我,"谷主任再次停下来,用自以为相当优雅的姿态歪了头,"你说了没有?"

"我说了。"

"看看,我猜得不错吧!"

"我经常在心里说,我是个小黑猫。"

"小黑猫?"

"又卑琐,又丑陋,又肮脏。可是这个小黑猫,逮着老鼠了。"

门外有几个人。他们几乎把脸都贴到了门板,他们希望谷主任把美编的行为上升到"文丐"上。但在书都不写的谷主任的眼里,他们统统一丘之貉。谷主任当然洞悉门外几个人的心理,他怕自己去开门的声音惊动门外的人,轻轻移到门前,猛地以欢迎的姿态将门打开。几个人在听门缝的时候挤在一起,现在突然失去了门的依托,还那么牢牢地挤在一起就显得不三不四了。大家的眼睛里同时放射着羞赧的目光,不约而同地双臂交叉抱在胸前,酷像沐浴的姑娘们突然发现面前站出个汉子。

"我刚才说到哪里了?"谷主任问。

几个人尽量表示不打扰他们谈话,顺着墙壁散开,静观着他们。"你们一来我就,噢,我刚才说到哪儿了?"谷主任转身问美编。

美编看到形势的严峻,他们像张网已经把他团团围住。不承认是不可能的,抵赖反而会遭到更疯狂的攻讦。他倒想尝试照实说来,开诚布公的态度既能省去诸多麻烦，又能让这帮攒足劲儿要咬死他的人扑个空。

"你说到我是只小黑猫上了。"他告诉谷主任。

"这是你自己的评价，别人可不这么看！"谷主任又朝桌上看一眼，再次提醒自己要保持风度，越是在争执的困难时候，越是要有面带微笑和化解问题的表情。

"这是只坏猫。"诗人鼻子头上都沁出了汗，"一只不讲道德的坏猫。"

"你能告诉我道德和不道德的界限吗？"美编问。

"抄袭和多投就是不道德的！"诗人坚定而不容置疑地下了结论。

"我问你的是，你告诉我道德和不道德的界限，而没问你什么道德什么不道德。我再重复一遍，我请教的是两者的界限。"

"这是个学术问题，"祝贺插话道，"咱们说的是实际问题。"

"一回事。你们划分不开凭什么就摆出谴责我的姿态？"

"你是为了赚钱嘛！"诗人干脆一枪将美编逼到死角。

"赚钱？赚钱就不道德了？"美编故意惊呆地反问，"我一向认为，贫困才是最大的不道德。我现在除了基本的工资，没有别的来源，我要维持基本的生活水平，交房租，管一个上大学的弟弟，每到月底我一天只吃一顿饭，这道德吗？而现在通过寻找出路，我基本解决了这个生存问题，我认为这才是最大的道德。"

祝贺忍不住了："喂，本来我算最理解你的人了。我还代你说了不少辩护词，为此我背上了沉滏一气的黑锅。我也不怕背，这年头，就是背个黑锅炉也没关系，人言可畏的时代已经过去。但我听了你刚才的一套高论就改变了以前对你的看法。不行呀，这样可不行。抄袭和一稿多投实在是极不道德的，这是众所周知的常识。如果这点你还是愣不承认，那可真是盗也有道了。"

"唉，"美编气急败坏地争辩，"你不知道，问题不在承不承认。问题不在这儿。"

"那你说问题在哪儿？"

"问题是，咱们大家都是一个坑里的青蛙，怎么就非要指我为癞蛤蟆？看看他们一个个以道学家的面孔交叉火力向我扫射，我就来气！多来点理解，多来点宽容好不好呢？"

"已经够怂恿的了。"

"大家都程度不同地违反基本道德，为什么偏偏声讨我，批判我？我声明，我的所作所为是该批判。这还不批判？世上就没有值得批判的了。我是你们的一员，知道什么该遭批判。问题在于，你们实在不具备批判我的资格。"

谷主任故意曲解地说："噢，我明白他说什么意思了。文化人在市场经济面前大都是一副不堪的狼狈相。咱们能不能惺惺惜惺惺？你是这个意思吧？你反对把自己的裤子脱掉当别人的旗帜。你要说你的所作所为和诸君并没有什么本质区别，只是更直截了当,更符合市场经济的规律。是不是这个意思?"

"就是这个意思。我把稿子抄了,投出,报刊纷纷刊用,为什么呢? 报刊也是为了拉读者,看中上帝的钱了嘛。就拿《中国男妓现象透视》一文举例,偌大一个中国有几个专事卖身的男妓? 又有几个能够发现的? 退一万步说,发现了那么几个,人家让采访吗? 可是这类的稿子却层出不穷。朋友们,请翻翻身边的报刊吧。你会吃惊地看到,中国男妓几乎成了一个产业! 事实上,远不是那么一回事。这我比谁都清楚。仅我的一稿十五投就百发百中。不少中国人有喜欢起哄的毛病,我的成功给许多像我这样的人树立了榜样,他们纷纷效仿,步我之后尘,一抄十十抄百,伟大的九月份就这么成了'男妓月'。可以负责任地说,中国的男妓现象完全是我一手制造出来的。我没有丝毫提倡男妓和同性恋的意思,我既不是出于信仰更不是因为生理上有奇怪的冲动,我只是为了挣点儿稿费。报刊也想扩大发行。大家都是为了挣钱,这有什么不好的呢? 噢,就说咱们自己吧,我们策划畅销书的目的是什么? 你,祝,你说说。"

"这里有本质的区别。哪能因为赚钱就打上肮脏的烙印? 你这是新时期下的'两个凡是'。我不同意。"

"你们发现没——"诗人为之心碎,"现在的人怎么争先恐后地养成了动不动就胡搅蛮缠的恶习?"

美编一点都不在乎别人对他的评价了。他不用再像个城堡总是忙于加固自身,唯恐别人偷袭和占领。现在他把自己的工事一一扒除,谁想进来都行。别人一旦不守卫自己,他就有了进攻别人的工夫了。这样很好,这样很松快。

美编开始反攻了,他提出了第一个问题:欺世盗名道德吗?

诗人不屑地摇摇头,没有回答。

美编又提出第二个问题:愚弄读者道德吗?

诗人说话了,反问这是什么意思。

"这两点,"美编用一种肯定的口气说,"你可都占了。"

"什么?!"诗人被蜇了一下。如果人格也有处女膜,这当口她的处女膜一定"哧啦"一声破了,"你要对自己说的话负责!"

美编声明他会负责任的,随后问道:"试问一下,你出过诗集吧?"

"正说你呢,扯到我的诗集干吗?"

"没记错的话,是两本,一本《月亮与爱》,一本《死国》。这两本书是怎么出版的?"没等诗人反应过来,他又说,"我问的是,是不是你花钱买书号出版的?"

诗人的脸蛋一下子烧得通红,这显然越出了处女膜的问题。她结巴了一下——没法叫人不结巴。因为这是她生活中唯一羞于启口的软处。"是,的。那又怎么了? 在国外自费出书的多如牛毛。许多传世之作都是自费出的,我可以一口气说出几十个。

比如……"

"这我知道。咱们今天就说咱们自己。你的脸刚才一下子红彤彤的。我希望这种颜色常驻不衰。人家知道自己是传世之作,你的呢?但你还是自费出了,花了六千元。如果你有钱也就算了。问题是,你没钱,你是东拼西凑借钱出版的。这里只有一个支点,那就是虚荣。你省吃俭用,借钱的时候扰乱了多少人的安静。这种虐待自己的生命和干扰亲友的安宁,难道是道德的?你用钱买成果,再拿成果换名誉,这是不是欺世盗名?"

谷主任在他们之间来回地劝说,如果不能心平气和地说话,他建议双方都回到自己的房间。因为他的调停没有半点诚意,毫无成效。后来当听到用钱买成果拿成果换名誉,就觉得这太伤诗人的面子,简直称得上要了人命。他拉下脸正要训斥美编,可是话一出口却意外地成了:"你说愚弄读者又是怎么回事?"

"本来嘛,月亮是个好东西,千秋万代唱不尽。你为了显得高于别人,却非装神弄鬼,引名言,引古诗,堆砌感觉,把自己打扮得如天女下凡般的纯洁。把月光写得不像是月光,把爱写得不是爱。这样造成什么结果呢?让读者直恨自己凡胎肉眼,枉活人间,憋足劲也无法找到你说的境界。这是不是愚弄读者?"

美编突然停下来,目光像榔头敲打面前的人:"愚弄读者是最不道德的。可以说,在一切不道德里排行第一。"

"闭上你的臭嘴!"诗人尖叫起来。

美编无法闭上,他的话语和思维同步,而思维又和情绪同步:"读者是虔诚的,可你却黑着心去愚弄他们!"

"闭上你的臭嘴!"

"这岂止是不道德,苍天在上,我操!这简直是,双重的罪孽!"

第13章　围歼老鼠事件

> 她去打电话，倚着桌子闷声对电话讲着，把声音把握在不高不低的音区里，间或插播一两声带有演出性质的浅笑，好让人猜测在电话的那端守卫着她的什么秘密和幸福，但凡女人都乐意这样。

这场争论之后的几天里，中心出奇地安静。人们干什么都是尽量把声音降低到最小程度。声音是一种语言。大家在低音区里行动就是要消失自己。人们对话少了，就是连目光也碰得少了，一个个突然养成了低头走路的毛病。毫无疑问，人人心里都明白，造成这种局面的罪人是美编。

就美编来说，他比任何人都感到压抑，他也是最怕声音的人。且不说他那把剪刀的"咔嚓咔嚓"声从此销声匿迹，就连他上楼下楼的脚步也虚得跟小鬼儿似的。美编后悔自己实在愚蠢，发生了那么多不道德的事情，自己为什么要在一怒之下当众一针见血地揭穿呢？祝贺为此很矛盾，他有点不忍心看他这样下去，有次悄悄地劝告他："你跟大家认个错，就说你当时太冲动，漏电了。"

"可我没有错，"美编有自责，但遭逢别人指，他反要争辩了，"要错也只错在当众说实话。"

"我极不赞同你这个态度。"

"祝，我是一篙敲落满船的人，大家都掉水里了。哦，我再解释，我不是敲你的，他能相信吗？他会说，你不是敲我的我怎么掉到水里的？你这个主意是欺人又欺己。越描越黑。"

"那你冷战着？"

"没关系,时间能解决一切。"

其实,冷战结束得远比美编预料的时间短得多,而且也简单得多——他们谈话的第五天,冷战就结束了,并不是出了大的事件,并没有谁迫使美编向众人低头,它的结束竟然归功于一只和谁也没有关系的老鼠。

秋天到来之后,中心四周的小树林出现了一些叫不上名字的像指头大小的软体爬虫。它们有时出现在树上,有时出现在路上,那种碧绿色和咖啡色相间的软体爬虫,很是令人在生理上生厌,为此经常去小树林的人们不得不取消散步的好习惯。就在美编和祝贺谈论冷战的第五天,有两只爬虫很大胆地进犯到中心的楼梯的台阶上,并且被苏汝良踩死了一只。那"扑哧"的一声,和穿透鞋底隐约传递到脚心的破碎感,让他一下子蹦得老高,当他低头看到扁在地上流着浓浓绿汁的爬虫,又继续蹦了一下。另一只痛心地缩成一团。苏汝良瞅了一眼,往上走了几个台阶,拼命地在台阶棱上刮着鞋底,像逃出敌占区似的迅速回到自己的座位上,脑子里还沾着那被踩成液汁的扁虫。几分钟后,他好奇地去看另一只孤独爬虫,令他意外的是,那只爬虫竟然爬到了会客厅里。

苏汝良发愁地愣了一会儿,然后从电话桌上拿了一本杂志盖在爬虫身上,他估算着杂志的重量可以压得爬虫动弹不得,这才又一次回到座位上,期待电话铃一响,去接电话的人就会顺手拾起那本杂志。剩下的事只好拜托那位不幸的朋友关照了。

那位朋友本来该是丁宇然,他确实看见了那本地上的杂志,但他懒得弯腰,从上面跨过去。他这一跨就等于把任务交给了诗人。

她去打电话,倚着桌子闷声对电话讲着,把声音把握在不高不低的音区里,间或插播一两声带有演出性质的浅笑,好让人猜测在电话的那端守卫着她的什么秘密和幸福,但凡女人都乐意这样。可以说,没费什么工夫,她便看见了地上那本杂志。她觉得那本杂志在微微颤动,她定睛看看,果然那本杂志在微微颤动,只有像她这样敏感的人才能发现。电话打完后,她就好奇地俯身去捡杂志,那只被压得挣扎的软体爬虫正绝望地瞪着玻璃质的眼睛。诗人从没有与一个绝望的眼睛这么近地对视过,她就跟触电似的整个人被掀了起来,同时爆发出声嘶力竭的惨叫,那本杂志从她手里甩出,像只断翅的飞鸟扑扑棱棱撞在墙上。

诗人突然爆发的尖锐刺耳、绝望变声的叫喊,惊吓着了所有埋头编稿的人。最富有戏剧性的是,躲在书柜后面的一只老鼠也被惊动了。它听到慌乱混杂的脚步从四面八方向它袭来,感到大祸临头,从书柜后面"嗖"地射向门外,结果险些撞到从外面奔来的谷主任的脚上。谷主任当空就蹦,老鼠又射向二编室,从那里赶来的丁宇然、苏汝良也蹦了起来,苏汝良还一连蹦了三下。苏汝良蹦得又高又多是因为这变化太出乎他的意料,他事先知道有个杂色的它,也知道诗人的失声惨叫源自爬虫。没提防换成了黑糊糊的令人恐惧的老鼠。老鼠以每秒十米的高速射向二编室,从一编室赶来的祝贺、草帽一点儿都没瞅见它,他们也就无从得知大家一蹦再蹦的缘由了,祝贺还以为出现了飞碟之类的不明飞行物。

"怎么回事?"他问着,眼睛高度警惕地四处扫描。

诗人紧紧地捂着胸口,脸色绯红,经过惊吓的眼神反倒呈现出像蜜饯似的恍惚与甜美,身段也较之惊吓前变得妖娆。她柔若无骨地软在客厅的中央,期待地求助地向祝贺努努充血欲燃的嘴。这一切都令祝贺心旌摇荡,他也就毫不迟疑地跨前一步一把将她的肩头揽入双臂。

"怎么回事?"他问,并尽量扶稳她。

"吓死我了。"诗人歪在他的右肩头,胸部起伏着,"吓死我了。"

"谁吓你了?"

"老鼠。"苏汝良叫道。

"什么老鼠?"诗人光顾自己心慌了,到现在她还没看见有个老鼠,她也不知道这些大男人一个赛一个地蹦的原因。

"当然是老鼠。"丁宇然证明道。

那只老鼠在二编室无处藏身,又慌乱地窜往一编室,恰巧和草帽遭遇。"哪里逃!"草帽兴奋地叫了一声。捕杀小动物是他从小在山里就热衷的最重要的生活内容。他怕老鼠窜到门外,一个箭步冲向前把门口发呆的谷主任拽开,"咣"地摔上门。"跑不了它!"他一脸的满足,然后一头扎进一编室去寻老鼠。他浑身的各个零件都散发着往昔在山野捕杀野生动物的气息。大伙见有人如此勇敢,立即受了巨大的感召似的,纷纷跟在后面,尽管这样,每个人的脚步还是谨慎地保持着随时要蹦的态势。苏汝良也挤在人们中间,双手还端个由报纸卷成筒形的报夹。

"你拿这干什么?"草帽看到苏汝良像端枪的架势,觉得很奇怪,"你这是打狼吗?"

苏汝良这会儿最怕别人看穿他的小胆,或者说,他也知道别人看得明白,只暗暗企求不要道破,但这点可怜的愿望也无情地破灭了。放在其他任何时候,都会激起他人格受侮的义愤,将报夹重重地放在身边的桌上,扭头就走。可现在不行,凡是被恐惧笼罩的人总是很难找到人格在身上的哪个方位寄存着。苏汝良所能做的,只是很难看地又涩又苦地笑笑。

那只老鼠在一编室还是无处可钻,完全失去理智地在屋里乱窜。草帽追随着它又是踢又是踩,那双脚在地上折腾的声音不比扔簸箕小到哪儿去。但人们还是特别钟爱这种响声。有几次,老鼠险些被草帽的大脚歼灭。它的直觉告诉它,门口虽然戳了那么多的脚柱子,但比一直追歼它的这两只疯狂的脚要安全得多,它就一头扎入人堆里,结果立即引发一次较大规模的集体蹦跳。

"把门关上，把门关上！"草帽厉声大叫。他发现这会儿他最有资格对大家下命令了。站在最后的谷主任一直着急自己不能身先士卒，留下日后的笑柄，这下子总算有事可干了，他转过身将门猛地关上，甚至为了证明自己积极参战打鼠，他还牢牢地用肩头顶着门，其情形之壮烈好像门外有群打劫的匪徒似的。老鼠在屋里急急画着曲线、对角线，最后躲进书柜后面的暗地，它知道这回注定死亡，临刑前索性安静下来反思短暂的一生。

草帽将青少年时代在山里捕杀动物的经验无一遗漏地调动出来，施展出敲、捅、扫、掏、威胁、谩骂、劝降等手段。单从声势和动作上看，那种繁忙景象是令人振奋的；但从效果上看，丝毫无用。老鼠把自命山中顽童的草帽弄得一点儿都下不了台。

"他妈的。"草帽真的发火了，"来，咱们来他个深化改革，把柜子挪开。"

几个男人相互看看，实在找不到退缩的理由，只好硬着头皮去挪柜子。由于众人抱着一旦发现老鼠就随时蹦跳的打算，那个并不沉的书柜几乎像泰山一样老成持重。

谷主任用商量的口气征求地问草帽，要不就打开门，让老鼠跑掉算了。

苏汝良迅速迎合："就是就是，让它一跑了之，大家都在工作，不能因为一只老鼠就耽误时间。"他说了，希望大家赞同，他还刻意把目光在祝贺身上多逗留片刻。草帽根本不理解这种荒唐的建议。他让人们一声不吭，张开双手虚拟着赶人的动作，大家不知道他这次又搞什么花样，就遵从他的意图蜷腿盘在椅上和桌上，默默静候，一点儿声音都没有。房间里静谧极了，都能听得到空气的流动声。几分钟后，终于从书柜后面传来细微的声音。草帽两眼死死盯着那里，右手高高举起紧攥的笤帚，作出随时就猛扑过去的凶状。

苏汝良看到这里不大高兴了，草帽既然责怪他端报夹，那么草帽就不应该举笤帚，因为两者的性质是完全相同的。当然，他心里明白，他端报夹纯属保护自己，而草帽举笤帚则是为了捕杀老鼠。但他还是觉得草帽责怪自己很不公平。他欠欠屁股，伸手轻轻捣了一下草帽。草帽以为谁发现了老鼠，回头询问地看捣他肩头的人。苏汝良指指他高举空中的笤帚。草帽误会他是赞扬自己，还皱皱鼻子，马上又去盯书柜后面，可是他的肩头马上又被捣了一下。这下他糊涂了，他凝视空中的笤帚，又顺着苏汝良的手势望到桌上的一个报夹，摇摇头。苏汝良心里的火"腾"地就着了：这么说，他受的委屈羞辱可以随时有随时无，可以事后没事似的？草帽见他很激动，却搞不清他激动什么，就决意不再答理他。

书柜腿后面冒出一个小黑点，那是老鼠的尖嘴。它又往外探了下头，陡然发现自己还在重围之中，便顺着墙根一溜烟儿冲过去。大家一齐跳到地上，张开双臂去堵，就像他们面对的是群牛马之类的大动物。老鼠又折回头，草帽抡起笤帚猛盖上去往下捺，又因笤帚质软，它竟然又弓出半个身子。他飞快地将笤帚一扫，老鼠横着身子砸到墙上。草帽迈上一脚,终于,那只紧张得绷硬的老鼠,在他的脚下舒舒服服地仰面躺着进入了永恒的梦乡。而那只汁液饱满的杂色爬虫,在人们躲避和追赶老鼠时,早被乱蹦的脚踏得无踪无影了。

连着几天,凡是当时被老鼠吓蹦的人都在难为情摇摇头,即使有什么高兴的事,他们也是很难为情地摇摇头。只有草帽一如既往地说说笑笑,直到他发觉大家都在抵制他的笑声,也就封着了面孔。倘若只有一个人被老鼠吓得蹦起来,那个人会得到众人的耻笑和增添了滑稽因素的模仿,直到他无地自容。现在的情况比较麻烦,绝大多数人都蹦过,那么相形之下奋勇追杀老鼠的草帽只好成了取代美编的公敌了。问题甚至比想象的还要糟糕。因为大家做了件很丢人的丑事,草帽又对这件丑事有着难以推卸的责任。为此,草帽的脸上只得平添一种往日没有的自省和自律,恰如其分地装出是他做了件对不起大家的事的姿态。起初,大家觉得还挺难为草帽的,但是没两天,有人流露出草帽就是做了件对不起大家的事,这种意见很快便顺利地散开了。于是,有人指责草帽趁机炫耀自己的勇敢大于所有人勇敢的总和。如果草帽不在场,难道大家就束手无策了吗?大家同样会把老鼠赶走或者打死。大家分别在世上活了三十多个年头,有着丰富的处理险情的经验。草帽的所作所为只是比大家更残忍罢了。你们说是不是?

经过理论上的探讨,澄清了谁是谁非之后,大家也就心安理得地恢复了常态,并且相互间处得比过去更友好了,只是与草帽有了些感情上的隔膜。草帽明显地看到了这种距离,他试图缩短这种距离但是枉然。没有人愿意像往常那样和他在一起说话了。

中原的秋天和冬天只有一步之遥,刮了几次秋风,降了一场冬雨,气温骤然下跌。草帽常常孤独地坐在位子上发呆。一次,他看着窗外漠漠的天空,想起夏天刚来的时候,曾经给祝贺念自己的稿子的情景,想起念到"清贫沉重的日子咔嚓咔嚓的断裂声,听到自己内心类似少女初恋的春潮"的时候,祝贺"噗"的一声笑了。现在,几个月过去了,从盛夏越过秋季进入了初冬,冲击波写作中心什么都没做,一本书没有出,一本刊物没有问世,少女初恋的春潮一点没有涌动,倒是自己与朝夕相处的同人成了陌路人。他感慨万千,移近祝贺,诉说了心中的愁闷。

祝贺诚恳地奉告他把音量关小点:"你当前需要的是克制,因为你的高嗓门让人感到难堪。"

"我一直是这样的。"

"起码,你在近期不能这样。"

"祝,祝,"他都快哭出来了,"你能不能以最好朋友的身份告诉我:为什么?"

"因为那天你高声命令大家了。现在你一大声,人家就想起那天打老鼠的事。你应该看出来,那天之后大家对你的态度都起了变化。"

草帽拦着要走的祝贺："你还是没有以最好朋友的身份告诉我。我现在太需要朋友的指点了。你应该无保留地指点我。"

"我已经在指点你了。"

"要无保留。"

"那好吧。"祝贺不忍心再看到他像个落水狗的可怜相，"你那天追杀的是个没有一丁点反抗能力的五寸老鼠,可你那咋咋呼呼的劲头却像是打一头狮子,并且趁机向人们大发命令。现在你如果还是用那种高门大嗓,就会唤起人们那天被强加在记忆中的耻辱感。"

"你也这么看？"

"我无所谓,我只是告诉你别人的意思。"

"我明白了。"草帽感谢地说,又问,"那我该怎么办？"

"美编说过,时间会解决一切问题。你看看,在你之前人们一直在对美编冷战。用不了几天,不知又发生什么事你给大家造成的阴影也会消失。"

"你真的这么认为？"

"哎,你看,下雪了。"

草帽没有看,他以为这只是祝贺找个回避话题的理由。他知道祝贺有这种毛病,每当想转移话题,总是什么下雨了,刮风了,阳光真好啊之类的话。这次他又说起了下雪的话。

"哎,真的,外面下雪了。"祝贺指着窗外让他看。

外面真的下雪了。

外面一下雪,屋里的人就跑出去了;苏汝良也很喜欢雪,因为人多他只好放慢脚步让人们从他身边掠过,他随在大家的后面。他是那种不善于表现欢乐的人,凡是遇到大家纵情欢乐又说又笑,他就立在一边,这一点他对自己很有意见。其实,他有许多独特的发现和感受,如果他是诗人或是祝贺、草帽,他会把感受和发现用激情的方式传达出来,一定会让人们吃惊和赞叹。比如说,他就发现中原的头场雪历来显得底气不足,迟迟疑疑,它们旋呵旋的,总是留恋天空不肯飘落。诗人双手抓着栏杆,整个身子探到外面,仰起头伸长舌头接雪花,祝贺下意识地张开了嘴——毫无疑问,明年的第一场雪,他肯定会想起这块红艳艳的在空中燃烧的舌头……

第三部

山 海 经

人,应该从高处看他们。

——[法国]一个存在的他者

第 1 章　骗子总是很热情

> 他不知道这件事的前因,也预料不到这件事的结果。但他发现自己已经为邓相如体现出的这番无中生有的创造性着了迷。

骗子总是很热情。

他把骗人的动机隐藏得那样深,甚至于有时连自己都找不到。这一点正好与强盗相反,强盗为了在短时间内掳取财物,好让被抢的人丢掉抵抗幻想,总是刻意地打扮成杀人不眨眼的恶神。遭劫的人认为要逃难就只得将财物一股脑儿地倾倒出来。

祝贺与邓相如的交情长达八年以上,后来才知道他是个骗子。祝贺奇怪地自问,到底是他本身掩盖得好呢,还是世事的变化调动了他体内某种基因?这两年,他们见面机会很少,尽管如此,彼此还是知道对方的音讯。有一些共同的朋友在他们的生活场景里交叉穿梭。祝贺常常能听到人们对邓相如骗人行为的陈述和痛斥,诅咒"这货完了"、"等着瞧吧,有他进号的那一天"。

从道理上讲,祝贺不会与一个骗人的家伙有过多交往。然而,正是从道理上讲,祝贺又乐意和这个骗子相处。"我对他的看法比较矛盾,总的来说,只要警觉着不会被算计,和他相处还是挺开心的。他有种道德上的幻觉,并不觉得自己办了什么坏事。"祝贺提出了独特的看法,"我认为他是个胆大妄为、异想天开又颇具戏谑性的人物。"

邓相如的朋友多,品种齐全,这是一个社会活动家的基本特点。他会根据需要,从朋友堆里拎出几个供自己使用。他有一套透彻的人生哲学:生活由现实筑成,不管对方属于什么人,也不管别人怎么看你,只要两个人的利益相一致,所谓的"道"就像一尊祭坛上的神像,退居为背景了。"给他利益,他就不会骂你了。"一次他对孔夫子这样说。当时他们四处寻找祝贺。孔夫子和祝贺的交情一般,关系一般时看人似乎要客观得多。他觉得祝贺并没什么高人一等的本事。奇怪的是,不把任何人放在眼里的邓相如,却那么看重祝贺。邓相如的眼睛在写字台上溜了一圈,取出一张稿纸粗中有细地在上面画了一个家庭地址。

孔夫子预感将干一件十分不愿干的事情了,肥胖的圆脸淤出一层烦恼。

"你去祝贺家一趟。把我新印的名片别到他的门上。他看到我的名片会跟我联系的。"孔夫子为难地搔搔头皮,注意到邓相如轻中有重地锁了下眉头,只好勉强答应。这样一来,他对祝贺仅存的好印象也就荡然无存了。

名片别在家里的门上也没用。祝贺已经躲到市区南部的龙湖,悠然地避暑消夏去了。这里的别墅千态,湖水闪烁,还有钓鱼汽船,以及开花的保龄球和欢腾的夜总会,还簇拥着一大群风采动人的靓女。造物主在她们身体某个部位设置了隐密功能,将大款们从城市招引过来兴高采烈大把大把地花钱。祝贺算不上富人,之所以混迹富翁堆里,是因为一年前他在度假村资金的筹措上出过一把力。作为酬报,度假村建成后老板特意邀请他来免费做客。

"小姐的有关费用,可得你自理。"老板说。

祝贺住进度假村,第一个动作就是把 BP 机给关上了。他想和外界失去联系,豪华的房间里有部电话,也仅仅为老婆服务。要是有人知道他在极乐世界,准要误会地以为他发了不义之横财。为人处世上,他比邓相如成熟得多,内敛得多,他不像邓相如过于在乎别人的目光,更不像邓相如那样,事情刚开始就急于抖擞出一副走在成功路上的昂扬。

每天晚上度假村都是狂欢。强悍的音乐、喧闹的歌声和人的浪笑把附近青蛙的鸣叫淹没得像沼泽地里忽明忽暗的气泡。话筒、椅子、饮料统统闪烁着金钱照射的醉人光芒。比明星漂亮的小姐们固然有风骚放荡的,大多数还是相貌端庄、举止文雅的淑女。放在街上,脑壳猜破三至五次都难以相信她们在操着皮肉生意。第二天的上午,整个度假村安静得近乎神秘。挥霍金钱的男人和挥霍肉体的女人舒心地沉入梦乡,就像一对一对纯洁无比的安琪儿。阳光轻手轻脚,披着薄纱徜徉在别墅和花间。祝贺独自来到湖边摇着扎有阳篷花伞的小船,扔下放有诱饵的长线,躺在晃动的微波上仰视天空的悠悠白云,品尝隐士独钓的佳境。

要不是湖里的那具女尸,祝贺还会再在龙湖住一阵子。女尸出现太突然了。

起初,他以为是段木头,相距二三十米远又恍惚觉得像具尸体。因为他没有单独一人在静悄悄的湖面上发现过尸体的经历,这使他不由得恐惧起来。他扶着阳篷杆站起,越过波光粼粼的湖面张望辨认。由于距离远和情绪紧张,他一会儿看像尸体一会儿看又像木头。因在湖面的小船上,大大地限制了自由。没有自由的人是最胆小的人。他甚至觉得小船的下面也糊着个什么可怕的东西。当恐惧远远超过好奇心,他就执桨拼命地往回划，左打一桨右打一桨，再也没有先前的悠然之情了。整个湖水被疯狂地搅得"哗哗"乱响，他是那么焦急，离岸边还有几米远的时候，丢弃船桨纵身一跃到了岸上……

这条消息很快在度假村爆炸。大约一个小时后，公安局的人来了。他极度懊丧地写了目睹经过。办案人员早就渴望涉足这里的情山欲海了，只是政策上的限制鞭长莫及。无名女尸帮了他们的大忙，他们可以公事公办地把每个人叫到眼前，详细地讯问——问些和案情有关的事，也可以一点不受阻碍地问与案情无关但他们感兴趣的事情。当然，无孔不入的新闻记者也来了。

祝贺的心情糟糕透顶，恐惧、恶心和烦恼。死尸引起了度假村的骚乱，无论到哪里，总有人盯着他看。人已经死了，你一嚷嚷惹得活人也不安生。祝贺成了做错事的人。要不是办案人员临走时有交代，他一秒钟都不想待下去。

第二天傍晚，他的门铃又被按响。他开开门，他意念中的纠缠不放的办案人员，居然变脸似的成了邓相如！

"他妈的！"他吃惊地看从天而降的邓相如，两天来的窝囊气冲到喉部，脱口骂了一句。邓相如从半开的门擦着他的身边挤了进来，走进屋里四处打量着，还探头向套间瞅瞅。最后他从冰箱里取出可口可乐，一屁股跌坐在写字台旁的沙发上，舒服地在上面压一压。

"知道吗？我要悬赏一百块大洋将你捉拿归案呢！"

"那女人确实不是我杀的。"祝贺点上一支烟。

"我知道不是你杀的。但你是涉嫌犯。"

"在没有最后确定凶手之前，每个人都是涉嫌犯。包括你。"

"驴唇不对马嘴。你不在家待着跑这儿招惹是非来了？"邓相如好奇地问。

"我还奇怪呢，你怎么知道我在这里？"祝贺犯疑地问，"我来这里没有告诉朋友。是不是媒体的朋友采访我告诉你的？"

"电话在哪儿？我打几个传呼。"邓相如打了几个传呼，告诉朋友们向市中心的海花酒店云集，然后拉着祝贺出去，在度假村停车场上了一辆红旗轿车。

二十分钟后，他们进入海花酒店的一个雅间，七八个人已经等了一会儿。有的认识有的不认识。一个脸上有点杂面星，几年前多次听邓相如提过；另一个不认识，五十岁左右，大学教授，染黑的白发因褪色呈现一副似棕非黄层次纷纭的景象，叫人联想拉美热带森林的某种鸟类。邓相如介绍说："国教授，国家的国，我的高级顾问。"又指了指餐桌上唯一的女人，一个高大、白胖，头发比国教授还短的女人："女人高蛋白。"

祝贺不由得笑道："有这样称呼的吗？"

"你不知内情，回头一熟就知道了。"邓相如介绍道，"祝贺，中原著名策划家。"

众人一边和祝贺握手,一边相互问好,邓相如直奔上席一个众人给他特意留的空位。他一坐下,大家纷纷跟着落座:"今天,大家聚集一起,我很高兴。因为时间关系,我看彼此也不要寒暄了,都是老朋友,有话回头私下谈。今天,咱们就说一个主题。凡是和这个主题无关的话暂时不说,好不好?就算我邓某专一回断。在座的,有的已经了解了,有的粗线条知道个轮廓,有的全然不知。比如,祝,到现在还不知道来干什么呢吧。"邓相如问,"大师啊,你知道来这里什么事吗?"

祝贺像大孩子似的摇摇头。

"为了照顾大多数,我想还是要从头讲一讲——小姐,给我拿两个生鸡蛋。"待服务员拿来了两个生鸡蛋,邓相如把它们在桌棱上磕破,将蛋青蛋黄一股脑儿倒入冰镇扎啤里,然后扫一圈桌面看看大家的反应:"我牙疼,你们谁来?这玩意清火。前不久,我给一家企业作策划报告。那家企业的老总去西阳县的处女山避暑,就把我也带去了。处女山,很理想的避暑之地。咱们这里持续高温酷热难耐,处女山最高温度才22℃!"邓相如喝了一口啤酒。"第三天,我在处女山的宾馆见到了西阳县的县长。他得知我是省城策划人,专门约了一个晚上来到我房间。策划对他来说很神秘,我就把策划的有关理念,尤其是中外的典型案例择要向他作了介绍。我以为他想了解这个领域,谁知他是带着问题来的。老是问,邓老师,这个处女山你能不能帮我策划一下?怎样让它的游客一年多于一年?邓老师,怎么通过策划吸引国内,最好是国外的旅游投资?"

"还是旅游搭台经贸唱戏的老路子。全国上下都这样干,有几个外国大老板够你瓜分呀。"杂面星插话道。

"这两年都搞臭了。一个县里搞活动,非扯上什么国际。国际大米节、国际茶叶节、国际药材节,还有什么姓氏宗亲联谊会不一而足,都想找投资。"

孔夫子扇扇手说:"投资不投资是他们的事,问题是咱们要抓住机会。"

"对,夫子说得对。我知道他的意图之后,也不知触动了哪根神经,一下子蹦出个灵感。"邓相如耸了一下身子,"鬼使神差,灵光乍现啊,提出了一个'二十世纪文化名山'的创意。现在回想起来,还真有点如梦似幻。整个晚上,我俨然一副山体文化专家的面孔,给他挥洒了一曲曲壮丽的山海经。我告诉他,中国的名山统统因为这样那样的文化而立世。它们的自然景观只居其一,因为注入了不同时代的不同文化的内涵,而成为名山。泰山,帝王之山;衡山,道家之山;最典型的是嵩山,儒、释、道三位一体。山原本是死的,没有生命的,因为文化它就活了。一部《少林寺》电影,不是招来了数百万计的国内海外的游客?二十世纪的文化辉煌灿烂,出了多少的大科学家、大画家、大书法家、大作家、大诗人、大明星、大导演?本世纪还剩下短短的几年,是不是到了该对二十世纪做总结的时候了?当然,总结的方式多种多样,可以著书立说,也可以拍电视系列片，也可以建立各种各样的纪念馆。但是我认为还有更为好的形式，那就是山体！它能把本世纪的各种文化艺术成就集中在一起，包容在一处。当然，这也不是谁想干就能干成的，他得有一个山。对不对？县长说，对！我又说，中国的山很多很多，不能乱选，无论是地理位置，还是自然风光，还是交通条件，对不对？县长说，对！我又说，处女山正好有这些优势。处女山刚刚开发，准确地说，刚刚被人们发现，这里几乎没有什么人来过。没有半点儿人工的痕迹，它是一张白纸没有负担可以画最新最美的图画。我问县长，对不对？县长大人就像豹子从沙发上"呼"地蹿起来，连声说对！对！你说得对！我有山！我有你要的山！那天我们谈了一夜，碰撞了很多火花。抽了三盒烟，抽得我舌头都麻了。"

他说完，又用庄重的眼光对在座的人一个个巡看一遍。落到祝贺身上。"祝，情况就这样。你谈谈对这事的看法。不成熟也没关系。"

祝贺两手包着啤酒杯，有那么几秒钟的光景。他想到这不过是场别开生面的骗局。他用透视灵魂的犀利目光打量着邓相如的眼睛，想刺到隐藏在后面的真实的东西。尽管一个人可以把自己深藏在非常厚实的面罩下，但眼睛屏幕色泽的明暗还是能够透露一点儿信息。祝贺没有看出什么名堂，就说："事，应该是好事。为二十世纪的文化树个又大又高的碑，我想不光在座的，包括不在座的人都会认为是个好事。尤其以山为体就更为独特了。我看绝大多数还是双手拥护的。我们身边缺乏这些物化的艺术。我看过一个资料，在美国的芝加哥，仅一座城市，各种各样的艺术馆就有五六十个。而我们这座城市，觍着个脸号称'东方芝加哥'的这座城市，艺术馆仅有一个。如果，我是说如果，这件事真的能办成，将是一个伟大的创举。不仅对现在，尤其对以后，对我们的子孙后代，以及在国际上都会有难以估量的影响。建成以后，我看完全可以与'黄帝巨塑'比肩。古今相互辉映。"

"接着说，接着说。"邓相如眼里放出光来，"听到你老兄这么高的评价，我很高兴。你不认为二十世纪文化名山的构想是天方夜谭吧？"

祝贺说："天方夜谭？在中国，什么事情发生都很正常。天方夜谭有什么不好？神奇世界在今天不都变成现实了？邓，我想搞明白的是：这件伟大的事和我们这些小人物有什么关系？我们来这里干什么？你是不是先明确一下？我很在意这一点。"

邓相如扫视了一下大家道："如果是由我们在座的几个朋友去做，你认为是不是天方夜谭？"

"你是说，噢，我想我没有听清楚，请再说一遍……"

"由我们几个朋友托起来做。"

祝贺嘴角上挂了一条疑纹："这玩意是不是太大，咱们玩不起吧？"

孔夫子边叨菜边说："边叨菜边说。"

"它已经超出了我们的能力范围。"祝贺叨了片猪肝儿,"这该是政府行为。"

一旁沉默的国教授,动了动身子,说话前捺了捺头上的缤纷景象:"一县之长认定的事打成文件就是政府行为了。西阳县是个经济大县,遍地金矿,他们有钱。他们已经答应给我们启动资金了。"

"我——们?"祝贺深表怀疑地问。

"这就是请你来的目的。"孔夫子在一边笑道,将筷子"呱嗒"一放,像揭开什么谜底似的,"我上个星期回来,就先后找了这些道上高人,只差你祝贺了。"

"很惭愧,你把我看得太高。我帮不上你什么忙。"

"好了,客气话先放一放,下面我谈谈我的思路。"邓相如看一眼孔夫子,又扫一眼站在门口双手垂立的服务小姐。孔夫子理解地扬手请小姐出去,说需要的时候再叫她进来。

"当时那个县长的热乎劲儿就别提了,用他本人的话是,老天爷有眼,在他最需要但还不知需要什么的时候,贵人天降。他说,全省到处都在搞节办会,热闹非凡,他一直想搞个什么节什么会,只是苦于没有由头,显得他们很跟不上形势,很没出息。这下可好,弄他个文化名山,一下子就把那些乱七八糟的节呀会呀地全盖了!那两天,他把所有的事都推掉,专一陪我,白天到山上转,很有点儿指点江山的豪迈感,晚上又是对酒纵论未来。这时候,我抓着了一个关键,那就是我说我是一家很具规模的策划公司的老板。诸位,我在此向你们检讨,为了让那位县长对我更加信任和看重,换句话说,为了让他把这件事交给我来操作,就把你们各位这几年事业上的成果统统划到我的账下了。"

"你把我的岳飞诞辰纪念活动也说成你的了?"

"还有我的唢呐节?"

邓相如笑道:"来不得半点客气。所以要请大家吃饭表示谢意。"

祝贺预感到后面会更精彩:"你跟那个县长谈话时的身份,是一个公司的老板?"

"不这样不行呀。我如果只是个策划人,很可能是种高薪雇用的,而一个文化公司的老板和一个县里的县长则是种合作关系。我就拿到了主动权。"

"但事实上,你并没有这个公司啊!"

"现在就需要解决这个问题。只要我们拿出'二十世纪文化名山'的整体策划书和可行性报告,就与他们签订甲乙双方的合同。签订合同之日,就给我们公司的账号划进十万块钱!"

"策划费吗?"

"不光是策划费,还包括论证会和一个新闻发布会。后两项花不了多少钱。这三项做完之后,接着还有一项更激动人心的,能引起全社会关注的大型活动——邀请海内外文化名人登山奠基。这笔开支大约三十万,全方位市场化运作。大家放心,我的手上还是有几个大老板的。"

"我们先把这十万块钱弄到手再说。"孔夫子兴致勃勃地说。

"咱们得先有个公司。我从处女山上下来第一个办的事就是这个。我已经说妥了。有个朋友赞助我五十万,注册要花钱,租房要花钱,装修要花钱,办公设备要花钱,招聘人员要花钱,还有电话,等等等等。"

祝贺双肘架在桌面上,又点棵烟,眼睛盯了邓相如一会儿,又转向天花板。他的思绪有点儿乱,搞不清是欣赏呢、防范呢,还是应该带着好奇去破译。他不知道这件事的前因,也预料不到这件事的结果。但他发现自己已经为邓相如体现出的这番无中生有的创造性着了迷。这显然是对常规性的颠覆,仅从胆识上讲,祝贺升起了一种保守的敬意。

"我是从这几个方面考虑的。"邓相如说,"高起点,大气魄,强宣传,重效益。高起点和大气魄就不用说了,中国二十世纪文化名山的构想足以让世人瞠目。大家想想,就九十年代而言,咱国家的旅游界多少人?文化界多少人?历史学界多少人?这么多人也不知整天忙什么,竟然没有一个人想到我们多么需要造个文化名山!偏偏让我这个什么界都不搭的人给弄出来了。换句话说,要不是我的奇想,这个文化名山恐怕永远不会诞生。"

"现在它好像也没有诞生。"祝贺指出。

邓相如告诉大家,他完全能够让它诞生!他引用了一句到处流行的话,只有想不到没有做不到的。他说他非常激赏这句话。只要我们做,我们一定会成功。他说,这个文化名山在极短的时间内,吸引了一批仁人志士。天时地利人和都占尽了,我们没有理由干不成。当然,他话锋一转承认自己失败过,"但是只要想一想,那些失败是我今天多大的财富啊!有人问爱迪生,你有几百次的失败才试验成功了灯泡,那些失败不是白白浪费了你的时间?爱迪生回答得好,他说,至少我知道了那几百个方法是不能让灯泡亮的。"邓相如以回答问题的口气说,"至少我这几年的失败告诉我哪些方法是不能成功的。它们是一种练兵,一种排演,一种试验,尽管当时我为失败伤心痛苦。当然,我知道失败永无止境,人们可以避免重复性失败,却无法避免崭新的失败。失败就像人的影子,你走到什么地方它就纠缠到什么地方。但是,这一次就不同了。失败,想想它们只是为了今天干大事的一种过渡,我还是衷心地感谢,真的,我从来没有感谢过像失败这样的事情。"

一晚上,几乎都是邓相如在讲,大家插话议论,只有姓姜的没说过一句话。

到了十点半,邓相如宣布:"这件事就这么定了。今天的会先开到这里。给大家一个星期的时间,把自己的事给办一办。今天是六月八号,六月二十号就到咱们新办的公司上班,这星期我会用最快的速度办好工商注册及有关手续,选好房子,七月二十号公司开进处女山。"

出了海花酒店之后,邓相如又拉着祝贺上红旗轿车把他送回度假村。汽车在华灯照射下有点虚幻感地在通往龙湖的宽阔大道上奔驰。坐在轿车里听音乐,看着外面的世界的心情总是蛮好的。滑行的感觉在其他任何地方都找不到,在别墅里找不到,书斋里找不到,在山峰上也同样找不到。

祝贺的手被意义明确地碰了一下:"祝,位置我都给你定好了——总策划!"

"我还没最后答应你呢。"

"起码三点,"邓相如不理会他,继续说,"咱是多年的老朋友了,知根知底,尽管性格和处事的方法上有差异,也正好优势互补;另外,你是思想型的,看问题透彻。我这几年在社会闯荡,就缺少你这样的黄金搭档;还有,也是你最独特的优势,我记得前几年你搞过'黄帝巨塑','黄帝巨塑'就是典型的山体文化,我敢说,你不是一个完整的山体文化的专家,也算半个了。我他妈的对山体文化懂狗屁,多亏那晚黄县长被我蒙着了,再往深处谈我非露馅儿不可。祝,你身上有责任、肩上有担子,恐怕你本人还不知道吧?"

听到这番话,祝贺明白了今天晚上的全部意义,就说:"我现在什么事都不想干。这两年我伤了心,要不我会躲到什么度假村。"

"够了,祝。你躲什么地方是你没事干,换句话说,没有适合你的事可干。小打小闹有什么劲?要干就干能提升自己的事。从社会效益和经济效益上看都值得去干的事!给你片天空,你这老鹰巴不得展翅高飞呢。知你者非我莫属,别看有一段时间咱没有见面了。"

第2章　答案就是没答案

> 那里分着不同的价码,只要对他名气上有好处和有经济上的实惠,你需要什么他都会一股脑儿地掏给你。这一点与三陪小姐身上不同部位有不同的标价一样。

数年来,祝贺经历了一些风雨,对什么事情能否去做,以及成败得失,都有一个基本估计。像邓相如要搞二十世纪文化名山,就不能干。不能干又要去干,就不得不去透视包藏里面的隐秘动机了。

祝贺很了解邓相如,邓相如号称有人赞助五十万元,作为公司的注册和启动资金,只是虚张声势,或者打上括号。他有本领不花一枪一弹办成五十万元才能了断的事。他走的是另外一种途径——他会找到某个三星级酒店面见老总,纵谈文化名山的创意项目,提出赞助一个套房的要求。反正酒店有一半的房间常年空着,空着也是空着,腾出一个套房也没什么损失。作为回报,公司以后的每项活动都在这里举办,并注明由该大酒店协办,以此为酒店宣传。祝贺还想象得出,邓相如以他非凡的、纵横家的口才折服酒店老总后,顺便混上一顿菜肴丰盛的酒局,同时打出另一张牌。他给工商局的朋友打电话,请他过来一起进餐,再交代工商局的朋友帮他办公司的营业执照。其回报是,他将享受公司的一切待遇,从今天起他已经是公司的一个名誉职工了。一星期之后,相关手续像狐狸翻身似的给办妥。邓相如也就堂皇地摇身一变成了华夏文化公司的总经理。

这一切的运作,都在祝贺的猜测或者说掌握之中。所以,当一周后从度假村回家的第三天,接到邓相如打来的电话,他一点儿没感到意外。为了证实推断,他让对方把电话号码报一下,按号码回打过去,中州大酒店的总机转到了707房间,邓相如果然在那里接着了。

"来吧,到咱的公司看看!"

祝贺放下电话,再次置身于一种虚假的失真感。

街上汽车如梭,行人如蚁,喧嚣的阳光让人头昏脑涨。祝贺下了计程车,进了中州大酒店。尽管酒店里的温度因空调的努力凉爽多了,他还是觉得自己所处的环境不真实。服务总台站了一排聪明伶俐、显得优越无比的姑娘。电梯里三面镶着大镜子,它们相互回映,只要看上一眼,一系列由大而小的自己就向纵深延去,而尽里头的人影重叠地套着,缩成了黑点像一只只屎壳郎。

狭窄的过道两边分列着紧闭的房间,门把手儿上大多数挂着免打扰的牌子。他按响了707房间的门铃。

国教授已经在里面了,邓相如再次给他俩相互介绍。尽管祝贺表面热情尊重,握手时还出了点力,内心却是大不敬的。他有种偏见,在社会事务活动上,学者们总是力图表现出比别人思想丰富得多,脑袋聪明得多,又标新立异得多;往往项目本身并不复杂,可是找专家们来论证,反倒会越来越离奇古怪。他们找到了一个比拼智慧、较量学识的场所。哄抬"学术"其实是哄抬自己。

"我和国教授刚才商量公司的待遇问题,定个标准。总顾问月薪多少,总经理月薪多少,总策划月薪多少,部门经理的月薪多少,一般职工的月薪多少。还有项目的完成情况的奖惩标准,等等。祝,要办的事很多,公司的制度啦,考勤啦,你说是不是。但眼下这些很难定,我们得先把工作这个大事定个盘,这段时间忙得我都分不出公母儿了。"

祝贺站起身,在屋里踱了几个来回。然后停在窗口看着横跨马路的天桥。天桥的两端各有一个乞讨者。女的头顶一方手巾跪着,趴在地上,看不见脸。男的是个瘦如干柴的老头,他的一条腿像被拴在一根柱子上,另一条腿以这条腿为中心拖来拖去地画圆。他将手中的碗伸得很远,结果行人绕开躲得更远。天桥的对面是野太阳夜总会,前几天报上说,有个"三陪"小姐被勒死了,藏了在沙发后面。

国教授摊开一个黑色封皮的笔记本,里面密密麻麻写着东西。他认为,眼下公司要做的事很多,但要找到个突破口,找什么事呢?他亮明了自己的观点,就是宣传。

"宣传?"祝贺摸不着头脑地问。

"是的,宣传。大大地制造舆论,舆论先行。"

"可是,我们还什么也没干呢。"

"没干也宣传。"国教授慢条斯理又态度坚定地说。

"噢,"祝贺假意附和着,"可是我们宣传什么呢?"祝贺好奇地看着博学得有点梦幻的人,和这种人共事真有点妙趣横生了。

"宣传我们的文化名山。"国教授摇晃着装满奇想的脑袋,"开个新闻发布会。这就是我与众不同的地方。我这个人就这毛病,不干就算了,干就干出个奇招来。想别人不敢想,干别人不敢干。去年我去开封……"

祝贺打断:"接着新闻发布会说。"

"开个新闻发布会,把我们的文化名山的创意报道出去。让天下人都知道将有个二十世纪文化名山隆重问世。"

"你看,你的意思是不是可以这么理解。"祝贺低下头想了想,"你是想让全中国的人都知道文化名山?突出一个邓字——如果我没理解错的话?"

国教授应道:"你没理解错。文化名山为什么宣传先行是有其深刻的历史背景的。这些年,文化产权的问题屡屡发生。你只要不宣传出去成为你的东西,别人就敢直接照抄。他们会搞一个文化名湖。一定先把产权的问题解决了,就像虾之于白石老人,马之于悲鸿兄,法西斯之于希特勒。文化名山与我们是不可分开的有机体。"

"只是我以为时机还不成熟。"

国教授富有经验地说:"祝,我知道你是怎么想的。你在走别人的老路,要知道咱们这是一桩开创性的事业,万万不能按部就班,不能循规蹈矩。什么成熟不成熟,任何事情都没有成熟的时候。正是不成熟我才想法催生。比方说,一对青年男女,通常都要经过恋爱、上床、老人见面、领证、婚礼、怀孕、生孩子,一步一个过程。那样太慢。时间不等人。我先把孩子造出来再说!当然,我说的'我'不是我,我说的'我'包括你、他,我们大家的。"

"我完全同意国教授的意见。"邓相如以赞赏的口气说,"我们搞宣传的目的有三个:第一,让人们知道二十世纪文化名山这件事是由我们一手策划的,是专利者。国教授说得非常好,知识产权的问题。你要是一味地埋头苦干,就有人晚上在床上翻来覆去睡不着打你的主意,弄着弄着就成别人的菜了,这种教训举不胜举;祝,你应该比我更清楚,'黄帝故里'为什么打起了官司?第二,我们给那边的县长大人一个督促,一个压力,一个生米做成熟饭的结果。这年头,干一半就变卦的事很多,要是这几天那老兄一迷瞪,不干了,我们这场戏还唱不唱?还怎么唱?抓个好项目是非常不容易的。宣传出去以后,他想反悔就难了。第三,也是寻找投资者的一个手段,我坚信,这么好的梧桐树,肯定会招来海内外的金凤凰,光是我的朋友几十万几十万的赞助,那是杯水车薪。有钱的人钱花在哪儿都是花,投到我的名山上,既可以扬名又可以分红,他何乐而不为呢?"

"当然,"国教授又换上一副睿智的态度,"至于宣传的方式,应该策略一些。我们可以把一件事分为两部分,表面部分和内质部分。表面上是邓搞了一个文化名山,没有邓就没有文化名山;我们为了把文章做得更漂亮,完全可以倒过来说。不是邓选择

不是邓选择了文化名山,而是文化名山选择了邓。这不是搞什么文字游戏,因为这样一来,你就想想吧,文化名山简直成了一个绝对……

了文化名山,而是文化名山选择了邓。这不是搞什么文字游戏,因为这样一来,你就想想吧,文化名山简直成了一个绝对,它迟早要出现,要诞生,要问世,带有一种历史的必然性!如果按照常规,突出邓,没有邓就没有文化名山,那么这个文化名山就是一个偶然。大凡有点儿头脑的人都知道偶尔的事物总有令人犯疑的地方。"

祝贺搞不清国教授是不是与邓相如合谋好了,只得装出一副赞成的模样由衷地赞叹:"那咱们还等什么?就赶快召开新闻发布会吧。媒体一报道,这三个目的都会实现的。唉!国教授你批评得对,看样子我是真落后了一大截子。"

"祝,你也不用自责,"邓相如反而安慰道,"也无从自责,我现在还真的离不开你。不不不,你也别不好意思。我说的是真心话。你什么时候见过我说过违心的话?这新闻发布会要开,可是给记者朋友们讲些什么,我倒没货了。搞山体文化,得对山体文化的历史、现状、发展趋势有了解,国外和国内的,我都一无所知。咱们的二十世纪文化名山又应该是什么模样?我也没有个底。这些都得国教授和你谋划谋划。我得让你这个山体文化的专家派上用场。"

祝贺决定帮助他,他太想了解下面会怎么发展了。

三人会议之后,祝贺积极地开始了工作。他回到家里在书柜顶层里扒出一堆资料,这是几年前搞"黄帝故里"和"黄帝巨塑"专辑时从各处搜集来的。当时,他发现了一个非常可笑的现象:这个世界有许多大大小小的中心。凡是参与这件事的人都以为"黄帝巨塑"闹得沸扬天下,其实,这件事干了好一阵子并没有多少人知道。倒是它引发的一场文化官司引起了人们注意——

那是一场古怪的官司,A、B两县争夺起了"黄帝故里"的归属。这个问题本来无须争议,史书记载黄帝故里就在A县。问题是:解放以后部分县区的行政区域重新划分,A县的部分地盘划到了B县。九十年代初期,全国上下兴起了旅游热,"旅游搭台,经贸唱戏",全国各地纷纷拼了老命似的把手伸向古墓,向古人讨资源。A县人以史为证,兴建了一个大庄园,矗立的高大拱门上刻着"黄帝故里",好像我们的人文始祖整天在这个门下出出进进似的。B县人从全国各地请来历史界的专家学者,从研讨会上提交的论文上看出,重新行政划分时,正好把黄帝故里划到B县了。"黄帝故里A县说"因此发生了根本性的动摇。犹如地理上的"大陆漂移说",黄帝故里好端端因行政划分漂移到了B县。A县恼羞成怒,又从全国各地请来了另外一批历史界的专家学者,论证的结果是,黄帝故里一点儿也没动,它好端端地待在老地方,五千年的暴雨没有冲走它,五千年的狂风也没让它挪走哪怕半尺。

争夺"黄帝故里"大战愈演愈烈,除了让天天蹲在书斋里的学者粉墨亮相之外,从学府走向市场的另一好处是,每开一次论证会都可以收到红包。谁出红包黄帝就送给谁,谁出的红包大真理就卖给谁。这种交换是很划算的。胡适当年喻言的"历史是个任人玩弄的娼妓"又一次得到了漂漂亮亮的证实。事实上,A、B两县的人才不管黄帝不黄帝呢,争夺死于五千年前的老祖宗,只不过是为了开发旅游资源,争取国家的拨款和海外投资。后来,又有新观点从斜路上掩杀过来——黄帝并非一个人,它只是一个人格化了的神。一个部落首领的称谓。一个部落的踪迹完全可以从A县漫游到B县。

黄帝是人是神抑或是部落首领的称谓,谁也搞不准。历史权威人士不断发表新的和再新的论点。争论是学者们的天职。每个人都竭力发出振聋发聩的分贝。只要能让自己与众不同,只要能让同行对自己刮目相看就达目的了。

经过了那次长达半年的编采,祝贺再遇上学者、专家、教授时,就不再佩服他们银发下面盛装的学问,而是把目光集中在他们口袋的位置上。那里分着不同的价码,只要对他名气上有好处和有经济上的实惠,你需要什么他都会一股脑儿地掏给你。这一点与"三陪"小姐身上不同部位有不同的标价一样。拥抱一个价,冲凉加上一百块,睡觉又一个价钱,变换着不同动作还要加收确有名堂的费用。一个出卖灵魂,一个出卖肉体。就做人的坦诚而言,祝贺觉得三陪小姐似乎可爱、坦诚得太多了。

几年前的那次经历,已经被不断流动的生活冲到了远处。祝贺没想到邓相如把它当成了二度开发的宝藏。

新闻发布会举办之前,华夏文化公司先搞了个人才招聘,应聘者要交上十元钱。每天都有一百以上的人争先恐后跑来交这十元。招聘的第一天下了场雨。起初,铝合金镶嵌的玻璃窗上发出质朴的"噗嚓噗嚓"的呻吟,人们还以为是什么羽翅的撞击声,接着声音密集了一些,窗户上斜流着几乎是同样卵形的水滩。后来,肥大的雨珠像液体的昆虫一串串飞上去。眨眼工夫,两面玻璃就被浇得面目全非。压满了滚动的乌云的天空阴暗而又伤感。行人纷纷躲藏在天桥下面,那些年轻人飞快地骑着车,在昏暗背景里像被狂风撕碎的在地上旋转的乌云。暴雨气势汹汹,酒店下面的街道已经涌成了混浊的河流。

招聘的内容分几项,问题的标杆定得那么高,几乎所有的人都无法逾越。

"咱们是一家文化公司,请你就'文化'两字谈谈广义的和狭义的理解。"

答不上来的人,给撵走了。

"什么是山体文化?"

又撵走一批人。

"好,你的回答很好。现在只剩你们几个了,沙里淘金,也许众里寻找千百度就是你们。希望诸位能够回答我的最后两个问题。请问,山体文化的代表作是什么?"

招聘的最后一幕快要落下时,有人抗议地跳了起来。"邓总,请你说说,山体文化代表作是什么?"

"你是应聘者,还是我是应聘者?"

"我看明白了,你们不是招聘,你们只是打着招聘的幌子骗钱。"

"你不要给我展览你的蛮横,这里是文化公司。"

"我不能白来。要不你回答我,要不退我十块钱。"那人的屁股一扭坐在招聘用的桌上。

"你给我下来!"

邓相如刚要去抓,那人的手却一把抓着了邓相如的衣领,因为动作太猛,加上夏天的衬衣薄,那人的手只是在邓相如的衣领上剐了一下。

"退款?"邓相如叫道,"驴唇不对马嘴!哪家公司报名费还退回?这又不是我们自己的规定。"

"那么你回答你的问题:山体文化的代表作是什么?你能回答得让我们满意,我们就走。"

山体文化没有什么代表作。邓相如出这个题只是要难走应聘的人。但是他必须给应聘者一个交代,否则不仅仅是退款的问题,还可以上升为诈骗。邓相如知道祝贺总能对付一阵子,就求援地向他看了看。祝贺瞪了他一眼,转身走了,邓相如又向国教授求救。国教授忙像从台后上场的演员,迅速整理好脸上的表情,让大家静一静:"朋友们,我们怎么能出没答案的题呢?这个考题当然有答案,它的答案是:山体文化没有代表作。"国教授挤到跟前,对大家解释道。他说得那么自信、诚恳,使所有的人都停止了愤怒的嗡嗡声,愣在那里。

"我不反对你们闹事,不平则鸣嘛。"国教授提高声音对大家说,"我想请你们先把我的话听完,对呢,就到此为止,不对呢就闹他个痛快,好不好?"大家又嚷嚷了一会儿,渐渐平静了。

"山体文化没有代表作。因为有佛家文化山,有道家文化山,有风光文化山,有革命文化山,他们谁也不能代表谁。泰山不能代表井冈山,大家知道,鸡公山是个别墅山,上面有几十个国家不同风格的别墅。它又怎么能代表五台山呢?完全是风马牛不相及嘛。我们出这道题是经过认真考虑的。只有那些对山体文化比较了解的人,才知道山体文化没有代表作。说出了代表作的人恰恰证明他对山体文化的不了解。我想这样解释大家就清楚了。"

"你是说,这道题的答案是,没有答案?"

"这位朋友的悟性比较高。"国教授笑了。

"你们为什么要出没有答案的题呢?"

"怎么没答案呢?它有答案呀。"

"它的答案就是没答案吗?"

"完全正确。"

"没答案就是答案吗?"

"是啊。"

"你们这么折腾干什么呢?"

"这并不是折腾。这只是考试的一种方式。我们是文化公司,就要从复杂的东西里面表现简单,从简单的东西里面搞出点复杂。"

祝贺配合着国教授把上当的人劝走了,送过长长的走道,来到电梯口;他知道此时此刻自己很像为主子打圆场的账房先生。有那么几秒钟,电梯停在二楼,祝贺抬头焦急地看电梯门框上的红色数字,拼命用意念发功,也不知电梯本身的原因还是他的发功起作用,电梯很快从二楼处提升到七楼。门终于裂开了,人们像群牲口一样"咕咕咚咚"拥了进去。国教授挤在里面还给大家解释着。祝贺迟疑地拿不定主意,是送到楼下呢还是就在这里和大家再见?很快,电梯的门帮了他的忙,它慢中有快地合上了,他趁机露出惋惜的微笑朝里面的人挥挥手,直到那道缝合上为止。

他闭上眼睛深深吸口气。静了几秒钟后,猛地转过身向707房间奔去。愤怒之火燃烧着,以至于冲过了房间他都不知道。等他拐回来,推开门时,他实在像喝醉酒的汉子。

此时,邓相如正在和一个漂亮的模特儿通电话。满屋子都是他对那个姑娘一声声的承诺。祝贺只好站在他的身边,想着等他挂上电话就给他一顿炮火。可是该死的电话再也打不完了。祝贺了解邓相如,这人为了一个女人足能把其他一切有价值的东西抛到脑后。

"够啦!"祝贺终于克制不住地蹦起来。

邓相如激灵了一下,他不明白发生了什么事,扭过身子露出一副请求的熊猫般的表情。

"够啦!"祝贺又吼了一声。

邓相如赶快捂紧话筒,眼里闪着瑟瑟畏光对祝贺央求道:"再给我一分钟的时间。"他又把手挪开重新用亲热、讨好的口气对那个模特儿说,"不关咱们的事,是一个应聘者没录用。咱们说好了,明天下午见。就这么定了,我等着。"

"你听着。"祝贺从邓相如的手里抢过话筒,对那边自以为万分幸运的模特儿说:"因为你,我们三百个应聘者做了牺牲品,因为你,我们三百个应聘者做了你的陪葬品……我是谁?我是这三百个陪葬品的代表。我要告诉你什么?我要告诉你,你明天下午不能来。什么时候可以来?什么时候都不可以来!你来了会有什么后果?你什么时候来我们什么时候就把这家公司给他妈的砸烂!"

第3章 电梯里的"温度计效应"

> 这位大师说,他不喜欢和有学问的人交谈,而乐意和粗俗的女佣人相处,因为她们身上表现的是人性的本真。这种粗俗女人身上散发着原始的味道。

模特儿还是来了,她竟然一点儿不在乎祝贺的威胁。

"有我在这里,她还怕谁呢?"邓相如一脸悠悠的笑意,告诉祝贺。

"这么说,她知道那个威胁她的人是谁了?"

"当然知道啦。"

"她知道是我吗?"

"知道的。"

"真该死。"祝贺发现自己蒙在鼓里,"是你告诉她的?"

邓相如不置可否地耸耸肩。

"她对你就这么重要吗?"祝贺带着讥讽的口气问。

"我想是的,对我们公司很重要,对我们的事业很重要。一个漂亮的小姐是个磁场,她的作用是无形而巨大的。我们打外不能总是一帮面目可憎的先生。尤其谈判桌上,美女是最好的减压阀和润滑剂。这一点我想你不反对吧?"

祝贺不反对:"异性效应不可估量。只是,我当时那么怒火冲天,她又该怎么看呢?"

"你不必多虑。"邓相如扬声叫来在外屋看旅游画报的模特儿。随着一声清脆的应答,模特儿就像一幅人体画飘了进来。这是一个不可多得的漂亮妞儿,清秀中透着高雅;身段也同样给人一种健康的弹性感,尽管她用稍微宽松的淡花衬衣掩饰了她的胸部,掩饰的结果反而更使衬衣里鼓荡起饱满的体积。

"你知道我们当初为什么对你大吼一顿吗?"

模特儿带着三分少女的羞涩,摇摇头。邓相如很欣赏或者说故意流露出欣赏地看她:"这是我们考试的最后一项内容。换句话说,凡是我们公司决定录用的人才,都要用它一下:打击一下,刺激一下。可以这么说,这一招在世界上恐怕也就我们首创,其目的是看看录用者的判断力和承受力,也就是非智力因素的能力。有几个应聘者被吓走了,吓得不敢来了,可你经受了这个特殊的考验。我很高兴。"

"我本来不敢来的,你邓总打电话告诉我这是一场特殊的考验,我才敢来。"单纯的模特儿一点儿都不知情地把牌底揭了。

邓相如有些难为情,他愣了两秒钟,倘若换上一个相貌普通的小姐肯定立即把她轰走,但他存心留下这个。他镇定地说:"知道吓唬你的人是谁吗?"

模特儿又摇摇头。

"想知道吗?"

模特儿点点头,好奇里含有猜测地溜了旁边的祝贺一眼。

"你的判断力可谓一流。就是他,你祝老师。"

"祝老师,你好。"

"我表演得还可以吧?"祝贺像老师似的问。

除了模特儿,就再没有其他新人了。这次招聘赚了三千多块报名费。这笔款能开个像样的新闻发布会。邓相如高出常人的精明之处在于大家都以为他有钱。能包下酒店房间的肯定有钱。几乎每天,707房间总要涌来一批批陌生人,把个公司闹腾得像个证券市场。这种情况引起祝贺以及杂面星和其他人的反感和无奈。过了三天,杂面星在里屋与邓相如吵了一架,再也没有来过。国教授被来客挤得没了地方,只得和女人高蛋白待在电梯里谈些事情。姓姜的每天都来公司待上半个小时,依旧不说话,在桌前呆呆地枯坐着,临走时去里屋关上门跟邓相如说些谁也猜不出的什么玩意儿。

祝贺总是避开与邓相如单独相处,因为他那从镜片后面窥视的目光让人讨厌。

漂亮的模特儿身上仿佛有种破坏性的磁场,因为他体内的一些部件似乎都出了故障,总要说上一些言不由衷的话。尽管祝贺一再告诫自己,没必要在一个二十出头的姑娘面前卖弄,可他就是控制不住。看样子他们面对的不是年龄问题,而是个美的现实。人们无法超越美当然也就无法超越自己。

这里潜伏着更严重、更麻烦的问题,祝贺发现那就是性。这东西,往往以形而上的形式弥漫在空气中。本来人们思路清晰,谈吐得当,相互间也很少发生什么争执。只要模特儿一出场,一说话,情况就发生变化。模特儿知道自己的魅力,却估量不出自己对别人影响的程度。

有天晚上,邓相如和西阳县黄县长通了长途电话,通报富有成效的工作进度,商定宣传文化名山的内容。邓相如告诉黄县长:报纸一发表有关文化名山的文章,他就率领公司的一干人马开进处女山。祝贺坐在一旁,欣赏着邓相如在大事上的果敢和气魄。可是第二天,模特儿一来,鬼使神差,头天晚上制订的计划一下子给搅乱了。

　　模特儿穿的淡红色连衣裙,前面滚边的胸搭遮挡着她的胸部。她本意是为了避免男人们的直观正视,这种遮挡恰恰造成了苏州园林"隔"和"漏"的艺术效果,更激发人们窥视和神往的欲望。邓相如从里屋踱出来,头发用摩丝梳理得油光发亮而又服服帖帖。他看看这个,又瞅瞅那个,像个救星似的。模特儿正和孔夫子聊天,顺便插播递给邓相如一抹甜甜的微笑。这一笑,把邓相如给蜇疼了。秀色可餐的模特儿,竟然要和他们一起坐火车,再转汽车,经受坎坷不平山路的颠晃、炎热的侵害、尘土的荡扬。他觉得很对她不起。这种惜香怜玉的情绪马上波及到几百里之外的黄县长身上。他生气了,对黄县长非常不满。昨晚通话时,黄县长为什么没主动提出派车接他们呢? 想到这里,他怒气冲冲用鼻子指了指祝贺,稍一摆头转身进了里屋。

　　"怎么回事?"祝贺见到他这副样子,跟了进来,把门轻轻地关上。

　　"有件事,我想了一夜,越想越气得慌。咱们是不是太贱了?"邓相如用指关节击打着桌面。

　　祝贺看他动了这般大的气,一点也猜不出:"你说昨天晚上?"

　　"太贱了!"邓相如在祝贺的面前停一下,又转身走了。

　　"可是,我们昨天晚上分手,你是很高兴的呀,再说,今天早上,你不是也很高兴吗?"

　　"我不过是压抑罢了。"邓相如抓起电话。祝贺直觉到应该阻拦一下,如果再不阻拦,邓相如冲动平息之后一定会责怪他为什么不阻拦。

　　"等等。你要干什么?"他一把捺着电话话筒。

　　"把我当成什么人了!"

　　"谁把你当成什么人了?"

　　邓相如质问地说:"我还算得上老总吧? 堂堂的华夏文化公司的老总帮他策划名山,变死山为名胜,化腐朽为神奇。换上任何一个县的县长,都会派专车来接我。你说是不是?"

　　祝贺肯定地点下头:"对他来说,怎么估价都不算过分。"

　　"可他什么态度? 竟然好意思让我们坐火车,下了火车再转汽车。像是一帮住经济房的游客,真是他妈的不把咱当外人啊!"

　　"你打电话要干什么?"

　　"让他安排车! 不安排车老子就不去!"

"你的轿车呢?"

"那是我临时借朋友的。"

祝贺意识到问题非同一般,有必要给予提醒:"昨天晚上你可没这意思,现在提出来,那边的县长会不会认为你故意摆谱儿? 不答应怎么办?"

邓相如又拨了一回电话,他希望祝贺在他犹豫的时候阻挡一下,又希望黄县长不在办公室。然而不幸的是,那边就像专门等待消息似的,电话铃刚响,一把就给抓起,估计黄县长那时就像拎起一只奔跑的兔子。

双方客气几句,邓相如询问了华夏文化公司的几个技术专家怎么去。

"老弟,"黄县长疑惑不解地问,"你别绕你老兄好不好?"

"你们不是经常来省会办事,顺路把我们接去好了。"

"你们公司的车坏了?"

"车坏倒是小事,司机出了事,昨天我们晚上还在一起吃饭,今天早上就躺到急诊室。"

"这个好办,老弟,别说什么顺路,"黄县长很豪气地说,"专车接送,我派奥迪专车去接。"

邓相如大获全胜地放下话筒,他先是带着惯有的等待别人赞扬的神情朝祝贺看上一眼,然后迈步跨出里屋,插在孔夫子和模特儿的中间。

"好消息好消息。"

孔夫子还没听到什么"好消息",肥胖的圆脸就放大了比应该的多几倍惊喜的笑容。他知道邓相如最喜欢听顺耳的话:"什么好消息,看把邓总乐的?"他的夸张的惊喜里明显地有奉承之意,这是涉世不深还没有被世俗污染的模特儿所不愿意看到的。

"黄县长为了表示他们的诚意,县委常委办公会上通过了一项决定,合同签订起配给我们一辆专车。奥迪! 我刚刚放下电话!"

世界在模特儿的眼里是平面的,她还看不透男女在情欲之外蕴藏着更多说不清的东西。如果有人告诉她,邓相如给黄县长打电话完全因为惜香的缘故,她会非常吃惊。这已经超出了她所能够理解的范围了。她根本不知道,一个扭转乾坤的政治家在决定重大事情时会因身边某个女人的一个顾盼而受到影响。不光模特儿,孔夫子也不知道这里的奥妙。这段时间,他总是莫名其妙地受到邓相如的嘲讽,也莫名其妙地受到邓相如的夸奖。如果孔夫子和模特儿的聊天多出了一分钟,邓相如就会在其他事情上嘲弄他一番,如果孔夫子当模特儿的面奉承他,听话顺从,就会得到奖赏。

模特儿不知道的还很多,好多遍了,她也没搞懂国教授发明的"温度计效应"的奥义所在。她请教女人高蛋白,这个女人更搞不懂。女人高蛋白性格外向,嘻嘻哈哈,见谁爱谁,是个坦诚中多少还有点缺心眼儿的女人。每到新环境她总会来上一段罕见的自我介绍:"我高中就现在这样,高高大大,坐最后一排,白白胖胖,我们班的坏小子就给起绰号叫我高蛋白。"她算得上一个时而清醒时而糊涂的女人。当她清醒的时候总能发现自己办了什么糊涂事,而当她糊涂时却又觉得自己比任何时候都清醒。这两种情况还经常交织出现。比方说,她和国教授相处的时候,经常搞不明白自己是清醒呢还是糊涂。

在女人高蛋白看来,国教授无所不能,所有问题在他那里都有答案。"《温度计效应》是我们公司国教授写的一本书。他答应送我一本,我要好好读一读。据说,读了这本书,你会明白许多道理。"她回到家给老公炫耀。

"温度计效应"显然被神秘化了,这正是学术的特点之一。她的老公对此大不以为然:"我没有看,也用不着看,这本书不会怎么样。一个学者不好好研究学问,跑到社会上乱混,从根本上证明他在学术上没什么指望了。"

"你胡扯!"

她的老公胡扯得很对。国教授参与二十世纪文化名山活动,并不要搞一番什么事业。几年来,他记不清自己参加了多少貌似神圣实则无聊的活动了,没有几个搞成的。"黄帝故里"仍在纠缠着争夺。"伏羲巨雕"无声无息了。斧劈天地的盘古,明明是个酒神式的神话,人们也能煞有介事地开上第一届、第二届、第三届研讨会,论证盘古到底斧劈哪座山峰。在他眼里,越是"意义重大"的文化活动越荒唐可笑。老子故里,本应是个清静无为之地,却让一点儿看不懂《道德经》的人折腾成了红尘万丈的闹市。即使那些搞成了"景区"的又如何呢?"鸿沟古战场"花了几千万,不足数月,门可罗雀。把黄河流域的古文化浓缩在"黄河大观园",贷款、筹资,花了一个亿梦想红遍全国,和深圳的"锦绣中华"南北呼应,不到半年支撑不起,倒闭关门了。还有建了一半的旅游项目,不是投资者犯事被抓,就是当政者易位下马。既然大家伙儿竞相玩弄学术,背离良知,所以国教授打开始就没有把二十世纪文化名山当回事。这个项目对他的唯一价值是,他不再以学者身份,而是以一个高级顾问的面孔出现了。这个特殊身份意味着他可以君临天下,号召学者,从中得到实际上的好处和利益。他这人并不贪,只要搞到两万元,买台笔记本电脑就心满意足。他是一个成功的讲究时尚的人,半年前一次学术研讨会上,当看到北京一位教授神气活现地架着双腿操作上面的笔记本电脑,他就决定买它一台。

国教授到华夏文化公司的目的原本单一,女人高蛋白跟自己热情如火的往来属于副产品。于是,生活中的误差再次重逢。在女人高蛋白的眼里,有知识的人就是高尚的人,知识越多越高尚。而国教授想到的则是最崇敬的林语堂的一席话,这位大师说,他不喜欢和有学问的人交谈,而乐意和粗俗的女佣人相处,因为她们身上表现的是人性的本真。这种粗俗女人身上散发着原始的味道。过去国教授从来没觉得这种俗女有什么好，大师的这番话给了他启悟，也就真觉得那种傻不叽叽的女人值得用心相处了。

国教授是个学者，自然具有学者处世的谨慎和计谋。他以解惑的方式询问女人高蛋白的生活，好从中发现问题和捕捉机遇。有一次，公司又涌来了几个陌生人。他们俩就来到走廊，刚刚讲几句，电梯停在面前，张开的嘴像巨大的黑洞将他们吸了进去。他们乘着电梯上到顶层，又从顶层落到楼下。然后再从楼下升到顶层。当有人进出之际，国教授以学者的智慧巧妙地将话题换成双关语或暗语或旁白。对他俩来讲，说的内容已经无所谓，倒是在起起落落的电梯里讲话的形式更有意义。

电梯里的封闭空间好像有了什么隐秘。他们又在升降的电梯里约见多次。电梯有电梯的好处。待在升降的电梯里时间长了，一种晕船的感觉会滋生出想要诉说的欲望。在这里，女人高蛋白以罕见的坦诚和求知欲诉说自己，关于奇遇，关于困惑，关于迷惘和向往……电梯的三面镜子将他们两人分裂为无数的小我，点点滴滴的隐私像葡萄串一嘟噜一嘟噜被提溜出来。她不止一次质疑自己是不是"女人"。她甚至告诉国教授自己的婚姻来自一场灾难："本来我和他只是处朋友。"她说，有次看完电影出来，两人徜徉在夜深里，在抒发观后感之后，她宣布了自己的贞操观：一个女人一生只给一个男人，要是被一个男人拿走最宝贵的东西，就要属于拿走她的男人。结果，当晚就被男友强行拿下了。

国教授深为震撼。这个常年在学府里的人看到了另一个天地，一种粗俗的力量，一种民间的智慧。他也有过青春，有过对女性的追求，面对女方的阻止或者白眼，又会干些什么呢？每次他都软弱可耻地败下阵来，并以夸耀的速度换上所谓的君子之风和绅士之态，好掩盖自己的胆怯和无能。

"我并不爱他。我当时正在考虑和他分手。我看他动手动脚就给他一个提醒，我不属于他，我只属于爱我和我爱的人，只有我爱的人才能拿走我。结果，他当晚就把我拿走了。他故意误会我的意思，可我又能怎么办呢？"

"这不是误解，而是一个典型的悖论。"国教授说，他从来没有遇到过这种坦率直露的女人，大师的语录又在他耳畔响起。面对这个女人，他确实感到了原始的炽热。女人高蛋白原本是打动不了他的，奇妙的是，只因大师的一番话，便改变了他选择的方向。他的形而下的理解是，表面上看，她诉说着自己失去贞洁的苦恼，其实暗中提供他一把打开她身体之锁的钥匙。换句话说，他完全可以像她的前男友大胆地对她下手并一举拿下！

"我的蜜月过得像噩梦。我们旅行结婚，走到半路就吵着回来了。"她不堪回首地摇摇头，停了片刻，拭去想象中的泪水，"好了，不说我了，国教授。换个话题，你说每个人都有苦恼，我觉得像你们知识分子就没苦恼。你有苦恼吗？你的苦恼是什么？"

"苦恼多种多样,你们有你们的,我们有我们的。我们的苦恼是,在中国,当个像样的知识分子太难了。你们只要有衣食住行就可以。我们不行,我们是想搞出点自己的东西,不能白来世上一遭。谈何容易呢?别说搞出点自己的名堂,就连那些现成的学说都侍弄不完啊!这就是我们的苦恼。"

女人高蛋白听不大懂,这算什么苦恼?这怎么能算苦恼呢?她没明白。也许这正是自己处于清醒与糊涂相互交织的时候。"你是说,没有自己?"

"对,没有自己。人活在世上没有把自己活出来,是人生的最大悲剧。"

"如果说这是人生的悲剧,我倒有点同感。"她诉说自己更大的苦恼,"你也看出来了,我这人大脾气,一天到晚咋咋呼呼,什么都粗线条,好像没心没肺。女人不把我当成女人就算了,可男人也不把我当成女人,一上来就亲热得跟哥们儿似的。我是个女人呀。"

"你当然是个女人。"国教授看着她比自己还短的头发证明似的说。

"你觉得我是个女人吗?"

多么赤裸裸、火辣辣的进攻啊!国教授说:"怎么不觉得呢?你就是个女人。咱们头一次见面,邓介绍你说,女人高蛋白,前面加个女人是什么意思?"

"国教授,你还没明白我的意思,我不是说生理上的,不是,我是指性格上的,脾气上的,尤其感觉上的。"

"这可太荒谬了,我第一次见你,从感觉上而言你就是个女人。"

"真的吗?"

"当然真的。"

"谢谢,谢谢。"女人高蛋白再次擦擦想象中的感激的泪水,端详着电梯里面镜中的自己。

国教授看上这个女人了,看上了女人高蛋白的饱满鼓胀的肉体有种野性的力量。他打算实施计划好的诱骗。他是知识分子,所以方式完全是知识分子式的。以往,当他阐述自己的"温度计效应",总是以腐败举例——距离决定态度。当你在报上看到腐败,你会愤怒;当腐败者是你的朋友,你会惊讶;当你的兄弟因腐败而被绳之以法,你会遗憾或同情;当你本人收受贿赂,你则会高兴和庆幸。关于距离决定态度还有一个车祸的比喻:要是陌生人的腿被轧断了,你会漠然;同事的腿被轧断了你会惋惜;朋友的腿被轧断了,你会难过;家人呢?你会痛心,你就铁定地看到一场灾难了!眼下,面对一个女人,他就因材施教,选择了爱因斯坦的相对论和他的"温度计效应"进行对比。相对论通常由一则男女之间的故事阐释。许多人知道相对论也是从这个通俗故事理解的。

"这个我知道。"女人高蛋白说,"情人等情人,觉得时间过得很慢,像乌龟爬一样,几分钟好像一个小时,而他们见面之后,又觉得时间像兔子似的,'啪'地一个小时飞走,'啪'地一个小时又飞走,一晚上就这样一下子没了。"

"是的,你讲得很好。"国教授赞扬地说,电梯在第四楼层停下,一个清洁工推着车移进来。国教授认为一个清洁工听相对论,无疑胜似听天书,也不受什么影响地接着说:"如果给人们讲相对论本身,绝大多数人不懂,也不想懂,可是一讲男女的通俗故事,学术就深入浅出地普及了。"

"国教授,"女人高蛋白说,"你的'温度计效应'也该这样。"清洁工在一楼下去,门又关上。清洁工无法料到,其他的什么人也无法料到,电梯里高谈相对论和"温度计效应"的男女,正在打着"学术"招牌进行一种特殊的偷情活动。

"有啊,只是以前我们不熟悉,我不好给你讲,现在我们称得上朋友了,我觉得没什么不合适了。你说是不是?"

"是的,你给我讲讲'温度计效应'吧。"

"我想,还是先给你举个例子吧。"

"好的好的。"

"也是以男女为例。"国教授的声调发生了变化,"这个你不介意吧?"

她不介意地摇摇头:"我喜欢简单。"

国教授想,她是说她喜欢直来直去,那就干脆撩开任何形式的面纱:"就以咱们两个为例怎么样?"

她又同意地点点头。

"你和我,要是走在人来车往的大街上,彼此的感觉是零度。如果走在一个胡同里,对面而行,"国教授两手伸长呈胡同状,向里靠拢,"没有别人,那么,我们两个的感觉就有了温度,这个温度的度数以胡同的宽窄和长短为条件。我说这些你懂吗?"

"懂,我懂。"

"从胡同出来,我们俩碰巧进了同一家餐馆,碰巧坐在同一张桌子,面对面,只有我们两个人,这时的温度还会再升,比人体正常温度要高许多。"国教授尽管努力把事情办得唐突,体现民间性和世俗化,可是真到关键之际,学院派的羞愧还是出来干涉了——他的目光瑟瑟有点要往回缩。

"现在不就是吗?"她看看电梯里的镜子鼓励似的说。

"对了,就说现在,"国教授暗出口长气,像从危楼上移步到了连接安全地带的平台,"我们从餐馆出来又一起进电梯,只有我们两个,我们的情感温度绝对比平常高,再如果,"国教授故意停下来好让对方猜测出自己的意图,"我可以往下接着说吗?"

"你说嘛。"女人高蛋白兴奋地等待一种新型学说在自己身上验证。

"如果我们两个再把手拉在一起呢?"国教授伸出手,他希望女人高蛋白理解伸出的这只手不是普通人的手,而是一种学者的科学精神。女人高蛋白的手被握着,还摇一摇,"'温度计效应'是不是出来了?"

"是有点出来了。"

"如果再抱一抱呢?"国教授眼睛闪着融入了欲火和慎虑的目光,问。

"……"

国教授壮了壮胆,在伸出胳膊之前,又试探性地征求地问一句,因为他害怕一旦非礼是不是要挨上一记耳光,这种情景他曾经领略过:"咱们这可是在讲通俗的例子。"他解释的话音未落,已经抱着女人高蛋白的肩头,贴在她的两大块热烘烘的像肥料一样的胸脯上。

戏剧性的变化走在了剧中人前面。被男人一把抱着的女人头"嗡"地蒙了起来,她没有料到会有这种行为。她几乎是本能、防卫似的抽出了手。如果换了对象,这抽出去的手会变成一个巴掌,而变成的巴掌又肯定扇到对方脸盘儿的某个位置上。然而,面对国教授,她再次清醒地糊涂起来,具体的反应则是对着那坨令人敬重的知识化了的屁股,草草地象征性地抹了一下。

第4章 夜总会

> 这种巧妙地往深度进展的方式正是祝贺所喜欢的。每个女人都是朵可以盛开的鲜花,只要你施以她乐意接受的方式。

电梯里发生的故事邓相如一点儿没有察觉,他没有察觉是因为他很忙。许多事情要在他头脑里诞生、催化,好在媒体采访的时候告诉他们;还有方方面面的朋友像金属片儿从城市的各个角落被磁铁吸了似的,叮叮当当滚来。这些人吃过邓相如的亏,上过当,骂他娘,发誓假以时日一定找他算账。可是,在文化名山光环的照耀下,连他们本人都觉得惊异,一点儿不费什么麻烦就尽弃了前嫌,冰消恩怨。他们满怀喜悦,甚至虚荣地拉来另外一些新面孔,推荐介绍,商谈合作,好加入到创造文化名山的伟业之中。加盟的企业希望拿到文化名山活动的冠名权。邓相如根据他们的社会地位、经济实力,根据他们成功度大小以及对自己的需要程度,一个个编排成队,预约到规格、档次不同的酒店。"我来安排。"他热情而诚恳地邀请。可是到了酒足饭饱,牙花子嚼三至四遍,濒临结账,他要么佯装喝得兴奋,口吐莲花,谈兴正浓,要么装得不胜酒力,语无伦次,拖延到对方实在忍不住自己把问题解决为止。每次离席之际他总要一脸责备地批评对方。"太不给我面子了,谁主张谁举证嘛。我说我安排你怎么偷偷把钱结了?"他适时地扶着身边某个东西好支撑一下,"下次吧,下次算我的。"

实在装痴不成逃不过去的时候,邓相如从裤后掏出鼓鼓的钱包,一声不吭,当众推给模特儿。这个动作蕴涵着或者说表露几个方面的意思。第一,他要结账了,并以无意的姿态显出江湖式的老道;第二,是用钱直接支使模特儿去替他结账;第三,把钱包递给模特儿的另一个目的即给对方一个提醒,好让对方知趣地争一争,抢先一步。事实上这一招屡试屡中,对方总要和美女争一争,只要争,绝大多数总能获得好的名次。

这也算得上邓相如既宴请了朋友又回避了付款的手段之一。

正是在酒席上,祝贺对邓相如有了新的看法。对这个人不能简单地定性为骗子。邓相如无中生有编造的故事总辅以大量生动的场景和精微的细节,难道真的是外加的吗?是他之前精心筹划的吗?他那么动情地向别人讲说,是不是应该怀疑他真的有种幻觉呢?比如到北京拜见某位部长(事实是找了文化部的一个副司长,他答应等某副部长回国争取一个题词),邓相如提及了从来没见面的某部长的一根长长的眉毛,他的手绢,以及手绢上绣的海滨图案,这些细节都在他的故事里得到真实感极强的描述。当部长说到"一定要把二十世纪文化名山搞起来"时,由于激动,弹烟灰时将圆形棕色茶几上的茶杯碰倒,淹了放在旁边的已题好字的宣纸上……邓相如接受记者采访,更是精彩。他和老婆关系原本极度恶化(这是他动不动跑外面搞活动的重要原因之一),但他在喝了酒之后,说着说着,突然哽咽地停了下来。包间里没有了声音,就像舞台上的间隔艺术,大家发现他的眼睛湿润,眼眶也红了,喉头一拱一拱说不出话来。他强忍着负疚和愧意,声称自己对不起妻子、孩子,对不起住进医院看病的老人。为了世纪名山,他记不清多长时间没有回家了。孩子最大的愿望是开家长会见到他,可连这点愿望他也不能满足!

"太专业了。"孔夫子既讥讽又赞赏,"用嘴说谎已经难能可贵,还能把泪给他妈的调动出来。"

"我吃不大准,"祝贺迟疑地提出了自己的发现,"他是不是有种幻觉?"

"什么幻觉?"

祝贺想了想说:"他是不是把自己说的事当成真的了?"

"那又怎么样?不把假的说成真的怎么去骗?"

"不,不,我不是这个意思。"祝贺还是吃不准地说,"他与通常说的骗子好像不大一样。骗子自己通常知道是假的,对方不明就里;而幻觉就不一样了,是不是他本人真的认为是真的?"

"这怎么可能呢?"孔夫子觉得祝贺这人有点可笑了,对如此简单的问题竟然不着边际地胡猜乱想起来。

"不是不可能啊。"祝贺试图举例说,"有许多作家都是这样的。在实际生活中,道德水准极低,贪图便宜,为人粗俗,乱搞一气,可是他们的小说却把自己塑造得如君子一样圣洁。读者都以为他是个好人,他也觉得自己真的像小说里的主人公那样。这就是幻觉,要是给个定义,我想就叫'道德幻觉',先把自己给骗了,在实际生活中干的坏事到作品里就排毒一下。当然,这和邓相如还不大一样,是不是?"

"祝,你说的是人性复杂的问题,和骗子两码事。邓相如什么都明白。他的问题纯属品质问题。我只是搞不懂,这家伙怎么说哭就哭呢?太专业了。"

如果真有幻觉成分的话,邓相如倒有点儿滑稽可笑,甚至有点儿叫人同情,因为这就有了精神病患者的嫌疑。

过了两天,月兔酒厂的人第三次请他们,吃了饭还邀到野太阳夜总会消费。在去的路上,邓相如对酒厂的人说:"今晚我把话撂这,夜总会的费用你可不能再跟我争了。你要惹恼我,合作的事就免提。"

夜总会这朵黑色奇葩,谁也没料到能在中国开得如此妖艳。没有人不愿往里混。起初是商人们、个体户、谈生意的和做交易的、贷款的、欠债的、办执照的……没多久,去夜总会的成分就复杂了,假劣商品被法律准绳给绊着,治安条例要抓人,关系托到这里花钱解扣儿……各类的执法部门和职能部门的僚吏就成了这地方消费的生力军。再后来又有一些有本领的文化人涉足此地。为什么不光顾这里呢?这里有许多在其他地方所没有的好处。

这里有轰鸣咆哮的野性音乐,有沉沦糜烂的肉感的光线、美酒、半裸的在荧屏上走来躺下的女郎……最主要的是夜总会的核心——风情万种的坐台小姐可以圆你各种各样的绮丽的梦想。在这里,你只要掏钱,可以眨眼间得到一个满意的小姐。祝贺每次进入夜总会,总被那里成群的美丽小姐惊呆。他搞不懂,天底下哪来这么多一个赛过一个的美丽小姐。他在这个世上活了三十多年,还从来没有看到过十几名或几十名美女集中在一个地方。她们婷婷而又袅袅,艳若桃李而又冷似冰霜。她们的目中无人的神态和拒人千里之外的气质完全是从一个模子里浇出来的。

邓相如的眼睛有一种平时没见过的光,一道颤抖着贪得无厌的光;这张脸因邪光而变得陌生,仿佛是从另外一张脸上扒过来的。祝贺还是头一次眼睁睁看见一个人在情欲蛊惑下浮游出的另一张更真实的脸,这个情景让他为之震惊。祝贺搂着邓相如肩头将他拖回到里面,一直把他拖入了预订的包间里,其他几个人已经在里面尽情地又唱又吼了。

先是进来两个小姐,一个穿着洁白的连衣裙,文文气气,还带几分羞涩,她没敢正眼看他们,只是斜着身看电视;另一个则大胆放肆,胸部故意绷得突出胀满,仿佛只要动她一下,那上面饰缀的金属圆片就会纷纷脱落。这是个知道男人最渴望什么的女人。跟着后面,又陆续进来了三个小姐,其中有两个穿得又少又性感,一点都不掩饰风尘女子的征候。另一个稍瘦的短发女子既不性感也不肉感,被报社记者毫不留情地拒在了门外。进来的那四个都被邓相如像慈善家似的推到了其他几个人怀中。邓相如到外面晃了一圈,又带回来一个穿牛仔裙长发披肩的高个美人,显然,她的到场使那四个小姐黯然失色了。

她丰满、健康、浑身散发着青春的光泽,她什么都好,只是和身材瘦小的邓相如挨在一起,构成了幅漫画。这一点无论是当事人还是旁观者都看得清清楚楚。邓相如和她跳舞,眼睛正好到她的鲜嫩的红嘴唇。"咱俩换换。"邓相如很丧气地对祝贺说:"把你的小家碧玉给我换换。和她在一起自惭形秽啊。"

祝贺带着很满意的口吻愉快地表示同意。他们做了调换,彼此各得其所。两个小姐莞尔嫣然也觉得这样更像样一些。

没多大工夫,邓相如已经和陪他的小姐熟悉了。他的手在小姐的丰腴的胳膊上滑动,小姐适度地往他身上偎了偎。祝贺四下里看看,可以说除他自己外,大家都和自己的小姐有了相当程度的肌肤之亲。最突出的要算报社记者,他和那个小姐一摇一晃地跳到包间光线最幽暗的角落,他俩几乎合为一体还不算,他的一只手在她的胸部放肆地摸索着。

祝贺本来也可以和自己的小姐亲热一点,他曾经多次这样过。这次他之所以破例,是因为小姐的眼睛。包间里所有的光线来源于电视屏和台上的烛光,小姐的眼睛像宝石似的晶亮。她美丽的容颜令人蠢蠢欲动,可是她那特有的端庄气质和文雅的谈吐,却让男人难以妄行。她的眼睛里分明写着一句话:"即使我是个坐台小姐,人格上也不低人一等。"

他把手递给她,她微笑地握着,两人就起身去跳舞。祝贺搂着这个小姐跳了几圈,地方小,不免要和其他几对舞伴碰来碰去。祝贺很快就发现,他们几个是故意倒腾,每次发生碰撞他们就趁势把小姐搂得更热烈点。祝贺的小姐跳得很熟练,她能凭感觉巧妙地躲闪来碰她的人。于是,这种场合就多少带有恶作剧的意味了。祝贺和他的小姐配合得默契,在进攻的对对舞伴的间隙里穿梭,或者回旋,或者逃避。不大一会儿,那几个舞伴就联合起来伴着乐曲从不同的方向发起围攻,这样祝贺就和他的小姐无处可逃了。

祝贺感到小姐结实的胯部和饱满的胸部在他身上的某个部位不时地反跳和摩擦,他从她的眼睛里可以判断,他的小姐对此并不在乎,因为这不是他有意的侵犯骚扰,这种被动的躲闪造成的身体上的接触,使他俩都处在一种默默的向往和认同中。可以说,这种巧妙地往深度进展的方式正是祝贺所喜欢的。每个女人都是朵可以盛开的鲜花,只要你施以她乐意接受的方式。现在,他和她在一起跳得比刚才轻松愉快得多了,在他们之间的一扇关闭的幽门悄悄启开,使他们在不受通常戒备的情况下,迅速地交往,这种交往又让外人无法看见。祝贺的小姐身上散发着时而飘来、时而飘去的质感很强的美。这一切都对祝贺的感官形成了诱惑。包间最暗的角落里,报社记者还是和他的小姐继续着体操式的表演。他又是驮着她在背上颠,又是抱她离开地面旋转,惹得她忽高忽低尖声长叫。

这时候,舞池里发生一阵小小的骚乱。邓相如欲望开始升级,他想在重要的局部上得到占有和享受,可是这个小姐仅仅只让他搂抱,不允许对她身体重要部位动手脚。

她采取一种很有成效的方式:用自己的双手紧紧攥着他的双手。结果,两人就可笑地形成了扭作一团的局面。这样几个回合后,邓相如试图达到的目的仍然高挂在前面不远的地方。这弄得他苦恼不堪,索性就抖开双手把这个小姐扔掉,插进另一对正在缠绵的男女之间,把几乎快陶醉得不成样子的报社记者推到一边,换这个小姐搂着。这让报社记者很不高兴,站在一旁,气愤地看着女人毫无遗憾地投入邓相如的怀抱,并因换了男人反而愈发卖弄风情。他丢了人又毫无办法,就对邓相如的屁股重中有轻地踢了一脚,张开双臂去抱被邓相如冷落一旁的小姐,结果被她猛地推到了邓相如的身上。

祝贺看看大家都那么放纵,而自己则像个无情无欲的刀枪不入的君子,就觉得自己好像办错了事。按说,他完全可以和他们一样地放纵自己,火热地和小姐打成一片。问题并不在他身上,问题在小姐的眼睛。她的目光就像一个校正器,把他的行为限制在一种轨道里。他俩坐在最里面的沙发聊着天,她告诉他,她叫罗叶。

"这个名字好,有感觉。"他知道这是"艺名"。"我有一个问题,当然,你要是不好说就不要回答。"

"我知道你要问什么。"

"是吗?我要问什么?"

"你是要问,为什么不干别的,而到这种地方来;第二个问题是,别的女孩子可以,我就不合适,不应该来这里。"

"嗯?你怎么猜出来的?"

"我来的第一天就有客人这样问。平均三天就有两个人这样问,大多是你这种口气和表情。"

"那你是怎么回答的?"

"我就告诉说,我是为了钱。因为我需要钱。头几天,客人会反问,为了钱也不能来这种地方。这些客人很滑稽,自己拿着钱买乐,却要给你大讲不能来这里的理论。开始我也讲不出什么,时间一长就找到了应对的理由。人只要为自己的行为找到理由,就什么都不怕了。等他们再问我,我就告诉说,因为钱是世上最干净的东西。"

"钱是最干净的?"

"当然。钱是最干净的东西。这就是我为自己的行为找到的理由。我大专毕业,看的书也不少,好像到处都在骂钱,骂它是肮脏的东西,世界最坏的东西;可我的生活不这样说,我只知道,最肮脏的东西是穷,世界上最坏的东西还是穷。我们家穷,我爸在乡里工作长年拿不到工资。我妈有病,却没钱看大夫,我有一个弟弟,一个妹妹都上学,因为穷,我们亲戚之间总是发生矛盾,哪怕为一点小事,都会反目。我小时候就看到钱是最好的东西,有了钱,我妈就可以治病了,我弟弟妹妹可以吃上一顿肉了。大家可以有说有笑地你来我往了。你说,这钱是不是世上最干净的东西?"

"是,是的。"

"你这样很不好。"邓相如拿了两瓶啤酒踉踉跄跄过来,捅给祝贺一瓶,劝告地指责,"你怎么坐这里? 该跳就跳,该搂就搂,当君子到外面当。你看你都成什么样了,这是在教堂吗? 既然进来,就把身上潜伏的动物赶出肉体的栅栏。如果你觉得这小姐放不开,就换一个。"

"不,不,"祝贺连忙拦着他,"我有我的方式。我需要什么方式就用什么方式。你们要搂搂抱抱、摸摸弄弄,是你们的事。干吗非要我也这么做? 不那么做就是不好?"

"我劝你不要辜负了这良宵美景。对待小姐只有两个字:出击!"

"我不想按你的方式。"

"你以为你是在什么地方?"

罗叶反问:"什么地方?"

"咦,他是不是爱上你了?"

祝贺双手抓着他的肩头往后推了几步,突然扭过他的身子猛地向前一送,让他知道什么叫"出击"。他和罗叶跳着舞,一种甜蜜而又痛苦的情感,一种久违的有些怀旧的情感,一种似乎能介入到他命运的情感,就在他与她之间游弋着。他知道时间在流逝,马上他们就要分开,永不相见了,可是她的美丽、气质,尤其她的身世和现状都牢牢地吸引了他。他生怕他再也见不到她了。

祝贺利用跳舞的揽着腰的右手的食指在她的脊背上写了一下:"这是什么?"

"1。"

又写一下。

"2。"

再写一下:"这是什么?"

"6。"

"请你连着说一遍。"

"126。这是你的传呼台号吧?"

祝贺依次将传呼机的号码用手指写在她的背上。

"5、6、9、2、6?"罗叶试探性地问。

"明白什么意思吗?"

"给你打传呼吧?"

"看样子,在我之前已经有多次客人这样做了。"

"是的。每天晚上最后一道菜。"

"看样子,我一点儿没有脱俗套。"

"还是有差别。有一点不同,你懂得尊重,也懂得自爱。再说你的表达方式也和他们不一样。"

"你是说,还没人在你的背上写过数字是吗?"

"没有。他们或者给名片,或者写在纸上。"罗叶回答,然后高兴地说,"来,我在你背上写个字,我最多写两遍,如果猜不出来,我就不给56926打传呼了。"

祝贺将腰板紧紧地绷直,集中全部精力感受她的指肚在他的背上走的线路。显然,罗叶也怕写得不清而失去机会,就一笔一画地刻字似的在他的背上写。祝贺感到她划过的地方的炽热,当她写完第一遍之后,他几乎因为那个字体较繁和心情紧张而没留下一个完整的认知,他请她再写第二遍。结果,那个字写完,他还是跟第一次一样,背上只留下一团热气。他很失望地看着她:"我的天,中国那么多字,你为什么偏偏挑这么多笔画的写?"

"因为这个字,你听着,因为这个字,本身必须这么写。"

"你说过了,你只写两遍,我不想让你食言,但是这里有个咱们都可以钻的空子。我可以在你的背上按你的笔画练习这个字。直到写对了你就说一声。"

"这是个好主意。"

他按照自己背上的感觉,在她的背上画出,一连写了几个字,她都否认地摇头笑笑。为了帮他,她就在他的背后画了一个大圆圈。"这次你该明白了吧?"

"圆?"祝贺再次琢磨背上的字,明白地压低声音:"噢,我猜出来了。"

"什么?"

"缘。"他用嘴唇在她的鼻尖上碰碰,"缘分的缘!"

他们唱完了跳,跳完了喝,闹腾到后半夜的一点钟,滑稽的事情还是发生了。邓相如一边和陪他的小姐卿卿我我,一边暗地里等着酒厂的人还像以往那样背着他结账,结完了账他好再发一通火;酒厂的人因为多次挨批评,又有邓相如进门时的严正声明,生怕这次结账真的惹恼了他,也就不敢妄动。

双方相互等着,时间又过去了半个小时,小姐们很不乐意开始张嘴一个连一个地打哈欠,还动不动看手表,责怪地嘀嘀咕咕。祝贺和孔夫子相互递着看笑话的眼神,不知将出现什么样的结局。但有一点可以肯定,消费单邓相如不可能结算。

看看没指望了,邓相如把发牢骚的小姐一把推开,酒气冲天对立在门外的侍者喊道:"过来过来,埋单!"

侍者弯腰双手合在腿上,说:"先生,请您到吧台结账。"

"为什么?"

"先生……都这么结的。"

"今天我就要破破这个例。"

"好吧,先生请您稍等。"侍者走了。再来的时候领来一个领班,手里拿着单子:

"先生，一千五。"

邓相如装模作样地掏出钱包，一张一张地查。他查得很慢，慢中有新的等待。酒厂的人站在一边，看着邓相如把钱包都掏出来了更失去抢着埋单的勇气。邓相如查到第十一张时，突然抬头问："多少？你刚才说多少？"

"先生，一千五。零头儿三十已经抹了。"

"我看看，"邓相如一把拉过单子，"包房五百，酒二百八，茹梦十瓶四百，烟五盒二百。不对吧，这烟哪儿有五盒？我们五个客人只有两个吸烟，你看看桌上有几盒烟？不就是两盒嘛，怎么按五盒收费？想胡来我可比你们更会胡来。"

"你们确实要了五盒，先生。"

邓相如当然知道是五盒，他只是想在把钱交给领班之前再次给酒厂的人提供机会。一旦钱交过去那可真成他埋单了——迟到的正义无法改变发生了的悲剧。

"把你们老板叫来！"

"对不起，先生，老板十二点回家了。"

"回家也给我叫来。你们的职业道德有问题，这不是钱的事。"邓相如的手"啪啪啪"拍着桌子，"你们胡来还想不想干了？"

酒厂的人得到祝贺一个明确无误的眼神，上前走到领班身前推着他向外走，在楼梯口掏出一千五，并交代开张两千元餐费的发票。他把每个小姐的一百元小费也要打入里面。办完之后，回来说："邓总，走吧？"

邓相如一副怒气未消但又不能让客人为此难堪的样子，作出了顾全大局让步的姿态，他知道酒厂的人已经把该办的事办完了。但他刚走到门口听说已经结了账，拿着钱包的手还是打了夹板似的僵着不动了，满含怒气的眼睛霍霍闪光，几乎是仇恨地盯着那个他心里称赞还算会来事的人："结过了？"邓相如不相信地大声责问，"这不是扇我的脸吗？！刚进来我是怎么说的？！"

酒厂的人只得再次深深地认错。祝贺也表现出对办错事应有的批评，再加上孔夫子从旁不断地劝说，看着大家都诚恳地调解，邓相如这才松动一下，摇头浩叹，脸上呈现出一副防着防着还是被暗算了的倒霉相。

在下楼时，孔夫子等着从厕所出来的祝贺，向他向天挑起大拇指，又倒过来向下捺了捺："祝，你可看清楚了，这就是你说的幻觉！"

第5章　我做梦时还知道在做梦

> 凡是在这种情况下女方大都是这种态度。这种态度里拐弯着内容丰富的东西,既承认着她与男方的关系,又适当地表现了她与男方朋友之间的距离。

邓相如并不认为自己是个骗子。所谓骗子,应该在道德上具有对别人构成侵害的一种主观故意。显然,没有足够的东西证明他是主观故意。人生需要策略,而拥有策略的生活才富有乐趣。有时他想,也许人们将他的策略简单地看成骗术了。那些骂他"骗子"的人又是什么人呢?如果都像他们,世界又怎能在变化中发展?人们总是简单地看问题,总是停留在事物的表面上。

除了策略,邓相如还被幻觉支配,幻觉是他被人们误解为"骗子"的祸根之一。事实上,从精神病学的角度看,每个人都有幻觉,只是表现的程度不同而已。就年龄段而言,小孩有小孩的幻觉,成人有成人的幻觉,老人有老人的幻觉。就幻觉的种类而言,有情欲方面的、事业方面的、金钱方面的,还有权力方面的。幻觉无处不在。宗教是人类最大的幻觉,上帝这个所谓的最高存在物只是人类固有的意识虚幻反映。邓相如的幻觉要比别人严重得多,在将幻觉当成真实的情况下,比他幻觉轻一些的人往往指责他是说假话、吹牛皮,有预谋的骗子。邓相如的幻觉通常是社会型的,大凡现实中急切需要而又不存在的事情,通常要借助幻觉的翅膀去实现。他的父母是一般职员,家族里也没一个有点儿来头的成员,面对纷纭变幻、充满功利的现实社会,他深知一个权重一方的亲戚有多么重要。愿望迫切到一定极限,幻觉就不由得发生了。于是,在他普通市民的家谱里,平添了一个在省委组织部当副部长的舅舅,一个在公安局当副局长的堂兄。日常生活中也降临了,诸如前天在花园酒店和什么市长一起吃饭以及明天谁都不要找他,他没有时间,因为忙着帮一个哥们儿从镇长调到区里当分管政法的副区长,约好了和一个重要人物见面等这些精彩的华章。

当他说这些的时候,确实相信这些都很真实,在现实中也可以找到证据。他比别人都相信。只有当他独自一人坐下来,真的想给这些人物打个电话,这才发现自己并不认识他们。

邓相如在情欲方面也有许多幻觉。当他在接近实质的时候,那些让他恍惚的女人总是又走到了让他快捉住又捉不住的地方去了。他被女人耍着,连那些坐台小姐也让人失望。

"明天,你给我打传呼吧。"那天晚上,在野太阳夜总会分手时他又用请求的口气说。他已经对坐台小姐说过好几次,总担心人家听不清或者记不住。

"好,好,好。"坐台小姐一连几声地应道。

"你不会失信吧?"

"不会不会。"

"我明天上午有个重要会议,下午好吧?"他怕自己一天都处在等待传呼的焦急中,主动把时间限定了一下。于是,第二天下午,他就开始了在焦急中的等待。他收到了好几个传呼,每次都巴望着是那个坐台小姐,可他从腰里抽出传呼机看,总是一再失望。

"一定是不小心把你的传呼号搞丢了。"祝贺宽慰他,"她这会儿恐怕比你还急。"

"很可能。要是这样的话,今天晚上咱们还去。"

"还去?今天晚上咱们不是说好和旅游局的人吃饭吗?"

"安排见面可以顺延。再说也只是了解一下当前的旅游情况,可早可晚。一想到她这会儿很可能正在房里把所有能找的地方都翻了个遍,悔恨地坐在床上暗自骂娘呢,我心里就不大好受。"

祝贺不满地叫道:"就因为一个不认识的小姐吗?"

"什么叫'一个不认识的小姐'?说是这样说,可是当你和她搂抱了一个晚上,和一个有血有肉的女人搂抱了一个晚上,又唱又跳,又说又笑。你还能抵赖地说是'一个不认识的小姐'?你没法理解,要是你的小姐答应给你传呼,你就不会冷漠地说什么'一个不认识的小姐'了。"

祝贺犹豫了一下:"这样吧,等我的那位小姐打传呼,我就让她找你的那位小姐,把你的传呼号转告一下。"

"什么?你也让你的小姐打传呼了?"

"听你的口气好像很稀罕。要是我的小姐给我打就让她转告一下,明天你那个'悔恨地坐在床上暗自骂娘'的小姐就会给你打啦。这个主意怎样?"

"你也会这一手?"邓相如眼睛翻了翻,"我可没料到你也会这一手。"

就情场上的得意而言,祝贺实在有可夸耀的资本,只是他不大在朋友们面前表露而已。他和罗叶的约会没有告诉邓相如,这就是他的方式,他不想做什么事都让朋友知道。在他告诉邓相如罗叶要给他打传呼之后没多久,罗叶的传呼果然很给面子似的奔来了。祝贺把声调处理得平平常常,给罗叶回了电话。

两人约好了见面地点和时间,当他放下电话,偷偷地瞄了邓相如一眼,发现他的脸都快变形了。祝贺只好表示歉意地摊摊手。

祝贺下了电梯,走到夏天傍晚的酒店门口,在闷热里等待着。回想昨天晚上在夜总会与她相处的几个片断,她的眼神,她的表情,她在他背上写的字。人群中有几个戴白纱巾的女人,往清真寺走去。他是在她出现的第一瞬间看到了她。她的披肩的长发,她的丰腴高挑而又健美的身形外面的黑色长裙,她的明亮透着聪明灵气的大眼睛,她笔直的鼻子,以及随着走近越发清晰的微笑,一下子成为游动景点。行人们的眼光或深或浅地泊在了她的身上。祝贺听到心里一阵无声的轰鸣。

祝贺向她扬扬手,她加快了脚步,他们知道自己和对方分手后,期待着这一刻,日常时间的某一段已经被命运择了出来。他看得出她的淡妆和她身上特有的文雅风姿与他有着相应的联系。

他带她回到酒店一楼的酒吧,这里的环境给人一种恬淡又舒适的感觉,四周飘散着轻音乐,托着洁白盘子的小姐在他们的桌上放两杯冰镇苏打水,每个动作都透出温柔。酒吧没有几个人,曼妙的音乐氤氲出一种宁静的氛围。四周亮着光线微弱的彩灯,稍微远一点的东西都融化在具有毛玻璃般质感的空气里。他看到她瞳孔蕴涵着纯情但又成熟的光。

罗叶用湿巾拭着脸上淡淡的汗渍,刚落座,开门见山地问:"你会圆梦吗?"

"圆梦?你怎么提了个很奇怪的话题?"

她好像对一个很熟的朋友说:"我昨天夜里做了一个奇怪的梦。"

祝贺心里不由得一动,发现命运里真是有一种劫数,自己和女人的开头部分总是和梦有关系。这种神奇的精神现象总让他既迷惑又振奋,就说:"你做了什么梦,说给我听听。也许我可以圆得很棒。"

"我做了这么一个梦:我死了。"

"停停,"祝贺吓一跳,"你怎么了?"

"我死了。"

"你死了?"祝贺笑笑,"好吧,你死了。"

"我是看着我死的。我在一个什么房子的后院里,没有一个人。天空阴沉沉的,只有我一个人孤零零的,躺在一个土坑里,把自己轻轻地一点点地埋了。"

这里的环境给人一种恬淡又舒适的感觉,四周飘散着轻音乐,托着洁白盘子的小姐在他们的桌上放两杯冰镇苏打水,每个动作都透出温柔。

"你是说,在梦里有两个你,一个躺在坑里,一个用土埋她?"

"埋的时候,我还沉痛地哭。"

"谁在哭?躺的人还是埋的人?"

"都不是。"

"那是谁?"

"是我本人。我在做梦的时候还知道这是在做梦。我还很清醒地知道这是个梦,所以我就哭,我给哭醒了。梦中的两个我就像一张褪色发黄的老照片。你能帮我圆圆这个梦吗?你是个有学问的人。"

"什么学问,我连活的东西还搞不大明白,就别说死了。不过,我不能就梦而梦,我可以讲些人为什么做梦的道理。"

"这也好。"

"你得答应我,我问什么你得坦诚相见。"

"嗯。怎么说呢。"罗叶眼前开始起了层雾,"我觉得我在你面前不想说违心的话。我觉得咱们在见面以前就认识了。这话说得够坦诚了吧?"

"这话你对我说可以,要是换上我对你说,你就会想,这家伙图谋不轨。是不是?"他说。

罗叶双手捧着下巴,摇着头笑。

"有两个问题:一是,你过去做梦出现过死没有?二是,你现在是不是遇到了最麻烦的事,换句话说,你迫于无奈而做你根本不想做的事。"

"我从没有做过死的梦,我经常梦见的是大海。波浪,日出,透明,浩瀚,我经常梦见我在海边一个人徘徊。另外,我现在真的遇上了麻烦。迫于无奈……"

"是什么?"

"你昨天在那里认识的我。我遇到的就是这个问题。我实在不想去。可我还不得不去。我不会打情骂俏,又不允许客人动手动脚,我根本不该去那种地方,但我现在又无路可走。"

"你是说,你必须在短时间内挣一笔钱是吗?"

"必须!我来这个城市三年了,大专毕业,干了好几个地方,做过糕点,当过迎宾,这些我昨天都跟你说过,那种工作的收入根本留不住我。你想想,才三百,三百块能办什么事?我就是节俭又能有多少?我必须有钱,怎么办?我就去了夜总会,我告诉你你可能不信,我到那种地方两个月了。我觉得我今天不坏用不了多久也会变坏!"

"所以做噩梦?"

从每个人都在关注自己这个基本原理而言,祝贺犯了个错误,他光倾心于和罗叶的交谈,把其他的事情忘得干干净净,此时,在楼上的707房间里,邓相如像一头傍晚归来而找不到窝的狼,在房间里急匆匆地蹿来蹿去。如果说那个小姐的失信是对他欲望上的打击,那么现在祝贺与他的小姐在一起,对他则是面子上的重创了。那位小姐并没丢掉他的传呼号,邓相如非常明白。他也知道祝贺大概是在宽慰他。他给祝贺打传呼。"你跟她说了没?"

"说什么?"祝贺在吧台用酒店座机回了话,忘记了答应的事。

"跟你的小姐说,让她晚上转告我的那位小姐打我的传呼号。"

"说了。我能不说吗?"祝贺撒了谎。

"你们现在在哪儿?"

"嗯……"

"这还保密?"

"就在楼下的酒吧。"

"你们快点,晚上咱们还有正事呢。"

"你不是说去旅游局的时间顺延吗?"

邓相如没听完急忙挂了电话,手还迟迟抓着话筒不放,并不由自主地哀叹了一声。他在房间里又踱了几个来回,然后忍不住穿上长裤,关上门进了电梯。他知道不该掺和在祝贺与他的小姐之中,可是他实在想看到祝贺的那个小姐,仿佛她是他的小姐的替身,仿佛她肩负着他们之间的使命。邓相如很想和她说上几句话。他刚拐入酒吧,就见祝贺和那个小姐起身要走了。

"你们还认识吧?"祝贺介绍道。

罗叶很得体地对邓相如点点头,凡是在这种情况下女方大都是这种态度。这种态度里拐弯着内容丰富的东西,既承认着她与男方的关系,又适当地表现了她与男方朋友之间的距离。

"怎么,要走吗?"邓相如有些挽留的意思。

"她还有事。"祝贺挺像回事地说。

"我的事,对你说了吗?"邓相如眯上小眼睛盯着她。

祝贺没料到他会如此性急地当面问这件事,急忙向后退了一步好躲开邓相如的余光,他朝罗叶递了个眼色。这个动作显然引起了罗叶的注意,只那么半秒钟的工夫,她就明白该怎么办了。她又一次点点头,说:"我知道了。"

"那么就让她晚上给我回个传呼。像你绝对给他回传呼一样。你把这事替我办了,我明天请你的客。"

"听见了没?明天请你的客,没我的份儿呢。"祝贺松了口气。

祝贺送罗叶出了酒店大门,低声说了邓相如让她办的什么事。他很高兴地赞赏俩人配合得默契。"我刚才还真怕你说漏了嘴。我知道那个小姐并没有丢他的传呼号,人家只是不想给他回话。"

"就我会给别人回传呼是吧?"罗叶扭头嗔道。

"这……"祝贺知道自己失口了,不自然地说,"你是你,她是她。"

"我是在跟你开玩笑。"罗叶诡谲地递一个粲然的笑,"别放心上。"

第6章　到时候你管我叫什么?

> 凡是搅了别人床笫风光,还让人家为此莫名其妙地挨了一巴掌的人,肯定不会受到欢迎。

那天晚上,邓相如实在忍受不了情场失意和由此造成性欲变质的亢奋,在祝贺走后控制不住地来到一个泰式洗头城,从一堆小姐里挑出一个和他曾发生过关系的小姐,领她到中州大酒店的房子里。因为花钱,他就尽量使出身上动物的所有解数,对收取嫖资的小姐狂轰滥炸。小姐起初还能对付得了,当她发觉骑在身上的男人要把出的嫖资从她肉体上捞回来不说,还要尽量赚点回去,就有点受不了啦。她装出因他的疯狂而陶醉的样子,伸出双手围着他的后腰,大拇指很熟练地捺着他的尾骨突出处,只那么一个动作,他就像开了水龙头似的飞泻出来。放纵了性欲使他迷失了自己。从卫生间冲澡出来之后,他竟然像寻找到知己似的留下暗娟,大谈他的山体文化以及锦绣前景。暗娟懒洋洋地应酬着,凡是与她无关的事她一点儿兴趣也提不起,这天她已经接过好几次客,疲乏而困倦,在三星级酒店的空调房间里舒舒服服歪在床头,似醒似睡地听着,不大一会儿,她翻个白眼被邓相如的名山文化彻底催眠了。

第二天一大早,邓相如送走那个女人,情绪稳定多了。他有个著名的论断:一个人最纯洁的时候,就是在犯了罪之后。人身上的毒素得以排除,才可以正常地开展有意义的工作。他打开窗子,看着晨光中渐渐苏醒的城市,做了几个深呼吸。还在人们上班之前,像一个早读的学者把有关资料粗粗地浏览一遍,在有些部分的空白处做上记号。这种有意义的早读,给他一种充实感和升华感。决心要经常如此。可是临近傍晚,七八种黑色的毒素,开始从体内的底部一点点向上逼近,使他情不自禁地又想起昨晚上伴他放纵的小姐。那张化妆妖艳的面容和堕落松弛的肉体,总是在他眼前忽远忽近。

他把祝贺支走,又去泰式洗头城把那个小姐带回来。他深深地陷入了情欲的泥潭,以至于西阳县的黄县长打来电话,他都没有反应过来。他的这种态度使黄县长深为不满。

"我找谁?你不是邓总吗?"

"哦,黄县长黄老兄。我这一段电话太多,有一次我连我爸的声音都没听出来。"

"我现在快进市区了,马上就到你那儿。"

邓相如像触电似的从床上紧张地坐起。他这个动作直接影响了身边的小姐,她的眼瞳放大,不知即将发生什么事,非常职业化地磨开身忽地跳到床下,光着脚在地毯上蹦到几米远的单人坐椅上,抓着放在那里的内裤、胸罩、衬衣,慌乱地往身上套。她遇到过类似的险情,每逢公安局的查夜,她都会以猴子般的麻利把衣服抓在手,套在身上。

"你这是干什么?"邓相如放下电话看着她。她的胸罩已经系好,正在支着一只单腿往另一个蜷着的腿里套短裙。这个姿态令邓相如心旌摇荡,他冲上前拦腰一把把她抱住,使足劲儿往床上拖。她的一只腿绊在短裤里,扭动着身子作出真正意义上的挣扎。这种情景更是把邓相如撩拨得欲火腾腾,当他重新压在她的身上妄想成就好事时,她趁势把一直蜷着的那只腿顶着他的前胸,狠狠一蹬,他就弹了起来,跟跟跄跄退到几米之外的墙上。她被公安局抓过,那种恐惧感已大大地超出了常人的理解。邓相如并没有就此罢休,他还想继续尝试在没有危险的情况下强暴的快乐。结果在他反扑的时候被她重重地掴了一巴掌。她骂了他一句,草草整理一下衣着,拉开门一溜烟儿地跑了。

大约十分钟,黄县长来了。凡是搅了别人床笫风光,还让人家为此莫名其妙地挨了一巴掌的人,肯定不会受到欢迎。邓相如的脑子里残存着小姐蜷腿套短裤的情景和掴他一巴掌的愤怒脸孔,挥之不去。他一面有一句没一句地和黄县长搭着腔,一面不无遗憾地设想,要是那个小姐躲进壁柜里岂不更妙?他后悔为什么当时没有把她又推又搡地塞进去!要是那样的话,他将兴趣盎然地和黄县长大谈特谈。可是现在只能作为憾事了。想到这里,他突然觉得挺滑稽,忍不住很粗野地高声咳嗽一下。这让黄县长又一次觉得邓相如很不正常。

"我发现今天晚上你和过去相比,有点判若两人。"

"是吗?那还不是为了你的名山,给累的啊。我一天只睡三四个小时,一个星期没有回家了。我老婆跟我发了几次火,这不是,你来之前,她发了火刚走。"邓相如那张被打的脸火辣辣的,为了避免黄县长看到,他尽量侧过脸。

"要说这,谁不是啊。你嫂子对我的意见也大着哩。"

"女人和女人还不一样。你弟妹天生一副大小姐的脾气,都是让她爷爷给惯坏了。"

黄县长敏感地听到"爷爷"两字的加重音:"弟妹的爷爷……"

"噢,你还不知道。弟妹的爷爷是张大兴,前省委副书记。"邓相如说着摇头表示一种无奈,"我这婚姻要是往标签上靠,可以定为一种'政治联姻'。我舅舅给做的媒,我舅舅在组织部当处长时,张书记是他们的部长。完全是一种个人目的,哪像当舅舅的。现在可好,我和老婆这边发生冲突,我舅舅那边只管去升他的官。"等邓相如意识到自己的表白起了作用,边主动岔开话题,"不说这了。咱们商谈一下,我们什么时候进山?"

"你看看,这怎么反问起我来了? 我早就准备好了,就等听你的一句话了。"

"今天星期五,下星期一好吧?"

"车我安排好了,公司去多少人? 一辆不行两辆。"

"我选几个吧,昨天两个副总去海南策划一个项目。"邓相如将桌上的厚厚的策划书推给黄县长。"这是我们的策划书,我们专家团队搞了半个月。"

邓相如嘴上对县长说"选几个",想到的当然是公司全部人马。祝贺,作为公司总策划;第二个是孔夫子,他作为公司的新闻发布人;三是模特儿,关公部主任。想到她,他的心里就升起一股玫瑰色的热流,他完全想象得出这个漂亮小姐坐在自己身边时,那些县里的头头脑脑们的心里该是多么羡慕。他的思路不免飞扬起来,许多幻想的场景和细节纷至沓来,就像夏天荷塘里的蜻蜓一会儿点到这朵莲花上,一会儿点到那朵荷叶上,总是在戏弄中得到满足。第四个人就是姓姜的,一个不说话却有点沉默如雷的人。

留在公司里的国教授,继续联系学术界的朋友,因为要组织一个大型论证会。女人高蛋白留下值班,协助国教授工作。

祝贺同意邓相如的人事安排,只是不理解,带上姓姜的对谈判能起什么作用?

"你是说,他不善言谈,是吗?"

"他的眼神给人一种阴险的感觉,很不舒服。"

"这正是他独特的价值所在。老姜这个人轻易不开口,但是他往那里一坐,别人就能感觉到他的存在和分量。我当初和他认识的时候就是这么看的,他什么也不说,你看着他那眼镜片后面的眼神,却总要猜测一番。这种力量你可别低估,他能起到咱们口若悬河所起不到的作用。"

姓姜的有本领坐在热气腾腾的人群中而不动声色。他的年龄三十三,任何人都会说他过了四十岁。他的皮肤也很特殊,在白肤色人面前他是黑皮肤,在黑皮肤人面前他又突然显得比较白。他走起路来从不会快,即使小便把膀胱憋得胀肿,他也不会因找不到厕所而慌乱。对于姓姜的,祝贺采取的策略是从不主动找话说,只要是他们俩处上一会儿,他就保持相对应的沉默,以静制静。可是模特儿就受不了了。她最害怕没有第三者在场。倘若上帝真的安排一次他们俩待在一个屋里,她会没完没了地打电话消磨时光。

大家都在积极地准备着自己手头上的事,星期天下午又开了最后一次碰头会。每个人都认真地汇报了自己的工作,最后,邓相如以公司老总的姿态庄重地强调了几条纪律。大家走了后,邓相如留下祝贺。

"咱们晚上一起吃个饭。"他知道祝贺与罗叶有个告别的约会。

"我还有事。"祝贺提醒他,不由自主地把手表抬高让他看。

邓相如害怕他去见罗叶小姐,那样的话,他就很难熬过这一夜了,所以故意找理由拉着他:"此行的吃住都由对方包了,我在考虑,咱们是不是搞一次回请?"

"这个你当家,再说,到时根据情况再定也不晚。"祝贺走到了门口。

"还有,"邓相如很严肃地说,"你那脾气,我是有顾虑的。咱们是朋友,这是咱们私人之间的事,到了处女山,就不能这样了。我说这话你懂不懂?"

"我没有办对不起你的事呀?我知道怎么维护你的形象。"

"到时我因形象的需要,对你发脾气呢?"

"我保证忍气吞声——你看还有什么事,我得走了。"

"真是奇怪,我现在给你说这么重要的事,你怎么一点儿不上心呢?有些事情咱们必须现在说明白。"

"我已经很明白了。"

"你不明白。"

"那你就直言相告好了。"

"到时候你管我叫什么?"

"叫你'邓总'。"

"可至今我还没有听你这样称呼过我。你还像过去那样随便冲我发脾气。"

祝贺觉得人这东西真他妈的可笑透了,邓相如为了留着他,竟然胡乱扯地扯出这些是非来。放到往常他肯定会蹦他一下,现在他急于脱身,只得压着心头的火气,装出恭敬的样子叫声:"邓总。"

"我的本意并不是这,我只是想通过公司员工的尊称让对方看看。这完全是为了工作。"

"邓总,你不用解释。我会让你满意的。我叫得越恭敬,你的身影就越高大。你看还有什么事吗——邓总?"

"我觉得奇怪,你老婆又不管你,你为什么非要急着回去呢?"

"你知道我有什么事。"祝贺说了,马上补充一句,"邓总。"

"是那个坐台小姐吗?"

"是的,邓总。"

"这倒是个问题了。按理说,我无权干涉你的私生活。可是我不允许你的私生活影响我们的事业。而事实上,你的小姐已经严重地影响了我们!这话初听起来有点儿危言耸听,你不大容易接受,但我们不妨假设一下,如果,你没有这个小姐,咱们这会儿是不是该平心静气地谈论进山的事了?"

"我认为,我没有因她而影响咱们。我今天晚上也只是跟她见见面而已。"

"为一个人人都可以花钱摸她几下的小姐?"

"你不要这样说她。她和别的小姐有本质的区别。"

"噢?区别,我没看出有什么区别。她只是比别的小姐更会演戏罢了。你凭什么得出她不跟别人睡觉的结论呢?你能拿出令人信服的证据不能?"

"我相信自己的眼光。"

"得了吧。这话我听得多了,"邓相如厌恶地摆摆手,"每个人都爱这样说,在这个个性张扬的时代,连一个傻子也会这么自信的。可事实上,又有几个人的眼光靠得住呢?祝,不能自以为是。你让我觉得你很可怜,真的很可怜。凡是夜总会的小姐,都是一路货色。尽管她的长相算得上出色,可是缺点也很明显。你没发现她的脚有点内八字?你要真的爱上一个坐台小姐,我也不反对,她必须是倾国倾城的,像杜十娘、李师师和小凤仙那样的,或者像忧郁的茶花女,可是你那个小姐远不是那么回事,我现在连她什么样子都忘掉了。或者,你完全把她当成玩物也好,问题是,你竟然爱上了她。"他模仿了祝贺的腔调,"你可太把她当回事了。"

"我想算是吧。"

"你不觉得这很荒唐吗?"

"我认为你比谁都荒唐。咱们明天早上八点见。"祝贺再不想忍耐了,他拉开门,突然想起来什么又转过身,"噢,我又忘了,邓总,明天见。"他嘲笑地补上一句。

祝贺出了酒店,正好旋转宫的钟楼敲响七下,已经到了约会的时间,他快步在人群中走着,绕过旋转宫,横过马路又上了人行道,来到大福林地下快餐厅的大门口,门童给他开开门。他晚来了五分钟,他见不到罗叶的身影还以为她没有来,就转过身面对大街,不动声色地在来往如蚁的人群中寻找她的倩影。

他站了一会儿,忽听右边的玻璃门上有"扑扑"的敲打声。他转过脸,意外地看见罗叶在玻璃里欢快地冲他笑着,当她看见祝贺看见自己那瞬间的惊喜眼神,又欢快地跳着拍打了几下玻璃。

第7章 三个"舍利子"

> 你们结婚前,她是我的老婆。我和她现在没了契约,我们睡了五年,可以说她给我当了五年情人。你和我的情人结婚,你和我睡了五年的情人结婚,我觉得太对不起你了!

孔夫子前些年对自己的前程远大很在意,他在教育局工作,九十年代初,在第三次浪潮冲击下,和朋友们干起了文化公司。三年下来他几乎没有挣着钱,只是认识了一帮经商的朋友("朋友"这一概念似乎从那个时代起,外延展宽了许多),他那些朋友也没几个挣着钱的,也是认识了一帮经商的朋友。孔夫子在下海之前写过一些散文,成绩平平,只是不短不长地在那些不高不低的报刊上发表些不好也不坏的作品。他是个普通人,这一点,凡是认识他的人都知道。

他活到这么大,从来没有遇到过:陌生的两个人坐在一起想到他或煞有介事地提到他名字的情景。这一点,他能够肯定,也是不容置疑的。可是有一个现象颇让他奇怪。他总是不断地接到从北京、上海、石家庄、成都以及他从没听到过的市或县给他没完没了地寄来名人入典信函。

就在新闻发布会召开的前几天,孔夫子收到从原单位转来的信函,结果把他吓了一跳。信从北京寄来的,信上说,经研究,他已荣幸地被列入《中国当代文学名人录》。通知上盖了三个鲜红的印章,其中两个印章是相当权威的文化机构。通知郑重声明,这次编辑出版的名人录,是专家根据作者成就和写出的简介认真遴选的。与以往的各类词典花钱买名,出版者以赢利为目的有种本质区别。入典者不拿一分钱,只要求入典人寄两本词典的书款即可。

孔夫子三年前就觉得文学很没意思了，往深处说，其实觉得搞文学的人没意思。也就没有放在心里，但他觉得不妨在这件事上做做文章，因为钱包窘迫，又没有外快充实进去，就打起了老婆的主意。其实他老婆单位的效益也挺差，但他老婆有个有钱的妈妈，更可贵的是这个妈妈很疼女儿。疼女儿的妈妈在火车站有个门面，生意搞得很好或叫做比较好，被妈妈疼的女儿经常去看看摊，进进货，总是顺便地拿点钱回来。

他回家把北京的信件交给了老婆。她看着信件，他看着她。通常情况下他是怕老婆的，尤其是有求于老婆的时候。他说，入名人录的事朋友们都传开了，这么好的事，非要同喜同贺让他请客。

"我觉得这还是骗钱，只是隐蔽些了。"老婆抖着信函，"我觉得奇怪，你从来没在有影响的杂志上发表过影响的作品啊，连市一级的什么奖也没获过。你就是看到了搞文学实在搞不出个名堂，才痛下决心经商的。"

孔夫子嘬着牙花子说："这事是怪，你热它吧，它不理你，那些年我寄了多少稿又退了多少回，看看没指望了，你冷它吧，都快把它给忘了，哎，它却追着你非说你是个名家！"

老婆说："更让我费神的，这些人是通过什么渠道，在茫茫人海一网就把你捞上来的呢？这些文化机构也堕落到头了，为了要你的两本书的钱，一下子把你这个无名小兵提成师级干部了。"

"你不拿钱就算了，何必讥讽人家呢？"他流露出抱怨态度。

"我只是谈谈我的看法。钱，就在抽屉锁着，用它可以，得让我觉得有理，你不能说拿就拿。你也算在外面混了多年，前两年还算可以，今年你是一分钱没往家里拿，我也不说什么了。但你连个请朋友吃饭的钱都没有，你不觉得……"

"不给就算了。"孔夫子受到了羞辱，老婆不给钱，只得做出决定不再跟邓相如去夜总会了。我不去了，也就不用给小姐小费。孔夫子对自己的处境越发不满，分明看到自己身上写了一个"怕"字。家里怕老婆，外面怕朋友。在家里，老婆训斥他，你又不低人一等，为什么总是看别人的脸色？在外面，朋友又嘲笑他怕老婆不像个男人。说实在的，每遇到冲突，他总会骨头一软像缴了械似的。

这天晚上就默默地过去了，到了洗漱完，上床时，他转而一想，要是真的需要这笔钱请客，要是邓相如他们真的让我请客，而我没钱又要不出来钱，那怎么办呢？

"我说过了，钱就放在那。你得让我觉得花得有道理。"

"你想想，这文学我是搞上你以前就搞上了，前后加起来有十年了吧？也发表二十来万字的东西，现在我不干了，正好人家要收入词典，我觉得这是对那十年的奖励和总结。我真不值呀，混了这么大，连请客庆贺的钱都没有。我这算是混的……"

"别，别了，再说就哭了。给，三百，够不够？总结总结吧。"

孔夫子眼睛一湿，钱就顺利地到手了。

这间称为家的二十四平方米的屋子，自结婚之后再也没有秘密而言了，唯一上了锁的抽屉，他俩共有钥匙。可以说，私房钱藏匿何处，都有被人侦察出来的危险。所以，孔夫子骗取的三百元遇到了存放何处的难题。放在公司的抽屉里他不放心；放在随身的钱包保不定哪天老婆一个突查，也会露馅儿；最保险的也只有家里了。这三百元，他决定轻易不拿出面世。它可以支付三个坐台小姐的费用。在获取三百元的第二天，他在家故意滞留了一会儿，等老婆上班之后，好有充分的时间把"娱乐经费"藏得严严实实。他严格地目测划分家庭势力范围。他一件件地审视，除了书柜上面的二层相对完整地属于自己，其他任何地方都布满了老婆的目光。他伫立在书柜前，一本本书脊像栅栏缠绕着他的视线。尽管他老婆一年四季懒得在这里动上一指头，可是上帝也难保证，她会不会偏偏翻开夹钱的那本书呢？世事诡奇得很呢。有多少大案要案原本销赃灭迹天衣无缝，不总是因为某句话、某根头发扯出了线索，进而导出锒铛入狱的大团圆？

突然，有个妙计从他心头升起，他假托，这三百元是一个朋友请他转交另一个朋友的，也就是说，这笔钱披上别人的外衣。他故意歪着笔法写张条子附在钱里夹在书中，一旦东窗事发他好充当一个转交者的角色。做完这件充满智性的事后，这才拿条毛巾擦掉头上的大汗。他想，放到邓相如身上去做，也不过如此了。出了筒子楼，突然觉得心虚，迟迟疑疑又拐了回来。他好像看到老婆不定发了什么病，中午就会把书中的钱扒出来，并且追问个没完，直到查个水落石出。他懊丧地取出三百元，那神情好像拿了张医院开的病危通知。

办法总比困难多。正在他以为没门的时候，终于找到一个——只有孜孜不倦钻研到相当程度才有可能获得发明，但还必须辅以长期内省修炼的素养才能真正获得发明的——绝招。

这回他有彻底的信心了。他捻着票子的一角卷、卷、卷，又拿到桌子上搓、搓、搓，直到把票子变成细如日式筷子尖儿的纸棍儿。他如法炮制另外两张，当三个细细的纸棍儿摆在他的掌心，他就像佛教徒见到"舍利子"那样，脸上露出意味深长的微笑。

现在，三百元的实用价值已荡然无存，它的最大意义是如何藏好。藏得像根本没有它一样。他退到门后，又一回对二十四平方米的房子做了新的宏观性的考察，这三个"舍利子"插入什么缝隙最安全无虞呢？他对这个载体提出了相当高的要求，防火、防潮、防虫、防孩子和防老婆。他的目光就这么眺呀、眯呀、瞄呀、瞅呀，最后终于像飞来飞去的蜻蜓落到墙上一幅工艺品油画上，油画是几年前结婚朋友所赠之物。他搬把椅子踩上绕开缠在钉上的红绳，托稳油画，小心翼翼拿到窗边，拭去积尘，将三个"舍利子"分别钳入板与框之间的缝隙。

完成了这件事之后,他轻松地舒了口气,紧接着心境又变得灰暗起来,并在去公司的路上越来越阴沉。自己混得是什么呢?自己没钱骗老婆的钱,就连几百元都得东藏西藏,这难道还不是人生的大悲剧吗?孔夫子带着恶劣的情绪进了公司,他甚至想:要是这会儿谁不幸来找我的茬儿,非跟他吵一架出出恶气。

没人跟他过不去。跟他过不去的是他的笔记本——他怎么找都找不到了。这个笔记本除了大量记录了公司的种种会议和活动,还记了一些他对同人们的种种评价。他的笔记本总是放在皮包里,这会儿找不到,就搞不清丢失在什么地方了。因为里面有不可告人的内容,又不敢去问别人。评价最多的是邓相如,笔记本要是落到他手里,一定要惹大麻烦。一整天,他都在不露声色的寻寻觅觅又战战兢兢中度过。

当天晚上,他回到家刚踏进门,老婆当头给他一阵数落,然后质问:"夫子,你必须给我说实话。你都干了什么事?"

孔夫子慌了神,看她那凶神相一定发现了那三个"舍利子"!他告诫自己冷静,在搞清楚事情缘由之前先不要招认。

"你不能再瞒我了。你这流氓!"

"骂人干什么?"他心里害怕极了,随之排除了三个"舍利子"的可能。她叫我流氓或许和坐台小姐的事败露了?

"你天天在外跟着一个神经病混!你跟一个神经病,我怎么有好日子过?"

他还是咬牙闭嘴一言不发,他知道任何情况下都不能招认婚外的出轨行为,女人最担心的是她的猜测被你的实话证实了。他将头伸到她不花费工夫休想够到的地方,当他理亏就习惯性摆出这个应付挨打的姿势。

"你看看吧。"老婆将那个笔记本"啪"地摔在他的面前。

孔夫子在短短几分钟体验到了神奇的变化。一天来,他都在担心自己的笔记本,进了家门,听到老婆的质问又以为抓着了三个"舍利子",接着从老婆的骂声想到坐台小姐的事败露,此刻,桌上又摔出了他寻找的笔记本。

"咦,"他突然笑道,"我找了一天,原来在你这。"孔夫子释然的脸上荡出通常失而复得的庆幸。伸手就去拿。既然没抓着把柄,他口气也试着硬棒了点,"干吗发这么大的火?"

"你给我念念这一段。"老婆点着笔记本的一个地方说。

孔夫子这下子脸红了:"这有什么好念的。"

"叫你念你就念!"孔夫子看看躲不过去,磨磨蹭蹭只好拿起笔记本硬着头皮念:"有人说Q君是个文化骗子。是不是个文化骗子,我认为不能以简单世俗的眼光来看。要想得出合乎理性的结论,恐怕需要借助于历史辩证法这一法宝。"他念到这里,觉得没什么问题,扫老婆一眼。"这不是挺好吗?"

"这个 Q 君是邓相如吧?"

孔夫子交代地点点头。

"接着念!"

孔夫子在淫威下只好屈从,往下念:"首先,他是一个特别喜欢自我炫耀的人,他总是身不由己,情不自禁地将听到的,看到的,想到的,通过他的神奇的嘴加工,变成他自己的存在。换句话说,他所说的都是现实中发生过的,唯一的差别是他将别人的事情安插在自己头上。"

"这他妈的跟神经病有什么两样?"

孔夫子低着头,眨巴着眼,继续念:"按照传统的标准,这是很不道德的。可是要清算的话,我认为应该清算到他的娘肚子里去。"孔夫子抬头央求她,"不念了吧?"

"他个人神经病,怎么算在他娘肚子里了?"

"我是从遗传学的角……"

"接着念!"

"……次之,他是一个在生活中属于超现实的人。社会阅历的丰富,使他更热心于编造有利于他的事情。"

"神经病!自己哄自己也就算了,还把你们也给哄着。他搞的那个文化名山,是不是……"

孔夫子这是第二次听到有人指出邓相如是个神经病。第一个是祝贺说的幻觉臆想,而幻觉臆想换成另一个医术词就是神经病了。他原来对所谓的幻觉报以嘲笑,现在老婆盛怒之下不骂"骗子",而指出是个"神经病"。这就让他重新估价祝贺的幻觉之说了。因为老婆没有见过邓相如,能够比较客观而准确地以女人特有的直觉切入对方的实质了。

"你说他是神经病?"

"不是神经病吗?"

"为什么不说他是个骗子呢? 就有人说他是骗子。"

"首先他是神经病。因为照你记的内容来看,他就是个不正常的人。"

"咦,这就奇怪了,你和邓相如没有见过面,也没和祝贺见过面,却得出了一个共同的结论。他说邓相如有幻觉,我一直觉得可笑,现在你也这么看。"孔夫子低下头像寻找什么东西似的,又补充一句,"这就奇怪了,看样子邓相如真的有神经病。"

"就你是个睁眼瞎!你在外面也不知给我丢了多少次人了。"

孔夫子不想让她说下去,埋着头接着念,但他却跳过好几行,这样就可以提前念完了:"……随着时间推移,他总是能够编一些事给他带来种种好处……他有许多朋友,他们是巨大的社会网络,给 Q 君许多机会……"

"怎么不念了？"

"念完了。"孔夫子摊摊手。

"中间那句'他把一个车间主任的舅舅变成组织部长'怎么空过了？"

"噢，噢。他把一个车间主任的舅舅变成组织部长的目的当然卑鄙，但这个社会就是婊子多……"

"这就是你的老总？这就是你眼中的老总？你天天回来给我夸多么了不起的老总？"

孔夫子进行了辩解，他的辩解不是为了邓相如而是为自己。他认为，人总是多面的。

他的老婆只知道自己的男人很丢人，跟在一个神经病屁股后面鬼混："我现在对你不信任了。你太让我失望。你都三十的人了，有老婆孩子，成天在外，成天在外我也没什么怨言，可你千不该万不该，跟一个神经病啊。什么文化名山？他不过是披着文化的外衣干着骗子的勾当罢了。你和他混啥呢？人家骗了十万，你呢，你落了什么好处？昨天还回家问我要三百。"

"别说了。"孔夫子央求道，"别说了，好不好？"

"为什么不说？我为什么不说！"

"我不是不让你说，你打我好了，你打我好了。"孔夫子闭上眼，肥胖的圆脸伸过去。

老婆没有下手，而是抓着时机给他上了一堂人生课。人不怕穷，怕就怕没志气。穷也好，富也罢，都是过眼云烟，关键是要走正道，吃饭要拣干净的吃。

在半小时的批评与自我批评之后，孔夫子基本同意不再去华夏文化公司上班了。平心而论，他也不想和邓相如这样的人打交道了，一个有家有室的人要有责任心。在两人商量下一步怎么办的时候，老婆递给他一张名片。这也是老婆为什么饶恕他的主要原因。孔夫子只溜了半眼，简直挨了一脚踹似的激动起来，一场初见成效的批评与自我批评宣告破产。

"你怎么还和他来往？"他又吃惊又愤怒。刚才羞愧难当的可怜相一扫而光。

"叫什么叫啊？你就不能态度端正点？"老婆用一种满不在乎的口气说，"我和他虽然好过，但也是过去的事，自从咱们结婚五年来，我可遵守妇道没和他私下来往过。"她故意把"私下"两字说得轻中有重、慢中有快，好让人浮想联翩。这是女人折磨男人的天然技巧。

"没有和他……来往过？"他将"私下"两个要命的字省略掉，"那这张名片怎么到了你的手里？"

"我上个星期在街上碰上他的。纯属偶然。他就给了我张名片。你好好看看名片,人家现在可是大老板了:星火集团的老总。"她知道他下面会说什么"人穷骨头硬长志气"的狗屁话,所以没等他开口,她就提前堵住说:"你别不知好歹,要是我愿意的话,听清了,要是我愿意的话,我会做出好事的!你也不过过脑子,我和他真的有好事,我能把他的名片亮给你看吗?"

"你什么意思吧?"孔夫子威胁地叉着腰,表示在某些原则问题决不让步的决绝。他眼前掠过电影里的一个镜头,丈夫发现自己戴了准绿帽,面对妻子正是这个姿态。关键时候他要有个姿态,于是又冲一嗓子:"你什么意思吧!"

"找找他,他的公司很有实力。你到那里起码可以得个部门经理,凭你的能力,你会干得很……"

"去你妈那个×吧!"他搞不清是无意识地模仿电影里的人呢,还是人到了这种规定情景就必然如此。

"别人想进还进不去哪。"

"我告诉你,我就是哪天穷困潦倒,拖着拐棍讨饭也会隔着他的门。"这句话让他极度兴奋,身子也随之挺立起来了,"这不可能。"

"世上根本没有不可能的事情。"

"这件事就不可能。"

"如果他给你配小车、配大哥大、配老板桌,每月的薪水是我现在的两三倍呢,可能不可能?"

"什么?你说什么?"他的眼睛又眨巴两下,"……那也不可能。"

但她已经看出是可能的了。她现在没必要再做他的思想工作,她知道他需要的是个自然而然的、在人格上不受明显伤害的情况下的一个梯子。

"你就不能反过来想想?"老婆指出,"其实受害的是他。"

"这怎么可能呢?我去他那里上班,受伤害的是我呀。"

老婆看出胜利在望,很是舒服地把双手交叉着垫在脑后靠在床头上:"这事我琢磨好几天了,你到他的公司上班,真正受伤害的是他。当初他追求我都自杀了一次,现在事业成功还念及着旧情。我是这么想的,你天天出现在他的眼前,他又得不到我,每天晚上是你而不是他在我床上睡觉,白天是你而不是他在我身边晃来晃去。别说我和他没上床,退一万步,就是上了床,痛苦的还是他。他爱我,却得不到我,他最想我的时候是我在你身边的时候。谁得到我谁是胜利者,你夫子是个胜利者。"

"这简直是歪理,是谬论。"

"怎么是歪理呢?我看不出哪一点歪了。任何事情本身无所谓对与错。问题全在于你是怎么看它,采取什么角度和态度。这事我琢磨过,就拿烫发来说,七十年代末,开放之初,那是风流女人的标志,是浪荡女人的事情。十几年过去了,任何一个老实本分的女人都可以烫了,你说吧,烫发本身有问题呢,还是认识上有问题?再说跳舞,开放之初什么人跳舞?是不是流氓?现在流氓根本不跳舞了。跳舞的人净是当年骂跳舞的人了。你说吧,是跳舞本身有问题,还是认识上有问题?我们办公室的小庆就比你想得开,前年他老婆闹离婚,他要死要活半个月,后来一天突然没事了,走路一颠一颠的还哼哼。从道理上看他是被抛弃的,可是,只要你把道理一颠倒过来,情况就发生了质变,他得了个不是老婆被人抢,而是给那人戴了顶绿帽子的结论。一想到他给抢走老婆的人戴了顶绿帽子,就高兴起来。他跑到人家里说,现在她成你老婆了,你们结婚前,她是我的老婆。我和她现在没了契约,我们睡了五年,可以说她给我当了五年情人。你和我的情人结婚,你和我睡了五年的情人结婚,我觉得太对不起你了!结果小庆成了胜利者!看看人家什么境界?你还不懂吗?我现在也只是一相情愿,人家要不要我这个半老徐娘还是两可的事,你倒先来了个傲骨铮铮呢。"

孔夫子看她的目光变得较之刚才柔和了,但他突然意识到他这种变化实在是因为轿车、手机和老板桌在心中作怪。他怕老婆识破这点,事后动不动指桑骂槐地嘲弄,于是他又一次倔犟地抬起下巴。正要作出声明,又担心这样做后却会把自己逼到死胡同里,那样他就再也不好意思钻出来了。在这人生关键的时刻,他非常明智地选择了沉默。

"成吗?"他老婆轻声问。

"过两天再说。"

过了两天,一场暴雨把城市淹了,变成河的街道上漂着西瓜。她站在窗边问:"想好了没?"

"你先问问他那边的情况。"

"你得先表个态,别我跟人家说了,你又不干。"

"你到底站在谁的立场?"

"这么说你是同意了?"

"我没说同意。"按说他老婆这时候是最应该在嘴角挂上一缕冷笑,她实在想刺伤他的这种虚荣,但她知道,那样会将一切努力化为泡影。为了尽快实现目的,她只好作出让步,"那好吧。"

孔夫子陷入了深刻的双重矛盾之中。他对华夏公司本身就很矛盾,华夏公司有它自身的吸引力,有即将轰动全国的文化名山,有呼风唤雨的大玩家邓相如;同时,正是这个邓相如又让他十分憋气,他动不动当众训斥他,还支使丫环似的让他去买诸如指甲刀之类的玩意儿。那么,要是去"星火集团"呢?这个公司他并不陌生。报上、电视上多次报道过它,为"希望工程"捐助一百万元。原来老总正是当年追求过他老婆的人。他还看过当年他写给他老婆的情书。这个时代真是创造神话的时代啊!短短八年,小伙子历经艰险从一个门面硬是打出了一片灿烂的天空,成为中州商界的明星人物。孔夫子相信,这个老板之所以扯一朵福荫给他老婆,完全是对旧情的一种怀念,让曾经追求过的女人看看自己的辉煌而自己得到虚荣的满足,仅此而已,不会再有其他什么事情了。连自己这个穷光蛋花上几百元就能得到一个如花似玉的小姐,拥有几千万的大老板,什么样的倾国倾城的女人找不来呢?

孔夫子一边觉得受伤害的还是自己,一边郁郁寡欢地一点点地降服自己。

几天之后的一个晚上,他告诉老婆,华夏文化公司要去西阳县处女山考察。

"没有几天,我去去就回。"

"去跟着那个神经病吗?"老婆突然狂叫起来,顺手将桌上的两本书扔向天花板。连她自己也猝不及防的愤怒使她的脸变得狰狞。当她无意从梳妆台镜里扫见这副可怕的模样,更是怒不可遏。她攥紧两拳逼近孔夫子。

"怎么回事? 怎么回事?"孔夫子后退着用手护着脸。

"你还是人不是?!"老婆见他退缩更是显出凶恶,"你说这两天给我话,我掐着指头算日子,五天了。你却要到什么西阳县。这不是在糊弄我吗? 都往高处走,你却一头扎进那个死胡同里。我看你非当个陪葬品!"

"我不是说去几天就回来吗? 我去看看,要是不行我也好断了念头。"

"我看你非当个陪葬品。"她尽管确实很愤怒,但她也知道怎么控制和引导这个局面。她露出了让他最在意、最敏感的蔑视神情,突然扑向他的书架,因为书架在他背面,孔夫子误以为扑向自己,慌忙躲过身,索性闭紧眼由她处置发落。可是一秒钟不到他就明白发生了什么灾难。老婆掠过他,抓着书架上的书就往门口扔。她抓了一本又抓一本,那么狂躁急切、奋不顾身,简直像地震后在废墟里拼命抢救自己的亲人。

"你疯了你!"孔夫子拦腰去抱她,正好撞到她扔书的手上,他捂着剧疼的火辣辣的脸,愣了片刻接着又重新扑了上去,这回他汲取了上次的教训,躲闪两下,趁她去抓书的空当,双臂围成环从她的头顶上猛地往下一套,将她的左右手臂箍在她的腰上,向书架远处拖。老婆挣扎着在他的怀里剧烈地扭动,使两个人都在摇摇摆摆之中一起跌到床上。孔夫子本来想压在她身上,也搞不清怎么回事,他把力量完全用反了,挣了好几下,却躺在下面。两人都仰着脸,他的双手还绞在一起牢牢地抱着她。

"放开我!"老婆对着天花板吼道,"放开我!"

"你还扔不扔?"孔夫子在下面问,他的脸埋在她的披散头发里,那里散发着他平时从没有闻到过的气味,就是他和她做爱离得很近也没有闻过,这让他感到新奇和一种异样的冲动。有了这种感觉,他的手就莫名其妙地放松了些。

"你放不放?"她的声音也变得较之前柔和了些。

他的右手向前攀了攀够到她的另一只手,这样他就可以腾出左手了,他还吃不准她这时的心情会不会接受他的抚摸,试探性地在她的胸部按了按。这个带性色彩的动作被老婆识破,故意把胸部鼓得大起大落好麻痹他,就在他充满绮丽幻想要向深处探讨时,她一个鲤鱼打挺蹦到床下。她骂骂咧咧重新扑向书架。

"你为什么总跟我的书过不去?!"孔夫子比她动作还快,他是从床头上跃过去的。他落在地上,堵着她的去路。

"都是这些书害了你,都是这些书害了你!"

"书怎么害了我?"

"书是罪魁祸首。"

"书怎么是罪魁祸首了?"

"它害了我们。"

"它怎么害了我们?"

"它害得你都不知道让它给害了。你是个农民的儿子,读了几年的书就硬是要把自己变成高雅的货。干什么都要讲个尊严。人有钱的时候可以讲,穷得叮当叮当响还讲什么尊严。你在教育局当差挣不了钱,到了华夏公司还是挣不了钱,我给你指的挣钱门路你又说什么没有品位,不是文化人干的。你总是讲书可以医愚,书中自有黄金屋,现在我算看透了,读书人一个比一个傻!屋子一个比一个破!称称自己没几两就是放不下架子。"她越说越上火,嘴里跑出了那句惯用的话来,"你给我滚!哪远你给我滚哪!"

第8章　山海经

> 做人有做人的准则，做事有做事的准则。我们要想把事做好，就要打破做人的那些准则对我们的束缚。

他们一行五人去了西阳县。轿车刚进入处女山的地界，一种挺熟悉的感觉进入了祝贺的意识，好像另一个自己留在了中州。表面上，他看着远处绵延的群山，内在的眼睛却看到了另一个自己在中州的什么地方模糊地游离。在中州大酒店的房间里，还在野太阳的夜总会，这种双重的奇妙感受一直持续到县长、副书记、宣传部长、分管旅游的副县长和办公室主任在县府大门迎接为止。

黄县长告诉他们，县委书记在北京住院，否则也会来。主人们在县委招待所的一个雅间里为他们洗尘。席间，邓相如通报了他们公司为处女山搞策划的情况，并且事先没有跟祝贺打招呼，吹嘘了他一番。介绍他是山体文化的专家，"黄帝巨塑"的主要策划人。于是话题拐了弯。宣传部长问"黄帝巨塑"进展情况。祝贺只好声明需要更正一下，他最多只是"黄帝巨塑"的策划者之一，又解释自己离开那里好几年，现在的情况不大清楚了。

吃了饭之后，办公室主任安排他们住进了县府招待所二楼的三间房子。邓相如和祝贺一间，孔夫子和姓姜的一间，模特儿自己一间。一切安排就绪，他俩又把办公室主任送到楼梯然后往自己的房间返回，邓相如边走边得意地看着祝贺，等待他对受到这种贵宾礼遇赞赏几句。祝贺看看前后左右没有外人，啪嗒一下摘掉了活动在脸上的笑容。进了屋他还狠狠地关上了门。

"你这是怎么了？"邓相如莫名其妙地问。

"我对这种做法很不满意！"祝贺发火地叫道。

"出门前专一给你说不准对我发脾气,你怎么刚到就来了?"

"这和刚来没关系。"

"我说错了什么话,让你发这么大的火?"邓相如不再像神采飞扬的老总了,口气透出唯唯诺诺。

祝贺严厉地提出自己的批评:"邓,你说了那么多的自吹自擂的话,我不反对,从公司的角度也好,从你自己的虚荣心的角度也好,我都没意见,问题是你不该那样吹我!我什么时候就成了'黄帝巨塑'的主要策划人啦?"

邓相如警觉疑惑地听到这,哂笑道:"我当什么事呢。这就是你的不对了。俗话说得好,干什么吆喝什么。你是华夏公司的总策划,我需要让对方知道你的分量。咱这个公司是个匆匆搭起的草台班子,你能照实讲吗?让对方怎么看?想干大事就得讲究策略。"

"你说你是什么我不反对。我生性低调,没干过的说成干过的,我受不了。"

"为什么不说你?"邓相如不大高兴了,"我不说你还让我说别人不成?你作为公司的主要成员,你的一举一动,都代表着公司的形象。你已经不大属于你自己了!祝,关于这一点,你不要再固执己见,我们有必要先搞清楚到这里来是做人的还是来做事的?做人有做人的准则,做事有做事的准则。我们要想把事做好,就要打破做人的那些准则对我们的束缚。"

邓相如胆大包天,每当他告诉县里的人他干过什么伟业,和哪个省级领导交情如何,除了辅以精确细节和生动场景之外,他的两只眼睛总是那么自信和真诚,大胆正视着对方,弄得对方起初对他所言的东西还存疑虑,可那种坦诚的眼神又足以把那点疑虑打消掉。结果是,只要邓相如认为对方不可能调查的事,他都会借助于想象的翅膀放开嗓子大声歌唱。他把自己打扮成一个手眼通天的人物,不仅有一个庞大的不可限量的家族势力,还有一个朋友式的社会集团,凡是在省城要解决的事,不出家门他就能顺顺当当地摆平,简直成了一个能操纵一切的影子政府,而不像别人感到要费什么麻烦。县里的人谁也不可能对他的社会关系去核实,所以他就可以纵情地天南海北一番。

关于这些谎言,祝贺和孔夫子再次私下展开了争论。滑稽的是,他俩通过争论反而放弃了自己的观点,跑到了对方的立场。孔夫子因为听了老婆骂邓相如神经病,给了他一个视角,也真的相信祝贺的幻觉说了:"他一定像看见事实那样,眼前有一幅画似的对它进行描述,才能有这种精细的表达。我们可以对事物改编,伪造,但我们难以在信口演讲的时间里将昆虫爬行曲线这类细节都进行合理的编造,所以说,我现在同意你的'臆想说'了,看样子,他的大脑里真的呈现了一个场景,只有这样才能将它进行描述,进而收到预期的效果。"

祝贺听罢，沉默了一会儿："不，我倒是同意你的看法了。他确实是个骗子。这里有品质上的，道德上的，功利上的……"

"可是你一直说他是个有趣的幻觉主义者。"

"那是过去。这说明我是个善良的人，善良的人看谁都是善良的。现在我不这么看了。"

"这又是为什么？"

"因为他说做人有做人的准则，做事有做事的准则，他还当众造谣说我是'黄帝巨塑'的策划人。"

半夜，祝贺被一个古怪的梦闹醒了，白天在车里好像有"另一个自己"的感觉再次出现，他透过黑暗看到留在中州的另一个自己，看到了"他"走在大街上，和罗叶并肩走在大街上，周围的商店，是一个他熟悉的商店……这种情景让他吃惊了好长时间，等他再次睡着，在梦里还隐隐地持续着这种感觉。"另一个自己"还在似有似无地活动。显然，自己分为两半了。

县里的人当然不及邓相如在外面看到的世界大，但县里的人也绝不会像邓相如以为的那么简单。改革开放十几年了，人们的思想意识在空间上并没太大的差异。只是县里有县里的规矩。在领导层里，对任何事情的态度都不是态度本身，而是一种立场。县委书记重病缠身，后面的事很难说，县长就是第一当家人了，县长定下的事你最好去执行，并且最好让县长直接和间接地知道你在很好地执行。因为经验告诉他们，这个世界实在难以有个什么正确的标准。即使你有了标准，可是这个标准的本身又是以什么为依据的呢？再说，每个人都有自己的出发点，这件事对大家是坏事，有人还要一意孤行，就说明对他个人可能是好事。把处女山变成文化名山这个宏伟计划，如果加在其他人的头上，这个计划肯定是荒谬的，会招致各种各样的反驳和痛击。但是这个事情是县长自己定下来的，人们就知道了怎样更好地循规蹈矩。他们不但停止了语言，也相对地停止了思想。历史告诉他们，往往是那些被大多数人接受不了的事，到后来才知道是正确的，而且是在多年以后会被相当隆重地证明是正确的。

所以说，邓相如一行五人所到之处无不受到热情的欢迎，一点没有被人视为不正常、疯子、心怀叵测的骗子、罪人、混蛋。有了这么好的小气候，邓相如更是如虎添翼，如龙入海。

他们到达西阳县的第三天上午，这才开车绕着弯弯的山路，走走停停，像模像样地对处女山进行考察。陪同华夏公司考察组的除了县里的有关领导还有县旅游局、地质队、招商局和县里的新闻记者。邓相如和祝贺一副专家派头似的听取介绍，不是指指点点，就是一言不发。他们上山前定好了规矩，光看光听就是不要表态。孔夫子手里拿个笔记本尾随在邓总的后面，每当邓总听到县里人介绍到他认为重要的地方，对孔夫子蹦出简短的两个字:"记上。"孔夫子马上服从地草草记上。模特儿只管拿着相机取景拍片。姓姜的就像一个会走动的山石跟在大家的身后,一副神秘的样子让陪同人员一直处在紧张的猜测之中。

"服了啊,邓,服了啊,这景观和我见过的名山相比真是差远了,你是怎么想象得出文化名山的呢?你这不是找死啊。"他们十几个爬到了山顶,在这里几乎看清了处女山的全貌,祝贺低声对邓相如提出了他的看法。邓相如没有理会他,一只手很神气地托着腰窝,一只手像迈顿将军似的朝肩头后面扬了扬,县里的一位秘书眼明手快,赶紧从一个大包里抽出饮料递上。邓相如摆摆手,又向另一个方向伸伸,模特儿知道是冲她来的,忙把自己的矿泉水递过来。邓相如满意地接过,迈着步子边喝边向几米远的栏杆走去,那下面是万丈深渊。

在阳光灿烂的山顶,隐隐可以听到从远处传来的瀑布的声音。

祝贺跟上几步,忍不住又低声说了一句:"这里能搞文化名山?可有点驴唇不对马嘴了。"

"你不要违反纪律。"邓相如低声制止道。

分管旅游的副县长很想知道他们说些什么,递个眼色给他的秘书,可是秘书刚凑上前,邓相如又顺着栏杆走远了。

中午,他们席地而坐,像群哑巴吃了顿便饭。下午,他们又转了几个景点,住进建在山腰里的"避暑山庄"。晚上又是喝酒,席上,那位陪同的副县长发表了他的老生常谈的见解,由于疲劳,他说的时候很吃力。

"我们西阳是山区,要不是赶上了改革开放,现在还不会摆脱贫困状态,千年来的金矿和煤矿也不会被开采出来。我们摆脱了贫困,而且可以说,摆脱得太快。我们成了全省的经济大县。可是我们只有物质文明还远远不够。不客气地说,我们的物质文明是建立在资源上的,这个物质文明还是低层次的。吃完了资源我们还能吃什么呢?我们就完了。我们还必须寻找新的长期的有深刻内容的出路。我们已经认识到了,可我们又有什么呢?山,我们有山,我们还得再做山的文章。黄县长请各位高人来,就是帮助我们共同把山的文章做好。今天大家辛苦了一天,累得不轻,大家喝点酒解解乏。祝老师,你是山体文化的专家,谈谈你的观感?"

祝贺伸手和副县长碰了杯:"山不在高,有仙则名。问题的实质不在山而在仙。没有仙的山是一堆大石头。咱们西阳县有金矿和煤矿,这也是仙。我想,没有这个仙咱们其他的事就免提!我说这,不知你同意不同意?"

副县长停下手中的筷子,席间出现了片刻的静默,大家都在暗暗品味这番话的意思,因为里面似乎存有弦外之音。可是反应最快的还是副县长:"一百二十个同意。你说,你朝下说。"

"所以说,重要的是仙。我们邓总,"祝贺看了邓相如一眼,突然远在中州的另一个自己看了他本人一眼。他晃了晃头,竭力要把另一个自己甩掉,"把二十世纪文化名山定在处女山,就是给咱们西阳引进了一个大仙。我说这,不知你同意不同意?"

"祝总,我想听听你具体的高见。"副县长说。

祝贺的脚被人碰了一下。他说:"我想,咱们最好还是在专门的会议上谈谈。县长您安排一下,找一张处女山平面图和一个处女山的模型。有了这两件东西,就能大大缩短工作日期。"

晚饭后,一张处女山的平面图和模型就送到了邓相如和祝贺的房间里。第二天上午,他们才感到浑身的酸疼和无力,午饭也吃得简单。邓相如把模型放在他与祝贺的床之间。看得出,模型给他一种运筹帷幄的好感,一有空他就围着这个模型转上两圈,还时不时地像指挥官似的用一根竹竿在上面点划几下。有了这个模型,他们不必亲自上山考察了,他们只要趴在床头,就可以看个明白和相互商量。尽管他们自己谈不出个名堂,奇怪得很,只要县里来个人往旁边一坐,他们就能立马说出个一二三。"处女山的许多景点的名字需要改改,什么'一线天'、什么'猴子观海'、什么'金鸡报晓'这完全是套用其他名山景点的名字嘛。我们要重新制作,重新包装,打出自己的特色。就连处女山的名字都要改,我们公司讨论了一夜,改成世纪山。"

"世纪山?"

"世纪山。"

县里人觉得这不大像山的名字,便问怎么包装?他们就说包装的方法多了,比如把一些神话传说编一编,放在我们的处女山上的某个景点,大禹治水的时候来过这里,一线天就是当初大禹劈开的,一线天改为"大禹印";将一些古代故事编一编,比如七仙女之一的谁谁来到了湖边,就把猴子观海变成了"仙女望";既有了文化积淀又有了历史神奇。

"如果改名,"县里的人说,"咱们山上有一个奇怪的树林,你只要在它的下面拍巴掌,上面的树叶里就传出"啁啁"的鸟鸣,你拍的巴掌越响,它叫得越响。"

"别的声音怎么样?比如人在下面叫几声?"

"不行,必须是巴掌,你要是七八人一齐拍,上面就像一群鸟叫。我们把它叫做鸟林,总觉得不形象不气派,没有体现到大自然的神奇。你们要是把它的名字改好就好了。"

"这个鸟林在哪里?"祝贺问。

"在山半腰,要走半小时,明天我们安排一下。"

"为什么明天?"邓相如说,"今天就去看看。"

"马上要吃晚饭了。再说山里黑得早。还是明天吧。"

"明天有明天的事情,"邓相如说,"工作还分什么白天黑夜? 可以把晚饭带到路上,我们在鸟林里面吃。我倒要看看这个鸟林是什么鸟变的。"

"奇怪的是,这个鸟林没有鸟。"县里的人说。

在他们坐着面包车去看鸟林的路上,下了一会儿雨,空气潮湿闷热,雨停的间隙,山上传来各种各样动物的叫声。祝贺在颠簸的车里晃动着,突然感到一种无聊的情绪袭了上来,同时看到另一个自己在远处一脸嘲笑。他看到了另一个自己。另一个自己也在看他。他觉得自己在这条荒唐的路上走得太远了。

鸟林并不大。在山坡的一隅,距山路还有二百来米的样子。孔夫子和模特儿一路欢笑地跑过去,接着传来两人惊讶的叫声,后面赶来的人也拍手,听到"啁啁"的鸟鸣。大家仿佛进入了一个神奇的童话世界。若是一个人拍手,只有一个"啁啁"的鸟鸣,若几个人同时拍手,茂密树冠里则有一群鸟鸣,因为声音相连,好像一群鸟在林子里飞翔。

"这是什么树?"邓相如移近一棵,仔细地观察苍劲龟裂的树干。

"柏树,"县里人说,"千年古柏。"

"这鸟鸣是怎么回事?"

"不知道哩,植物学家也解释不清,"县里的人说,"邓总给起个好名字吧。"

邓相如又拍了几棵树往里面走,过了几分钟,他看见祝贺在另一片树林里,好像心事重重的样子。他扬声向那里叫喊。祝贺朝他招招手,让他过来。

"这个树林给我一种感觉,一种恍惚的感觉,失重感。"祝贺说。

"我没有你说的失重感。"

祝贺说:"这种恍惚感给我一种错觉,好像还有另一个自己。你有没有这种情况,会突然觉得另外还有一个自己?"

邓相如白了一眼,好像在掂量这话是不是一种影射:"另外一个自己? 是什么意思?"

祝贺想到了每个人的情况不大一样,他感到有另一个自己,邓相如则是臆想症,他很想知道邓相如对自身的臆想症是什么态度,是不是知道。"你有没有这种情况,当你说一件本身不存在的事情,并不以为它不存在,而是真的以为,我是说有种幻觉,以为它真的存在?"祝贺努力把话说得邓相如能听懂。

"我听不懂你在说什么。"邓相如反感地皱了下眉,"有什么话你直接说好了。"

"我问你,你来这里的真实用意是什么?"

邓相如冲他叫道:"你说来干什么? 你已经问过几次,我每次都给你明确的回答。现在我懒得再回答什么了。"

"你真的是来办文化名山?"

"好吧，"邓相如以再容最后一次的退让口气说，"那你说我来干什么？"

"这正是我要知道的。"

"现在已经没有你不知道的了。你看到的就是我正在做的。祝，你认为这里有什么谜吗？"

"当然！邓，这么大的跨世纪工程，这么大的二十世纪文化工程，要把本世纪的文化精华，比如鲁迅纪念馆、胡适坊、沫若诗苑、茅盾长廊等等，都搬到这个谁都不知道的地方，这是我们几个人的事吗？"

"别说了别说了。这个问题我早在开始时就解答给你了。"

"注意，那时我没来这处女山，现在我来了，也观赏了，这个老问题就又自然而然地重新出现了。从省城到西阳县城要花三个小时，从县城到处女山脚下再花一个小时，从山下到山上还花一个小时，光这路的问题就决定你的文化名山的位置选错了。你建文化名山是让人参观的，这下可好，山重山水复水。人们不禁要问：我是来欣赏二十世纪文化成就的，还是来开展一场爬山比赛？"

"噢——我明白了，"邓相如哈哈笑起来，"我当你要说什么呢？你是承认我的二十世纪文化这个项目，只是在选址上有争议。是吧，我当什么呢。"

"这还不够吗？"

"我亲爱的祝，你总不能让我把这个处女山搬到省城郊外吧？这个山就在这里，它过去在这里，现在在这里，将来我想它大概还在这里。你为什么要跟这个山过不去呢？你是搞过'黄帝巨塑'报道的，也参加过'伏羲巨雕'活动，连你自己都说，他们这些学者只是将书斋设想搬到山上而已，为什么后来纷纷偃旗息鼓？没人做强有力的市场运作！我和他们的本质区别在于，他们仅限于应该做，而我是怎么做……这个话题我们不再说了，大家在那里拍手高兴，走。"

模特儿的性格开朗活泼，遇到这种奇异的事情，更是欣喜若狂，她一会儿跑到这里拍拍手，一会儿又跑到那里拍拍手，可是当她有意去学鸟叫时，林子里反而什么声音都没有了。暮色中，她的身影在林子里像仙女一样来回地飘。

"你留下来吧。"孔夫子说，"这个林子只差一个仙女了。"

"我是真不想走。"

邓相如凡是看到孔夫子和模特儿亲近，总是心里恼火，又不好表露出来，只得从侧面给他教训，现在又听到他说什么仙女，便出于惩罚的心理把给鸟林改名的任务交给了他："明天早上，给我拿出十个名称，由我再定夺。"

孔夫子说："那我晚上还睡不睡了？"

"这个问题你解决。"

"什么问题？"

"你睡还是不睡的问题。"

孔夫子情绪一下子低落,回去的路上也默默无语。当他们回到宾馆,他双手插在裤兜,尾随着模特儿身后,踩着软乎乎的地毯,他把对邓相如的不满迁怒到了她的身上,阴森森地说:"当心,你的床下有只怪鸟。"

"哇!"她惊吓得回过头,愤愤地斥道,"你为什么吓我?"

"我没有吓你,我只是提醒你。"

"今晚上,我算完了。"模特儿绝望地嚷着。她噙着眼泪向从后面走来的邓相如告状,"我本来到一个新地方就害怕,昨天晚上都没睡好,他又吓我。我不敢回去了。他怎么那么狠心!"

邓相如问明缘由恶狠狠地训斥道:"你这是干什么?咱们出门在外,首先要有集体主义精神,有团队意识。我们应该相互关心相互爱护,你明明知道她害怕还故意吓她,我问你,假如她是你的亲人你会不会吓她?"

"嘿嘿嘿,"孔夫子干笑着,"我的本意不是吓她,只是这鸟林太奇怪了,它们要是看有人那么喜欢,很可能半夜飞过来,钻进你的屋里。"他转过身对模特儿诚恳地弯了下腰,"我以沉痛心情向你道歉。同时我收回刚才的胡说八道,我以人格担保,你的床下,今天夜里,不会有任何怪鸟。"

"没有人我也睡不着。"

"现在问题有点麻烦了:咱们这里只有一个女性,她不敢去自己房间睡觉,我们谁也不能陪她,因为我们不具备这个资格。然而,她又必须回到自己房间,我想这个问题只有你自己解决了。"邓相如对着模特儿幽幽地说。

"怎么解决?"

"你陪她一夜好了。"

"什么?!"模特儿尖叫道。又来了一声,"什么?"

"你看,"孔夫子笑道,"她不大同意。"

"我不是那个意思,你怎么能在她的房间里陪她呢?我是说你把事做坏了,就应该承担责任。责任,一个男人最重要的东西,懂吗?你就在她的门外守一夜好啦。反正你要给鸟林改名字,站在走廊上,也许头脑更清醒。"

第9章　灵魂是个什么东西

> 他知道自己做错了一件事,也知道做错事的严重程度,只是酒精的作用,使他无法对做错的事进行认定。

人的一生会有这么一段时间,只要他有点演戏的才能,就会连他自己也欺骗过去——祝贺记不清在哪本书上看过这句话。近二十来年,他阅读了那么多书,也忘记了那么多书。往往是,当某件事发生,那本忘记了什么书中的一句话因与这事有种关联,能突然从天而降。关于演戏与欺骗的这句话,两天来一直在他脑中穿梭,无论吃饭也无论谈话,哪怕走在楼梯口拐弯甚至进卫生间的瞬间,这句话也会跃入脑海。祝贺断定,自己目前正处在"连自己也欺骗"的时段里,那么逆推下去,他算有点演戏的才能了。

本来他是以超然的姿态参与这项荒唐的活动,现在他发现自己已经不是一个旁观者了,已经不知不觉地进入了戏剧的规定情景,像邓相如要求的那样,"是公司的一个组成部分,已经不是你自己了。"

第二天上午,签字仪式在县府小会议室举行,椭圆形会议桌的一边是华夏文化策划公司。总经理邓相如居中,左边总策划祝贺,右边新闻部主任孟尧,挨着祝贺坐的是公关部主任汪静卉,挨着孟尧那边坐的是财务部主任姜河。每个人都着白衬衣系蓝领带,高雅得近于气势非凡。会议桌的另一边是西阳县的领导班子。他们人多,分两排。第一排是黄县长,分管政法和宣传的两位副书记,常务副县长、宣传部长、分管旅游的副县长;第二排是办公室主任、旅游局长、处女山风景区管委会主任、副主任、秘书。

会议室挂了一条横幅,红底黄字:"联合开发建设处女山二十世纪文化名山签字仪式"。墙上的石英钟指到十点,黄县长重重地"嗯"了"嗯",已经渐低的声音又落了落。室内一安静,庄严就出来了,庄严一出来,神圣的感觉便不由得在空中凝固。主持会议的常务副县长作了开场白,然后请黄县长讲话。

黄县长呷口茶,润了下不用润照样有权威感的嗓子:"也谈不上讲话,算是发个言吧。"黄县长的话刚落,突然"噗"的一声,简短模糊但又明确的笑从汪静卉的嘴中发出。这个没有在官场上待过一分钟的姑娘,搞不清"讲话"和"发言"正是官场会议的妙处之一。她觉得黄县长把"讲话"变成"发言",似有文字游戏的滑稽味道。"噗"的一声完全是下意识发出的,连她本人都没料到。这一声在刚刚降临的庄严气氛中,就有了协调上的问题,有故意捣乱的嫌疑。她知道做了错事,羞愧悔恨地急忙低下头,食指横在抹了淡淡口红的嘴上,她感到对面一束束责怪的火辣辣目光里爬满了蜇子。

黄县长没有朝发出声音的方位瞄一眼,权威的脸上也没有显出丝毫愠色,这更能表明作为一个职业政治家具备的素养。事实上,在平日最休闲的时候,他都在假设一旦遇上突发事件自己应作的反应,眼神和表情怎么恰到好处地演绎临危不惧和从容不迫。街道拐弯蹿出一条狗,上访人员"咣"地闯进屋里跪下来,某个亡命徒拿着汽油弹逼到眼前等等,都囊括在他的假设里面。这些场景在他的脑海里反复演练过几次,十几次,几十次,就是为了在危难之际不能让同僚们看自己的笑话,要对得起自己的身份。他甚至还盼望突发事件,这样就能够以从容的姿态处理妥帖和熟练驾驭,令众人惊叹和佩服。

"华夏公司来了五天了,合作双方进行了广泛而深入的接触和协商,彼此交换了意见,如果说初见成效有点欠妥,我想可以说,很见成效。"黄县长才把目光一寸一寸移向模特儿,不易察觉地挑挑左眼上方粗重的眉毛,"从华夏公司的长达二十页的策划书,我们看得出华夏是个讲求品位,讲求效率,能打大仗、硬仗和漂亮仗的文化公司。我代表西阳县向你们的工作表示感谢和敬佩,我相信我们双方的合作,一定会成功的——"拔高最后一个提示音,大家都知道该干什么了,就一齐拍手。模特儿看大家不谋而合"啪啪啪啪"地拍起了手,也赶忙拾起桌上的一双素手拍着。她不知道会议室里的掌声有着自身的节奏和长度,大家不谋而合听到什么口令似的一齐停下之后,结果她孤零零地又拍了几下。

黄县长双手包着茶杯,继续说:"干什么都有个目的,接触也好,协商也好,都是前期的准备工作。在双方都认为好的时候,啊,用我们西阳县的土话,叫做挽个疙瘩。"黄县长双手在空中交叉旋转两圈比画了一个挽疙瘩的技术性动作,"也就是说,双方签上协议,用法律的形式,啊,确定下来。"他说完,表示友好地看着正对面的邓相如:"邓总——"

邓相如点点头,将半开的折叠黑扇"哗"地一抖,合上,码在茶杯上,说:"今天签字仪式,西阳县大部分主要领导我看都到了。从这种高规格,看得出贵县对文化名山重视的程度和决心。我很感动。县委书记要不是在北京住院,我想也会到场的。相比之下,我们华夏公司有点惭愧了,因为公司的业务关系,我们两位副总在海南——"他用腿示意性地碰碰祝贺。

祝贺插话:"大概下半月回来。"

邓相如接着说:"在签协议之前,我方就个别的事宜再向县领导通报一下。就整体而言,我们双方已经达成共识。二十世纪文化名山的第一阶段策划已经告一段落。我很高兴,我想大家和我的心情是一样的。该说的平时我们都说了,只是个别事宜得明确一下。下面由我公司总策划祝贺先生谈谈。"

祝贺说:"创建二十世纪文化名山,有许多具体项目,凡是达成共识的,我就不重复了。我只说几天来碰撞出的三个新变化。第一个是,过去我们策划书里,要在处女山建一个一百米长二十米高的中原第一屏风,变成一个五十米高的文化女神巨型塑像。关于女神塑像,我想具体说明一下。美国有个自由女神,郭沫若先生有个《女神》诗集,女神是象征。它的建筑材料要从全国名人家乡所在地采集而来,由上百个地方的泥土、沙石混在一起建成,象征着文化多元和繁衍。女神塑像的四周是浮雕,清一色文学作品中的女性人物。比如巴金《家》里的梅表姐,鲁迅《祝福》里的祥林嫂,《早春二月》里的陶岚,《红岩》里的江姐,《小二黑结婚》里的小芹,等等,汇成中华民族一个个文化符号。第二个是,原策划书上百名文化名人集体登山奠基的活动,关于时间、邀请、组织、活动等,经过双方共同讨论,改为六十名,并且是在国际上有影响的占六分之一。已故的文化名人,也要由其子女替代。第三个是,协议签订之日起,一个星期内,首先由华夏公司组织一个省里的名专家、名学者参加的论证会。领导规格要有副省级的到场。为了突现它的学术的权威性,我们还会请来北京的专家。"

邓相如笑道:"这个第三点,本来就有,不算新变化,变化在时间上。贵方昨天突然提出,我看,是对我公司的实力的一种检验。黄县长,我会让你们满意的。一星期就一星期吧。一星期说长也长说短也短。一星期能办很多事,坐火车可以从广东的湛江到黑龙江的漠河,乘飞机可以绕地球两圈半呢。"

常务副县长解释道:"邓总,你想多了,也多想了。我们只是觉得一步一个台阶,由省级到国家级,也算是个过渡。我们这个县,一下子蹦到国家级,那么高,有点吃不消。再说,省里的论证会召开了,也好提前造造舆论。"

"知道知道,"邓相如话中有话地笑道,"我什么——都知道。"

签字仪式如期进行,这意味着沉睡千年的处女山真的即将走向世界。邓相如得到了一张十万元的支票。按说,他得到这笔策划费应该满心欢喜,他也觉得自己应该满心欢喜,可是当他看到黄县长同样满心欢喜的笑脸,突然觉得自己仿佛做错了什么事。至于做错了什么事,错在什么地方,他还一时没有足够的认识。到了庆祝的酒宴上,双方相互敬酒,再次看到黄县长满心欢喜的劲头,这才基本上肯定自己做错了事。黄县长多喝了几杯酒,竟然无所顾忌地跟模特儿调起情来了。

黄县长换了一副友好疼爱的模样,责问她那"噗"的一声笑怎么回事。

"'噗'的一声笑?"模特儿重复一遍,马上明白了,但她否认地回答,"我没有笑啊。"

"你笑了,说说你为什么笑?"

"我忘了,我不知道我为什么'噗'的一声笑。"

"说清楚,有些事要说清楚的,你不说清楚我这酒是不喝的。"黄县长坚持自己的态度,眼睛不由自主地在她娇艳的脸上虚中有实地搜索,他的鼻翼也微微地翕动。看来模特儿身上逸出的法国香水起了作用。突然,邓相如心头一热,想到这个中年汉子一定看上了她,否则的话,他绝对不会在事后还提这个当时影响他权威感和形象的事情。如果换上另一个人,他就不一定提及,即使提及也会用诸如质问和批评的态度。中年汉子借题发挥,是想多说几句话。邓相如宽厚地想,要怪这个中年汉子是没有道理的。问题完全出在模特儿身上。光是在这里的几天,她是一天一个变化。头一天是披肩头发,显得那么飘逸,第二天挽个发髻又突出了高贵,第三天梳了个凤尾变得丽质,而今天神使鬼差扎了两条辫子,一下子水灵灵地清纯起来。她把自己变成了四个不同风格的女人。面对这种巨大的、多种多样的美,谁能不感受到诱惑和受到冲击呢?谁的心能不起点骚动而安静下来呢?谁又能不抓住话题做点文章,好使明知没希望但也硬要擦出点希望的火花照亮一下自己呢?

这个世界总会有人幸福。物质的能量不灭,幸福的能量同样不灭,它只是转换着,从一个人身上转换到另一个人身上。本来邓相如用一个创意的点子,匆忙搭起一个草台班子,拿到了一张十万元的支票,是个幸福的人。现在,他从黄县长的幸福反应中发现,对方的幸福要比自己大得多。自己的幸福转移到他人的身上,他就本能地觉得自己吃了亏。尽管外表上他喝了许多酒,一会儿趴在这个人的头上笑两声,一会儿又搂着挨着他最近的人的肩膀,亲昵之情好像重逢的兄弟,可是在他的内心里,越来越空虚,越来越发冷。他知道自己做错了一件事,也知道做错事的严重程度,只是酒精的作用,使他无法对做错的事进行认定。他还搞不清自己做错的这件事是什么。

后来,他醉了,被几个人架到宾馆房间里。

祝贺躺在另外一张床上,同样被酒折磨着,他很想喊叫几声,还想哭。过了一会儿,也许几十秒,也许几个小时,屋子里有了动静,他睁开了充满血丝的眼睛,看见邓相如支着一条胳膊,已经歪着坐了起来,目光混浊盯着地上一个位置,发起了愣。接着一个令人震惊的动作闪现了,他打了自己一耳光!

仅仅隔了几秒的工夫,又打了自己一耳光。还恶狠狠地骂了自己一句:"他妈的

可是在他的内心里,越来越空虚,越来越发冷。他知道自己做错了一件事,也知道做错事的严重程度……

是头蠢驴!"

"怎么回事?!"祝贺失声叫道,许多人醉得不省人事的时候都会有种种奇怪的表现,他没料到邓相如身上竟会爆发这个凌厉的动作。

"你他妈的是头驴!是头蠢驴!"

"我给你倒杯水吧。"祝贺把自己喝剩下的水递过去。

邓相如好像回答一个人的提问:"谁是蠢驴就骂谁!"

祝贺笑了,一个醉鬼在没有破坏力的情况下总是令人开心。他问:"谁是蠢驴呢?"

"蠢驴!"邓相如不容分说对着自己又是一耳光,这一耳光简直像训练出来的似的。

"好了,好了。"祝贺觉得这样下去太过分了,劝他把水喝下去,"你现在喝高了,等你清醒了再找蠢驴,好吗?"

"我非常清醒!"邓相如没有接水,依旧垂下头愣神看着地上的一个位置。

"邓总,小声点啊。"

"唉!"邓相如重重地长叹一声,翻身下来,在屋里走了几步就歪到墙上,懊悔地带着哭腔,"失算了,看起来当初失算了!"

"你到底在说什么?"祝贺反问。很想知道他想说什么。

邓相如还是没有回答。在他的醉态中,祝贺只是一个虚化了的影子,他的所作所为都是自己在和自己说话。"这么大一个山体文化,这么大的策划,你给他们带来多少好处?你给那个县长带来多少好处?你搞的可是全国唯一,世界闻名,你他妈的只要十万!真他妈的驴唇不对马嘴!"

"就为这个吗?"祝贺明白了,受了惊吓的心也放稳了,"你打自己耳光就为这个吗?"

"你打得太晚了!"邓相如光亮的头发从上面纷披下来,像个精神病患者边走边嚷嚷,好像对面有个听他训斥的人。"你当初怎么没有谈到二十万、三十万?你为什么没有谈到三十万?真是的,放着三十万你竟然不伸手去拿!看看姓黄的欢喜的样子,你后悔了吧?你可以放心地骂自己傻×了吧?你怎么不把桌上的三十万拿到手!"他碰到墙壁又折了回来。

"可以了,邓总,"祝贺劝慰道,"可以了,你就别再贪了吧。"

"还有他,"邓相如指着祝贺,对假想的对面的自己说,"这家伙也有责任,他天天搞策划方案,为什么没想到提醒你再加二十万?你这个总策划是怎么当的!"

"当初你连这十万都怕他们不给。"

"是的,你是怕他们不给,"邓相如同意地指着祝贺谴责,"可他是干什么的?他应该从他的角度重新审视这件事,他的身份注定他有这份责任,假如你当初只谈五万呢?你要只谈五万你的总策划也觉得很好,是吗?一个总策划连三十万都拿不下来?"

"好了,好了,生米已经做成熟饭,"祝贺开始不耐烦了,"你最好躺下再休息一下。"

"你才休息一下呢!"

祝贺把他推到床上:"你可真是喝醉了。"

"你才喝醉呢!"

祝贺故意逗他说:"我喝醉了?我喝醉了怎么不打自己的耳光?"

"你才打自己耳光!"

祝贺看他人称关系还是搞不明白,开心地笑着摇摇头,试着转移话题:"邓总,说点别的吧。"

"没什么好说的。"他又从床上弹坐起来,"除了三十万!"

祝贺强行跟他说点别的:"下周的论证会你有多大把握?一周内找那么多领导和专家,规格那么高。能不能拿下来呀?"

邓相如没有答理,身子蹭着墙壁又把自己撂到床上,翻身背对着窗户,同时也背着祝贺。过了好大一会儿,这才蹦出一句话:"什么叫拿不下来?你记住,只要有了钱,什么人间奇迹都可以创造出来。"

祝贺的状态只比邓相如好一点,有限的醉意还把他留在了现实的此岸,和现实保持着一定的感觉。他晃晃头冲着他的背说:"我对你说这话,不感冒,一点儿不感冒,你没必要故意夸大金钱在这个世界的作用。"

"怎么是我夸大了?它本来就是这个作用。"邓相如又转过身,似乎清醒了一点,"噢,我明白了,你又要说什么灵魂之类的话了。"

"为什么不能说灵魂之类的话?"

"说当然可以说,不过灵魂是个什么东西?"

"灵魂怎么成了东西……"

"我就知道你说不上来。哪有这种事——自己都说不上来的东西,还好意思天天挂在嘴上。"

"我只是不想和一个醉鬼谈。"

"你还真说不上来。灵魂是什么形状?什么颜色?还有,它是什么味道?"

"它是看不到的。"

"看不到也可以,它总得有个地方吧?"邓相如翻过身,指着自己的心口,"它在哪里?在这里吗?"好像被什么东西惊醒了,他又悔恨地叫道,"我恨不得再打自己一个耳光!"邓相如又回到他的问题上了,"我想多要,又不敢多要,才十万块?我再加上二十万,就可以买辆轿车了。"

"是啊,开车带着美女,这就是你想风光的。邓总,要是换上我,可不只打三耳光。"

没等话音落,邓相如又打了一耳光,接着又打第二个耳光:"祝,你说美女?我可正告你,你别打模特儿的主意。这件事你得给我稍息!"

"我认为你还应该再来一耳光。"

"你不想吗?你当然想了,连黄县长还跟我们的汪小姐调情呢。喝酒的时候他非要追问,'开会时你"噗"的一声是什么意思?''说清楚,有些事要说清楚的,你不说清楚我这酒是不喝的。'那眼神还能叫眼神?简直他妈的一条蛇信子,霍霍地往里钻!"

"这就怪了,当时你正和常务副县长又搂又抱跟连体人似的。"

"做梦吧他!这是我的专机,谁也别想上去。"

"邓总。你千万别在她身上打主意。她能在公司留下,叫我说是你伪装得还可以。像她这么沉鱼落雁,什么样的男人没见过?"

邓相如挤眉弄眼,又缩成一个讨人喜欢的猪:"要是她看上我呢?"

"凭什么?"祝贺看着停在空中的手,"你凭什么?"

"我有二十世纪文化名山。"他说,"这要是还不行,我还有世纪女神,这事我想好了,世纪女神的原型我可以让她来当。这事我说了算。祝,一个老总没什么了不起,我也没什么了不起的,可是上天的恩典,让我是老总,老总是我,这就不可抗拒了。上天先给我一个名山,名山又给我一个女神,女神再给我一个原型,原型又给我一个模特儿,这一连串的恩赐还不够吗?女孩子听到自己要当女神原型是什么样子?她会全部交给你。"他又解释道,"当然,我说的这个'你'可不是你,我说的这个你,是我自己。"

像多数醉鬼一样,邓相如发了一阵酒疯就瘫下来不省人事了。祝贺看了会儿电视,睡了一会儿,又看了一会儿电视,又睡了一会儿,等他再次睁开眼时发现县长秘书一个人悄悄坐在床边。已经到了黄昏,窗外有点灰蒙蒙。他对祝贺笑笑,看着床上的邓相如,不关疼痒地问候两句,就做个手势,领着祝贺下楼,拐进了一个房间里。黄县长正端坐桌前给审读的材料圈阅。

黄县长抬头笑道:"坐,坐,总策划,邓总怎么样啊?"

"喝多了,他今天太高兴,也没想到该控制一下。"

"你怎么样?"

"还可以。"祝贺说了忙解释,"我说可以不是说酒量可以,而是头脑还可以,我喝的不多。"

"茶几上有烟,你自己来。我发现你酒量不行,倒是个烟枪。"

祝贺环视一下房子,显然这是黄县长的另一个办公地点。黄县长隔茶几坐在对面,友好而亲切的态度里暗浮了几分醉意:"来了几天,没有一起好好聊聊,其实,我发现咱俩在性格上有点儿相像,我觉得你很有头脑,话不多。要说吧,邓总的朋友不会差,他眼里可容不下他看不上的人。"黄县长说了,示意地看一眼秘书,秘书把茶水端过来,转身离开关上门。

祝贺料定黄县长单独约见自己有什么事。作为华夏文化公司的总策划,一个合作者是要对这个角色有所了解的。开始的谈话显得轻松,黄县长问了祝贺关于"黄帝巨塑"的情况,然后说:"我不太清楚这件事,你知道,这是个创业的信息时代,每天都有重大的事件发生,要不是我们的部长给我介绍,我还真不知'黄帝巨塑'的事。"

其实他对"黄帝巨塑"的事很清楚,他主要想以垂听的方式试探一下祝贺。他听到祝贺介绍的情况之后,相信祝贺确实搞过"黄帝巨塑"了。

"你怎么离开了?"

"那是前几年的事,主要是进展太慢,大的投资商一直没找到。"

"要说《黄河论坛》,还有我一个同学,高为民,他怎么样了?"

"没有这个人哪。"

"怎么会没有?我的老三届的同学。"这肯定是一个小小的伎俩,黄县长在摸对方的底。如果祝贺真是《黄河论坛》的人,就会否定这个自己杜撰出来的人物;如果不是《黄河论坛》的人,就会顺杆爬说高为民这个人怎么怎么样了。也就中了圈套。

祝贺知道这是圈套:"你是不是记错了?"

"记错了?"黄县长追忆的样子,"《黄河论坛》不是在市委的四楼最东边吗?"

"不是不是,我们在社科院的四楼。"

黄县长虚晃了一枪,确认了祝贺的身份。他还要确认邓相如的身份,他从邓相如开创性的性格和非凡的社交能力说起。祝贺说:"他呀,就有一个毛病,到哪里都是自己说,说自己。要不我说'邓总在此,诸神让位'嘛。他那纵横家的口才别人很难插上话。你说是不是?"

两人谈话渐入佳境之际,黄县长巧妙自然地不引人注意滑入了另一个话题,他给祝贺续了点水,看看水杯道:"我想这也得力于他在组织部的舅舅,你说是不是?"

祝贺心里怔了一下,用手指在水杯边点点,表示谢意的同时知道自己又不可避免地遇上了麻烦。以往有过朋友问他这个问题,大多数原因是对邓相如所作所为发生怀疑。当时他既没有否定也没肯定,只是说,没见过这么个舅舅。其实,多年前他在邓相如的家和他舅舅吃过一次饭。这位大型企业的车间主任为人淳朴而真诚,通情达理。现在黄县长又问起这个让他头疼的问题了。

"这个我还不大清楚。"祝贺端起茶杯在杯口处吹吹。

黄县长略带不解的眼神扫了祝贺一眼:"你……不清楚?嘿嘿,这还保密吗?我只是随便问问。你们是多年的朋友,家长里短能不清楚?"

"黄县长,"祝贺真诚地还带有几分歉意地说,"还真不清楚。朋友多年了,但只是共事公务,家庭方面的事很少涉及。"

"这话听着不让人信服,啊——老弟,我并不是非要对这个问题弄个水落石出,是不是组织部长,对咱们合作无所谓,对咱们交朋友也无所谓,我只是随便问问,可你说不知道,就有点……啊,那个了。"

"黄县长,按常理来说,我说的是让人不信服,我从来没见过他舅舅,只是听他提过他舅舅。朋友也分类型的,我们是事业上的朋友,不是生活上的朋友。不光他,就是其他朋友的父母干什么,我也不大知道。"

"好了好了,咱们纯属聊天。老弟,你对论证会的事有什么看法?整个策划和组织工作当然由你们公司负责,可是邀请那么多的高层领导,在短期内,担子可不轻呀,反正要我干,我是没有这个能量招架的。"

"黄县长的意思我明白,你是担心省里的领导届时不能到会那么多。"

黄县长沉默了一下,说:"我倒不是担心你们没有这种政治资源和公关能力;像你们这么有名的公司,又有各种政治背景,问题不能算多大,我只是说,时间上来得及吗?"

"只要有关系,关系到位,一个星期的时间足够;没关系的话,两个月也不行,你说是不是?黄县长?"祝贺看得出来,他还是想从侧面得到华夏文化公司到底有什么背景。

"那也是。"黄县长停了一下,又关心地问了另一个问题:"你们公司下属的几个企业的效益怎么样?"

祝贺暗暗地叫苦不迭,这个草台班子总共只几个人,哪来的什么下属企业?他想象不到邓相如到底对黄县长吹了什么牛。现在十万元打到华夏文化公司的账号上,黄县长也许心里突然没了底,抑或听到别的什么人的提醒,觉得有些盲动,这才私下找自己摸摸情况。看样子,邓相如白打自己几个耳光了。为了对事实和自己负责任,又不至于将事情弄砸在自己手里,祝贺略想了一下说:"黄县长,有个情况你大概还不知道吧?"

"嗯,什么情况?"黄县长听到还有不知道的情况,近五十岁的脸上呈现出一种过分的笑,这种过分的笑正好反映出他复杂的心境。既想听到真情实况,好及时作出判断和采取措施,同时又怕证实什么。他私下找祝贺其实就是因为种种疑点,他希望疑点不是事实而是自己的多虑。

"我虽说是公司的总策划,但才来不久。"

"这不是什么理由,家里的情况不知道,公司的基本情况还是应该知道的吧?比如说,你们的玉器厂,这你也不知道?"

祝贺赶忙扭过头,好在短时间内逃过黄县长目光的捕捉。那是黄河路上的一个十平方米的玉器小商店。前些天,邓相如劝那个店主挂靠在华夏文化公司的下面,公司搞活动赠送量很大,相互都有好处。这事仅限于双方口头商谈,转到邓相如的嘴里就扩大成他旗下的什么玉器厂了!祝贺迅速调整好表情,说:"搞玉器的那个,这我知道,效益可以。"他没说谎,一个人每月有几千元的进项当然算得上"可以"了。

黄县长放心似的点点头,总算有个疑点破了。"广告公司的效益也挺好吧?像邓总这样的公关高手,客户恐怕不愁吧?"

"公司其他的情况我还真的不大知道。黄县长,恕我直言,你真想了解华夏文化公司完全可以正面做调查,既然合作嘛。就像结婚,有权了解对方的过去和现在。"

"我可没有调查的意思,老弟你是多心了。哈哈。"

祝贺故意打了两个酒嗝。

"你们公司的人才很有特点,你看,啊——邓总一天到晚口若悬河,你呢是他的高参,小汪又那么漂亮,可是那个老姜,却金口玉言,相处这几天,我还从没听他说过话。这老姜在公司上班也向来不说话吗?"

"他就是这性格,沉默如雷。"

"他来公司之前是干什么的?"

"邓总没给你说说?"

"我问过,邓总嘻嘻哈哈,好像也讲了,却搞不清说了什么。我从来没见过这种一天到晚一声不吭的人。他是干什么的?"

"唉,黄县长,你给我出了个难题。你对他了解多少,我就对他了解多少。我说这话你又不信了。"

"你们公司可真是铁板一块呀。"

祝贺怕黄县长再问些别的,自己撑不住,又打了两个酒嗝,这是找理由溜走的酒嗝,哪怕对方看出自己是装的,也要装一装。

黄县长一肚子火,脸上却是满意的样子,起身说:"晚上去歌厅,叫喝叫喝。这几天你们够辛苦了。你看看,咱们只坐这一会儿,就有种老朋友的感觉,人呢,还是要沟通沟通。"

"是是,黄县长,你留步。"

第 *10* 章　新神话时代

> 这就叫做屁股决定脑袋！屁股坐在什么位置上，脑袋就不由自主地替这个位置思考和发言。屁股有多大，脑袋就有多大。屁股往哪儿跑，拉着脑袋就往哪儿跑。

华夏文化公司的人走了，带着十万元的支票，乘着县里安排的轿车一路欢笑地走了。黄县长的心却被揪了起来，笼罩着阴森森的恐慌。他面临着一个巨大的还从来没有遇见过的问题：他八成被这帮家伙给骗了！

这个邓相如到底是个什么人物呢？黄县长越来越吃不透。华夏文化公司走的当天晚上，他在办公室陷入了焦躁的深思，坐立不安，眉头紧锁，电话响了也不接。心烦意乱回想着他俩认识的全部过程。总共见过三次面。第一次在处女山，三天的时间；第二次在省城，在中州大酒店 707 房间的华夏文化公司，一个晚上；第三次又在处女山，整整五天。黄县长有个奇特的感觉，好像不是一个，而是，怎么说呢？好像有三个以上或许还要多的邓相如！开始的印象好得不能再好，尽管他比邓相如大十几岁，心里还是禁不住腾升起敬意。这位白白净净的人，情怀热烈，性格奔放，博学多识，好像天底下的事没有他不知道的，他那汪洋恣肆演说家的口才更是令黄县长由衷叹服。作为近五十岁的人，他算见过世面了，作为一县之长，他更是有着常人所没有的丰富阅历。无论朝野内外，还是江湖上下，林林总总的事，形形色色的人，该知道的似乎都知道了，还能再有什么需要他长见识的呢？像邓相如一下子能把他牢牢地吸住，让人喝了迷魂汤似的不知不觉跟着他的思想跑的情景，在黄县长的涉世中还算是为数少而又少的一遭！

黄县长是个聪明得已经接近智慧的人，他有很多在他看来比别人强的地方，凡是别人能做的，他不仅同样能做，而且那些别人想做而做不来的事他也能够把它做成。

他身上的进取精神往往能叫他本人在不经意的时候突然感动起来。他研究过哲学，尽管唯心主义的书从没读过一本，但他对唯心主义还是相当了解的，稍有头脑的人都能从唯物主义教科书里作为批判的对象所举的例子中得知。所以说，唯物主义里面讲的道理都是正确的，是真理和真理本身，有着普遍意义。另外，他还在别人不知情的时候发现自己与哲学书里有着隐秘的关联，比如唯物主义所强调的主观能动性，就与他很相近，而主观能动性里有一点又深得他的赞赏，这就是假设。他认为，有些事情不一定非要实践，仅凭假设就能达到。在工作中是这样，在生活中也是这样，甚至人际关系，如果依靠巧妙的假设能使人少走或不走那些弯路。

关于文化名山他就曾经假设过。要是换个人呢？换成一个其他的人提出，很可能只是听听。在他任职的三年里，他听过不少的好点子，因为出点子的人他看不上，那些"好点子"也就被束之高阁了。多年来，人微言轻的观念已经内化到他的习惯里。要不是邓相如跟着一个大企业家同来，他也不会将他很当一回事。他把他当回事了，他的点子也随之放射出光芒。第一次在处女山见面之后，过了两三天，黄县长也不知怎么回事，突然冷静了下来。他开始矛盾和自我冲突。二十世纪文化名山是个很了不起的大好事，然而与他有什么关系呢？或者说，与他本人的仕途有什么关系呢？这是个要分几期的马拉松工程，快则五年，慢则十年，而自己一县之长两年后换届选举，他都不知去哪里，文化名山对他的意义又从何谈起？他越来越觉得自己离题太远，退堂鼓"嘭嘭嘭"地在他心里敲了起来，忽儿响忽儿急，一路敲下来，浑身上下就一层层地发起了毛。于是在他徘徊，在他举棋不定之际，便把期望寄托在种种的假设中。他假设远在省城的邓相如也像自己，睡上几觉就会冷静下来：一个公司办这么大的文化工程费时费力不合算，干脆打个电话，告诉对方撤退算了吧。黄县长在假设中想，要是这样倒好了，到那时我心里高兴，嘴上却流露出不尽的遗憾，然后再次邀请他到西阳县玩玩。正当他觉得自己的假设快接近现实之际，一天晚上，秘书送来了一份省里发行量很大的报纸，第四版全文刊发了二十世纪文化名山的创意和策划。黄县长反复看了几遍，彻夜未眠，只得将假设的愿望放一放，考虑起来新的合理的东西，既然人家扎着架子轰轰烈烈非大干一场，黄县长也就跟着认为很值得大干下去了。

黄县长翻开日志，找到第二次见面的简短记录。时间是七月十四日的晚上，地点在中州大酒店707房间。当时他突然不请自来的目的就是想探探华夏的实力，可是酒店的一个套间很难说明什么。就是那晚，他又一次听到邓相如提到他那个省委组织部的舅舅，以及公司下面有几个企业，一个玉器厂，一个广告公司，还有一个他记不大清楚了。那天晚上他还得知，华夏有辆奥迪轿车，司机上班时出了点儿车祸，放在汽修厂修理。黄县长还是相信了。倒不是邓相如说什么就相信什么，他的头脑还没有简单到别人说什么他就会轻信什么。他是以丰富的人生经验为逻辑推论出来的——假设没有这些企业，没有这辆象征公司财力的汽车，那么就可以证明邓相如扯了个弥天大谎；假设邓相如扯了弥天大谎，那么证明他是个骗子；假设他是个骗子就证明他是个低智商的骗子，因为作为合作方只要调查一下就能轻而易举搞个水落石出。但现实是：既然人家敢说那些话，显然人家真有这厚实家底不怕你调查，不怕你调查就证明人家有这些企业和轿车，有这些企业和轿车又反过来证明人家不是骗子，人家不是骗子当然就有了合作的基础。

　　第三次，也就是这几天的频频接触，黄县长好像走进云里雾里似的。他发现邓相如不是他心目中的邓相如了，这人太狂。大家都认为通过努力也难以有眉目的事，到他嘴上总是那么易如反掌。资金是所有问题的核心，重中之重，除了当地拿出一部分，主要得游说化缘，可放在邓相如嘴里，也不大难，好像国内有一批，海外还有一批巨富早已经准备好了，只要有个他们看上的宏伟的文化工程，就立马将别的事抛下，急匆匆地携款飞来然后开工。而这个没使多大劲儿创造出的二十世纪文化名山，就是要让那些巨富看着眼皮发烫想着激情万丈。对许多文化工程可以无动于衷，这个文化工程他们没有理由看不上。邓相如的狂，另一个表现是，百名文化名人集体登山搞奠基仪式。那些一笑千金的明星、一吼千金的歌王、一字千金的书法家，不是他的宝哥哥就是他的林妹妹，让来就得来，让来多少就来多少。邓相如一再说，他前几年干过影视公司，和演艺界熟得不能再熟了，他还让大家看了一些合影。这能说明什么呢，这种合影往往有极大水分，人家只和你照张相，并不说明和你有多大关系。这类照片许多酒店都挂的有，他曾见过一家酒楼一张一张延着楼梯拾级而上办展览似的。

　　邓相如已够黄县长惶恐了，华夏文化公司的其他人也叫他摸不着边。几天来，他在与一伙有点古怪的人打交道——祝贺这家伙有一肚子鬼点子，他要是没有那么多鬼点子，一本二十来页的策划书怎么写出来呢？这个人明明是个黑高参，却装着什么都不知道的局外人的样子，没有从他嘴里掏出一点儿所需要的东西。如果说邓相如是狂徒的话，那这个人就是坏蛋！凭他和邓相如的关系，一定了解邓相如的舅舅是不是部长，也一定对姓姜的情况掌握得清清楚楚，但他却睁着眼睛厚着脸皮推说不知道！黄县长想到这里，突然憋出一团火，向那个祝贺曾经坐过的沙发恶狠狠地瞪一眼。接着，他想到了姓姜的。在黄县长看来，他是个黑色之谜。他一天到晚闭着那张该死的嘴，眼睛躲在深不可测的厚厚的棕色眼镜里面。这种情况已经令人犯疑了，真正费解的是，像邓相如火热的人怎么容忍他那种冷冰冰阴森森的呢？他又怎么会给这个站起来的尸体在公司安排个位置？说到位置，黄县长迷惘困惑，姓姜的是什么角色他并不知道。于是，黄县长又往下想华夏公司另一个人，可那个人什么样却一时想不起来，他的眼前只是隐隐约约晃动着一个人影，却怎么也回忆不起那个人影的模样。他索性将那个人影隔过去了。剩下最后一个当然是模特儿，事实上，这么个如花娇艳、似玉清纯的汪小姐,根本用不着什么回忆的方式,她就在他的眼前。当他回忆前面几个人时,她一直和他们的面影叠印着,她的一举一动、一颦一笑,像彩色的烟一直缭绕着,黄县长明白将她放在最后琢磨的妙处。

这是个令人心摇神驰的美人儿。打看到她从车上款款挪下,婷婷走来,黄县长就听到自己的心花一阵无声地怒放。她身材高挑,周身每一丝线条都流出十足的神韵。她住的那间屋子堪称世上最伟大的魔箱,只要她进去,再一出来,完完全全地换了一个人。尤其她那充满神奇的头发,给人一种幻觉。今天是柔顺飘逸的长发,像画报上的明星,给人一种蓝色的感觉;明天梳了凤尾式,像大家闺秀,给人一种粉红色的感觉;再过一天,盘了层次分明突出主题的黑亮发髻,又变一副拒人千里之外的逼人的高贵,一种紫色;再一天呢,又扎成两条辫子,恰似灵动的清泉,透出一种碧绿明净。

邓相如身边那个一言不发的活尸给黄县长多大的惊奇,这个美丽如画的小姐就给他多大的惊奇;黄县长私下里很操心,邓相如与她是什么关系?这种上下隶属很容易让人向某些方面猜测。从情理上讲,邓相如肯定不会放过她,尽管几天来观察揣摩还没看出他俩有那层按理应该有的暧昧关系。

联想到邓相如身边伴随着这几个不可思议的人物,黄县长越发认为邓相如独特了。那个有点天问难度的问题又不可避免地回到他的脑海里。他有点悔怅了,他想去老君山的庙里算个卦,问问吉凶,问问邓相如在他的命里是什么角色。想到老君山,他又想到"太上老君节",如果不是半路上蹦出邓相如,也不知"太上老君节"忙忙碌碌地张罗到什么地步了。

自从黄县长三年前当上了县长,他一直决心要在自己任期内干出大的名堂。因为别的县长都在干,自己没有理由不去干。为官一任造福一方嘛。别人抓工业他也把工业搞得很像样,别人招商他比别人招的资金更多更大。开始,并没有在意文化旅游,只是许多县竞相挖掘,打造名片,开发了诸如韩愈故里、老子故里、张仲景墓等,成为各级领导开会参观浏览的景点。他发现这是个问题了,需要调整思路,转变观念。糟糕的是,他所在的县域遍地金矿煤矿,没什么文化资源。有一次,他收到一份请柬,去参加隔着两个县的另一个县举办的"愚公文化节"。去的路上,他还认为这件事荒唐透顶,可是当他看到一大群领导驾到,名流蜂拥,这件貌似荒唐的事情就不那么可笑了,而具有非同小可的启发意义。

从"愚公故里"回来的途中,他觉得要做件大事了。这种愿望很强烈。至于什么事,还没有经过太多的考虑,仅凭着一种近似于科学的假想,他断定这件尽管眼下还不知道是什么的事,今后一定能做成。匆匆下车后,他把地方志的主任叫到了办公室。

"我们县里,"黄县长问,"到底有名人没有?"

"据我所知,"地方志的主任听着不大对头,他这是第一次进县长办公室,谨慎地回答,"载入史册的名人……眼前还没有。"

"夏、商、周没有名人吗?"

"没有。"

"春秋战国呢?"

"没有。"

"唐朝呢?几百年的历史,那么多的名人,咱们县就没也来它一个?"

"没有。"地方志的主任很难为情地回答。

"宋、元、明、清,总得有一两个吧?"

"也没有。"地方志的主任越说越觉得责任在他一个人身上了。

"到底怎么回事,名人怎么都跑到别的地方去了?你这地方志主任是怎么当的?你的花名册上竟然没有一个名人?!"

地方志的主任尽管知道责任不在自己,还是负疚地回答:"黄县长,我也觉得挺奇怪。"

"挖掘挖掘也不行吗?"

"这个……恐怕有难度,它和矿产可能……还不大一样……"

"怎么不一样?我看有相同的地方。任何事情要看你怎么看。"

"我就不信你能看出个名堂。"地方志的主任在心里抱怨。

"任何事要看你怎么看。这句话粗听起来好像不讲道理,其实最讲道理。我们的工业局长要是你,我们就没有今天的总产值;农业局长要是你,我们就不会有今天的多项品种。我们的电视台长要是你,我们县里的百姓就会陷入信任危机。大家都在开动脑筋,与时俱进,你却墨守成规,无所作为。我现在就告诉你,你的这个位置可不是你的。如果我把你们看大门的老头放在你的位置上,我相信比你都能干出成绩来。你要是不服气我们可以尝试一下。"黄县长显出一种强势的官本位精神,以权力的姿态和威严指出下属的可怜处境。

"你这是胡毯来!"地方志的主任在心里骂道。

"我可不是胡毯弄。"县长接着说,"前年轰动全国的3·3大案你写入地方志了没有?"

"我想写但你们不让写。"

"我话说到这份儿上你还不明白吗?"黄县长用启发的口气问。

"你他妈的说到这份儿上没人能明白。"地方志的主任又在心里骂道。

"这么大的一个案子都没有记录在案,"黄县长说,"以此类推,几千年的历史肯定发生过很大的历史事件或者出现过很著名的历史人物。只是被当时的什么标准给过滤掉了。当然,也不排除历朝历代的书记官像你这样不负责任给故意遗漏掉了。"

"这家伙到底要说什么呀!"地方志的主任在心里叫起来。

"做工作和做学问是两回事。"

"我想听您的指教。"地方志的主任终于找到接话的机会了。

"我非常理解你。以前,我当老师的时候,我有一套做学问的标准,可我现在当了县长,我就有了县长的标准。社会身份决定价值取向和行为方式。这个你可能还不大懂。这就叫做屁股决定脑袋!屁股坐在什么位置上,脑袋就不由自主地替这个位置思考和发言。屁股有多大,脑袋就有多大。屁股往哪儿跑,拉着脑袋就往哪儿跑。我现在的工作需要文化成果,学问就不再是学问,而成了工具,就要为经济工作服务了。"

"黄县长,我领会到了你谈话的精神实质了。你说怎么办吧。"

"我问一个问题。白居易的故乡在哪里?"

"在河南。"

"可有人说在山西!"县长又问,"张飞的故里在哪里?"

"在河北。"

"可有人说在河南!你看看,一个仅一千多年的名人都搞不清在哪里,再往前推进谁还能知道呢?关于名人名事,别的地方怎么都有?过去也没听过这个故里那个故里,怎么短短几年光景,一两千年前的历史人物都纷纷跑出来了?我看这和挖有关系,咱们还是挖一挖为好。这是一个新神话时代……"

"新神话时代?"

"是啊,新神话时代。"这是黄县长在返回的路上想的一个新名词,"古代的神话可以制造,愚公移山、夸父追日、精卫填海,等等,那么我们这个无奇不有的时代也同样可以制造。我是说,我们可以制造嘛!"

地方志主任应道:"黄县长,说起制造,我倒想起了许林县。他们去年搞了个梁山伯、祝英台合墓,闹腾得有声有色,全国各地来了许多文化名人。他们的口号就是有条件要上,没有条件创造条件也要上。有名人要上,没有名人制造名人也要上。'弄个名人玩玩。'他们就是这样说的。其实梁山伯、祝英台只是文艺作品里的人物,全国有好几个地方都有传说,许林县只是传说之一。可他们硬是从北京找专家考证出这两个人来。"

黄县长听了很开心,刚要笑,马上觉得这时应该严肃,于是又绷紧了面孔,"这就说明人家会挖掘。都是传说,人家怎么就搞成了文化节?"

"黄县长你说得也是,其实都是传说,许林县就找人刻了石碑'梁祝故里'啊。用麦秸包紧,里三层外三层,用火烧。烧完再包,包好再烧,一连烧了几天,一直烧得像一千多年前的模样为止。他们还利用广播,给老乡上历史课,讲化蝶的故事……"

"看看,这就印证了我的新神话时代的说法。不过,我找你来,可不是干这等事,太小家子气了。我让你来也不是听你说有没有名人的事,这个我和你一样知道。我让你来,是让你领会一下精神,什么精神? 搞肯定是要搞的精神。至于搞什么,怎样搞,我还一时不知道,我给你的只是精神和思路。"

地方志的主任摊在腿上的笔记本终于有了用途,他要把精神和思路一一记录下来。

"第一,要搞就搞大的,不要搞一般意义上的名人,没什么意思,也不是我的风格;要搞就搞别人没有的,别人想不到的,想搞也搞不来的,这是精神。第二,我谈谈思路。我们县里有两座山,一座是太上山,一座是老君山。我在想,这两个山合在一起是不是'太上老君'的意思? 老子出函谷关,是不是从这里路过呢?"

"黄县长,"地方志的主任流露出恰到好处的赞美,"听你这么一说,还真有那个意思。我马上组织考察论证。县长就是县长。我怎么没想到这些?"

"你不要急于拍我的马屁。我说了,我只是提供一个思路,具体问题还是你们去探讨。一个愚公,那边和他有什么关系,愣是搞了个文化节出来。太上老君,我看比愚公厉害多了,道教是我们中国文化的一个重要的组成部分嘛。"

"黄县长说的是。"

"我们是经济大县,但是知名度有点欠缺,得闹腾点儿动静出来。"黄县长在语言表达上,已经乐于并习惯在修辞上下工夫了。矿难的灾情很严重,死了八人,失踪十二人,在修辞上一处理"把损失降到最低限度",结果就不像事实那样可怕了;一月出了三起命案,破门抢劫数十宗的恶劣事件屡发,放修辞上一处理"治安形势不容乐观",也模糊得让人觉得天下太平;腐败严重是我们"极少数干部党性不强";色情服务猖獗的问题是"封建流毒有所抬头";工作犯下的错误造成了巨大损失是"前进中的不足"。他知道自己在文过饰非,但是每当他说这些话,意识到这是一个人在官场上游走的重要标志,象征着政治上的成熟,心里通常就有种比踏实还惬意的感觉。所以说,当他说到没人知道的西阳县,就艺术地表达为"知名度有点儿欠缺"。

"黄县长,我完全同意你的指导方针,只是我有一点儿顾虑,政府出面这样搞……"

"这个项目我们政府当然不可能出面,它要民间化。我让你来,就是让你从地方志、民俗文化、民间传说提供依据,这是你要做的。做了之后,再开论证会。好把野史正史化,传说科学化。论证会邀请的专家名气要大,有来头。这些权威只要拿到好处,就会说出科学化的道理。我们的动议就等于找到了理论上的保护伞。"

黄县长正要搞"太上老君"的当口儿,命运作了重新安排,在这关键时候遇上了邓相如。

相比之下,二十世纪文化名山更具有吸引力,它更堂皇,更符合当前的口味,更能加大现代文明的含量,也更符合他的县长身份。作为一县之长,完全可以正面直接地去干它一场,不用再找什么权威专门解决动议的问题了。

第 *11* 章　论证会

> 真理是多样的,突出真理已经没有什么意义,意义已经消失。只有一个意义,就是突出自己,实际利益和重在关注,这才是最高真理——钱。

一周后的下午,从省城传来喜讯:高规格的论证会于八月二十日在中州大酒店举办,纠缠黄县长的一切焦虑、猜疑、害怕,统统一扫而光!

当他准备提前一天赶往省城时,一件每年都要发生的惨案再度发生,矿区与矿区发生了械斗,一死五伤。他要去解决。死伤家属把他围了十几个小时,也只得在开会当天的下午赶到了。奔驰在通往省城的路上,黄县长有种人生无常的奇怪感觉。夏天的乡村,隔着轿车的玻璃窗往外看,四处显得有点疲沓沓、黏糊糊的样子。

黄县长到了中州大酒店,奇怪的感觉又加重了,眼前的一切都是怎么回事呀?处女山远在几百里之外,本来静静的好好的,一帮人却为它开起了论证会。大家忙得焦头烂额,它也一点儿不知道。它不知道,它的父母官在省城的中州大酒店的门口,面带笑容,握手道谢,迎接一个个素不相识但权威十足的客人。它不知道,自己的命运本来是父母官自己的事,竟拉来这一大群不相干的人,指手画脚。黄县长发现一个事先没料到的问题,很实质也很严重。没人在乎他也没人注意他。和他握手的时候,大员和名人的眼睛往往看着别处。这种情景他很熟悉,当他去基层和村干部们握手时眼睛也常常看着别处。他很难过,看着自己一点一点矮下半截,靠近下巴有半个小拇指大的地方还隐隐抽动。

会议室围坐了三四十位领导和学者。这些都是国教授请来的朋友同人。只要拉住了国教授,就等于抓着一个重要的人才库。每个人身后都有一个资源。同样,祝贺身后有,孔夫子身后也有。可是黄县长并不知道这种关系,他以为都是邓相如搞起来的。

论证会由黄县长讨厌的祝贺主持,他介绍了贵宾和省会各新闻单位;邓相如介绍了二十世纪文化名山的策划情况;西阳县分管旅游的副县长介绍了处女山的风光。此后,一位老学者先说:"我这个老朽抛砖引玉吧。三个字,我用三个字概括对处女山的看法。大、怪、幸。什么是大呢?我看了关于处女山的资料、图片和录像,很是惊讶。这山在咱们祖国完全能和一流的山川比肩嘛,可它却在我们的眼皮底下,啊,沉睡了几千年,不为人知。你们说中国大不大?怪不怪呢?历朝,历代,成千,上万,文人,骚客,足迹,遍及,名山,大川,登览赋诗,寄情畅怀,可是,怎么就没有走到古都洛阳和同样是古都的西安之间的这个处女山呢?它就在中原腹地耸立着呀。你们说怪不怪?幸是什么呢?古人前人没发现它,留给了我们,留给了我们这一代。它有完好的原始森林,流泉,飞瀑和异石珍禽,我要说什么呢?我要说它是一张白纸,是白纸就可以绘出最新最美的画图。这是不是我们的幸事呢?"

老学者巡视了一周,对自己的问题作了肯定的回答:"我看是。"

旅游局的领导边听边点头。老学者讲完了,他的头还在点:"这是一张好牌。我给好牌下个定义,就是打出原创,打出新奇,还要打得机巧。二十世纪文化名山,这张牌打得好,好就好在它还带着体温,而不像几千年的僵尸。这张牌打好了,可不得了,能在全国形成一个新的亮点,热点。能不能?"

他边说边点头,同样对自己的设问进行了肯定:"我看能。"

文化厅的副厅长从文化特色上给予高度评价:"是个很好的卖点。我们光搞古的不行,搞得太多,有点滥了,同类的东西一多,就不值钱了,不值钱,就不好卖了。我们要有创新意识,不能总是争总是抢。今天争诸葛亮,明天抢花木兰。大家知道搞古容易造假,近期造假的情况层出不穷。二十世纪文化名山创意好,没什么假好造。干着兴奋又不失踏实。今天我表个态,我愿意为这件伟大的事业出点儿绵薄之力。"

他说完了,又觉得好像少了一句,连忙补上:"我看可以。"

从北京赶来的一个教授发表意见,情况陡然发生了变化。他说:"我刚下飞机,没有看资料和图片,也没有看录像。我在飞机上就考虑这个问题,空中给我一个很好的视角。恕我直言,这个文化项目,恐怕不是中原地区官员和学者所能胜任操办的。我希望在条件成熟之后,在我们北京再开一个更全面的论证会。山是个好山,事也是个好事。大家说的我就不再重复了,我有个提议,供在座的前辈专家、策划者和建设者参考。我国的名山,大都是与历史某个时期的文化紧密相关的。泰山是帝王山,嵩山是儒、释、道三教荟萃圣地,武当山是道教圣地,北京香山也集中了元、明、清文化,南京钟山则反映了民国时期的文化。那么,我在想,这个二十世纪的文化名山,能不能改成当代文化名山?以一九四九年为界,表现四十多年来共产党领导下文化的辉煌呢?文化,也是政治的反映。如果是这样,通过几年的努力,建立一座当代文化名山,以期在建国五十年之际将此山作为厚礼,献给我们的党,献给我们的国家。我看,这不光是文化事业,还是一项伟大的政治事业。当然,这是我个人的看法。它来自于飞机上的视角和感悟。"

话题显然岔出了既定轨道,大约十几秒的时间没有声响,人们的思路还未调整,这大概与坐在酒店的会议室而不是在飞机上有关系。北京来的教授又说:"因为二十世纪文化很驳杂,头十年是清朝,继而是军阀,当然,伟大的五四运动,开创了文化新纪元,可是国民党统治的二十来年又该怎么办?"

大家就这个新的话题渐渐展开了讨论。

黄县长以一个政治家的敏感,马上嗅到了二十世纪文化名山与当代文化名山的区别。同样是座山,同样是座文化名山,冠之以"当代"还是"二十世纪"对他来说大不一样。正像北京来的教授说的,当代文化名山突出了政治,是献给党和共和国的厚礼。黄县长接着又想到,这是政治化的文化名山。会得到上面领导的关心和关照。他的注意力不可避免地盯住了手里的来宾名单。除了有厅长、局长,专家学者,还有省政府的副秘书长,宣传部的处长,政协的领导等等要人。他曾经费力地想和这些上层人物拉关系、交朋友,终是半途而废、劳而无功。今天他们一个个来到了会场,自己终于和他们坐在一起了。他兴奋地假设起来,看到了美好的未来。这只是起步,刚刚开始,如果把二十世纪文化名山改成当代文化名山,那些更重要的人物也会纷纷出现。他和他们中的任何人建立关系既方便又顺理成章。想到这些,再侧脸看看斜对面的北京教授,人就不一样了。很感激,感激得都想溜过去伸手去抚摸一下他的肩头了。

"大教授就是大教授。"邓相如说不出赞赏还是讥讽,"这就是论证会的好处,总会有些没有想到的情况发生。"邓相如环视周围争论的人,同样歪了下头,轻声地对黄县长说。

"邓总,他们先争论着,咱们临时私下开个小会,关于筹委会,你怎么考虑?"

"什么筹委会?"邓相如没听明白。

"这么大一个文化工程,总得有个组织吧?"

"什么组织?"邓相如转过身,意识到黄县长在说另一个和眼下争论的话题没什么关系的事了,"筹委会?"

"是啊,这件事总不能只我们两家去办。"

"唔,"邓相如明白了,随之开了玩笑,"你是不相信我了?"

"这话说到哪了?我什么时候不相信过你?"

"在你的山上,"邓相如说,"你让我一周内组织个高规格的论证会。这跟下命令似的,能说是信任?"

"信任,信任。不信任谁,都得信任你,我敢以我的党性打赌,我从没怀疑过你老弟的能力。我在想怎么干:以前只是我们甲乙双方,最高,也就是我,第二就是你。但你想想,这么大的事情,光我们太单薄了点。咱们应该成立个当代文化名山建设委员会,规格再高些。高到什么程度?我看高到省一级的程度。"

"你再具体一点儿。"

黄县长说:"就是让政协主席、人大主任、宣传部长们挂帅。这样一来很多事都好办了。你看怎么样?"

"我倒是考虑过,你也看到我和他们的关系了。只是,"邓相如停了下来,有句话从对面的桌上蹦到空中——"从断简残书的只言片语里撒些明矾和漂白粉,"那是一个散文名家的发言。邓相如向他淡然地笑了笑,然后又勾下头说,"只是那么多的领导参加,固然有种种好处,但是,不解决根本问题。"

"什么根本问题?"

邓相如正过脸,看着正在发言的一个新锐学者,他提出了操作上的事。

"对,要有可操作性。"有人补充插话。

新锐学者接着说:"我谈谈人情味的问题。学术是我们的事,我们论证出名堂就行了。一个景区要有相当一部分的生活,我给它定义为'景区的生活指数',这样才可能让老百姓找到感觉。我在想,'黄河大观园'当年搞得多风光,投资六千万结果怎么样,门可罗雀。'鸿沟古战场'为什么关门?二期工程没建就停下了,太历史不好,太专业不好。最近我去了趟山东,参加金瓶梅文化开发论证,它们去年只是搞了个西门庆故里,效果很好。西门庆和潘金莲偷情的屋子,武大郎捉奸的地方,都搞了出来,很生活化,很平民化。游客一多,他们就以西门庆故里为圆心,扩张搞成了一种金瓶梅文化。老百姓不是学者,要的是生活化的东西,我们在这方面也要走向市场,旅游的受众群是普通老百姓,你动不动搞成了展览馆,搞成博物馆,又要传知识又要搞教育,人家不买账。刚才文化主管领导说了一个词——卖点。我认为抓着了要害,我们要'卖',要在'卖'字上,狠下工夫。"

"他们总是要搞出点儿新花样,因为学术最忌老调重弹,结果什么新观点都从他们大脑里奔跑出来。"邓相如小声说。

"你刚才说有问题,什么问题?"黄县长接着低声问。

邓相如没有理睬,继续悄声说:"在一个多元化的时代,任何一个观点,任何一个逻辑都有着历史资源和文化支撑。他们深知,人们创造真理,用一个真理去击倒另一个真理,所以说,真理是多样的,突出真理已经没有什么意义,意义已经消失。只有一个意义,就是突出自己,实际利益和重在关注,这才是最高真理——钱。"

"什么?"

"我说的是最根本的问题。"

"筹委会的问题吗?"

"筹委会又不能把钱搞来。"

"钱是钱的事,领导参加也好,不参加也罢,我看和钱都没关系。参加了没钱,不参加就有钱了?"

"这是一次造山运动。"一个女学者的声音在空中又铿锵跳起,"一次文化造山运动!"

"我不大赞同这个想法。"邓相如朝那个地方瞥了瞥,继续小声而富有预见地说:"筹委会意味着上面一大堆婆婆妈妈,有个事请示来汇报去,他们还动不动作点儿指示。政协主席这个思想,人大主任那个理论,部长再有一个学说,你不听又不行。这是自找麻烦嘛。"邓相如一脸曾经为此吃过许多苦头的样子。

"小声点。"祝贺横过去一眼。

黄县长缄口了一会儿,忍不住又看看四周:"邓总,我的老弟。领导可是国家的宝贵财富,他们的能量能源一旦发挥,要大我们好多倍呢。我看好处还是多。"

邓相如觉得他这时候咬着不放最不能谈论的话题,一定另有原因。他是聪敏过人的,很快洞悉了黄县长的隐秘企图,不由得笑了笑。

黄县长对这种笑很敏感,多少生出一点儿被看破的局促不安:"你笑什么?"

"我明白了。"邓相如五官一起向上移了一格。

那边又有一个争论的声音,多少有点自嘲地说:"可能我的观点有些超前了。"

"你明白了什么?"

"明白就行了。这可是天机。"

"什么天机?"

"天机嘛,"邓相如诡秘地笑道,"天机就是不可泄露的东西。"

"你搞什么搞?那么神秘,你是不是想到别的地方了?"

邓相如当然想到别的地方了,他不仅猜中了对方的目的,还迅速想到自己在这里能捞到什么好处。你既然想通过组织一个筹委会,建立一个关系网,开掘一个巨大的政治资源。那我可不能白白地提供。他说:"好好,那就组织吧。"

"需要准备什么?"

"这样,你给我搞两个大哥大,当然不是我本人用,我给两个关键人物,吴秘书和周秘书,这两人是我多年的朋友,我想由他们来协助。"

"三个吧,我再送你本人一个。为了工作。你说还需要什么?"

"这是你的事,我不好讲得很具体。官场用的都是潜规则。你看着办,好不好?"

半小时后,黄县长悄悄溜出会场,在走廊没人的地方掏出包里的大哥大,给西阳县一个金矿大户打电话:"赶紧给我准备五万块钱!"

第 *12* 章　幻灭者的耳光

> 她曾经打过他的屁股,那是对他的性侵扰的接受,认同中还含有戏谑成分。这次,她决定打他的脸。

学术论证会是国教授以自己的关系和威望一手组织的,这一点邓相如很清楚。同时,邓相如还清楚,国教授之所以能够召集,完全是凭借华夏文化公司搭建的平台。去掉文化名山这个王牌,国教授也没什么了不起。项目才是原动力。

按照与国教授的协议,召开论证会后,邓相如要给他两万元的酬金。当初订协议的时候,邓相如确实很真心,很诚意,生怕论证会开不了。等到论证会大获成功,该兑现承诺的时候,突然,是突然,他发现这笔钱给得太多了,多得有点离奇。"这叫什么事?给熟人打打电话就两万?这简直是敲诈!"他心里这么评价着。过了两天,他觉得一分钱不给也无大碍,因为学者教授参加会议,出谋划策,高谈阔论,完全是被文化名山自身的光芒诱惑来的。如此一琢磨,邓相如就找到了不给酬金的理由;为了使不成立的理由成立,他很快又找到了支持这些理由的理由——国教授作为华夏公司的总顾问,如今能君临天下,大出风头,一呼百应,这是学府深处的教授最向往的,如果他有良知的话,完全应该反过来感谢我一番才是。

国教授拿不到钱,情绪顿时低落下来,含蓄地指出违背信誉是不道德的。他犯了文化人面对问题时惯有的软弱的毛病,总想借助于道德的尺度衡量出人的高低,好让对方认识到自己的错误并及时改正。其实邓相如早就游离于道德轨道之外了。他只在利益的空中自由升降。每当国教授将话题往酬金上扯,他总能巧妙地把话题再扯到别的地方去。国教授憋了一肚子火,又因为自己背负盛名,不好发作。只要国教授不发作,邓相如依旧继续装着没那么回事的样子。

论证会之后,邓相如忙于和企业界的朋友们商谈合作事宜,还忙于接受新闻界的采访,几乎不在公司。国教授好几次刚刚和邓相如搭上几句话,他那个不离手的黑色大哥大就会响起来。他向旁走几步和朋友约好去什么酒店或者泰式洗头城,然后对国教授说:"咱们有话回头再说。"邓相如总是一边退着身子,一边表示歉意,其实,那歉意里透着一种顺利逃避和戏弄成功的得意。

国教授看得出来只要不摊牌明讲,就休想要到酬金,同时他又怕一旦摊开牌把关系搞僵,更是拿不到酬金。国教授及时认识到自己遇到的麻烦。"这是个课题,"他对自己说,"这是商业领域里的新课题,不过也没什么大不了的。只要开动脑子,自己完全能够解决。"他知道自己难以解决这个问题,可是身为一个教授,他又认为自己能够解决,"如果连这个世俗的问题都解决不了,我这个文化名流的身份就值得怀疑了!"

从此以后,国教授无论做什么事情都不由得和酬金相联系起来。就在他又一次看到邓相如退着身子歉意地以"回头再说"为台词而顺利逃开的那个下午,女人高蛋白约他钻进了电梯。

她换了身酒红色的套裙。这种颜色在电梯的三面镜子里容易给人一种视觉上的幻象。也许一心想着怎么把酬金的事拿下,国教授从镜面里发现一个奇特的景观:她变成了四个、八个、十六个美女,变成了一群美女,走向了西阳县的处女山。这群美女在处女山的一隅安营扎寨,形成一个天然的美女部落。真是一个绝妙的好点子!这个策划主题可以称为"美女带动战略"。国教授便以想象中商人的头脑打起了生意算盘:算作专利,他可以把"美女部落"用一万块的价格卖给邓相如。

当天晚上,他在家里给邓相如发了传呼,没有回应,他又发了两遍,还是没有回应,他知道他在躲着自己。他很恼火,便直接用电话拨打他的大哥大。

"你在哪里?"

在这个城市的某个角落,一个声音回答:"我这边有事。"

"我有重要的事要说。"

"好呀。"

"我们见个面。"

"好呀。"

"你看什么时候?"

"我这边有事。"

还是不肯见面,还是故意躲着。国教授只好对着天花板说:"那我们在电话中说好了。我策划了一个项目,美女部落。将对文化名山有着巨大的带动作用。你的一个文化名山,人家给你十万。我的美女部落,你只给我一万就成。"

"美女部落?我还没明白怎么回事,你就开口要一万?"

"你听我把话说完。考虑到学术论证会的两万,这一万我可以不要,用商业的行话,叫买一送一。你只给我原来的两万就行了。这是个很好的创意。在处女山制造一个美女部落。这个部落的女人都很漂亮。这种现象一定能够成为重大新闻,诱使科学家去实地考查,游人们也会争相参观浏览,以饱眼福。人们都去看,是不是带动了你的文化名山?"

"明白了,你是说这个美女部落其实并不存在,而是我们人为造成的?"

"是人为造成的,但我们对外宣传是天然形成的,就像一个山里有个长寿村,百岁老人有五六十个那样。"

"好是好,只是怎么实施?我是问,怎么将美女从西阳县各乡村集中到处女山?还有,如果这个项目成立,操作的步骤会很多,首先你得挑出美女。"

"不成问题。"国教授说,"我们可以成立个选美小组,四乡八里地跑。"

"然后呢?"

"然后?然后把她们组织起来搬到处女山呀。"

对方没了声音,显然陷入了一种巨大的好奇之中。一会儿,传来他的声音:"不,不,国教授,这样可不成。这个动作太大了。你要挑多少美女?"

"两百多一点吧,少了不上规模,也形成不了部落。"

"集中在一起,要花很多钱盖房的。"

"这个问题我已经想好了,就找自然村,把原来的山民分散到各地,空出房屋给美女们住。你是不是担心人家不走?这我也想好了,县里给搬迁户多发点儿钱就行了,实在不支持工作的,可以用行政手段强制执行。为了整体和大局,牺牲点儿个别人的利益,现实是允许的,历史是答应的。怎么样?"

"县里当然不成问题,只要有利于文化名山,任何障碍都能踢开。"

"那你的问题又是什么?"

没有声音。很沉静的样子。

"喂,邓总,你说话。"

"我在想,比如说,我是一个游客,我在媒体上看到处女山有个美女部落,兴致盎然地邀约朋友们来,这家坐坐,那家走走,是很赏心悦目,很养眼,很怡情,想入非非都有点不想走了。接着我要提一个问题,她们是怎么形成的?她们的奶奶、妈妈在哪里?还有爷爷和爸爸又在哪里呢?"

"这个我也想好了。"国教授说,"带着家人走,一个美女给五个指标。"

"五个指标?"

"是的,五个指标。"

"噢,是这样?"那边又停顿了片刻,"要是这样的话,几乎是整个家族搬迁了。美女部落的意义好像就失去了。因为一个家族的男男女女,又有许多长相不大好看的。弄来弄去就没有了美女部落的感觉。是不是呢?"

国教授被问着了,看样子自己太急于求成,考虑不足,于是说:"这个问题可以论证,总有解决的办法。凭我的经验,任何问题只要去论证总是可以找到解决的途径。"

"我们刚才已经论证过。"邓相如下了结论说,"它没法去做。"

"你没有论证怎么知道不行?"

"如果没有奶奶,没有爷爷,没有爸爸、妈妈,村里只有你说的美女,这在科学上不成立。"

"再想想办法,总会有办法的。"

"我倒有一个便捷的方法,如果只要美女,我看完全没有必要到处采集,那样成本太高。我们只要把夜总会的三陪集中到处女山就可以了,什么样姿色的女人都有,同样可以制造一个美女部落。"

"那不行,"国教授还没意识到对方在嘲弄自己,"那不行。为什么我说要西阳县境内的美女呢?因为口音、气质、生活习俗等都得接近。你要找什么三陪,南腔北调一看就是外地来的,再说这种女人道德上也没有保障。"他突然醒悟过来,"咦,你好像是在嘲弄我吧?"

"你不也在嘲弄我吗?你为达到什么目的,给我出了荒唐主意。"

国教授忽然觉得自己在处理世俗事物的能力上,并不像自己认为的那么老练,甚至很低级。还不如直来直去,对背信弃义的行为直面抨击,来得更合适。他提高声音,义正词严地说:"论证会是我一手操办的,省里的领导、专家、北京的教授都是我亲自一家一家打电话请的。这么高规格的论证会,换了别人谁能做到?我们事先说的费用是不是该兑现了?"

"国教授,你这样就对了。有话直说多好,为什么拐弯抹角?还拉扯出一个'买一送一'的理由?"

"咱们说正事。"

"是你不先说正事的。你看啊,我们的事业刚刚开始,方方面面,动一动腿要花钱,放个屁也要花钱。就拿这次论证会说,你一个电话从北京请来了朋友,你们老友相聚了,可是往返机票和费用却超出了许多,本来二十个人都行了,你却叫来将近四十人。要不是中州大酒店的老板免费提供吃住,我们的缺口更大。人家一个商人,还知道大力支持文化事业,你一个著名学者,尤其是华夏文化公司的总顾问……"

"总顾问也不能白忙活。协议上写得很明白,事情办完的一星期内支付。今天是第二个星期的第五天了。"

"你知道的,钱不是问题。"

"问题是什么?"

"问题是没有钱。"

国教授明白对方不仅是嘲弄自己而且更恶劣的是在侮辱自己。这个人没在眼前,不知道他在哪里,也许几里地也许比几里地更远。从来没有任何人这么侮辱自己!这个看不见的人就像一团黑色云雾堆在自己的头上。他抬手指着天空,仿佛指着哈姆雷特头上的幽灵:"你前天花一万二,买了这玩意儿。"

"什么玩意儿?"

"大哥大。"

"这是两码事儿,我买它不是为了自己,完全是事业上需要。而你买手提电脑只是为了在别人面前架腿上炫耀。"

"还有,月兔酒业的三十万冠名权不是已经打到公司的账上了?"

"那个不能动,那是去北京邀请名人的专款。"

这个回答又是一次对自己的侮辱。人家是名人,还有专款,自己同样是名人却横遭赖账。他知道邓相如是故意忽略自己是名人并且故意要这样说。

国教授要暗示他:"你这次失信,我对以后就没信心了。"

"请不要这样说,国教授,我这个项目全国独此一家,而教授到处都是。你请来的教授专家有一大半我过去就认识。他们是公共资源,你能请,我同样能请。而国教授,你说你没信心是什么意思?"

"我不是这个意思,我是说……"

"还说啊?"那边用了一副再努力克制也掩饰不住失望的口气,"国教授,你在做生意吗? 在你的眼里文化名山是不是一场生意? 从我来说,我们是在搞一个伟大的文化事业! 这些天,涌现出许多感人的故事,我刚才说的酒店老板,只是其中一个。就拿我们公司内部来说,女人高蛋白因公打车的票据都不报,孔夫子为了给公司省钱,把记者请到家里喝酒。大家有什么献什么,献计献策,实在没有可献的就献爱心,不计名不计利不图回报。"停顿了一下,又说,"刚才你还说,为了大局和整体,牺牲点儿个人利益是允许的。这话说得很好,怎么放到自己身上就不行了? 你是我的顾问,却像个小商小贩,死盯着脚下这一丁点儿蝇头小利。"

要是拿到了两万元,被一个文化公司的小老板如此放肆地教训一番,自己也许能伸伸脖子咽回去,眼下什么也没得到还白白受了侮辱,国教授认为就没有理由再压抑自己了:"什么叫小商小贩? 我讲诚信怎么扯上小商小贩了? 天主教施舍难民还有条件呢,也不是白给的,吃他们的饭,得信他们的教。换句话说,只有你信我的教我才会给你饭吃。人家搞信仰的天主教还知道应用经济杠杆规律。我算什么? 我要的只是我应得的。如果这也够得上丢人,我看这个人我还丢得起!"

国教授还想再说下去，突然觉得自己在和一团隐形的东西说话。这个隐形的东西可以肆意地嘲弄、侮辱自己，而自己却毫无应对的办法。发散的思维趋向萎缩，便表现出一种不正当的沉默或过于走神的游离状态，随之他"啪"地把电话扣下。

邓相如喜欢这种结局，喜欢国教授式的笨拙——以为高举诚信的大旗就能解决世俗难题，喜欢展现自己驾驭复杂问题的能力，当然，女人高蛋白那种只讲奉献不求回报的品格，他同样也喜欢。邓相如冲着几里之外的国教授伸了个长长的懒腰，他高兴地笑了，看到自己又一次成功地做了件卑鄙的事情。

就在这天晚上，女人高蛋白依旧沉浸在质感很强的幸福中。文化名山的成功，像热浪拍打着她丰腴的胳膊，仿佛变成翅膀向空中飞翔。她和老公逛夜市，在街上、楼道里遇上熟人或是准熟人，她也要热情地和人家攀谈，缺乏节制地向人家谈论起文化名山的事来，比如说："过几天，我们要去北京，邀请五六十位文化名流登山搞奠基活动。到时候更加轰动。"她买了几套新衣裙，每换上一身总要走到老公的身边，扭上一扭，用肩头寻衅地碰碰他："我到北京穿这套裙子怎么样？"显然要听段赞美。她的老公便故意夸张地露出很欢喜的表情。回到家，夜已深了，城市疲倦了，乏乏地没了一点声息，她依旧很精神地在屋里兜来兜去，甚至上了床，和老公忙碌之后，还要拿起报道文化名山的文章，从头到尾浏览一两遍，然后闭目聆听着一个类似于福音的东西不知从哪里进入她的梦乡。

第二天上班，她在电梯中欣赏着镜子里的自己。这种封闭又开放的电梯，有着一种隐秘的公示性。它的每一层都出现变化，而进来的人还没等你看清面孔转过身就不见了。这个能够升降的"魔术箱"，对她来说又是一个垂直的课堂，她聆听过国教授的许多高妙学问。

论证会前后似乎有种惯例，只要她带有意味地看国教授一眼后独自溜到电梯里，升降几个来回，国教授准会随后跟过来，但这两天好像失效了。她搞了五六次国教授也没有来。她相信国教授完全知道有个人在电梯里等候。有一次，她压制着怒火从电梯里无趣地走出来，推开公司的门，国教授依旧像她走的时候那样坐在窗前低着头看报。他已经等候邓相如两天了。

她从他身边经过，借用行走的姿势用膝盖向外一拐，碰到了坐在椅子上的另一个膝盖，这个力度绝不是无意碰到的感觉，而是带着一种谴责和指令。她喝了几口水，又在别人看不见的情况下茫然地瞪了国教授一眼，这才出了房间。

国教授抚摸着碰疼的膝盖，从后面尾随过去进了电梯。女人高蛋白看着镜子里的国教授问："你是不是和邓总闹矛盾了？"国教授表情淤出一层厌恶："还是哲人说得对，他人是地狱。其实这之前我就知道，他是个骗子。只是我一直以为，像我这样身份的人他不会骗，也不敢骗。看样子我低估了他。唉，在骗子面前人人平等。"

她投放出一束从没有出现过的眼神,这是一种疑惑又解惑的复杂眼神:"你说邓总是骗子?"

国教授告诉了她两万元酬金的事情。

"我当什么事呢！看样子您误解了邓总。从表面上看邓总是不给你钱,他这样做有他的苦衷,深层次的原因是怕给了钱,您走掉。他需要您这样的顾问。我过去干过几家公司,经常出现这种情况。老板总是拖欠工资,有时还故意借员工的钱,万儿八千的,这样好套着你。这种留人的招数在书本上可学不到。"

"赖账就是赖账。照你的逻辑,赖账倒成了一个重用人才的策略了?"

"是呀,事实上许多人就是这样做的。"

国教授惊诧地听到这样愚蠢的见解,同时发现了原本早该发现的问题:眼前的女人没有脑子。这是一个没有脑子的女人！这个迟来的发现促使他试图追溯一下当初是怎么回事儿,也就是说,自己凭什么看上了她？还有,他和她一对男女为什么总是待在电梯里？究竟做了什么呢？好像做了又好像什么都没有做。这种惊醒给他一种惶恐,惶恐之后是一种冷静——国教授打算测试一下她的能力,看看文化名山在她的心目中到底是个什么样子。他问:"听说你因公打车,连车票都自己掏。有这回事吗?"

她回答:"有这回事。上次去接北京来的教授,去机场拐回来花了六十多块,我也没让报。"

"是公司不给报还是你不让报?"

"邓总说缓一缓,我就缓一缓了。后来发现他不提这事,我也就不提了。这么大的一桩文化事业,够他操心了,我不能天天跟他提这点儿小事。"

"卑鄙到了无耻地步,连几十块也赖账！"国教授咬着牙说,"刚才你说表面现象？那么我问你,你从文化名山上看出了什么?"

"文化名山就是文化名山,从它身上能看出什么?"

"如果有人说文化名山是场骗局,你怎么看?"

她没听明白,或者说她听明白而无法相信这种话出自一向令她高山仰止的学者口中,这和他一贯在人们面前保持的形象,以及在她个人心中的地位差距太大。也许,她善良地想,国教授受了伤害,一时冲动造成的失口。她的眼睛奇怪地眨了几下:"文化名山怎么成了……骗局?"

"它就是一场骗局。"

"如果真像你说的,西阳县的黄县长看出来没有?"

"那是因为他也在骗人！"

"什么？他和别人合伙骗自己？我看你是疯了！"

"你怎么能这样对我说话?"

"对不起,"她诚恳地道歉,"我实在没想到您说这种话。"

"那我就给你讲一讲。这老黄是什么人?财专毕业,当过教师,副乡长,当过副县长,县长。可以说,他基本上没沾文化的边儿。你从他的谈吐看得出来,他对当今文化界情况的了解完全是空白。这是第一。当代文化名山要二期工程,第一期从今年国庆节名人登山奠基开始,也就是说从现在开始到二零零零年,需要五年的时间,这只是主要的基础工程,二期工程还要五年。老黄和我的年龄差不多,现年五十岁,是他政治上成熟的时候,也是他再上一层台阶的年龄,他难道要把后十年的黄金时段陪着一项浩大工程度过?"

她表现出了惊悚和烦躁不安:"我听不懂你想要说什么。"

"对黄县长来说,当代文化名山只是政治投资,是为了捞取仕途资本。这就是他的聪明之处,绝大多数人都以为他在干一件大事,其实,这是他找的敲门砖。他想通过这件事,成为社会热点人物,成为政坛上一颗新星,那样就会得到领导赏识,就有了在短期内得以提拔和重用的可能。朋友,这就是我为什么说他是个文化骗子,一切都是假象。"

她的脑子混沌一片。电梯在升降中又让她一瞬间晕眩,她拍打了几下头,好使自己尽量清醒,看样子事情严重地超出了她能理解的程度:"文化名山要是办不成,黄县长不是搬石头砸自己的脚吗?"

"他不会这么傻,他知道该怎么做。最近几天他忙着成立'当代文化名山筹委会'。论证会开了之后,我们单独长谈了一次。从他考虑的名单上,我一眼就看出了他的目的。从顾问到会长到副会长,从理事到副理事,他列的是官场上的重量级人物,而文化名人占的比例则很小。他是想借'筹委会'之名构建一个政治网络。以后,他以搞文化名山为由,可以随心所欲地和上层领导来往。去家里坐坐,去酒店里喝喝。他有了政绩,提拔升了,文化名山砸了也与他没有什么关联。"

她听到自己内心里一个尖叫的声音,这种感觉很像多年前在黑夜巷子里的拐弯处被男友抓了一把,继而遭到了强暴。"如果真的像你说的什么敲门砖和政治网络,所有参与处女山的人不都成了傻×?邓总也成了傻×。而你刚才又说他也是个骗子!"她指出对方的矛盾。

"两个人都是骗子。"

当年她的男友强暴她,经过几分钟的强烈刺激和挣扎之后,她整理好衣服,和男友进行了一场关于婚嫁的对话。这会儿,她的灵魂被强暴并得到一定的恢复之后,又和国教授进行了类似的对话。她问了第一个问题:"好吧,你说邓相如也是骗子,他是怎么骗的?"

国教授痛斥道:"处女山完全是个胡来。这事根本不可能办成,不能办成还要煞有介事地去办。"

"他知道肯定会失败？"

"从开始就知道。"

"失败还去做？"

"从中得其他好处嘛。他的利益就在其中。"

失败了还有利益和好处,她更是迷惘困惑。但是长期的生活经验告诉她,不能因为自己听不懂就简单地断定别人的话没道理,这里一定有什么奥妙。于是,她又问第二个问题:"祝贺呢？他知道不知道什么失败的结局？"

"知道的,他同样知道这是一场胡来。"

"你怎么知道？"

"因为他本身就在胡来。他策划的方案完全是有意识地嘲弄文化名山。"

"国教授,我想问第三个问题:邓相如知道不知道祝贺的想法？"

"知道。"

"邓相如知道祝贺知道他是在瞎胡搞吗？"

"知道。"

"第四个问题:你怎么知道他们之间知道与不知道？"

"这很简单,因为它的前提是注定失败。满怀热情地去干一件注定失败的事情,要么是合谋,要么是心照不宣。处女山是个荒唐的项目。它实施不了,哪有优秀的文化成果堆在这里的道理？更没有傻子来这里投上亿的资金;名人奠基也实施不了。开始说百个名人,现在改为五十个名人。你看吧,最后连三十个名人也不可能。"

"你没有回答我的问题。"不过她放弃了这个没有回答的问题,因为她发现还有一个更重要的问题,"可是在论证会上,为什么那么多专家学者大加赞扬？"

"同样是胡来。你听听他们说的都是什么话？不是'打牌'就是'卖点'。这都是什么屁话！名人是国家的财富,怎么就成了牌随便打？文化是有尊严的,怎么成了东西要卖来卖去？至于赞扬,我的朋友,你把垃圾运到全市最高最豪华的旋转宫,开个论证会,你尽管听好了,同样一片喝彩。"

"大家知道这是个虚假的大厦,还要认真地建造？"

"不是认真地建造,"国教授纠正她,"是认真地胡来。"

她嘴唇颤抖,好像整个人不是在电梯里,而是奔跑在运动场的跑道上:"为什么？"

"为什么？人生本身是没有意义的,所谓意义都是人们自己追加的。这也符合我的'温度计效应'。在我的'温度计效应'里有一个重要章节,专门谈温度计的刻度,从35℃到42℃之间的问题。人类社会的许多活动是空转,徒劳而无意义的……于是空转本身就构成了意义。这是一个人类的悖论。"

"不!"女人高蛋白粗野地放声吼道,无论多高的学问,当它违背道义的时候都是一钱不值,"这不是什么悖论,这是犯罪!"

"是的,"国教授同意这个结论,"是在犯罪!"

她经过一串串的追问,抓着了对方的破绽:"国教授,所有的人都在胡来,你又是什么角色?!"

国教授没有料到对方提出这个话题,其实这个话题已经包含了结论。他说:"我和他们不一样。"

"不,一样的,你同样是个骗子!"

"你怎么又这样对我说话?"国教授受到侮辱,表情严肃起来。他看着她,希望她像刚才说他是"疯子"一样,对他道歉。

这次她可没有,而且是肯定地下了定义:"你就是个骗子!"

"我是一个被骗子伤害的人。你这样看我,可是对我的第二次伤害。"

她很想采取行动对他进行第二次伤害。她迫切需要抬起手干点什么。如果这里是办公室,她会随手操起茶杯、台历、文具等物摔起来;如果这里是家里,她也能踢门、打桌子、把灯绳拉断。然而这里是电梯,什么也抓不着的四壁徒立的电梯。看样子也只能抓着什么是什么了。她抓着他的领子。

向来注重仪表和风度并成功地得到了人们尊敬的国教授,前天被一个骗子羞辱过,这当口儿又像一个小偷被悍妇揪着衣领。按理说他应该为了人格而暴怒,用拳头将那双该死的双手击落,可是他没有这样做。他知道自己不敢这样做。他所做的只是本能地躲闪。由于在狭窄的电梯里,他那躲闪的动作显得很猥琐。

这个粗俗健壮的女人攥紧他的衣领。她曾经打过他的屁股,那是对他的性侵扰的接受,认同中还含有戏谑性。这次她决定打他的脸。这是一个人在公众面前最需要尊严的地方。她太想打他的脸了,对着国教授成人化的带有胶质感的脸狠狠地捆上一记耳光!她太想把自己的巴掌打在他的脸上并清晰地听到响亮清脆的声音了。

她甩出了巴掌,很原始却痛快地骂道:"一群杂鱼!"

女人高蛋白丢开国教授,恰好电梯在一楼停下来。她像从地上爬起,又摔倒似的跟跄出了酒店。外面的空气搅着一缕一缕肉汤的腐烂味儿。天空下到处是广告气球、广告横幅和广告招牌,街上到处都是蚁群般的行人。她奔上天桥,脚下汹涌着一块一块的钢铁洪流,"哗哗"的喧嚣声激荡着犀利的速度。

她带着一种浓重的狂躁回到家里,进门后用脚后跟将门踹上,跌到沙发上痛哭。她知道自己在哭的方面的能量,这次的打击使她得哭上一个小时,要哭到她的老公回来看到一个泪人惊讶地追问怎么回事。可是,天黑了,她的老公还没出现。

她又哭了一阵子,从这个屋里走到那个屋里,突然从衣柜的镜子里看见自己的衣裙,这是她为去北京专门买的。她去不了北京了! 她狂怒地把它撕烂,又打开衣柜将另一件也撕烂。破碎的断裂声给她一种感官上的释放。等到撕累了,她像一个无助的弃妇靠在门框上,眼前的一切飘忽不定,觉得什么事都变了形,都隐藏着问题。

"一切都是假象。"国教授这样说,而他本身又是假象的制造者。她和国教授的暧昧,他的老婆想不到,而自己的老公,也无法想到她会红杏出墙。想到自己在电梯里干的勾当,她又屈辱地哭了,而且专为自己背叛老公又多哭了一会儿。

这天晚上,她为国教授哭,又为老公哭,还为自己哭,只是在她失声痛哭的后半部分,她的哭已经悄悄地加进了一点儿理性,有了分析的成分。在起伏的哭声中怀疑起了自己的老公。她遽然发现一个平常忽略的问题,他经常回家很晚! 他回家很晚是去干什么了? 像自己这样的好人还出问题,老公凭什么就安分? 往深处再想,社会上分布那么多情人,芸芸情人又从何来? 是从天下掉下来的吗? 她望着窗外的夜空,对自己回答说:"不,不啊。她们都是从自家床上跑过来的。"一个当年强行把她拿下的男人,对别的女人同样能如法炮制啊!

十点半的时候,楼梯口有了声响,老公终于回来了。

她光着脚倚着门框,脸上摆着供人捉摸的一种蓄势待发的雷霆。

"咦? 你哭了?"老公喝了酒嬉笑着问。

"我哭了。"

"什么事伤着你了?"老公看到地上一堆撕烂的衣裙,"伤得还不轻哩。"

两人猜疑地相互看着,过了一会儿,女人高蛋白亮出她计谋中的一部分说:"我下午接到一个电话。电话那边什么也没说。我'喂'了两次就挂断了。"

他知道她又在开低劣的玩笑,就伸手去抱她。

她挣脱身子,抓有确凿证据似的说:"近期内,我先后三次接到过这种电话。"

"三个电话? 什么三个电话? 噢,你是说有人打电话找我,听到了你的声音,又挂断了是不是?"

"是的。"

"老婆,有人说你笨,我一直不大想面对。要是我真有外遇,我就会对那个人说,我老婆在家,不要打电话来。你人在家,她还敢打电话吗? 要是这样她可和你一样傻了!"老公又喝了几口凉水,也不拾地上的衣裙,歪在沙发上打开电视,还故意显得津津有味地选频道。

她在旁边怔了两分钟,一个箭步把电视机给捣灭了:"要是这贱女人坠入情网呢? 比方说她约你,而你怕我怀疑就说我在家里,出不去。她不信你说的话,搞不清真假就打来电话核实,要看我在不在家。如果是这样呢? 还有,"她边说边坚定了自己的分析,仿佛耻辱真的落到自己头上,"你动不动问我为什么还不去北京,又是什么用意?!"

老公觉得问题可能还有另一面,从沙发上一跃而起:"你是不是在外面做了什么亏心事?"他的逻辑同样成立:她能在他的强暴下屈服,同样也能屈服在别人的强暴下。老公吼道:"他妈的,你一定在外面背叛我了!"

"你发什么火?发火也不能表明你无辜和受了冤屈。"她失口喊道,"我就有过这种体验,每次回家晚了,对付你的怀疑和盘问,就是装出一副气不过的样子!"

第13章　第二现实

> 这个民族正经历着战争,一种从来没有过的完全称得上奇怪的战争。人与欲望之间的战争,人与幻想之间的战争,人与无耻之间的战争。

女人高蛋白走了,国教授也不来了。还有孔夫子。这人一贯活蹦乱跳,突然声称自己的心脏有毛病,血压也出了故障,需要请假休息。关于病假,孔夫子对三个人说的方式差别很大。

"我过去心脏就不好,"孔夫子忧虑重重地对邓相如说,"这几天我常常心慌,血压高得头晕。这就是胖子的坏处。"孔夫子对说什么不在意了,他主要在神情和口气上表现足够的痛心和惋惜。他真诚地承诺,只要身体好一点,立马回来上班。他说:"你也看得出,我有了文化名山情结。一天不谈它我好像就缺少点什么。"

他对祝贺,只是礼仪性地招呼一句:"你看,真不是时候。"他流露出了一点儿不倒霉的倒霉相,"等病好了,我就回来。"

孔夫子临行的头天晚上,特意请模特儿去了咖啡厅,说起犯了心脏病请假休息,那简直就是一种放生的解脱状。与其说是告别,不如说是一种邀请。他以一个即将上任的星火集团公关部经理的身份,跟模特儿谈了一番话。可是这次谈话有点儿失败。因为天真的模特儿,总是听不懂他在说什么。

那天晚上,他的口才发挥得格外出色,揭露了文化名山种种内幕之后,还向模特儿宣布:"其实文化人很丑陋。最疯狂和贪婪的就是这些文化人了。贩卖良知、人格猥琐,充满了骗术、谎言、诡计和狡诈。他们将匪夷所思的事情,变成一般生活场景,以妄为常,无所不能,需要什么就胡来什么。"

"你说他们这么坏,可我怎么看不出来?"

"那是因为你没有进入他们内部,被一种叫'知识'的东西给迷惑了。这种叫'知识'的东西把他们包装得很漂亮。他们是以庄严的形态进行着这些肮脏的交易。这个世界本来很平静,可是他们非要搞出点儿麻烦。总是往自己怀里搂东西,是自己的搂,不是自己的也要搂。他们搂黄帝故里,搂诸葛亮的茅庐,还搂流氓恶霸西门庆的酒楼。甚至连花木兰这个女子的练功房,也往自己怀里搂。只要愿意,他们能带把卷尺,在荒草堆里丈量岳飞之母的坟墓;能在尘土飞扬的乡路上勘探出美男子潘安车辆行驶的方位,以及是四个还是五个女子向他抛绣球;只要愿意,他们能用画笔描绘出雷峰塔白蛇飞舞的曲线,还能在野史里一条条考证出鬼城的存在,投资五千万,建造一座十八层地狱。"

孔夫子希望这番话打动启发这美艳的女孩,让她及时发现自己的处境很恶劣。然而,他发现他的演说没有成效,她还是一副天真的样子,表示听不懂他在说什么。

他热心地提出了建议:"你应该到一个安全的地方。比如说到我那里。星火集团做实业,牌子又大,什么事情都很具象,规规矩矩。不像这里的文化人,想怎么胡来就怎么胡来,没有什么标准。怎么样,跟我去星火吧?"

她睁着一双迷惘的眼睛,她现在知道他要说什么了。

"这里实在没什么好留恋的。你看,国教授走了,高蛋白也走了,还有祝贺,他也会走的。要不是中州大酒店给他一个标间,恐怕他已经走了。噢,我的话大概说多了。"孔夫子显出说漏嘴的样子,"不过让你知道也没什么坏处,祝贺的标间,正好对着野太阳夜总会。这么说吧,祝贺有个红颜知己,是那里的坐台小姐。"

模特儿做了一个祷告的手势:"你说什么?祝老师有个……红颜知己?"

"这就是生活在你周围的人们。"

"我不相信。"模特儿摇着头不相信地说。

祝贺没料到自己的事情被别人恶意议论,也没料到有人听到议论居然摇头不相信。论证会后,祝贺和罗叶过着一种少有的纵情欢娱又温柔浪漫的恋情日子。罗叶为他打开自己肉体之门的同时,还为他敞开自己梦境的天窗。每当他的体力像野火似的燃烧消耗殆尽,她的梦境的天窗就照射进来一泓一泓的月光;而当梦境远去,他的体能又重新恢复,好像战马上路继续远征讨伐了。他从未有过这般强壮而持久的感觉。罗叶的存在像是一堆能源,给他一种生命的聚集和释放。

她留给他许多切入生活肌理的场景和镜头。这里有她转身离去,消失在人群中略带风尘征候的背影;这里有绚烂多彩的灯光和在带有玫瑰红由淡渐深的蓝色的夜空下,"野太阳"的门口呈现的那一帧哀艳的动画片,动画片上的人举起了小小的胳膊,浸透了一种"念去去千里烟波"的姿态;这里有富丽又因夜深而显得异常静谧的大堂,以及经过一天川流不息的喧闹而呈现出疲惫之态的天桥;还有天桥上缠绵地依偎的情人,遥望着夏天的夜空……

她总是向他讲述自己的梦。半夜里她也会把他摇醒。他迷迷糊糊地听着,一只手在她的青春而又伤感的额头轻轻来回地抚摸。梦境使他们的房间有种幽暗迷离的奇异感。他喜欢做梦的女人,更喜欢做梦的女人把梦讲给自己。做梦的女人把他带到灵魂深处和世界的远方。

有一次,罗叶在梦里看到自己隐在一团雾里,从空中飘来一句话:"上帝有张阴脸,还有一张阳脸,给你的是一张猫脸,给我的是一张鼠脸。"这声音像雾一样缥缈,带着她循着迷宫式的幽径向前蚁行。当她来到一条更加陌生的街道,她突然看见自己消失了,在她原有的位置换成了祝贺。天色灰暗,四周空无一人,远处兜着一辆面包车。她看到祝贺隐约察觉出了危险的讯息,溜到一个小巷口隐了起来,兜圈的面包车疾风一般驶过去,从里面跳下三个警察,他们用胳膊勒着祝贺的脖子,对着他乱踢乱踹。祝贺高声抗议,一个没有面孔的警察用枪口捣着他。空中回旋着一曲令人断肠的哀乐。祝贺像只挣扎的青蛙被警察粗暴地给带走了。

这是一个悲愤而忧伤的噩梦,罗叶惊醒之后,缓缓从床上坐起来,看到对面梳妆台镜中的自己。

"我这人有点儿迷信,这个凶兆告诉我,你们离出事不远了。听我的话,不要再和他去北京。你可以不相信梦,不相信梦里的预兆,但你要相信女人的直觉。"这个女人的警告发自凌晨时分,她的头发披拂,面目神秘。祝贺相信女人的直觉。他知道自己要离开了,便以告别的目光巡视着这个令人沉醉的房间。

当第二天晚上邓相如约祝贺在旋转宫餐厅见面时,梦兆改变了他们谈话的方向。

这是全市最高的地方,它每十分钟旋转一周,可以依次看到全市所有的景致。纪念塔就在脚下。二十年前,纪念塔是全市最高的建筑,雄视中州。现在,它已经可怜地缩在周围的摩天大厦之中成为盆地里的两棵树。邓相如在餐厅等候,桌上摊着一堆材料和几瓶啤酒。显然这之前有人来过或许刚走。四处一片喧闹,服务员被客人唤来唤去。大家都在高声说话,可谁也听不到邻桌的人说些什么。

邓相如从临窗的玻璃里看见祝贺来了,便对着玻璃说话。他说北京那边已经联系好了,文化部的朋友约好了十几个名流开一个见面会。接着对玻璃里的来人说,过两天要去北京,家里有什么事的话先安排一下。

祝贺用三个字漠然地回应:"我不去。"他坐下了。

"你不去哪里?"邓相如的脸这才转了过来。

"我不去北京。我觉得这件事已经与我没关系了。"

邓相如疑惑而惊讶地往后靠着椅背。对这种突然的变化试图追踪出缘由,他第一个想到的就是那个叫罗叶的女人坏了他的事。男人之间好像有一个场,只要出现异质的东西可以比较准确地对此作出判断:"如果我没猜错的话,因为你的大美人吗?"

"这和她没关系。"祝贺举了举杯子,喝了口啤酒。

邓相如用一种看透的口气指责:"这可太荒唐了。你就真的愿意毁在这个女人手里?"

"你怎么又说她?她怎么你了?"

"她没怎么我,可她是个人人花上一百块都能搂抱的女人。"

"不错,她是一个花上一百块就可以搂抱的小姐。这又怎么啦?也许她身子脏,可我肯定她的灵魂是干净的。"

邓相如仰起脸对夜空长叹:"真是谬论无处不在。身子脏了灵魂又到哪里干净?噢,我明白了,在你眼里她是罂粟丛中的一枝兰花吧?或者是一朵荷花?把罂粟当成兰花或者荷花,说明一个问题,说明什么问题呢?说明你的眼瘸了!祝,我很痛心。我说过你也批评过你,你一直听不进去,现在我明白了,你的病情很严重!"

祝贺发现问题滑稽起来,忍不住冒出一句话:"怎么说起我有病了?邓,既然话说到这份儿上,看样子我得坦诚一点儿了。你知道有人说你什么吗?"

"不管说什么,我还分辨得清什么是罂粟,什么是荷花!"

"你别太自信,臆想症可能还真的分不清。"

"臆想症?"邓相如睁大眼睛问,"这是个什么词?"

"臆想症嘛,"祝贺又喝了口啤酒,将杯子重重地磕在桌上,"就是制造幻觉的意思。"

"噢?"邓相如不太明白,"制造幻觉又是什么意思呢?"

"制造幻觉嘛,"祝贺注意对方的反应,"本来没有的事,但你太需要它了,就产生了幻觉,于是,这件事就被你当成真的了。"

"你是说,我是个幻觉制造者吧?"邓相如怪声"噢"一下,"那就是说,我不但分不清什么是罂粟,什么是荷花,而且我本人就是吸食罂粟的幻觉制造者。是不是这样?我突然想起来,前些日子在山上,你问过类似的问题,你好像说过'幻觉'这个词。"

"是的,当时我说过……"

"这样说来,"邓相如挖苦地打断,"我得了这种病我本人不知道?这大概像狐臭,患者自己并闻不见身上的臭味。是这个意思吗?"他停顿了几秒钟,"祝,我知道你想说什么,我知道的!你只是借用了'幻觉制造者'这个词,对不对?你不好意思直说,就借这个词把你的意思强加上去?!"他有力地扬了一下手,"就因为我刚才说了你的三陪?"

祝贺再次体会到朋友间撕开情面的爽快,这种积郁的乌云变成雷电般的爽快在他一生中经历过多次。他不怕朋友间突然翻脸。"这和那个女人没关系。我再说一遍,我不想去北京,和她没有一点儿关系。"他坚定地说。

邓相如停一下,多少放缓了口气:"你要对自己做的事负责,不能说走就走。你和国教授不一样,也和高蛋白、孔夫子不一样,你是总策划,你一走这摊工作谁来做?你得给我一个理由。"

"理由当然有了。我不去北京的理由,就是我不想去北京。"祝贺觉得再说下去没有意思,便含糊起来,"我们都喝了很多酒,我看改天再谈为好。我先走一步。"

"你给我坐下!"邓相如吼叫起来,这是他第一次对祝贺发火,"总不能骂了别人神经病,你就一走了之吧?"

"我没骂你神经病啊。"祝贺欠起的身子又坐回去。

"祝,你这人身上到处是文化人的虚伪。根据你刚才对'幻觉制造者'下的定义,我看可以直白地通俗一点儿地表达,那就是'神经病'。其实,这还不是你要说的。你要说的是,我就是一个骗子。一个地地道道的骗子!对这一点你不要感到什么难为情。你不要以什么生理上的病症为由在道德上为我开脱,从而减轻我良心的责难。不,我告诉你,我做什么事情都是有意识的。"

祝贺端起杯子,又喝下一半。

邓相如盯着祝贺脑门儿上方几公分的空地,还要说什么,又侧过脸看看几米远处的服务员,然后低下头打个响嗝。他给自己的杯里倒满,还顺手把祝贺的杯子加满。他只是礼仪性地将杯子抬了抬,自顾自地一气喝下去。祝贺看到两人处在敏感的关口,吃不准下面会发生什么事,也端起酒杯自顾自地喝完,接着重新给两个空杯倒酒,啤酒的白沫向上升,溢出来顺着杯口流到桌面上。邓相如又喝了一杯,然后又喝了一杯。这才终于开口提了一个建议。他的建议是:现在两人说的话都涉及对方自尊和人格上的问题,很容易激恼对方,加上喝了许多酒,更容易失控,弄得不好还会动手动脚。"问题是我们都是有知识的文化人,如果你给我一拳,我再给你一脚,动作一定很难看。"

"那我说走你又不让。你要怎么办?"祝贺抱怨起来。

"想想办法。"邓相如诚恳地说,打了个酒嗝趴在桌上呼呼地喘着气,像是一头受伤的狗。一分钟过去了,他还趴着。正当祝贺以为他醉过去了,他又抬起头含混地说:"你看看,古今中外的朋友们……只要闹翻,无非走的走,骂的骂,就那么两下很没意思。你和我,都是搞策划的,是不是应该换个分手的方式?我刚才想了,今晚上无论说什么,只要对方不是恶意攻击,谁都不准恼火。你看和平分手怎么样?"

祝贺想了想说:"当然好,只是这样不大符合人性,做起来很困难。"

"我们不妨试一试,我看总比打架体面。我看挺好,如果你同意的话就喝一杯酒,算是一个约定。祝,我们面前有两条路选择,一是约定酒,二是不同意,不同……意那也无妨,可以发火,拂袖而去。"

祝贺又想了想,觉得这个创意不妨尝试一下,便端起一杯酒咕咚喝完。这就是说他接受了不发火的约定。他放下酒杯,主动把手隔着桌子伸过去。

两只手握在一起,邓相如满意地说:"好,从现在开始,我们不管对方说什么,谁都不准发火。"

祝贺提出了顾虑:"要是实在忍不住怎么办?"

"我有个好办法,谁要实在忍不住,就往自己头上浇一杯啤酒。水是万能的。"

祝贺晃着脑袋嘶哑了一声,继而忍不住为这个滑稽的主意爽声大笑,身子一纵,两只握着的手随之断开:"不管高兴还是恼火都得笑着说话,是这样的吗?"

"就是这个意思。"邓相如自我评价道,"这是个很好的创意。"

"确实是个很好的创意。"

邓相如示范性地将杯子举到头顶,在空中定了几秒钟,然后手一倾,一注啤酒就直挂下来落了他一个满身满脸:"怎么样? 就是这个样子。你要想发火就往自己头上浇一杯。"

祝贺尽量表示友好地用红了的眼睛盯着他:"就这么定了。"

有了这个独特的约定,邓相如觉得轻松多了,他把声音放得更加柔和起来,还充满一种感人的情谊:"祝,我们之间早晚要有这么一天,我是说摊牌的一天。我们摊牌是迟早的事。我们称得上朋友却不是一条道上的人。这不是谁对谁错的问题,你我不是一条道上的人。"

祝贺补充一点:"除了不是一条道上的,还有一条我看相当重要,我们彼此都太了解,对方想什么、干什么都太清楚了,只是心照不宣,想提防又无处提防。"

"是呀是呀,"邓相如笑道,"就像一对夫妻,什么都知道,却一直藏着掖着,假模假样回避着,直到闹翻了分手,才把最丑恶的话摆出来。你想什么,我知道;我想什么,你也明白。妙就妙在,我知道你明白,却装着不知道你明白。"

"其实,我们之间没有秘密。"

"打开始就没有。"邓相如再次表示赞同,他为两个人在一种模拟友好和谐的状态中的坦诚而欢欣。也许因为欢欣,他很想再往深处说一说,"祝,我们即将分手,我得负责任地对你说件事。这就是你对别人看得很清楚,看得很透,只是不大清楚自己是什么样的,或者说,不大清楚你在别人心目中什么样。这一点很重要。你不知自己什么样。祝,你一定认为自己很好,公允、正道,是不是? 而事实上远不是这样的。要说幻觉,你又何尝没有呢?"

祝贺虚心温和地问:"唔,我也有幻觉?"

邓相如示范性地将杯子举到头顶,在空中定了几秒钟,然后手一倾,一注啤酒就直挂下来落了他一个满身满脸……

"当然有哇,"邓相如亲昵地告诉他,"有,你的幻觉还不少呢。"

"我怎么不知道?"

"这就是人生之妙。总是看不清自己。你也有幻觉,真的,我有多少,你就有多少!"邓相如发现自己有点儿上劲,马上俯下身子改了口气又笑道。

"请你说得具体一点,"祝贺竭力与对方的姿态相配套,作出一副期望听到赞扬的姿态说。

"在我眼里,你是个嫖客。嫖客在法律上是不大允许的,道德的层面也是要受指责的,可是你……却给自己一个很充足的理由:红颜知己。这是不是幻觉? 我看是。在国教授眼里,你的形象也很差,你和我是同案犯。不管你内心想什么,你参与文化名山的策划,这是事实,当然是我的同案犯;孔夫子说你什么? 一个商业投机分子,没有什么道德观。他举过几个例子,对还是错,不下结论,但你在他眼里的形象也成问题。哎,你激动什么? 怎么说到你就激动? 我们事先可是约定好的,要恼火先在自己头上浇一杯啤酒。"

祝贺认错地哈了哈:"你说你说。"

"你在别人心中很糟,又办了一些你本人不知道的坏事,内心里却给自己很高的评价,一会儿此岸一会儿彼岸,以为天天走在朝圣的路上。这是不是幻觉?"

祝贺无言以对,又含糊地点了几下头。他没有料到自己的形象在别人眼里那么差。啤酒使他整个身体好像沉入了热烘烘的泛着泡沫的液体里。城市的夜空呈现淡红色,远远近近缀满了迷离的灯火。一种熟悉又奇怪的感觉再次降临,"另一个自己"从液体里浮了出来,一摇一摇移到对面坐下来。他们两个相互看着,祝贺知道自己八成醉了。祝贺看到"另一个自己"坐在了邓相如的位置上,他知道这是不可能的,他闭上眼。过了一会儿,待他睁开眼,邓相如又坐在那里了。这会儿,祝贺的意识进入了模糊状态,外界的一切都那么软乎乎、温暾暾的,又远又近,若真若假,好像在过去的什么时候发生过似的,也许在以往的一个什么梦里出现过。

祝贺两手托着下巴支在餐桌上,闭着眼,像盲人似的笑着说:"邓,你对我的评价也许是对的,我可能真的对自己有幻觉。这个话题太复杂,我看先放一放。我声明,不是我不敢面对自己,只是太复杂。我心中一直有个大悬念,从开始到现在,这个悬念一直悬着。我不大明白,你导演的这场戏怎么收尾? 具体地说,你怎么对西阳县和月兔酒厂交代? 你要是办不成,他们找你问罪你怎么办? 我希望你直率地告诉我。你能直率吗?"

"不能! 我不能!"邓相如当即回答,他马上意识到这种生硬的态度破坏了约定,态度又扭转过来,"不过,我觉得也没有什么好隐藏的。刚才我们已经说过,彼此太了解。我知道你明白,却装着不知道你明白。好吧,我告诉你,我在进山之前已经找到了出山的退路。"邓相如说到这个话题上时,显得一脸的得意。"这么说吧,文化名山失败了,并不会危害我。因为我在做的过程中设了许多伏笔。其中之一是让大家得到好处。我给对方好处,给他在其他地方得不到的好处。这就行了。大家都得到了好处。谁还找我问什么罪?"

祝贺表示怀疑:"事情没办成能得什么好处?你告诉我酒厂能得什么好处?"

"酒厂可以得很多好处。他给了我三十万。得到了这个活动的冠名权,得到了许多宣传机会,从人物专访到企业文化,报纸电视一齐上。卖酒其实是卖文化。名人登山的各项活动中,我还要举办一个'月兔杯诗歌朗诵会',电视台现场直播。这么多的好处别说三十万,就是三百万他们也办不成。"

祝贺领悟地点点头:"这个话题我看也放一放,那么西阳县呢?他给了你十万。"

"我给他们的好处更多。他们得到一个二十世纪文化名山的项目,得到以此活动为中心的组委会,这是一个庞大的政治网络。难道这还不行吗?说到这里我就后悔,简直是悔恨!我当初为什么不要他二十万三十万四十万!"

"这个我也明白。我的问题是,事情搞砸了你怎么办?"

邓相如变换了一个神秘的口吻,同时表现出酒喝较多后通常有的亲热:"不,看样子你还不明白。你一直关注目的,关注结果。而我关注的是过程。目标只是招牌,过程胜过一切。办成办不成,已经没有多大关系了。重要的是,你得装出一副非把事办好的劲头。"

"装出非把事办好的劲头?"

"对于文化名山,整个活动简直是天助。"邓相如说,"我有了策划,就有了公司;我有了公司,就有了和西阳县的协议;我有了协议,就有了……论证会;我有了论证会,就拉出了月兔酒厂的合作,就有了去北京活动的一切费用。看看吧,我只要往前走,就会有这样那样的事情出现,这正是我所希望和努力追求的。我越做事情越多,问题也就像山一样越堆越高。我一直往最难的高度走。总有一天,我的合作者发现深陷其中,暗暗叫苦连天,盘算着是不是该退缩,这时候我还要拉出一副百折不挠的架势,继续……干。他们退缩、悲观,我还要去指责他们,拉他们,推他们。到了这种地步,我就达到自己的目的了。我的效益就一宗一宗到了手。而他们呢?我的合作者不敢和我一起与命运搏斗,纷纷逃了。"

祝贺神情专注地听着他的每一句话,默默在心里揣摸着这些非同寻常的谋略:"你是要他们……自己投降?"

"是的,祝。任何事情都是成败两字。等他们投降,谁还去追究你的责任呢。"

"他们一个个逃掉。放弃时还觉得愧……对你,你独享战果还落个打不死的英雄的美名?"

"不,不,不,我可不想当什么英雄。我宁愿被人追认为一个失败者。"

"为什么是失败者?"

"成功的失败者。"邓相如坦率地揭秘,"我告诉你,成功者的秘诀。大凡成功者都是这样胡来的。过去是,现在是,未来也会是。商人,将军,还有政客。我们的目的不是打仗,而是打扫战场。只有打败了仗,合作者逃走,剩下的就全是我们的了。从这个意义上说,我们又是个成功者。"

"你是让我有点儿眼花缭乱呢。"

"没人不眼花缭乱。"

"邓,我突然想起了一个词,我觉得这个词可以比较准确地概括你。"

"你这人手里怎么这么多帽子? 一会儿'臆想症'、'幻觉者',一会儿'骗子',你这个词是什么?"

祝贺轻声地,好像试探地说:"奸雄。"

邓相如琢磨地重复两遍:"奸雄?"

"觉得不好?"

"倒不是说这个词不好,我觉得这个词不太准确。"

"那为什么?"

"祝,这么跟你说吧。两年前我专门对自己进行过评估。把我做的事一件件摆到桌面,又把别人对我的看法一件件摆到桌面,两相对照,看看我到底是个什么东西。结果我发现,我什么都不是,我只是这个时代的怪胎! 一个怪胎! 不同时代涌现不同的人物。革命时代呢,涌现出高尚人物,那时候我这种人就是打击的对象;文化时代呢,涌现出精英人物,我这种人就是排挤的对象;但是到了经济时代,换句民间的说法,到了商品时代,就涌现出我这种人了。我这种人就从被打击和被排挤走向了中心。在社会的舞台上从小丑变成了主角。祝,我送你一句话:一定要对我们的时代有个认识。这很重要。"

祝贺表示缺乏认识:"你是怎么认识的?"

邓相如邀请地向他招招手,伸长脖子神秘地说了三个字:"实验室。"

"实验室?"

"是啊,实验室。我这个怪胎就是实验室搞出来的。当然这是我个人的看法。在我眼里,这个时代是个以九百六十万平方公里为面积的实验室。巨大的实验室。我们这些微生物,正在实验室里起化学反应呢,包括你。祝,人性其实是个被动性主语。同样是人,在宗教时期是一种货色,在资本主义又是另一种德性。秦朝,唐朝,宋朝,和民国的人很不一样。我们的时代和他们又不一样。"

"是不一样,这个大杂烩的时代,好猫坏猫一起跳。"

"大狗小狗都在叫,没有标准又到处是标准,没有公理又到处有公理。这个民族正经历着战争,一种从来没有过的完全称得上奇怪的战争。人与欲望之间的战争,人与幻想之间的战争,人与无耻之间的战争。祝,在我看来事物是个球体,可是我发现大多数人只能看到它的一面,而看不到另一面。也许你能看出很多,这一点却看不出来……因为你的心理视角有个盲区。"

祝贺承认自己有个盲区,因为这个盲区,他看不到颠覆性的东西,看不到从世界的另一面带有血腥味正狰狞着扑上来的东西。但他知道这个世界有种原动力,一种野蛮的主宰性的原动力。在这个看不见的原动力面前,祝贺时常感到自己的渺小,矮了那么一大截子。这当口儿,他的肚子里的酒和菜一股股往上涌,他想呕吐。他将一杯啤酒端起来,手腕在头顶上抖了几抖,溪流般的黄色液体倾泻而落,顺着脸庞往下淌。

邓相如满意地点着头:"我说的另一面,其实是另一种现实。可以叫'第二现实'。这就是为什么你每次给我讲道德我就感到恶心。你和大多数所谓的好人一样,把唤起内心的道德感当成了道德本身。道德是什么? 它是什么也不干的人嘴上的供品。大凡成功者没有几个按规矩来的,因为规矩把人的手脚都捆死了,所以第二现实……"

"第二现实?"

"对,第二现实。第一现实是你的现实,第二现实是我的现实。玩儿到最后你会发现,第二现实决定第一现实。处女山现在什么样,以后还是什么样。好好的……一动不动还在原地。"

"一动不动还在原地?"

"但它已经被我改造成为我的现实了。"

"我明白了。"

"祝,如果你真要走,刚才的一番话算我给你的礼物。如果你留下,咱们一起干……我已经说过了,没有什么风险,你放心,没有什么风险。倒是有大把大把的好处,中国特色的好处。怎么样,过两天我们一同去北京?"

"我不想……去你的第二现实。"

"那你干什么?"

"我想还你一个礼物。"祝贺端起酒杯往邓相如头上浇。他觉得还应该再浇一杯,于是又倒了一杯浇了上去。邓相如没有动,等到泛着泡沫的液体从头上、脸上纷纷流下,一绺绺头发湿漉漉的还有几滴往下淌。这时,他才开心地歪着身子站起,兴奋的劲头像刚从澡堂跑出来,他说:"这就是说,你主意已定,咱们一定要分手……再见了吗?"

"再见吧。"祝贺用一种戏终人散的口气说。

"就在这儿分手吗?"

"好吧，"祝贺表示同意，"就在这儿分手。"

"真不容易啊，祝。咱们应该祝贺祝贺。"

"祝贺什么?"祝贺问。

"咱们硬是憋着没发火。"邓相如报告一桩奇迹般地说。

他们祝贺地碰碰酒杯，喝完了。邓相如扭过身走了几步，又停下来："哎，有个问题。"

"你说。"

"咱们既然分道……扬镳，我看就没有必要一起下去了。"邓相如顾虑而又周全地建议，"坐在电梯里相互看着……也不大舒服，还是分开走的好。你看咱们谁先走?"

"邓总先走。我等一会儿。"

邓相如走了几步又想起了什么，友好地返过身，热情地附在祝贺的耳边："要不我们拥抱一下吧。来，和幻觉者拥抱一下。"

祝贺迟疑地向后退一步："这也太讲究了，我看没这个必要。"

"不是谁想和幻觉者拥抱就可以拥抱的，你以后恐怕就没有这机会了。"

祝贺还没有同意，邓相如的双手已经搭在他的肩上晃了晃，然后笨拙地拥抱了一下。这个动作做完，他表示事情处理得非常圆满，便歪斜地扭着身子去吧台结账。每经过一个桌台，他都要去扶一扶，好支撑一下随时会倒下的身体。他交了钱，转过身再次向祝贺笑着告别："我先走了。"

"你先走吧。"

"你刚才说得真好。"

"什么?"祝贺没有把握地笑了笑，声音听着很空洞。

"一动没动还在原地。"邓相如退着身子走，补充地赞扬，"真好，一动不动还在原地。"

"这话是你说的。"

邓相如肯定地说："不是我说的，是你刚才说的。"

祝贺勉强地接受下来，在这种情况下争执这句话的出处没有意思，还很愚蠢。他抬起手向他招招。随着两人的距离一点点拉远，招手的幅度也渐渐加大。邓相如蹒跚着一边退一边招手，终于消失在十几米远的拐弯处，永远地消失，再也看不见了……

代后记

悖论时代与底线下移

作者 杜禅　　责任编辑 高苏

高：这部小说一个突出的特色就是充满了悖论。要说悖论是主题，不合适，可是三十多万字的长篇，大量饱含悖论的情节、观点、对话，又不能不称它是一部悖论小说。

杜：需要说明的是，这里的悖论不是逻辑学上所指的悖论，用结论去责难前提，比如著名的"理发师悖论"、"撒谎者悖论"。随着社会的发展，悖论衍生出其广义性了。有经济学上的"节俭悖论"——社会越节俭，个人越贫困；还有社会学的一些悖论——警察不相信法律，医生不相信药物。这些悖论，不一定都是严格意义上的逻辑之间的矛盾。

高：你的悖论好像还和它们不同，能不能称之为文学上的悖论？

杜：还有一种界定悖论的标准，即，表面上看是荒诞的，其实内部有其合理性，反之亦然，表面看是正确的，其实内部又有着荒谬性。我的这部小说，基本上走的是这条路子。

高：作为本书的责任编辑，开始我挺担心这样的话题会不会有市场号召力。但看着看着，觉得很别致，人物纠葛非常有趣。你用悖论的内动力构筑情节和戏剧性，冲突也很真实自然，我先前的顾虑也就打消了。

杜：悖论本身，我是说只要一事物之所以被定义为悖论，那么它本身就必然有冲突和戏剧性。我给你举个实例。今年"十一"长假，我参加了一个婚礼。通常的婚礼上，总要有伴娘，而通常伴娘又是新娘的至亲或好友。人生的最重要的日子，当然要有这种至爱亲朋陪伴了。可是，我跟你说，这次婚礼上的伴娘，是两个"三陪"小姐！

高："三陪"？！

杜：就是"三陪"，新娘左右，一边一个。

高：你说的是什么地方？

杜：就在我住的这个城市，准确地说是"城中村"。从地理上说，这种地方和城市已经浑为一体。但在生活习惯、语言习惯、思维逻辑上，"城中村"还有着自身的风貌。"城中村"尽管地理上属于城市，在文化上却不能算。比如，对婚礼的操办，就与城市有很大区别,最突出是迎亲时的胡闹。兴奋的人们像暴动后分地主浮财似的,动手动脚,你推我搡,把新娘折腾得欲哭无泪或者干脆成了泪人。

我出席的这次婚礼,情况有些不同了,小伙子们只是象征性地逗逗新娘,主要矛头对准了新娘身边的两个伴娘。伴娘长相漂亮,衣着华丽,亲热地挽着新娘的胳膊,用自己的身子护着她,而对自己受虐的境况,毫不生气,表现一种任人处置的态度。有人将饮料向伴娘头上浇洒,有人竟然把手伸到不该去的部位,引起集体的爆笑……朋友看我疑惑不解,才告诉我这两个伴娘是租来的,两个"三陪"!我当时的表情和你刚才一样,发问的口气也一样。朋友解释说,反正要闹,让人家闹自家的新娘还不如闹别人,而要找能消受起的替身,那就是去找"三陪"小姐。尽管我对这个时代发生些什么奇怪的事有着超前预料而大多也能坦然领受,听到这种话,还是悚然一惊。

高:我知道农村办丧事的时候,为了增加悲惨氛围,有专门雇哭丧婆来的,哭天喊地,愁云苦雨。万万没料到在喜事上,为了热闹,竟会找"三陪"来当伴娘,专职供人取乐!这太不可思议了。

杜:我说的这个实例,它本身是不是荒唐的事情?这个荒唐的事情是不是很有喜剧效果?

高:当然了,场面和心理就都因之起有了冲突。刚才说过,伴娘的角色一直是由新娘的亲朋或闺中密友来担当,表明了一种情感和文化上的认同与和谐,然而,这个婚礼的策划者却让"三陪"来了个鹊巢鸠占,在新娘最宝贵最圣洁的婚礼上,一个仅仅有着"漂亮"羽毛而魂魄早就不知何处的"鸡",昂首挺立在新娘人生的第二个起点上。

杜:如果仅是这样的话,它的荒唐只是一种文学题材,还构成不了我所说的悖论。

高:怎么说?

杜:荒唐只是形式,悖论才是内质。刚才说过,有种文学性的悖论,表面上荒唐,实际上,从另一个角度看,又有其合理性。这就是悖论迷惑我的地方。比如说,伴娘由"三陪"充当,就传统/正统而言,当然是荒诞的了,可是,当你换到另一个角度,谁的角度呢? 新娘和新郎的角度,却有它的"合理性"。作为新娘不被人动手动脚,保持洁净,免得婚后看见占过自己便宜的人而尴尬。

高:这么说来,悖论有它发生学的意义?

杜:找个替身,把那些想不规矩的手引到"三陪"小姐的身上,这样,新娘特定的庄严与圣洁就避免被玷污。观念可以被实用打破,给实用让路。两难的问题从此消解了……

高:挽着新娘走到红地毯的女人,成了一个符号。人们要集体性地忽略她的社会性概念,才会臆造出新的短暂的"和谐"。

杜:从我们旁观者看,这件事当然荒唐可笑,但你从内部看,从当事人的角度看,却有着一种合理性。我举这个实例,正是站在当事人的立场反观他这一创意的合理的支撑点。也就是说,悖论的一方有其"合理性",另一方认为荒诞,才称得上"悖论",当然,它同样接近反讽。

高:可是,这个"合理性"仅仅在世俗的标杆面前,就是不成立的,更何况……

杜:对,你说到标杆,问题妙就妙在这里。标杆本身不是一成不变,它是移动的;我这些年来不断发现,标杆是在往下方移动的。每下移一次,我们的悖论也就多出来一批。十年前,不可能出现伴娘由"三陪"小姐充当的事。因为那时的标杆很高。

高:我们都能看到,城市的大楼一天高于一天,我们心中的道德标尺却一天一天地下降。城市这个巨大的容器搅拌着所有人的故事。我们每个人的生命又何尝不是一种容器,承载了许多异质的东西。而我们,我们的城市,我们的社会所要做的是让这些异质的东西怎么和谐共存,互为彼此。白烨先生看了书稿,谈到你作品表现的"悖论"时说,你的"悖论"的含义相当丰富,愿望与现实的悖论,目标与结果的悖论,也有知识与伪知识的悖论,文人与非文人的悖论……你觉得怎么样?

杜:比较全面。我想再引申它一下。曾经把知识分子喻为"民族候鸟"的闻一多,引用英国学者维尔斯的一句话说,"在大部分中国人的灵魂里,斗争着一个儒家,一个道家,一个土匪"。对一个有一定生活阅历的人来讲,这句话让人豁然,好像找到一把解读我们自身的钥匙。弗洛伊德有"人格三层次"说,我觉得,维尔斯却在说中国人的"人格三维度"。

高:人在不同时期,不断地演变自身的角色,可以是儒家,也可以是道家,必要的时候,可以装扮土匪。

杜:这个"土匪"不会被人误以为抢劫者,而是"打破常规","不管不顾"的意思。维尔斯说在大部分中国人的灵魂里,斗争着一个儒家,一个道家,一个土匪。我觉得,现在的人儒家的东西少了,只是一层薄薄的底色,道家的东西也少了,只是两面隐隐约约的墙壁,倒是底色和墙壁之间的那个土匪十分活跃。现在的人,什么都敢做,"敢"字当头。你看这"匪"字的写法,很有意味。外面的框,像是人的脸形,里面的非,向外张扬,龇牙咧嘴,胡茬儿支棱着,满脸横肉。正是这个"匪"字,使我们的时代无奇不有,斑斓多彩。贪官的赃款数额飙升到亿元已不为少数,医院因病人没及时交款拔掉针也屡有发生……

高:仅仅是个票友,却有种旋转在舞台中心比明星还好的感觉。

杜:有一次,有个要饭的截着我,我好言说,上次我给过你了。他立马恼火,你还给我八次哩!这一声断喝,让我一瞬间倒成了在向他讨饭似的。在小说中有这么一段话:我们的民族正经历一场奇怪的战争。这个世界充满了悬疑,因为人们的精神世界在膨胀、变形,在规矩混乱的今天,越来越一味地崇尚坚硬,崇尚强势。

我不知维尔斯是怎么得出他那个看法的,也不说那个论断在事实上的准确性。除了这些,我觉得维尔斯所说的三个关系这种结构形态,也很让我着迷。

高:这句话本身也有悖论的意思,入世的,出世的,时不时加点土匪的。

杜:说到这部小说,我在表现"人格三维度"上,"匪"的东西可能多一点。

高:你是说你在有意强化这个吗?

杜:小说里重点写了文化造假。这是有三种领域的合力才能形成的。一是民间艺人,一是当地政府,一是专家团队。这三种领域的人,以前从来没有什么过多的关系,今天因为各自的利益走到一起来了。先说民间艺人,他们没有问题,在自家的一亩三分地上耕种收获点东西,有什么好指责的?当地政府也没什么问题,在权力辖及的范围内,搞一番事业又有什么不对的?问题坏在那些学者专家,他们为了一己之利,把手伸到自家的领域之外,提供所谓的"技术支持"。就像婚礼上的"三陪"伴娘一样,从而激发出人们压抑许久的邪门的热情和对犯规欲望的充分放纵。

高:我同意你说的悖论的自身有种合理性,对你是荒谬的,对他是有价值的,这就形成了你所界定的文学性悖论。造假,对民族对社会来说是有害的,但另一方面有两个好处,一是造假者的利益,二是真的把假的搞成真的,干了起来,也不失为一种"成就"。文化和实业不同,务虚的较多,弹性较大。能够把"无中生有"经过严肃的论证并通过,进而被带上光环确认下来,这本身不是一种"成就"吗?尽管它高高在上盘旋了一圈,最后还是落在了世俗的地面上。

杜:这就带来了第二个话题,底线下移。悖论出现一批,底线下移一次。这里面不可能是几步到位的,是生活中一个个悖论的累积叠加、拉长,也就是说,底线一次次下滑。在我们麻木了之后,蓦然回首,这才发现已经堕落到了某种尺度上。

高:人们时常说到"底线",这个词本是一般的名词,随着社会的发展却成了一个不断下移的标尺概念了。十年前的底线,大致是我们现在的上线,我们现在的底线,会不会是十年之后的上线呢?

杜:是的,这十几年来,我们社会生活的变幻,尤其是观念的嬗变,尤其是无所不在的那种无序的不可捉摸性,简直只能用"有如神助"来解释,那种绝非单项"蓬勃"、"飞跃"的状态,你根本就不能用什么"回首什么什么"、"跨越多少多少年"这样的线性指标来涵盖。你对未来世界的标尺无法预测。比方说,十几年前,我参加了一个个学术论证会,关于"根"、关于"故里"、关于"姓氏"等等等等,当时的情况,我觉得很可笑,其实论证者本人只是想发出点儿自己的声音引人注目一下而已,连他们也没料到,十几年以后,借助行政力量竟然畅通无阻地成了事实,很大的规模,很大的动静。完全令人恍惚!

高:是的,很值得感慨和思考。你所关注的悖论,这是作品的内核,表现它,可以有不同的手法。你为什么选择了黑色幽默和反讽的手法呢？

杜：黑色幽默的形式已经表明它内容的性质了。它本身是一种态度，不仅是手法。在中国，无论是文革，还是现在，总会不期然地涌现出一些很荒谬的事情来。顺便说一下，文革和现在，当我们觉得存在荒谬的时候，恰恰是有两个对峙坐标。我们觉得现在荒谬的东西，往往是用文革的价值观去衡量的；而文革荒谬的东西，又是用我们现在的坐标去衡量的。

高：这本身又构成了一个悖论。这个话题很大，以后可以专门探讨。

杜：接着刚才的手法往下说，黑色幽默，是因为悖论的内容已经赋予了它形式。你只要把这种形式固定下来就成。黑色幽默有一种质地、质感，你的笑是绝望的、残酷的，但你还有种支撑感，还有一种生机和劲头。我的黑色其实有种灰烬的形状，它塌架了，疲乏状的。

高：谈谈底线下移的话题。底线下移的原因除了利益驱动，还有什么？

杜：还有屁股决定脑袋。正像小说中黄县长所说："以前我当教师的时候，我有一套做学问的标准，可我现在当了县长，我就有了县长的标准。社会身份决定价值取向和行为方式，这就叫做屁股决定脑袋！屁股往哪跑，拉着脑袋就往哪跑。我现在工作需要文化成果，学问就不在是学问，而成了工具，就要为经济工作服务了。"这个问题我想借用股市来说明。在股市上有空方和多方。空方看跌，多方是看涨。看空的人一般是持币观望，看涨的人一般持股。问题出来了，你会发现一个现象。你要是空方，没有股票，会从技术面、基本面、政策面和经验等等，找出一筐理由支持自己；你要是多方呢，持有股票，同样能找出一筐理由给自己。这就是典型的"屁股决定脑袋"。你是什么角色和立场，你就会找到相应的理由支撑自己。只有第三者看得明白，而任何人都只能是他自己，不能成为第三者。

股市里有个K线图。曲折，振荡，拉升，跳水，从K线图的走势看跌看涨。有个术语叫"下降通道"，就是这一个时期几条指标线都调头向下，就形成了"下降通道"。整个行情就是跌跌不休了，就拿昨天的点位3200点来说。当股指在它的上方，3200点就是底线，当跌破3200点，这个点位就成了上线，再往下跌，只要下滑，所谓的上线就会不断地向下移。昨天是3200点关口，十二月也许会到2800点，明年元月也许会降到2500点，底线也就一点点向下移。但是，文化道德没有股市上的K线图。它下降多少，也没有一个刻度。只能在某个时段发生了什么事，突然让你惊异，而这样的事件本身，似乎具有某种刻度意义。

高：底线是个变数。道德的底线和你说的K线图一样，有种惯性下移？

杜：下移到什么程度，在这个档区里也就相应发生什么性质和色彩的事情，比如说"三陪"当伴娘。首先世上得先有"三陪"，是不是？当然股市不可能一直惯性下移，社会问题也不会一直惯性下移的。

高：需要说明一下，我们这里说的"三陪"，是符号化了的某种现象。十几年前，我们对这些现象觉得很吃惊，现在不也常态化了？这确实可以是一个底线下移的实证。不过，我还是觉得，"三陪"当伴娘只是个案，不会扩大。

杜：这可不好说，几年以后的事我们无法料到。我在《犹大开花》里拿"三陪"与某些学者进行过对比。这不是硬套的。他们的共性就是"出卖"；前者出卖身体，后者出卖良知。学者就是那个婚礼上的伴娘。因为有了他们，"婚礼"的场面当然就热闹得多了。婚礼上的"三陪"伴娘，和小说里论证会上的学者，都散发着一种欲笑还哭的幽默，可是在幽默的归属上，我以为很不相同。婚礼上起用"三陪"当伴娘，娘家人知道，婆家人知道，左邻知道，右舍也知道，大家一同欢天喜地，狂放纵情。如果套用昆德拉的"轻与重"，那么婚礼上的幽默，虽然黑色，给人一种可笑，但它的质量是轻的；论证会的学者，振振有词地说谎，则是另一种幽默，是沉的，重的。因为除了他们，别人不知道他们在说谎。这里有很大的欺骗性。

高：我不大同意你的看法。可能还相反，论证会上，专家的谎言，离我们日常生活很远，是一种机遇性的，个案性的。它的发生，让我感到自己在某个远处观望。然而，婚礼上的"三陪"，则不一样了。它走进了我们的生活肌理。这种特殊职业，或者这种符号进入了我们的生活，进入了我们人生的一个重要阶段。它的幽默力度，更残酷，更冷峻。

杜：你说的也有道理。我们是在说悖论的细化问题了。

高：说到细化，你在《犹大开花》里，将悖论分了许多品种和类型。读完了三十五万字，基本上是读了一本形象化的悖论大全。

杜：我下了一番功夫。有了"悖论无处不在"这个定义，当然要多侧面、多层次地去表现。一个以悖论为主题的长篇小说，首先需要足够量的素材，然后是对这种素材的提炼和加工，让它们本身自成单元，还要让这些单元与单元之间有种联系，在结构上互为表里，在情节上有着内在的有机性。人物的悖论，人物与人物之间，人物与自身之间的悖论还不能重复。难度更大的是，小说还不能为悖论而悖论，它的真实性，与生活的契合度必须处理得当。也就是说，它要自然地向前推进。写这部小说的过程，是一种叠压和伸展的过程，像手风琴演奏那样。有时集中写几个月，有时则一放又是几个月。放下的时间去阅读，去游玩，日常生活的再体验。评论家陈晓明在序里说："小说叙事的发展，是靠叙述的反讽趣味，靠语言自身的修辞性来建立小说所有的美学趣味。"点中了我写作的穴位。语感，语流，语态的统一要求，不可能进度很快。当然，我也没有要求快。几年前，在贵社出版的《爱无藏身之地》，二十五万字，八个月完成三稿。那是爱情小说，相对而言，操作的难度小些。《犹大开花》就不一样了，反讽，必须有反讽的趣味，而趣味又必须有修辞上的追求。这部小说的一部分曾经发表过，但在我的心里，那只是一个印刷了的稿子而已。我知道，它并没有完成，它需要再认识再创作。

高：为的是让悖论多元化，我认为你做到了，并且一步步由浅入深。第一章写祝贺与春秋的婚外情，他孜孜以求，事到临头却因阳痿，终未成事。这不算悖论，但有了悖论的意味，定了全书的基调。

杜：往下确实变得残酷了，田稼安，道德感很强，同事给他作媒，将自己的情人介绍给他当老婆；再有吾颖达，这个"文化斗士"一再激烈嘲讽黄帝故里的虚假考证，将其怒斥为学术腐败、文化堕落，可是，当他发现有机会由他亲手制造一个"历史事件"时，他却走得更远。他要搞一个比黄帝巨塑还要高的伏羲巨雕。

高：我觉得小说中有两个情节在悖论和反讽上融会得浑然天成。一个是太极图的形成，这是美编欣赏女人的浑圆的胸部，受了启发，设计太极图作为杂志的刊标；另一是，用拓扑学原理，调换物与物之间的关系，将狮子变成人的学说，而减轻了道德的责难。读完我想，如果，你的每个悖论都用生活化的处理，这部小说会更美妙。

杜：我对《将狮子变成人的学说》也很满意。很奇怪，这个章节几乎是一气呵成的。写作这种活计真的有意思。一遍成的，不一定差，反复改的不一定好。一遍成的还有《答案就是没答案》和《三个"舍利子"》。妻子与丈夫的对话，正是反复应用悖论，将绿帽子的问题解决了，得出了第三者才是失败的结论。但是，《幻灭者的耳光》我写了七八遍，每次写好了，觉得不错，放一放就推翻了。再写，再放，再推翻。一个淳朴女人一直信奉"知识越多越高尚"，而当事实向她一再证明这是错的时候，她愤然甩向对方一个巴掌。还有最后一章，改了十遍以上。小标题换了几个，最后定到"第二现实"，终于找到了我需要的魂。

高：第三部《山海经》，有个主要角色，邓相如。按照通常的说法，这是文化骗子，我感到你处理得很好，没用简单化的道德评判，或者行为的法律化去处理。你挖掘了一个存在往往又被人忽略的幻觉。幻觉是人的共性。因为在生活中，绝大多数人都有幻觉，甚至在某个阶段，某件事情上，被幻觉支配着，把幻觉当成了真实，当成可能的存在。人其实是不同规格不同型号的堂吉诃德。只有别人能看出你的问题，你却不易真正发现。邓相如，是一个象征，幻觉和品行相汇的合力，才能制造一个"文化名山"。简单的骗术是没有这么大的动能。

杜：其实，我是在写人本身就是一个十字架，他的灵魂在这上面飞翔盘旋，准确地说在纠缠。

高：纵贯三部曲的主人公叫"祝贺"，这个名字显然有反讽的意味，因为他所经历的三个阶段故事，没有一个成功的，都是以失败而告终。

杜：祝贺是个复合型人物。我是借助于对他的精神世界变化层次的揭示，描述社会发展的轨迹，是一个行走的时代风向标。失败了还祝贺，即是反讽，更是一种愿望。我想说明一下，为什么三件事都失败？因为它自身含有走向失败的因子。中国的事情，也不是谁想乱搞就乱搞的。乱搞者要走向失败。所以我用祝贺这个主人公的姓名祝贺它们的失败。因为其失败，所以我拱手祝贺。

2009 年 11 月 10 日

图书在版编目（CIP）数据

犹大开花 / 杜禅著. —北京：华夏出版社，2016.1
ISBN 978-7-5080-8611-8

Ⅰ. ①犹… Ⅱ. ①杜… Ⅲ. ①长篇小说－中国－当代
Ⅳ. ① I247.5

中国版本图书馆 CIP 数据核字（2015）第 237994 号

犹大开花

作　　者	杜　禅
责任编辑	高　苏
出版发行	华夏出版社
经　　销	新华书店
印　　刷	三河市少明印务有限公司
装　　订	三河市少明印务有限公司
版　　次	2016 年 1 月北京第 1 版 2016 年 1 月北京第 1 次印刷
开　　本	720×1030　1/16 开
印　　张	21.25
字　　数	400 千字
定　　价	36.00 元

华夏出版社　地址：北京市东直门外香河园北里 4 号　邮编：100028
　　　　　　网址：www.hxph.com.cn　电话：（010）64663331（转）
若发现本版图书有印装质量问题，请与我社营销中心联系调换。